D1654223

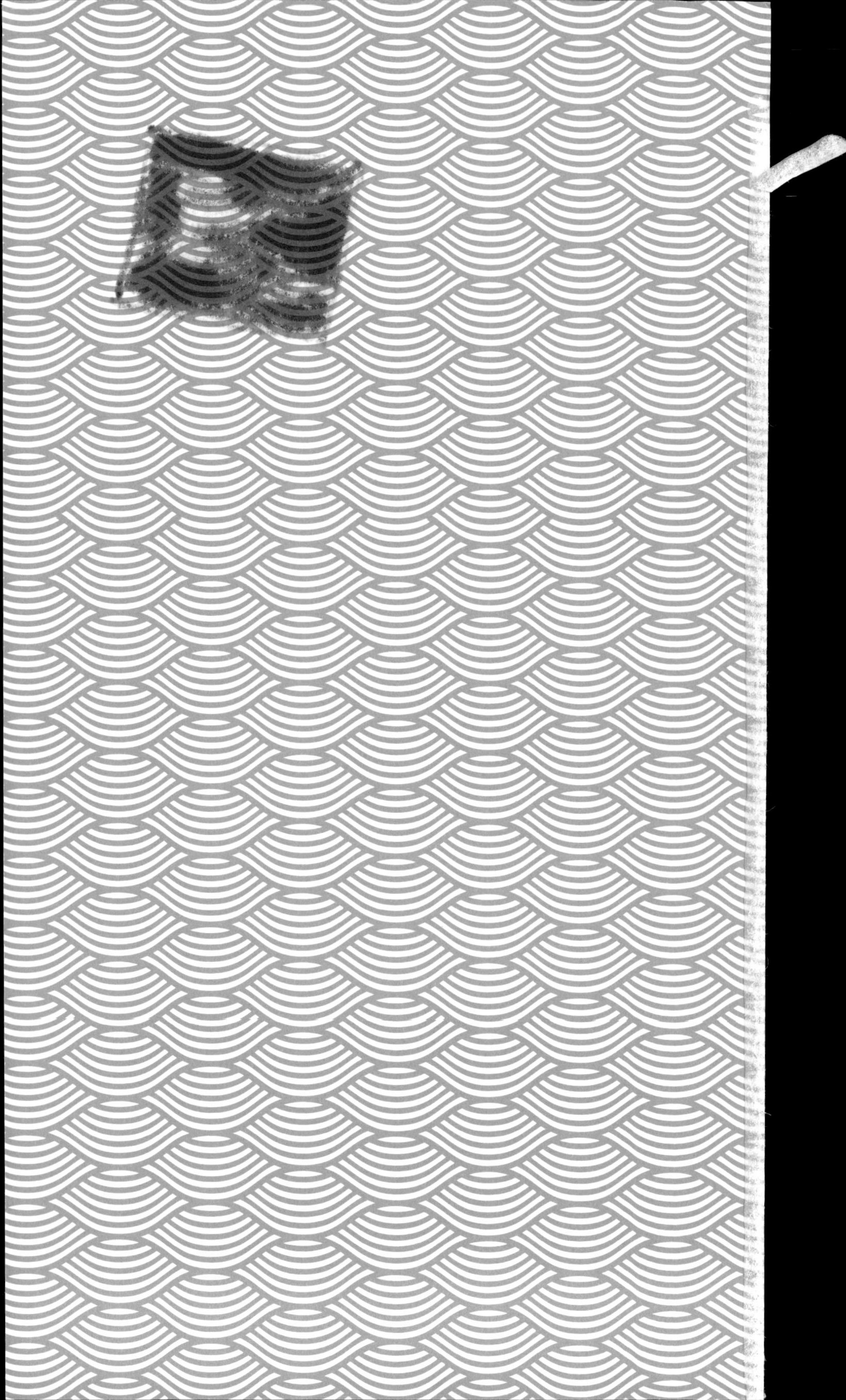

El camino del fuego

María Oruña

El camino del fuego

María Oruña

Ediciones Destino
Colección Áncora y Delfín
Volumen 1576

Ediciones Destino, un sello editorial de Editorial Planeta, S. A.
Avda. Diagonal, 662-664, 08034 Barcelona (España)
www.planetadelibros.com
www.edestino.es

Primera edición: mayo de 2022
ISBN: 978-84-233-6158-8
Depósito legal: B. 5.669-2022
Composición: Realización Planeta
Impresión y encuadernación: Rodesa, S. L.
Printed in Spain - Impreso en España

El papel utilizado para la impresión de este libro está calificado como papel ecológico y procede de bosques gestionados de manera sostenible.

Para Sara. Y para Luis, que se le detuvo el tiempo.
Por toda esa luz que, como un fulgor,
dejamos a nuestro paso y siempre permanece

I

—¿Cree usted que está bien hurgar en el pasado?

—No sé qué quiere decir con hurgar; pero ¿cómo podemos llegar a él si no excavamos un poco? El presente tiene un modo muy duro de pisotearlo.

Henry James,
Los papeles de Aspern, 1888

Que nuestra vida, si resulta breve, no sea de escasa consecuencia. Que, aunque sepamos que solo somos un suspiro en el viento, no permitamos que todos nuestros pasos se deshagan en el aire. Esa era la filosofía de Arthur Gordon, y en ella se aplicaba. Hacía solo unos años que se había quedado viudo de Lucía. Una mujer extraordinaria que, en cuarenta años de unión, le había dado dos hijos y muchos recuerdos a los que aferrarse. Que ella fuese española y él inglés había enriquecido mucho su pequeño universo de hábitos y costumbres. Arthur se había jubilado solo unos meses antes de su pérdida, y de pronto se había encontrado con mucho tiempo libre y pocas ganas de disfrutarlo.

Gracias a las rentas que recibía de su variado patrimonio y de antiguos negocios inmobiliarios, Arthur vivía de forma holgada; había decidido dejar Londres de manera definitiva para vivir con su madre en Stirling, al sur de Escocia. Allí dejaba crecer su todavía abundante cabellera blanca un poco más de lo habitual y se sentía más libre, más sosegado. Se iba a pescar con su hermano George y terminaba la jornada ante una hermosa chimenea con un buen whisky en la mano. ¿Qué más podía pedir?

Tal vez que regresase Lucía, que ambos pudiesen acariciar juntos aquel tiempo desgastado. Pero él ya sabía que hay luces que solo la muerte puede volver a reunir. Quizás podría desear que sus hijos fuesen más felices, que les sonriese siempre la fortuna; aunque para eso también creía que eran ellos los que debían pautar sus propios caminos. Tras reflexionar sobre su nueva situación, había decidido aprovechar el tiempo de vida que todavía le quedase con un objetivo claro: recuperar en la medida de lo posible el patrimonio familiar y todo lo vinculado al clan escocés de los Gordon, originario de los Borders, al sur de Escocia.

En aquellos instantes Arthur no conducía por territorio sureño, sino por el noreste escocés, con su reluciente y sólido Rover Jet 1 gris plateado. El vehículo, un clásico de 1950 descapotable, circulaba por las enredadas carreteras de las tierras altas con elegancia, como si hubiera sido concebido para deslizarse entre aquellos paisajes rodeados de bosques y montañas. Se dirigía, emocionado, hacia el castillo de Huntly. Su construcción original databa del siglo XII, pero las reformas consecutivas a lo largo de las centurias eran incontables. Había pertenecido a los Gordon hasta mediados del siglo XVII, en una época en que las guerras y los disturbios políticos y religiosos habían terminado con alguna ejecución y el castillo vacío durante décadas. El inmueble había sido vendido, y desde aquella primera transacción había pasado por muchas manos; Arthur lo había comprado por un precio razonable a un grupo inversor de un clan ancestralmente enemigo, el de los Forbes.

Transcurridas ya unas semanas desde la adquisición, y aunque el estado del castillo no era deplorable, esa tarde había quedado con un constructor amigo suyo y con un arquitecto de Aberdeen para ver las posibilidades de rehabilitación. Tal vez lo convirtiese en un museo, reservándose algún apartamento. Los turistas pagaban cantidades desorbitadas por entrar en los castillos escoceses, de modo que él solo tenía que buscar y analizar sus puntos fuertes y los elementos diferenciadores con la competencia. Descartaba dedicarlo a la hostelería, porque ya existía un hotel a solo tres kilómetros al otro lado del río, el Sandston; una preciosa y enorme casa de estilo georgiano que había pertenecido a los duques de Gordon hasta el siglo xviii, aunque ahora también fuese propiedad de los Forbes. Este último detalle resultaba especialmente delicado por causa de aquella vieja enemistad entre las dos familias, pero lo cierto era que los Gordon y los Forbes llevaban ya muchos años sin enfrentamientos de relevancia.

Entretenido con estos pensamientos y justo antes de llegar al castillo de Huntly, Arthur atravesó el imponente pasillo de árboles centenarios que se acomodaban a ambos lados de la carretera. Aminoró la velocidad y aparcó sin gran ceremonia sobre una extensión de gravilla rodeada de césped. Por unos instantes, y como siempre le sucedía, se quedó contemplando la propiedad, que se dibujaba más como un palacio que como una fortificación defensiva. Eran tres edificios, aunque desde su posición solo podía ver uno: era el principal y más grande, y disponía de cuatro alturas de piedra, que remataban en un enorme tejado de pizarra salpicado de incontables chapiteles del mismo material. La belleza del inmueble era desde luego evocadora, y las inscripciones de su fachada muy poco usuales para un palacio escocés.

Arthur bajó del coche y vio cómo Donald Baird, el constructor, se aproximaba hacia él a buen paso y con unos planos en la mano. Lo conocía desde hacía muchos años por otros trabajos que habían hecho juntos, y suponía que Donald ya debía de estar cerca de la edad de jubilación. Sin embargo, tanto él como el propio Arthur se mantenían en una buena forma envidiable, aunque el constructor era más corpulento y ya había visto cómo comenzaba a ralear su fino cabello rubio, que cada vez se tornaba más claro.

—¡Querido amigo! —exclamó el hombre, con una amplia sonrisa—, pensé que no llegabas nunca... Menos mal que me habías dejado unas llaves —añadió, mostrándoselas, al tiempo que le estrechaba la mano.

—Ah, ¿ya has echado un vistazo? —replicó Arthur sin saludarlo de forma explícita, pero con la franca afabilidad que se adivina en los viejos camaradas.

—Sí... Ya había estudiado los planos que me enviaste al despacho, pero es distinto verlo en directo. Por cierto, corre el rumor de que quieres comprar todos los torreones correosos de los Gordon que queden por Escocia... —añadió en tono jocoso mientras ambos encaminaban sus pasos hacia aquel edificio principal, que era conocido como «el palacio».

—Solo los que resulten rentables, Donald.

—Menos mal, joder. Pensé que te estabas volviendo el típico viejo melancólico.

Arthur se rio de buena gana.

—Eso también.

Los dos hombres caminaron hasta el impresionante torreón de entrada del palacio, que hasta ahora había ocultado los otros dos edificios, de factura más modesta y de poca altura, y que en otra época habían servido de almacén, de vivienda para el servicio y para otras diversas utilidades. Arthur y Donald se detuvieron un rato y mantuvieron una conversación afable en la que, tras confirmar la buena salud de sus familias y lo interesante que podría resultar el proyecto de restauración de aquel viejo palacio, se adentraron en él y ascendieron por su escalera de caracol hasta la segunda planta.

El espacio se mostraba diáfano, pues el anterior propietario se había llevado los muebles; a pesar de que solo había piedra y enormes zócalos de madera cubriendo las paredes por todas partes, las estancias se presentaban acogedoras. Llegaron a la *withdrawing room* de la antigua marquesa de Gordon, que era un salón de pequeño tamaño, retirado, donde en el siglo XVII habían sido recibidas las visitas más privadas. Lo que más destacaba del espacio era una chimenea de piedra que a ambos lados disponía, al mismo nivel, de sendos medallones: uno con la efigie del marqués y otro con la representación de la marquesa del clan. Mientras admiraban la estancia, Donald no dejaba de darle vueltas a una duda que ya le había planteado a Arthur en el trayecto de ascenso por las escaleras.

—¿Ves? Aquí, ¡aquí! Algo no cuadra.

—Pero, Donald, ¿qué es lo que no te encaja? —dudó Arthur, mirando los planos que su amigo le mostraba. Después dirigió su atención hacia las esquinas del cuarto—. Si te parece que hay un espacio extraño, te recuerdo que estas paredes son más gruesas de lo normal, y que este edificio fue reformado miles de veces, la última en 1602.

—Ya he visto la inscripción de la entrada, gracias —replicó el constructor, con amable ironía—. No, no es eso. Este edificio ya dispone de contrafuertes suficientes aquí, aquí y allí —indicó, marcando con la mano el plano y señalando a continuación determinados puntos de la estancia. Después dejó la documentación en el suelo y observó la pared que estaba a la izquierda de la chimenea, cubierta de madera con molduras cuadradas desde el suelo hasta el techo. Acto seguido, fue a la estancia trasera de la misma planta y cuando regresó asentía con gestos de cabeza a un asunto que había pensado y que todavía no había compartido.

—Yo creo que hay algo ahí detrás.

Arthur alzó una ceja y después frunció el ceño.

—¿Algo? Algo como qué, ¿un pasadizo?

Donald se encogió de hombros.

—No sé. Podría ser.

—Te recuerdo que este es un edificio protegido, y que en el ayuntamiento ya me han explicado que tendremos que dar cuenta de cualquier modificación estructural no autorizada; no podemos ponernos a hacer butrones alegremente para ver si hay pasadizos imaginarios.

—¿Te crees que no lo sé? —replicó Donald, concentrado y sin dejar de mirar la pared.

Justo en aquel instante llegó James Mayne, el joven arquitecto, que hasta ese momento no conocía en persona ni al constructor ni a Arthur. Se identificó, nervioso.

—Perdonen, yo... Abajo estaba abierto y he subido.

Arthur se presentó y lo recibió con una amplia sonrisa; se mostró encantado de que James pudiese echarles una mano con aquella idea del pasadizo. ¿Sería posible? ¡Se convertiría en un descubrimiento sensacional que atraería a multitud de turistas!

El arquitecto escuchó las explicaciones de Donald e inspeccionó la habitación colindante, que estaba en la misma planta, al otro lado de la pared donde se encontraba la chimenea y, en otro ángulo, de la pared de madera. Después, fijó su atención en los planos. Cuando alzó la mirada, Arthur y Donald esperaban sus comentarios como si se tratase del dictamen de un juez.

—Es difícil confirmar sus sospechas, la forma del edificio es algo retorcida en esta parte... Quizás, por una razón de diseño que se me escapa, consideraron hacer ahí una pared de un grosor mayor de lo necesario, o dieron por perdido un ángulo operativamente inútil... O tal vez se trate de un simple pasillo de una estancia a la otra que fuese cegado por razones de espacio para poder ocupar con mobiliario toda la pared.

—Hijo —replicó Donald, suspirando y cruzándose de brazos—, nos estás estropeando la diversión, ¿sabes?

—Tal vez sea como en las películas y tengamos que mover un candelabro o algo así —especuló Arthur con gesto pícaro.

Donald miró a su alrededor e hizo una mueca.

—Pues estamos fastidiados. Aquí no hay nada. Como no sea en la chimenea...

Los tres hombres se miraron y no tardaron ni dos segundos en encaminarse hacia aquella obra de arte que siglos atrás había dado cobijo al fuego. Si alguien hubiese entrado en aquel instante en la habitación, se habría sorprendido ante la estampa: un joven y delgaducho arquitecto inspeccionando las zonas altas y dos sexagenarios haciendo lo propio con las bajas. Presionaron con cuidado sobre los medallones y otros relieves y sobre cada una de las letras de las inscripciones, pues entre los medallones y en el dintel que los cubría las expresiones Bydand y Avand Darly eran todavía legibles como marca indeleble de los Gordon.

—¿Qué significa? —preguntó el arquitecto, estudiando las palabras. Arthur se incorporó y suspiró, aunque fue Donald el que contestó en su nombre.

—¡Qué van a significar, muchacho! «Resistir, luchar, avanzar»... Por Dios, si es el lema de los Gordon, los Gallos del Norte... ¿Nunca lo habías escuchado?

El joven, algo azorado, negó moviendo la cabeza de un lado a otro. Lo cierto era que aquellas expresiones estaban escritas en un viejo dialecto escocés que ni siquiera era exactamente gaélico, así que difícilmente podría haber entendido qué mensaje había sido grabado en la chimenea. A pesar de ello, Donald y Arthur se miraron con triste complicidad, porque sabían que el sentido de los clanes se diluía con el peso de los siglos. Aquel «Resiste y lucha» que era *bydand* y el «Hacia delante» que traducía el *avand darly* no tardarían en ser olvidados. Arthur se desplazó un par de pasos atrás, dando por infructuosa aquella exploración de la chimenea, porque estaba claro que allí no había manivelas ni interruptores secretos. ¿No había sido algo infantil por su parte aceptar siquiera la idea de una entrada oculta, de un pasadizo? Si hubiera algo, ya lo habría encontrado alguien, ¿no? Y la última reforma del edificio había sido para convertirlo en un palacio, no en un castillo con salidas de emergencia.

—Un momento —dijo el arquitecto, que también había abandonado ya la chimenea y se había acercado a la pared de madera—. ¿Y aquí? Hay muchas molduras, sería posible ocultar algún punto en el que hacer presión para abrir una puerta por contrapesos —añadió, más hablando para sí mismo que para Donald y Arthur. Los dos hombres se miraron: ¿por qué no? Un último intento.

Presionaron en todas y cada una de las cuadrículas de madera de aquella gran pared y, al terminar, agotados, comprendieron que en siglos pasados, muy posiblemente, los habitantes de aquel inmueble habrían tenido mejores cosas que hacer que camuflar puertas secretas hacia ninguna parte. Arthur resopló, cansado, y se sentó en el suelo.

—Será mejor que no le contemos esto a nadie. Quedaríamos como unos verdaderos gilipollas.

Donald se apoyó en la pared que les había dado tanto trabajo y sonrió, aceptando la derrota de su búsqueda; después comenzó a reír, porque sabía que había sido él quien había alimentado aquella idea romántica del pasadizo.

—No te rías, que esto ha sido culpa tuya, por meterme tonterías en la cabeza y por...

De pronto, Arthur dejó de hablar y se quedó mirando la pared. Donald y James siguieron el camino de su mirada, que permanecía fija en un punto que no acertaban a determinar.

—¿Qué? —preguntó Donald—; por el amor de Dios, ¿qué ves?, ¿qué pasa?

Arthur se incorporó y se acercó corriendo.

—Por san Andrés, ¡no puedo creerlo! —exclamó, con evidente nerviosismo—. No lo veíamos porque estaba camuflado bajo la moldura inferior de este recuadro, ¿veis?, ¡pero que me maten si esto no es una cerradura en miniatura!

En efecto, James y Donald se agacharon y comprobaron que allí había una pequeña cerradura de latón, invisible a los ojos si no se observaba la pared desde un ángulo muy bajo. La labor de un buen cerrajero y de un ebanista de calidad habían preservado la discreción de aquel diminuto cierre de metal. Los tres hombres intercambiaron entonces exclamaciones de sorpresa y alegría, de genuina curiosidad. ¡Era cierto, había algo allí detrás! ¿Qué sería? No podía tratarse de una zona de paso corriente, pues en tal caso la cerradura no habría sido disimulada con tanto esfuerzo y pericia.

Tras discutirlo un rato, Arthur decidió intentar abrirla por sus propios medios. En aquellas circunstancias, ¿quién demonios tendría la sangre fría para esperar a un cerrajero? Donald bajó a su furgoneta y cogió algo de material para hacer un par de intentos antes de llamar a un profesional que les abriese aquel misterio. Una palanca, un martillo, tres alambres... Para su asombro, y con un simple destornillador, tras unos minutos se escuchó un suave clic. Sin embargo, no hubo un solo movimiento, ningún resorte movió el panel que creían camuflado en la pared. Arthur tomó aire y, despacio, empujó el recuadro de madera que estaba sobre la diminuta cerradura. Los tres hombres ahogaron una exclamación de asombro al comprobar como una puerta de buen tamaño se abría con un quejido chirriante.

James fue el primero en reaccionar. Cogió su teléfono móvil del bolsillo y accionó la linterna. Miró a Arthur, que todavía no salía de su asombro y que forzaba la vista para ver qué había al otro lado. Por fin, se recobró de la impresión y tomó su propio teléfono móvil para lograr otro punto de luz, mientras Donald maldecía haberse dejado el suyo en la furgoneta. Fue él quien empujó del todo aquel panel vertical de falsa pared mientras James y Arthur iluminaban el interior.

—Pero ¿qué cojones...? ¡Por san Andrés!

Arthur no daba crédito. Ante sus ojos se mostraba una estancia que parecía sacada de un cuadro decimonónico. No era grande, pero sí disponía de espacio suficiente para albergar un pequeño escritorio, un sillón orejero y unos cuantos libros. Las paredes estaban cubiertas de estanterías, aunque la mayoría de ellas, curiosamente, estaban vacías; gran parte de los libros que tenían ante sus ojos se encontraban en el suelo o asomando sus formas desde alguna caja de madera.

—¿Qué...? ¿Una biblioteca? ¿Qué coño pinta aquí una biblioteca, si no hay ventanas? —preguntó Donald, casi en una exclamación.

—No tengo ni idea —reconoció Arthur, embriagado por aquella atmósfera lejana a la que habían accedido.

En el aire bailaban motas de polvo, como si el pasado todavía estuviese vivo y en movimiento allí adentro. Sobre los muebles y los libros, sin embargo, la nube de partículas y de viejas pelusas reposaba en completa quietud, como si su calma y silencio fuesen los protectores de un tesoro. A pesar de ello, los colores todavía se podían distinguir: el verde del terciopelo del sillón, el granate de la pluma que reposaba sobre el escritorio, la alfombra de tartán verde y negra. Sobre una mesa baja y diminuta, al lado del sillón, había lo que parecía una lámpara de aceite y un bloque de pasta de lacre junto a un sello de hierro. Los hombres entraron en el cuarto sin dejar de admirarlo y sin entender qué sentido tenía un espacio oculto de aquellas características.

—Parece... No sé, parece como si alguien se estuviese instalando aquí y de pronto hubiese dejado de abrir cajas, ¿no? —dudó Arthur, que ya había comenzado, con cuidado, a mirar las cubiertas de los libros. ¿Qué antigüedad tendrían? ¡Allí podía haber una pequeña fortuna!

—A lo mejor ese Gordon del pasado no se instalaba, sino que estaba largándose a toda leche —observó Donald, viendo que las cajas estaban a medio embalar.

Arthur frunció el ceño:

—No era un Gordon.

—¿Qué?

Donald miró a Arthur, que había hablado muy serio mientras observaba algo que iluminaba con su móvil sobre el escritorio. Parecía un bloque ordenado y amarillento de varios folios de gran tamaño. Uno de ellos estaba escrito con caligrafía clara, amplia y angulosa. Arthur sopló cuidadosamente el polvo que reposaba sobre el papel y comenzó a leer en voz alta.

Huntly, 22 de febrero de 1857

Estimado Adam:

Tal y como te prometí, viejo amigo, no he tardado en volver al norte. Me encuentro instalándome en el antiguo palacio de Huntly, que he adquirido a los Brodie; ya sabrás que se han marchado a América. Estoy dirigiendo y ultimando los arreglos definitivos, y en una semana vendrá mi mujer con Cassandra, Peter y la señora Paige. Que esta carta sirva como tarjeta de invitación para que tú y Elspeth nos deleitéis con una visita. Iremos a pescar al Deveron, donde verás las truchas y salmones más hermosos que puedas imaginar. El ambiente aquí es tranquilo, de modo que, a pesar de que permanezco en activo, atiendo las indicaciones del doctor Carlin, que como ya sabes me ha aconsejado reposo.

Sin embargo, y aún huyendo del bullicio, debo informarte de que ha sido el mismísimo estrépito el que ha acudido a mi nuevo refugio. Ha llegado a mis manos un manuscrito extraordinario, que creo que te gustará revisar. Me veré en la obligación de comunicar este hallazgo a otros posibles colegas interesados, pues en este negocio solo soy intermediario, pero deseo que seas tú el primer editor en tener conocimiento.

Creo que puedo afirmar, sin posibilidad de error, que tengo en mi poder las desaparecidas memorias de Lord Byron. Oportunamente, razonarás conmigo que fueron quemadas hace más de treinta años, pero ambos sabemos de la amplia y presumible posibilidad de que existiesen copias. Con todo, no es una copia lo que yo tengo aquí, querido amigo, sino el original. La caligrafía es inconfundible, el trazo, el estilo. Lo he comparado con varios de los diarios de Byron y no albergo duda alguna. El texto maneja contenidos ciertamente incómodos, pero no creo que resulten excesivos ni contrarios a la moral. Deberemos en todo caso verificar los detalles con Harrison, el abogado que te presenté en Aberdeen, pues habrá que atar los posibles inconvenientes legales antes de avanzar.

Por fortuna, y dadas las rarezas y pequeñas fortunas de mi colección, dispongo en Huntly de un cuarto de seguridad oculto que los Brodie han tenido la gentileza de mostrarme y que estoy seguro de que encantará a Cassandra; no creas que es gran cosa, un viejo pasillo reconvertido en poco más que un gran armario y que ahora solo guardaba papeles viejos del clan Gordon, pero estas pequeñas joyas se custodiarán mejor aquí que en mi despacho. Yo mismo he traído hasta este cubículo, a salvo de miradas curiosas, un par de cajas con algunos de los libros de mi colección.

En todo caso, y de momento, te ruego la debida discreción sobre este asunto. Confírmame, por favor, cuándo po-

drás venir; no me cabe duda de que tus ocupaciones en Inverness serán muchas, pero convendrás conmigo en que la relevancia de este hallazgo merece el esfuerzo. Quiero que revises este material sin falta, y debemos concertar una cita con el dueño del manuscrito, que viajará para la reunión desde Aberdeen.

Entretanto, te envío mis mejores deseos de salud para ti y tu esposa, y te confío mi ánimo de que logremos un acuerdo provechoso con este hallazgo, al que calculo un extraordinario valor de mercado.

Afectuosamente,

Stuart Hamilton

Cuando Arthur terminó de leer el documento, todos guardaron silencio. Él giró instintivamente la carta, y vio que en el reverso, en una cuadrícula pequeña, indicaba la dirección en Inverness de un tal Adam Chambers; aquella misiva solo estaba pendiente de ser doblada y lacrada para su envío. ¿Sería posible que las famosas memorias de Lord Byron estuviesen en aquel pequeño cuarto? Todo el mundo sabía que su contenido debía de ser escandaloso, pues habían sido quemadas en presencia y con el consentimiento de los mejores amigos del famoso escritor. Por otra parte, ¿qué le habría pasado al tal Hamilton? Estaba claro que no había llegado a comunicar a nadie de su entorno la existencia de aquel escondite, que para él no parecía ser más que una gigante caja fuerte, una extravagancia de la que hacía uso por cortesía de los anteriores inquilinos. Donald, completamente emocionado, se acercó a Arthur y posó las manos sobre sus hombros, agitándolos con energía.

—Joder, ¡Arthur, te vas a hacer de oro! ¿Ves como yo tenía razón? ¡Mira que lo dije, que no me cuadraban los planos! Ya me regalarás alguno de estos libros, ¿eh? Que si no llega a ser por mí, no encuentras esto ni de broma... Bueno, y por James, ¿eh, James? —añadió, mirando al joven—. ¡Menos mal que insistió en mirar en la pared! Pero bueno, Arthur, ¿qué te pasa? ¡Estás pálido!

Arthur Gordon se limitó a negar con la cabeza. Tal vez necesitase unos segundos para recuperarse de la impresión, de aquella insólita sorpresa. Donald miró a su amigo y después de nuevo a James, que desde que había entrado en la pequeña habitación se encontraba estupefacto, como si no terminase de asumir lo que estaba viendo y viviendo.

—Estáis en shock, ¿eh? —se rio Donald, que disimulaba los nervios con la incontinencia de su discurso—. Venga, vamos a buscar esas memorias, ¡tienen que estar en este cuarto!

—Byron... —murmuró Arthur—. Esto tiene que ser el destino.

—El destino no, que he sido yo quien ha dicho que aquí había gato encerrado.

—No lo entiendes, Donald —negó el otro, recuperando el tono normal de su voz; de pronto, esbozó una amplísima sonrisa—. ¿No te das cuenta? Su familia, la nuestra... ¡Es mi antepasado! ¡Un primo lejano, pero de la familia!

—¿Qué? Tu primo quién, ¿Hamilton?

—No... ¿Quién va a ser? Parece mentira que no lo sepas... ¡Byron!

Donald miró a su amigo y después a James, como si necesitase comprobar que lo que acababa de escuchar era correcto. El gesto de extrañeza y de absoluto desconcierto del tímido arquitecto le confirmó al constructor que no había escuchado mal. Resopló e intentó concentrarse.

—¿Qué coño dices, Arthur? ¿Cómo vas a ser tú familia de Byron? ¡Primos, nada menos! ¿Estamos locos?

Arthur lo tranquilizó con gestos de la mano, y de su serena sonrisa se adivinaba que iba a ofrecer una explicación.

—Primos muy lejanos, pero primos... ¿O es que no sabes cuál era el nombre completo de Byron?

—Joder, ¿y cómo quieres que lo sepa? ¿Tengo pinta de bibliotecario?

—George... —dijo James, que observaba la escena sin dejar de iluminarla con su teléfono móvil, aunque con la claridad que entraba por la puerta y sus ojos ya acostumbrados a la penumbra apenas hacía falta. El arquitecto sonrió y miró a Arthur maravillado, porque acababa de comprenderlo todo. Después, pronunció tres palabras:

—George Gordon Byron.

Donald lanzó al aire un juramento, atónito.

—¿Byron era del clan Gordon? ¡No jodas, Arthur! ¿en serio?

—En serio —le confirmó Arthur, exultante—. ¿No lo ves? ¡Ha sido cosa del destino que yo comprase esta propiedad! Un palacio que ya no era de los Gordon —explicó, caminando por la polvorienta habitación y observándola con gesto fascinado—, y al que el azar y el destino han hecho llegar las memorias de uno de los miembros más notables del clan.

De pronto, Arthur pareció salir de la ensoñación sobre el clan y los mágicos caminos que pautaba el destino y su tono se volvió urgente y pragmático.

—Sí, tenemos que buscar esas memorias, deben de estar por aquí.

En este punto se mostraron todos de acuerdo, y

descubrieron que había menos libros de los que parecía. Tres de las cajas guardaban solo documentos legales, títulos de propiedad y escrituras que parecían muy antiguas; había otros dos cajones de madera, mucho más pequeños y que se intuían más actuales, más propios del siglo XIX, y donde sí había libros. Aquellas dos pequeñas cajas debían de ser las que Hamilton referenciaba en su carta, sin duda. Pero ni rastro de las memorias de Lord Byron. ¿Estarían en algún departamento oculto de la habitación? Habría que examinarla con más detalle y necesitarían tiempo para ello. Arthur procuró serenarse y tomó aire.

—Tengo que llamar por teléfono... —añadió, concentrado—. Guillermo no está —razonó, refiriéndose a su hijo mayor—, pero Oliver sí. Dios mío, ¡no se lo va a creer!

Y así, mientras James y Donald todavía buscaban dónde podían estar aquellas enigmáticas memorias, Arthur salió del cuarto y se quedó a menos de un metro de él para telefonear a su hijo más joven, Oliver Gordon. Cielos, ¡qué asombroso era todo lo que tenía que contarle! Ya solo la idea de reformar aquel viejo castillo de la familia resultaba emocionante, ¡pero lo que acababan de descubrir era extraordinario! Mientras esperaba escuchar su voz al otro lado del intermitente latido del teléfono, Arthur desvió de nuevo la mirada hacia el interior de la pequeña habitación que, como un milagro, había conservado tras una diminuta cerradura de latón el aliento del tiempo.

Mary MacLeod

Cuando el aire soplaba tan frío en la ciudad de Aberdeen, daba la sensación de que todos los transeúntes fuesen seres solitarios. Se apretaban en sus ropajes y transitaban con urgencia por las calles de la ciudad de granito, sin lograr que sus huesos esquivasen el húmedo aliento del mar del Norte.

Mary MacLeod, de dieciocho años, caminaba del brazo de su madre, Elizabeth, sin apenas hablar, dejando a su paso una breve niebla blanca tras cada respiración. Ambas mujeres fueron avanzando por Union Street y, tras realizar algunas compras en una botica, llegaron a un establecimiento en el que la puerta y el marco del escaparate destacaban por su color verde. Varios libros, plumas de ganso y cisne y otros variados artículos para escribir cartas se mostraban con orden tras el cristal. En el dintel superior y en letras doradas, elegantes y cursivas, rezaba: *Stoner - Libros desde 1840*. Tras la cristalera, de pronto, apareció el rostro de un hombre, que las saludó desde el interior con una cordial sonrisa.

—Oh, no conozco a ese joven —murmuró Elizabeth, casi para sí misma y haciendo ya ademán de entrar en la librería, deseosa de huir del frío.

—Tampoco yo, madre.

Mary empujó la puerta y sintió cómo esta se deslizaba sin apenas ejercer presión, pues era el joven quien había acudido a abrirla al ver que se acercaban. Al tiempo, sonaba la campanilla de la entrada como una alegre bienvenida.

—Buenos días, *mesdames*... O *madame* y *mademoiselle*, por supuesto —matizó con marcado acento francés, mirando a Mary y haciendo una leve inclinación.

—Gracias por su gentileza —respondió Elizabeth MacLeod, sin poder reprimir un escalofrío, del que pareció querer deshacerse con un gesto al entrar en un lugar más templado—. Buenos días... ¿No está el señor Campbell? —preguntó, buscándolo con la mirada por toda la librería.

—Oh, sí. Se encuentra en el almacén, *madame*. Si lo desea, puedo ir a buscarlo. Sin embargo, si puedo ayudarla yo...

La señora MacLeod sonrió.

—Creo que sí, joven. Para comprar el *Aberdeen Journal* no creo que debamos importunar al señor Campbell. Cuanto antes terminemos, antes regresaremos a casa. ¡Es terrible, este clima!

—Sí, hace mucho frío hoy —reconoció el joven, que se deslizó tras el mostrador para coger un ejemplar del periódico que le habían solicitado. Cuando puso el diario sobre el mueble, sonrió y se llevó la mano derecha al cabello, como si desease que su pelo rubio no se moviese ni un milímetro mientras realizaba la operación. En la portada del periódico se leía, en su parte superior izquierda, la fecha del 16 de enero de 1856.

La señora MacLeod observó al joven con interés. Destilaba cierto aire de inquebrantable pulcritud. Iba perfectamente afeitado y tenía unos ojos tan grises e impenetrables como la piedra de la ciudad de Aberdeen.

—Nunca lo había visto en Stoner.

—Oh, llevo ya casi tres semanas aquí, *madame*. Mi nombre es Jules Berlioz, para servirla a usted y a la señorita.

Ella asintió. Tal vez hiciese más tiempo del que recordaba que no acudía a la librería. Normalmente lo hacían los criados para recoger encargos o iba Mary con alguna amiga. Sin embargo, tras un interminable temporal de casi dos semanas, aquella mañana había amanecido con un cielo azul y brillante, y la señora MacLeod se había dejado convencer por Mary para salir a dar un breve paseo y hacer algunos recados. El médico le había recomendado, para sus nervios, que le diese el aire fresco. Sin embargo, no había calculado que la brisa escocesa de aquella mañana fuese a suponer una experiencia tan gélida.

—Madre, las cuartillas... Las necesito para mis cartas —le recordó Mary, acercándose. La muchacha era de poca estatura, delgada, y aunque su rostro era armonioso y ovalado, no destacaba por su belleza.

—Oh, sí. Señor Berlioz, dispénsenos, por favor, algunos utensilios de escritura. Y dígame... Su acento, ¿es de París?

—¡Del mismísimo centro de París! —respondió un hombre orondo que se aproximó de pronto desde una puerta abierta tras el mostrador, prorrumpiendo en una risotada.

—Ah, señor Campbell, le hacíamos ocupado en el almacén.

—Nunca estoy ocupado para tan gentiles damas. *Bon accord!* —exclamó, con el saludo cordial y típico propio de Aberdeen—. Y bien, ¿las ha tratado adecuadamente mi querido Berlioz?

—Oh, sí. Un muchacho muy correcto. No sabía que había contratado usted personal galo.

El señor Campbell se echó ambas manos a la barriga, como si necesitase sujetarla, antes de continuar hablando.

—Es el hijo de un amigo francés. Ya sabe cómo es la juventud, viajando y buscando fortuna por todas partes... Pero no crea que Berlioz es un iletrado, ¿verdad, Berlioz?

El joven se limitó a negar con el gesto, algo incómodo, mientras acompañaba a Mary hasta el escaparate para que eligiese qué materiales necesitaba y deseaba adquirir. El señor Campbell señaló al muchacho y continuó hablando.

—Trabajaba en la mismísima Galignani de París, una librería de prestigio, desde luego. Y con autores ingleses en sus estanterías, me consta. Pero ya se sabe, no siempre hay trabajo para todos... Cuánto me alegro de verla por aquí, señora MacLeod. Me dijeron que estaba enferma.

—Sí... Mi salud es quebradiza, me temo. Hoy mi hija me ha animado a pasear, pero hay días en que apenas tengo fuerzas para levantarme.

—Cuánto lo lamento. ¿Y la ha visitado el médico? Tengo uno de mi mayor confianza que...

—Oh, no se moleste, señor Campbell. Se lo agradezco, pero no hay mucho que hacer. Mi marido lo ha arreglado para que me visiten ya dos especialistas, pero ambos dicen que son nervios. A veces creo que es nostalgia de mi querido Edimburgo.

—Oh, ¿la *vieja chimenea*? Descuide usted, señora MacLeod. Mi hermano me tiene informado de todo y no hay ninguna novedad en el sur de la que no tengamos cuenta en Aberdeen. Y nuestro ambiente ilustrado tampoco envidia en absoluto al de la capital, ¡qué gran universidad tenemos! Si me permite —añadió, bajando el tono a uno que se aproximaba al de la confidencia—, también le diré que mi esposa, cuando tenía el ánimo decaído, caminaba por la costa. ¡No hay ningún lugar del mundo con playas doradas como las nuestras!

El señor Campbell comenzó entonces a hablar de los múltiples remedios que podían proceder para aquellos casos de nervios aparentemente incurables, mientras Berlioz mostraba las distintas cuartillas y libretas a Mary. De pronto, la joven pareció recordar algo.

—Oh, ¿no tendrán ustedes también el último número del *Blackwood's Magazine*?

—¿El *Maga*? Sí, por supuesto, sígame. Esta semana han publicado un artículo muy interesante sobre el último viaje de Byron.

Jules percibió el interés de la joven y volvió hacia el mostrador para enseñarle el último número de la revista, en cuya portada, invariablemente, se dibujaba el retrato del historiador escocés George Buchanan. Mary palmoteó de alegría, sin poder contener su emoción.

—¡Qué alegría que incluyan esta semana un artículo sobre Lord Byron, adoro sus trabajos!

—Vaya —observó el joven librero, alzando las cejas en gesto burlón—, pensaba que a estas alturas la byronmanía habría decaído. Hace ya más de treinta años que murió. No niego su gran valor literario, pero...

—Disculpe, señor Berlioz —le cortó ella, con aparente e inalterable calma—, tal vez le he parecido muy joven e ignorante, pero le aseguro que no sigo modas gregarias cuando elijo mis lecturas.

El joven la miró a los ojos, sorprendido. ¿Quién lo habría dicho? Aquella mujercita menuda y pálida, de rostro corriente, tras su fachada anodina y simple guardaba un poco de luz.

—Le ruego que disculpe mi insolencia, no quería ofenderla. Es cierto que, por su juventud, supuse que preferiría lecturas más actuales.

—Sepa usted que mi última lectura fue el ensayo *Vindicación de los derechos de la mujer*, de Mary Wollstonecraft, que es una autora más antigua todavía que Byron.

—Una lectura interesante, sin duda. ¿Le ha gustado?

—Mucho.

—Habrá leído también, sin duda, el trabajo de la hija de la señora Wollstonecraft.

—¿*Frankenstein*? Reconozco que está bien escrito, pero no se encuentra entre mis pasiones la fantasía, señor Berlioz.

—Quizás en esa novela lo fantástico se formule como algo secundario. Si la analiza con detenimiento, sus simbolismos resultan de lo más interesantes.

Mary MacLeod suspiró con cierta impaciencia, como si le aburriese la condescendencia del librero, que apenas aparentaba tener cinco o seis años más que ella.

—¿Disponen en Stoner del poema «El prisionero de Chillon», de Byron? Todavía no lo he leído.

—Sí, creo que sí, *mademoiselle*. Sin embargo, si me permite una recomendación, como parece que le interesan los derechos femeninos, tal vez debiera leer *Jane Eyre*. Es una novela desde luego mucho más reciente que los ensayos que veo que tanto aprecia, y también ha sido escrita por una mujer.

Mary MacLeod sonrió sin mucho interés, dando a entender a Jules que debía evitar la pedantería e ir a por el poema de Byron que le había solicitado. Entretanto, su madre y el señor Campbell todavía charlaban animadamente sobre el gran remedio que el aire libre y la naturaleza suponían para mente y cuerpo. Cuando Jules Berlioz regresó, ella esperaba con el gesto distraído y mirando otros libros que reposaban en los estantes; fijó su atención en una de aquellas nuevas y modernas plumas estilográficas que se exponían en una vitrina.

—Quizás no lo sepa, *mademoiselle*, ocupada como debe de estar con ensayos más serios, pero ya que veo que le interesa Byron, le diré que el lord era también un gran amante de los animales, ¿lo sabía? Dicen que convivía con diez caballos, ocho perros, tres monos y hasta cinco gatos, un águila y..., si no recuerdo mal, ¡creo que hasta con un halcón!

Ella inclinó el rostro y lo miró con una amplia sonrisa de satisfacción, como si el librero le hubiese revelado un secreto muy sustancioso. Sin embargo, cuando comenzó a hablar, su tono fue marcadamente sarcástico.

—Me temo que la información le llegaba sesgada a París, señor Berlioz. Lord Byron disponía del arca de Noé que usted cita, pero se ha olvidado de incluir sus pavos reales, su grulla egipcia y las dos gallinas de Guinea que acostumbraba a tener en el salón. Y ahora, si me disculpa —la joven Mary se dirigió hacia Elizabeth MacLeod—, tengo que llevar sin demora a mi madre al calor de la chimenea, antes de que coja un mal frío y le vuelva la debilidad.

Mary tomó a su madre del brazo con un gesto de cariño, señalándole sobre el mostrador sus adquisiciones e instándola a pagar para poder irse a casa lo antes posible. La mujer observó los artículos que había seleccionado su hija.

—Querida, ¿has pedido el *Blackwoods*? A tu padre no le va a gustar. ¡Si por lo menos fuese el *Chamber's Journal*, con sus artículos de historia! Ay... —Elizabeth suspiró, apretando el brazo de su hija y consintiéndola en aquella ocasión. Ambas se despidieron educadamente de Jules Berlioz y del señor Campbell, dejando tras de sí el sonido de la campanilla.

Berlioz, sin moverse tras el mostrador, se quedó mirando la calle a través del cristal del escaparate mientras las dos mujeres salían al encuentro del aire helado de la ciudad. Al joven francés no se le escapó cómo Mary, justo antes de desaparecer de su ángulo de visión, deslizaba la mirada al interior de la librería.

—¿Sabes quiénes eran las dos damas que acabas de atender, Berlioz? ¡De lo más distinguido de Aberdeen!

—¿Sí?

—Ya lo creo. Elizabeth MacLeod es la mujer del arquitecto más importante de la ciudad. Viven en Old Aberdeen, en una casa que parece un palacio. ¡Y qué jardines!

—Parece que conoces *très bien* a la familia.

—Y tanto. Ya eran clientes de mi hermano cuando vivían en Edimburgo, porque se trasladaron a Aberdeen hace apenas dos años —le explicó, pues la antiquísima librería Stoner había nacido en Victoria Street, una de las calles más céntricas de la capital, y era regentada por el hermano mayor del señor Campbell, mientras que la librería de Aberdeen la había abierto él mismo hacía casi veinte años—. La joven a la que has despachado es Mary, la hija mayor. No es muy bonita, pero dudo que le falten pretendientes. Y viene con frecuencia, porque pasa mucho tiempo en casa y además de los bordados la entretienen las lecturas.

—¿Por qué sale poco, está enferma?

—Ella no, la madre. Si no es una cosa, es otra. Desconozco si el origen del mal está en el estómago o en la cabeza. Tal vez no sean más que nervios y nostalgias. El marido viaja mucho.

—Comprendo... ¿Y son muchos hermanos?

—No —negó Campbell, haciendo ya ademán de regresar al almacén—, solo tienen otra hija pequeña, de ocho o nueve años, una mocosa —añadió, con tono desvaído—. Voy a mi despacho... Ordena esas cuartillas del estante, ¿quieres, muchacho?

—Sí, señor.

Cuando Jules Berlioz se quedó solo ordenando la librería, no pudo evitar recordar la conversación que había tenido con Mary MacLeod. No le había parecido más que una niña rica y mimada que leía libros que apenas podía comprender. Una ingenua que se creía ilustrada cuando apenas había salido de casa, y que había elevado la consideración de sí misma por haber leído a Wollstonecraft, que en su opinión no era más que una feminista de vida libertina y disoluta.

Sin embargo, la joven MacLeod era rica. Y se encontraba en edad casadera. Él nunca dispondría de patrimonio para ser considerado como candidato, pero tal vez... En aquella ciudad no lo conocía nadie y, ¿por qué no? Quizás el camino no fuese muy elegante ni muy digno, pero era un camino. Y Jules Berlioz, al fin y al cabo, era un cazador.

2

> No escribo. He vivido demasiado tiempo cerca de Lord Byron, y el sol ha extinguido a la luciérnaga.
>
> Percy Bysshe Shelley,
> carta a su amigo Horacio Smith
> (Lerici, Italia, 1822)

Valentina caminaba sin rumbo definido, con la ligereza propia de los momentos felices. Oliver Gordon, a su lado, se había tumbado en el césped para tomar una fotografía con «buen ángulo» del palacio de Falkland, en Escocia. Ya lo habían visitado y acababan de pasear por su encantador invernadero blanco y su tosca pista de tenis, que era la más antigua del mundo. Aquellas vacaciones, sin duda, estaban resultando ser un verdadero soplo de aire fresco. Había quien viajaba como un mero trámite, de aquí para allá, de forma mecánica y sin ánimo de registrar nada en su memoria; y había quien, como ellos, asumía el viaje como un reencuentro. Adiós obligaciones, roles, cargos y rutinas. Caminando por aquellos jardines, Valentina ya no era teniente de la Sección de Homicidios de la Guardia Civil de Santander, al norte de España; había dejado el uniforme y el gesto serio en el cuartel, y a su perrita Duna y a la enorme gata Agatha bien cuidadas por Matilda, que gestionaba muchos aspectos prácticos de Villa Marina, la gran casona de corte francés que había sido reconvertida en hotel por Oliver al llegar a Suances, un pueblecito pesquero cercano a Santander. La pareja vivía dentro de la amplia finca de la propiedad, en una curiosa cabaña desde cuyo porche ambos se habían acostumbrado al vaivén de las olas y al ritmo de las mareas.

Y ahora Valentina estaba allí, a menos de una hora en coche de Edimburgo, paseando su delgada figura ataviada con un vestido de flores diminutas y unas sencillas sandalias; se recogía de vez en cuando su cabello castaño con gesto relajado, como si estar de vacaciones le permitiera reencontrarse con la esencia de sí misma, con la persona que sería si la vida no la hubiese ido revistiendo de capas inesperadas a lo largo del tiempo. Desde que había llegado a Escocia, no se había molestado en hacer deporte, y ni siquiera en mantener especial orden en su equipaje ni en la habitación, como era su costumbre.

—Ahí, ¡quieta! No te muevas... ¡Sonríe!

Y Valentina sonreía ante aquella nueva fotografía, solo porque sabía que él también iba a hacerlo. Con el gesto, un rayo de sol del templado agosto escocés le iluminó el rostro. Una extraña cicatriz en la mandíbula, un ojo negro como un mal presagio y otro verde y brillante. Valentina era, desde luego, una persona llena de contrastes. Oliver la miró con cariño indisimulado, y se sintió feliz. En aquel instante, él tampoco era Oliver Gordon, el profesor inglés que enseñaba su idioma en España y que había restaurado como hotel la singular herencia que había recibido, aquella casona a pie de playa llamada Villa Marina. Él y Valentina acababan de superar la pérdida de un bebé, y sabían que ella difícilmente podría volver a concebir. En los meses precedentes habían descendido a abismos distintos y profundos, para después retomar el vuelo cogidos de la mano. Podía resultar un discurso algo cursi, pero había sido emocionante e intenso resurgir juntos cuando ya no había esperanza.

Ahora, por las calles de Falkland solo paseaban un hombre y una mujer que se habían reconciliado con el mundo. En aquellas vacaciones eran sencillamente Oliver y Valentina, dos treintañeros que rayaban la cuarentena, que estaban prometidos y que no volverían a sus obligaciones rutinarias hasta que acabase el verano. Les gustaban sus vidas y el pequeño mundo inventado por el que se deslizaban, pero por unos días resultaba agradable convertirse en simples turistas y curiosear otros universos sin que nadie albergase expectativas sobre sus pasos.

Decidieron tomar un café en la terraza de The Covenanter, justo delante del palacio que acababan de visitar. La cafetería formaba parte de un pintoresco y pequeño hotel de dos alturas, sobre cuyo dintel de entrada rezaba: Abajo con la tiranía – Nosotros somos y haremos la libertad. 1638-1688.

—Qué curioso —comentó Valentina, observando el cartel—, en este pueblo hay marcas en muchos dinteles de las puertas de las casas, números y letras sueltas... No sé qué significan, pero en este caso está claro que hay toda una declaración de intenciones.

—Sí —reconoció Oliver—, mi abuela te podrá contar más; ya sabes que conoce todas las leyendas y detalles de la zona... ¡Te recuerdo que yo me crie en Londres y que aquí casi soy tan turista como tú!

—Chist... —objetó Valentina, fingiendo tener miedo de que alguien los escuchase—. Como te oiga tu padre decir eso te estrangula. Me dijo el otro día que no importaba dónde hubiese nacido un Gordon, que siempre sería escocés.

Oliver se rio.

—No le hagas ni caso... Ahora que le ha dado por recuperar el patrimonio de la familia anda con esas historias, pero ha pasado media vida en Inglaterra.

De pronto, comenzó a sonar el teléfono móvil de Oliver.

—Hablando del rey de Roma... —dijo, descolgando el aparato—. ¿Papá? Sí, ¿qué tal por tus nuevos dominios? ¿Cómo...? Espera, no tan rápido que no te sigo... ¿Ahí, en Huntly? ¡No puede ser!

La conversación continuó con exclamaciones de sorpresa y admiración, y con solicitud de aclaraciones y explicaciones continuas de Oliver a Arthur Gordon. Valentina escuchó el diálogo de forma sesgada. Hablaban de una biblioteca oculta, de una pared con una cerradura secreta y de Lord Byron. ¡Lord Byron! No es que ella leyese gran cosa, pero sabía perfectamente de la importancia de uno de los poetas más famosos del mundo. ¿Qué habría pasado? Al menos parecía algo positivo y alegre, sin ningún cadáver ni drama criminal de por medio, para variar. Una biblioteca secreta... Cosas así solo sucedían en las novelas, ¿no? Desde luego, Escocia era un buen lugar para perderse en castillos de leyenda y en sueños sin tiempo.

Cuando Oliver se despidió, le dijo a su padre que no podrían subir a Huntly hasta dos días después, pues a la mañana siguiente habían prometido acompañar a la abuela Emily a los Highland Games, que aquellas semanas se estaban celebrando en distintas localidades escocesas y que justo ahora tocaban en Stirling. Cuando colgó, Valentina lo miró con una mueca burlona.

—Ya puede ser interesante esa biblioteca secreta... ¿No íbamos pasado mañana a hacer senderismo por el lago Lomond?

—Ay, sí, perdona, amor... Pero podemos hacerlo después, tenemos días de sobra —se excusó él, dándole un beso y haciendo algo parecido a un puchero de disculpa. Ella se echó a reír.

—Anda, cuéntame.

Oliver le explicó con detalle todo lo que Arthur Gordon había vivido aquella tarde, mientras Valentina, atónita e interesada, tomaba a pequeños sorbos el café que le habían servido. Oliver, que era licenciado en Filología Hispánica y que había realizado varios cursos de literatura, se mostraba realmente entusiasmado y no dejaba de hablar y de formular teorías.

—A ver, espera —le interrumpió Valentina, con gesto de extrañeza—. Pero ¿qué es eso de que sois primos de Byron?

—¡Pero si ya te lo había contado cuando vimos su retrato en la National Portrait Gallery!

—¿En Londres? Por Dios, Oliver, ¡pensaba que estabas de broma! No sé si te has fijado en que tu abuela cuando pasea por Stirling llama primo a todo el mundo... Y tener en línea ascendente colateral a un primo lejanísimo de hace doscientos años no sé si se puede considerar precisamente familia.

Oliver se fingió ofendido.

—¿Cómo que no? ¿Acaso no tenemos el mismo apellido?

—¡Venga ya! —exclamó ella, riéndose de buena gana—. Te recuerdo que también me quisiste colar que el de la ginebra Gordon's era de tu familia.

—¿Lo dudas? Los Gordon somos muy emprendedores —replicó, guiñándole uno de sus ojos azules y dándole otro beso en los labios—. Un día tengo que presentarte al primo de la ginebra, recuérdamelo.

—¡Pero si no lo conoces de nada!

—¿Y qué más da? ¡Es un Gordon!

Ella suspiró y negó con el gesto; no le quedaba más opción que aceptar, como una broma que nunca tendría fin, la apropiación familiar indebida de todos aquellos Gordon que hubiesen hecho algo reseñable a lo largo de los siglos.

—Bien, supongamos que tu padre encuentra esas famosas memorias de Byron, ¿por qué son tan importantes?

—¡Pero, *baby*, no puedo creerlo! ¿En serio me lo preguntas? Valentina, ¡las memorias de Lord Byron, uno de los escritores más carismáticos y talentosos de los últimos siglos!

—En tu familia sois un poco exageradillos con todo, ¿no?

—Que no, que no... Mira, por lo que sé, Byron tardó unos tres años en escribir sus memorias, y las acabó poco tiempo antes de morir.

—¿Era muy mayor?

—¿Eh? No, no... Murió con treinta y seis años.

—¿Y ya se había hecho una autobiografía? —se sorprendió ella—. Qué pedante y egocéntrico debía de ser.

—Que no —comenzó a desesperarse Oliver, que abandonó su tono ligero a cambio de otro más vehemente, en el que se adivinaba una verdadera admiración por aquel escritor decimonónico; Valentina se dio cuenta y dejó de gastar bromas. Él continuó explicándose—: Byron murió en 1824, y creo que fue dos o tres años antes cuando envió las memorias a un amigo suyo, Thomas Moore... Un poeta, ¿te suena?

—No, lo siento.

—Vale, pues la instrucción era que debía guardar las memorias y publicarlas a su muerte, o hacer con ellas para entonces lo que quisiera. Que no creas que esto es un secreto, que son cosas que pasaron y que aquí sabe todo el mundo... Bien, pues cuando Byron murió en Grecia...

—¿Y qué demonios hacía en Grecia?

—Es muy largo de explicar, ¿nos centramos?

—Sí, perdona.

—Bueno, pues Moore le vendió las memorias a Murray, que era el editor de Byron. Pero parece que entre los dos, junto con Hobhouse, que era el mejor amigo del escritor, decidieron quemar el manuscrito.

Valentina se quedó boquiabierta, sinceramente sorprendida.

—Pero... No entiendo. ¿No eran sus amigos? ¿Por qué iban a hacer eso?

Oliver se encogió de hombros.

—No lo sé. Dicen que Moore llegó a retar a duelo a Murray por querer destruir el material que le había vendido, en vez de publicarlo como era de esperar... Cuando lo estudié leí muchas teorías. Que si en las memorias se podía ver claramente que Byron era bisexual, que si se desvelaba que había tenido una hija con su media hermana, que si se metió en medio la exmujer para que quemasen el manuscrito... Yo creo que, fuera lo que fuese, el editor quiso proteger su negocio de escándalos; así seguiría vendiendo sin sobresaltos los libros de Byron, que era toda una celebridad.

—¿Estaba divorciado en pleno siglo XIX y había dejado embarazada a su hermanastra? ¡Qué tío! —se rio Valentina, que se había fijado más en el potencial contenido del manuscrito que en el motivo en sí por el que lo habrían quemado.

—Piensa que mucho de lo que se dice son especulaciones. Mi abuela sabe más cosas, seguro. Podemos preguntarle esta noche.

—Sí, buena idea. Hasta ahora me ha contado toda clase de historias de misterio, crímenes y leyendas de las Highlands, tal vez sepa algo interesante de Byron que no venga en los libros. O del tal Hamilton que tu padre dice que firma la carta que encontraron. En cuanto lleguemos a Stirling lo busco por internet.

Oliver frunció el ceño en señal de cariñosa amonestación. Ambos sabían que, para aquellas vacaciones, habían quedado en mantener sus móviles operativos, pero solo para llamadas y sin conexión a internet. En el caso de Valentina era fácil, porque ni siquiera había conectado el *roaming* para servicios internacionales y, por algún motivo técnico que se le escapaba, ahora no era capaz de hacerlo desde Escocia.

—No me mires así —sonrió ella, defendiéndose—, solo voy a conectarme a internet en casa de tu abuela. Ahora hasta yo quiero leer esas memorias. Espero que tu padre las localice, aunque ya solo la historia de ese archivo que ha encontrado es increíble... ¡Estoy deseando ir a Huntly!

Oliver se atusó su cabello oscuro y suspiró con gesto alegre y resignado, porque sabía que Valentina ya había activado, sin querer, su propio y personal programa de investigación. ¿Cómo iba a imaginar que, desde aquel instante, ambos iban a adentrarse en un camino en el que la muerte iba a pesar más que varios siglos de silencio?

Llegaron a Stirling al anochecer. A Valentina, según se acercaban, siempre le parecía estar adentrándose en un Edimburgo de juguete, como si estuviese ante una acogedora y manejable versión en miniatura de la capital escocesa. Tal vez la idea le viniese de la extraordinaria semejanza exterior de los castillos de las dos ciudades, pues ambos se asentaban en altas colinas de origen volcánico, que los dibujaban sobre impresionantes acantilados. Sin embargo, ¡qué diferentes eran! La fortaleza de la capital guardaba un corazón militar, y la de Stirling escondía unicornios y leyendas en cada una de sus estancias. A Valentina le agradaba visitar a Emily Gordon, la incombustible abuela de Oliver. Él creía que debía de tener unos noventa años, pero nunca había conseguido que ella le confirmase su verdadera edad.

Subieron la empinada carretera de Castle Wynd hasta llegar a la casa familiar, que estaba a solo unos pasos del castillo y prácticamente pegada al cementerio, del que solo la separaban frondosos árboles y setos de boj. Era una típica construcción escocesa de tres alturas encalada, aunque precisamente por ello contrastaba con todas las de aquella zona, de piedra caravista. Subiendo la cuesta, al hogar de los Gordon le precedía la impresionante fachada en ruinas de la vivienda del que había sido el guardián del castillo en el siglo XVI, y en la acera de enfrente se alzaba la imponente edificación renacentista de Argyll's Lodging, de más de cuatrocientos años de antigüedad. Quizás la aparente modestia del hogar de los Gordon obedeciese más al contrapunto con el entorno que a la vivienda en sí. Oliver aparcó en el amplio jardín de entrada, donde encontraron a Emily charlando con un vecino.

Era una mujer diminuta y con todo el cabello blanco, recogido en un moño alto y abombado. En la mano derecha llevaba un pequeño ramillete de lavanda. Al verlos llegar, se despidió del vecino y se dirigió hacia ellos con ademán tranquilo y una sorprendente agilidad.

—¡Qué bien que ya estéis aquí! ¿Qué tal por Fife?

—Ah, muy bien —le contestó Oliver, agachándose para darle un beso en la mejilla—. Hemos visitado Saint Andrews y Falkland.

El rostro de la anciana esbozó una gran sonrisa, y los pliegues de su tez se recogieron como la piel de un antiguo pergamino. Tomó del brazo a Valentina, que también se había inclinado para besarla, e hizo pasar a la pareja al interior de la casa porque ya refrescaba, y no era bueno «estar sin nada en el estómago»; además, había preparado «una sopa deliciosa». Valentina suspiró, porque no había tomado más sopa en toda su vida que en Escocia, aunque allí había descubierto que la servían tanto en forma de caldo como de crema de verduras, así que no tenía claro qué era lo que iba a encontrarse exactamente para la cena. Mientras se acomodaban en la amplia y rústica cocina de la planta baja, Oliver le había ido contando a Emily todo lo que Arthur le había detallado por teléfono mientras ella asentía cada poco rato, sin decir nada y sin dejar de mover cazos y cucharas. La anciana ordenó a Oliver y Valentina que dejasen de intentar ayudarla, que «revolvían», de modo que no les quedó más remedio que sentarse y obedecer, previa promesa de que serían ellos los encargados de recoger después aquel desbarajuste. En realidad, y por exigencia de Arthur, todas las mañanas iba una asistenta llamada Jenny a recoger y asear lo mínimo de la casa y del jardín durante un par de horas, pero Emily procuraba dejar todo, como ella decía, decente.

Sobre la mesa aparecieron *haggis*, cuencos de sopa y pan caliente con mantequilla. Cuando todo estuvo dispuesto, Emily se sentó y por fin comenzó a hablar.

—Qué pena que no esté aquí Guillermo, seguro que le gustaría subir con vosotros a Huntly.

—Bueno, ya tendrá tiempo... —razonó Oliver, que sabía que su hermano estaba con su nueva novia en Gales, de vacaciones. Ambos hermanos habían tenido diferencias muy profundas en el pasado, pero mantenían una relación cordial y, además, Guillermo había comenzado a ayudar a Arthur en la gestión de su patrimonio inmobiliario de forma sorprendentemente efectiva—. Pero, abuela, ¿tú sabes algo del castillo de Huntly? ¡Es increíble que las memorias de Byron hayan terminado ahí!

La anciana se encogió de hombros.

—Poca cosa, hijo. Los Gordon procedemos de Normandía, y terminamos por venir a la isla creo que en el siglo XI...

—Perdón —interrumpió Valentina, que escuchaba con mucha atención, porque el inglés que hablaba Emily tenía un acento escocés muy cerrado y con frecuencia se le escapaban palabras y frases enteras—, entonces, ¿los Gordon sois franceses?

—¡Por todos los diablos, no! —exclamó Emily, con grandes aspavientos. Oliver la acompañó de forma teatral, dejando claro a Valentina que la sola idea les resultaba inadmisible. La anciana le sonrió y continuó hablando.

—Al llegar a Escocia, los Gordon nos asentamos en el sur, en los Borders... ¿Cuánto estaríamos allí? —se preguntó a sí misma, llevándose el dedo índice a los labios—. No lo sé, ¿dos siglos, tres? El caso es que, tras ayudar primero a William Wallace y después a

Robert the Bruce, este nos dio la zona norte, Aberdeenshire. Por eso a los Gordon nos llaman los Gallos del Norte, ¿sabes? —le explicó a Valentina, que de vez en cuando intentaba pautar una confirmación visual con Oliver, dudando de que todo lo que decía la anciana fuese cierto.

—No lo sabía, la verdad.

—¡Ah, querida! La historia y el tiempo lo saben todo... ¿Dónde estábamos? Ah, sí, el norte. De ahí nuestros castillos de Huntly, Fyvie, Gight, Aboyne, Glenbuchat... Qué sé yo. Bien, pues tu Lord Byron —añadió, mirando a Oliver— viene de los Gordon de Gight, al norte de Aberdeen. El séptimo Gordon de los Gight, que por cierto era recaudador de impuestos, casó a su heredera... ¿cómo se llamaba? Vaya, no lo recuerdo. En fin, la madre de Byron...

—Ah, ¡Catherine! —exclamó Oliver, que nunca había escuchado a su abuela relatar la historia de los Gordon de Aberdeen.

—Eso, Catherine... Pues se casó con un capitán que parece que era bastante golfo, John Byron... Terminaron por tener que vender el castillo por culpa de las deudas y él abandonó a Catherine y al niño; creo que murió cuando el pequeño tenía dos o tres años. Después... ¿Qué pasó después? —se preguntó la anciana mirando al techo, donde al parecer encontró la respuesta—. Oh, sí, el crío se educó en Aberdeen, naturalmente... Heredó el título de lord y se fue a estudiar a Cambridge. Y no sé, ¡poco más hay que contar! Después ya es conocido que se hizo escritor, ¿no?

Oliver asintió, esperando que continuase con la historia, aunque parecía que Emily no tenía mucho más que decir.

—¿Y ya está? Abuela, ¿no sabes más de Byron ni de sus memorias?

—¿Yo?

La anciana tomó un trozo de *haggis*, miró a Valentina y se rio.

—Querida, ¡mi nieto debe de creer que soy catedrática! Oliver —añadió, dirigiéndose ya a su nieto—, no tengo mucho más que contarte, cariño. ¿Qué sé yo de Lord Byron? Como mucho he leído a Walter Scott y a Robert Burns, que lo cantamos cada Hogmanay —reconoció, aludiendo a las celebraciones de Nochevieja. Después, Emily dio otro bocado a su *haggis* y dijo—: Solo sé que el castillo de los Gordon de Gight se encuentra en ruinas, porque tu padre fue a visitarlo cuando compró el de Huntly, que está muy cerca. Y sobre las memorias... Ni me acordaba de su existencia, la verdad.

—¿Y Stuart Hamilton? —le preguntó Valentina—. ¿Te suena? Debió de ser propietario del castillo de Huntly durante una temporada. Tal vez fuese alguien muy conocido en su época.

Emily entornó sus ojillos azules como si estuviese muy concentrada, aunque terminó por hacer una mueca negativa.

—Creo que es la primera vez que escucho ese nombre en toda mi vida. ¿De qué año era la carta que encontró tu padre, Oliver?

—Mil ochocientos cincuenta y algo... No me acuerdo exactamente. Cincuenta y seis o cincuenta y siete.

—Ah, pues tengo algunos libros que hablan de esa época, pero ya sabes...

—Ya sabemos —asintió Valentina, adelantándose—, solo son sobre leyendas, misterios y crímenes, ¿no?

La anciana se rio de nuevo y observó a Valentina con afecto.

—Querida niña, tu único defecto es que no eres escocesa... En efecto, tengo libros interesantísimos, aunque creo que ninguno trata sobre crímenes de la zona de Aberdeen; pero, vaya, que me sé desde el asesinato de Rizzio, el de la reina Mary, hasta la leyenda de Sawney Beane, el caníbal que vivía en una cueva cerca de Edimburgo... Oh, y a principios del siglo xx, el caso de Hutchinson, que casi mata con veneno a todos los invitados al aniversario de sus padres...

—Sí, me lo contaste hace un par de días —le confirmó Valentina, que intentaba evitar volver a escuchar el detalle de los crímenes escoceses y las múltiples leyendas de gigantes que en sus castigos arrancaban a sus víctimas tiras de pellejo desde el cogote hasta el talón. ¿Cómo era posible que una adorable ancianita como Emily contase aquellas espeluznantes historias con tanto interés y naturalidad?

—Sí, te lo conté, ¿no es cierto? Tenía en mente que algo te había dicho. Venga, vamos a tomar el postre —resolvió, sacando unas *bannocks* y una botella de ginebra, que Valentina ya había comprobado que Emily servía todas las noches en un vaso diminuto, como si fuese un jarabe.

—Bueno —concluyó Oliver, con gesto decepcionado—, así que no tenemos nada más de interés sobre las memorias de Byron ni sobre ese tal Hamilton...

Valentina se levantó y fue a coger el ordenador portátil. «Por fin, internet», murmuró. Se sentó con el ordenador ante la mesa de la acogedora cocina y comenzó a buscar información mientras comía una de aquellas galletas de avena que Emily había puesto de postre, aunque se vio obligada a rechazar amablemente la ginebra.

Le parecía sorprendente que con el aire patriótico que había en aquella casa no se tomase siempre whisky escocés, pero Emily insistía en las propiedades medicinales del enebro de la ginebra para la artritis, la tensión arterial y hasta los gases. Valentina intentó concentrarse en la pantalla.

—A ver, en cuanto al castillo... No, me temo que Wikipedia no detalla a todos sus propietarios —explicó con sorna Valentina, sin apartar la mirada de la pantalla—. Solo dice que pasó de unas manos a otras, que los marqueses Gordon tuvieron muchos problemas porque en el siglo XVII su religión era católica y aquí el movimiento protestante les supuso muchos enfrentamientos... En fin, muchos datos y fechas, pero nada que nos ponga en la pista de quién pudo hacer ese archivo secreto en el castillo ni de quién era Stuart Hamilton.

—¿Has buscado por su nombre? —le preguntó Oliver.

—Sí... Pero aparecen muchos escoceses con esos datos. Ninguno vinculado a Huntly, de entrada. Seguro que en el documento que tiene tu padre aparecen más nombres y apellidos, a lo mejor podemos tirar por ahí. ¿No me dijiste que la carta era para un editor? ¿Cómo se llamaba?

—Hummm... Creo que el apellido era Chambers.

—Chambers, Chambers... —Valentina comenzó a teclear—. ¡Sí, aquí hay un tal Adam Chambers! Editor en 1854 en Inverness, aunque no pone durante cuántos años, y más tarde en Aberdeen y en Glasgow... Puede ser este, sí. Pero, claro —añadió, con gesto de fastidio—, es evidente que nunca llegó a recibir la carta de su amigo... En realidad, ¿qué estamos buscando? Todo lo que encontremos por aquí puede satisfacer nuestra curiosidad, pero no aclarará dónde Hamilton guardó exactamente el manuscrito.

Oliver se levantó y apoyó las manos sobre los hombros de Valentina, inclinándose un poco y curioseando qué leía ella en la pantalla.

—Bueno, seguro que obtendremos más información cuando estemos allí. Total, ahora solo tenemos datos sueltos, y a lo mejor cuando lleguemos ya han encontrado las memorias escondidas en un cajón del archivo.

Valentina se resistió un poco a apagar el ordenador, y él recurrió a Emily.

—¿Has visto, abuela? —le preguntó, fingiendo sufrir aquella situación—. No hay manera, ¡siempre quiere jugar a detectives!

—Siendo policía, ¿qué esperabas, pequeño *brownie*?

Valentina levantó la mirada.

—¿*Brownie*?

—Ah, querida, aquí los *brownies* son los duendecillos, ¿sabes? Llamábamos así a Oliver de pequeño, parecía un elfo con su naricilla respingona y su pelo negro, siempre alborotado.

—Cariño —negó él, mirando a Valentina—, no le hagas caso, que mi nariz siempre ha sido perfecta y lo que pasa es que aquí ponen motes a todo el mundo.

—Ay, ¡qué recuerdos! —exclamó Emily—. Lo cierto es que la familia es lo mejor, los niños, su inocencia, las excursiones y comidas que hacíamos... ¡No hay nada mejor que la risa de un niño!

De pronto, la anciana pareció darse cuenta de algo. ¿Cómo podía haber tenido aquella falta de delicadeza? Oliver y Valentina nunca podrían tener hijos. Emily Gordon estiró su cuerpecillo y, sin levantarse, tomó a Valentina de la mano y la miró con cercanía.

—Tú no sufras, niña. La vida es la vida, y hay que tomarla como venga. Sé que lo habéis pasado muy mal, pero en las Highlands se dice que el molino tritura mejor cuando se han picado muescas en sus muelas.

Valentina respiró profundamente y le mantuvo la mirada. La metáfora era algo tosca, pero resultaba reconfortante la proximidad de aquella anciana. Se había quedado viuda hacía más de veinte años, y a ratos vivía sola y a ratos con su hijo Arthur —ahora que había decidido mudarse—, aunque su otro hijo, George, vivía en el mismo pueblo, en Stirling. ¿Cómo sería posible alcanzar aquella paz interior, aquel interés genuino por la vida, a pesar de haberla transitado durante tantos años? Oliver, que sintió como el ambiente se volvía más intenso, procuró cambiar de tema.

—Oye, abuela, en Falkland vimos muchas anotaciones en los dinteles de las puertas... Números e iniciales, ¿sabes qué significan?

—Ah, ¿eso? ¡Por supuesto! Pero, Oliver, si te llevamos a ese pueblo varias veces y te lo explicamos cuando eras pequeño...

—¿Sí? No me acuerdo.

—Ah... ¡Hombres! —se lamentó Emily, poniendo los ojos en blanco—. Pues, por lo general, en los dinteles se ponen las iniciales del matrimonio de la casa y la fecha de su construcción o de cuando empezaron a vivir en ella.

—Pero —objetó Valentina— eran números de dos cifras nada más...

—Claro. Los separan... Aunque no siempre lo ordenan de la misma forma. Por ejemplo —explicó Emily, levantándose y tomando un lápiz y un papel del aparador de la cocina—, así: «17 OG VR 05». ¿Es algo parecido lo que habéis visto?

Oliver miró lo que había escrito su abuela y sonrió. Ahora se acordaba. Le explicó a Valentina lo que Emily había plasmado en el papel:

—Año 1705, Oliver Gordon y Valentina Redondo.

Valentina asintió y sonrió con afecto a la anciana, que le guiñó un ojo.

—Bien, queridos, esta vieja se va a dormir, que mañana quiere estar descansada para los Highland Games... Si queréis subir ya a Huntly, por mí tranquilos, iré con los vecinos a los juegos o llamaré a George —dijo, aludiendo a su otro hijo—, ni se os ocurra quedaros por mi culpa.

—No, no, abuela —negó Oliver, mirando a Valentina para comprobar si ella estaba conforme—, el misterio de Byron puede esperar; así Valentina podrá ver nuestros juegos tradicionales y probar las delicias que haya en los puestos.

—Claro, estoy deseando comer toda esa comida, que aquí paso mucha hambre —confirmó Valentina, mirando hacia los restos de *haggis* que todavía quedaban sobre la mesa.

La anciana dio unos pasos, se tomó unos segundos para oler el aroma de un ramito de lavanda que había sobre una estantería y se despidió con una sonrisa.

—Buenas noches.

Según se alejaba, Emily murmuró algo para sí misma, y Oliver y Valentina solo llegaron a entender expresiones y palabras sueltas como «divina juventud» y «Marte». ¿Marte? ¿Habría querido decir «marzo», que en inglés era fonéticamente parecido? Oliver estaba acostumbrado a las rarezas de su abuela, de modo que se encogió de hombros y no dijo nada. La pareja se puso a recoger la cocina mientras el ordenador portátil, todavía encendido, exponía a la vista algunas de las respuestas que, en los próximos días, buscarían con urgente y angustiosa desesperación.

Mary MacLeod

Mary se ajustó el sombrero y entró con decisión en Stoner. Su amiga Catherine le siguió el paso, sin gran afán por los libros ni por nada de lo que pudiese encontrar en el establecimiento. ¿A quién podía interesarle perderse entre páginas y páginas de letra apretada, pudiendo vivir la vida ahí fuera?

—Oh, *mademoiselle* MacLeod, qué placer verla. Debe de hacer ya, al menos, dos semanas de su última visita.

—Puede ser. Buenos días... Disculpe, no recuerdo su nombre.

—Ah. Berlioz... Jules Berlioz, para servirla a usted y a su encantadora acompañante.

El joven se inclinó ante Mary y Catherine sin olvidarse de peinar su cabello con la mano, en lo que pareció un gesto involuntario y automático. Catherine no pudo reprimir ni el sonrojo ni la sonrisa, aunque Mary se limitó a mirar fijamente al muchacho.

—Quisiera un ejemplar de *La cabaña del tío Tom*, por favor.

Él hizo un gesto apreciativo y alzó las cejas.

—Una elección interesante. Es un libro que se está vendiendo muchísimo, me han asegurado que en Estados Unidos está causando sensación.

—Algo he oído.

—Hay quien dice —Berlioz se inclinó sobre el mostrador, como si fuese a revelarles un secreto— que es un libro tan impresionante sobre la esclavitud, tan marcadamente abolicionista, que podría causar incluso una guerra.

—Si no la causa, señor Berlioz, ya sería hora —replicó Mary, enérgica—. En Inglaterra hace más de veinte años que se abolió la esclavitud, por degradante e inhumana.

—Las guerras no son cosa de broma, señorita.

—En efecto. Si lo fueran, en este momento me estaría riendo.

Ambos se quedaron mirando unos instantes completamente serios, como si estuviesen llevando a cabo una renovada evaluación mutua. Catherine, asombrada, prorrumpió en una risita nerviosa que rompió el duelo visual. El librero retomó el gesto afable y disculpó su ausencia para ir al almacén a buscar un ejemplar del libro. Lo cierto era que, con frecuencia, las obras de autores americanos debían ser encargadas con antelación, pero aquel dichoso libro sobre esclavos era uno de los más solicitados y vendidos de los últimos tiempos. ¿No resultaba increíble, habiendo sido escrito por una mujer?

Jules regresó en solo un par de minutos, y comprobó que Mary había puesto sobre el mostrador una libreta y un botecito de tinta. Debía de escribir mucho.

—Aquí tiene su libro, *mademoiselle* MacLeod. Dígame, si no es indiscreción, ¿qué le pareció el poema de Byron?

Ella tardó unos segundos en darse cuenta de a qué se refería.

—Ah, ¡el poema del prisionero de Chillon! Realmente estremecedor. Cualquiera diría que hasta el propio Byron hubiese estado preso en esas mazmorras.

—Sí, es cierto. Y le aseguro que es una prisión realmente asfixiante. Estremecedora... —añadió, utilizando deliberadamente el término que ella misma había empleado.

—Pero... ¿ha estado usted en el castillo de Chillon?

—Oh, *oui*. Nunca podría permitirme un Grand Tour como Lord Byron, pero le aseguro que he viajado lo que he podido. Suiza es un país absolutamente encantador... El castillo está al borde de un lago, pareciera que emerge de las aguas. Si algún día tuviese una esposa, me gustaría regresar y mostrarle toda esa belleza.

Berlioz describió entonces algunos paisajes de los cantones que había conocido, deteniéndose especialmente en los encantos de Lucerna y de su bello y antiquísimo puente de madera. Después, añadió detalles de otros idílicos pueblecitos de Italia y Alemania que también había visitado cuando, siendo apenas un adolescente, había acompañado a un tío comerciante en uno de sus viajes. En realidad, en aquel periplo el joven Berlioz había ejercido más de mozo de carga que de sobrino, y no se había librado de alguna paliza del tío Émile, que por entonces acostumbraba a excederse con los tragos y la amargura; pero el librero omitió aquella parte, dándole al viaje un matiz romántico y aventurero que nunca había tenido. Ambas jóvenes lo escucharon en silencio y, aunque el gesto de Mary permaneció inescrutable, Catherine dejó caer un poco su labio inferior, como si hubiese quedado embobada. De pronto, y tal vez queriendo deshacer el hechizo que el francés había logrado con su narración, Mary decidió cambiar de tema.

—Sus viajes han debido de resultarle muy atractivos e inspiradores, sin duda. Sin embargo, si le soy sincera, los otros poemas que acompañaban al del prisionero me han resultado más impactantes. «Oscuridad» parece adentrarse en un horrible apocalipsis, y «La tumba de Churchill»... Ah, ¡ese me ha encantado! —exclamó, adoptando al instante un tono declamatorio—: «... Oscuridad y Fama; la gloria y la nada de un nombre».

Jules asintió y aceptó el comentario con elegancia, aunque comprendió al instante que ella solo había deslucido el poema de Chillon para rebajar también el halo evocador que él mismo había dibujado en su periplo europeo.

—En fin, señorita MacLeod, ¿puedo ayudarla en algo más? ¿Tal vez también se anima con *Jane Eyre*, el libro que le recomendé? Es una lástima que su autora haya fallecido tan joven, en unas semanas creo que hará un año... Dicen que también ella leía el *Maga*, como usted.

—Ah. No, yo... Tal vez... Es posible que me lo lleve para una próxima lectura. De momento, con esto —señaló lo que había puesto en el mostrador— es suficiente.

—Realmente es usted admirable, tan joven y con gustos tan elevados de lectura.

—No soy tan joven, señor Berlioz. Cumplo diecinueve años esta misma semana.

—Sí —confirmó Catherine—, ¡este mismo sábado! Los padres de Mary han organizado una fiesta. Ah, ¡qué ganas tengo de ir!

Jules Berlioz le dirigió una mirada afectuosa a Mary.

—La felicito, entonces.

—Gracias.

—Por cierto, ¿cómo se encuentra su madre? Espero que mejor, el otro día parecía cansada.

—Ah, mucho mejor, le agradezco el interés. Cuando por fin regrese el sol, sin duda, le animará el poder dar largos paseos.

—Por supuesto, sin duda.

Las jóvenes se despidieron y salieron de Stoner charlando animadamente. A Berlioz casi le dio pena que su objetivo no fuese Catherine. Tampoco era especialmente agraciada, pero sí más manejable. Aquella Mary MacLeod era diferente. Había observado que su rostro solo se había dulcificado cuando él le había preguntado por su madre. Tal vez fuese una de esas jovencitas que no hace nada que pueda incomodar a sus progenitores. Sin embargo, la actitud de Mary era algo desafiante, tenía un punto de rebeldía. No, no debía perder la esperanza. El mundo todavía era un lugar lleno de posibilidades.

El día había sido fantástico. Un sábado de cumpleaños absolutamente perfecto. Mary MacLeod había recibido muchas visitas, y todas habían ido acompañadas de regalos. Vestidos, telas, dos sombreros y un precioso plumín de cisne para escribir sus cartas. Tras la merienda, solo algunos invitados selectos se habían quedado a la cena. Los manjares habían consistido, entre otros, en una deliciosa sopa de cangrejo y en pato al horno, que a Milley, la cocinera, siempre le salía extraordinariamente bien. Hasta su padre, el serio y habitualmente pensativo Sean MacLeod, cuyo humor solía ser escaso, se había relajado y había terminado los postres con unos buenos tragos de whisky y distendidas conversaciones con los invitados. Su esposa había recuperado por completo el ánimo y la salud para aquella jornada, algo que curiosamente solía suceder cuando era ella misma la anfitriona de las fiestas o cuando debía acudir a celebraciones ajenas. Sus nervios eran volubles e impredecibles, y nada podía hacerse al respecto.

La noche también se ofreció como un regalo para la joven Mary, pues el frío ya no fue tan gélido e hiriente, y el cielo se había abierto sobre la casa como un manto iluminado por las estrellas, limpio y esperanzador. Sin duda, aquel era un hogar cálido y acogedor en el que vivir. La vivienda de piedra, de tres plantas, era de estilo georgiano y disponía de grandes ventanales blancos de madera divididos en amplias cuadrículas del mismo color. Estaba rodeada de una verja de muy poca altura en el frente y en los laterales, pues la parte trasera disponía de un muro de piedra que protegía un gran jardín.

La habitación de Mary se encontraba en el piso inferior, en un lateral muy próximo a la acera, y gracias a ello podía ver, sin ser vista, la vida que discurría sobre las calles de aquella parte de Aberdeen. Ya estaba a punto de irse a dormir cuando alguien llamó a la puerta de su habitación.

—¿Señorita?

—Sí, ¿Anne?... Puedes pasar.

La criada abrió la puerta y se acercó a Mary, que estaba sentada en su cama, sin duda dispuesta ya a desnudarse para ponerse el camisón que reposaba sobre la colcha.

—Señorita Mary, tiene que disculparme. En la mesa de regalos no se incluyó este paquete —le explicó, mostrándole un pequeño bulto rectangular que llevaba entre las manos y que estaba atado con una sencilla cuerda de rafia.

—¿De quién es?

—No lo sé, señorita. Viene a su nombre... Lo trajo un mensajero; bueno, uno de esos chiquillos de los recados, ya sabe. Discúlpeme, con toda la gente que ha pasado hoy por la casa, al final se quedó en el recibidor. Es un paquete tan pequeño que yo no sé, se me olvidó. Debe de ser un regalo por su cumpleaños, señorita.

La criada, que apenas tendría dieciséis años, se quedó mirando con curiosidad, esperando que la señorita MacLeod abriera el envoltorio. Mary se dio cuenta y negó con una sonrisa.

—Buenas noches, Anne. Hasta mañana.

—Oh, sí, señorita. Hasta mañana... Por favor, no le diga a la señora MacLeod que me he descuidado, no sabe cuánto lo siento.

—Quedas disculpada, no tiene importancia.

La joven criada pareció respirar un poco más tranquila y salió sin hacer ruido de la habitación, cerrando la puerta muy suavemente. Por fin, Mary se quedó a solas con aquel misterioso paquete que, en efecto, iba a su nombre. ¡Qué extraño que no apareciese el remitente!

Mary MacLeod

Allí estaba su nombre, en efecto. Y escrito, además, con una caligrafía bastante particular, muy alargada y estrecha. La joven retiró el papel, que era algo tosco, y se encontró con un nuevo envoltorio, que era de una agradable tela verde salpicada de flores diminutas. Sobre la tela, impidiendo que se desvelase el contenido que ocultaba, se deslizaba un bonito lazo de terciopelo verde, haciendo del conjunto un curioso y florido hatillo. Lo deshizo y, para su sorpresa, se encontró en el interior un ejemplar de *Jane Eyre*, el libro escrito por Charlotte Brontë del que el empleado del señor Campbell le había hablado.

La edición era distinguida y cuidada: la tapa del libro, decorada con tonos dorados, recogía el título de la novela y el nombre de la autora con elegantes letras en relieve. En el interior, el ejemplar llevaba varias ilustraciones acompañando al texto, y a Mary le dio la sensación de tener algo muy valioso entre las manos. Un sobre sin cerrar guardaba una nota dentro:

Estimada señorita MacLeod, disculpe mi impulso y atrevimiento al enviarle este presente por su cumpleaños. En Jane Eyre, la autora dice de un personaje que «se le asomó el alma a los labios y fluyeron las palabras de no sé dónde». Creo que lo mismo me ha sucedido a mí, y no he podido evitar mi propio envite de remitirle esta lectura, que espero que resulte de su agrado.

Con afecto lector,

Jules Berlioz

Mary sintió cómo se le aceleraba el corazón, cómo la emoción de aquel regalo, tal vez por ser inesperado, le llevaba a los labios una sonrisa. ¿«Afecto lector»? ¿Qué quería decir aquel atrevido francés? Leyó la breve carta varias veces, analizando cada detalle, cada giro y matiz. Era, sin duda, un regalo bonito y adecuado para ella. En casa, ni su madre ni Jane, su hermana pequeña, sentían especial atracción por los libros, pero para ella eran una ventana a la que asomarse todo el tiempo. Que su padre compartiese la afición había dado tácito consentimiento para que no hubiese grandes limitaciones con los gastos en libros, a pesar de que Sean MacLeod, por su trabajo, apenas tuviese tiempo para leer la prensa y algunos tratados sobre arquitectura.

Pero ¿qué intención real tenía aquel regalo? Para el bolsillo de Berlioz, posiblemente, tenía que haber supuesto un desembolso considerable. ¿Por qué gastaría lo poco que pudiera pagarle el señor Campbell en un regalo para ella, que era una desconocida? La joven caminó de un lado a otro de la habitación, con sus finos labios apretados y la mirada concentrada, pensando. Una idea cruzó por su mente y de pronto se sintió furiosa. ¿Sería posible?

Jules Berlioz, que justo en aquellos instantes cenaba en la habitación de su pensión un modesto pedazo de pan con queso, no podía siquiera sospechar que su regalo fuese a suponer que el torbellino que en realidad era Mary MacLeod se presentara en Stoner a primerísima hora del día siguiente. Tal vez fuese porque, a veces, hay cazadores que no saben ver cuándo se adentran en una tormenta.

3

¿Puede la Muerte estar dormida, cuando la vida
[no es más que un sueño,
y las escenas de dicha pasan como un fantasma?
Los placeres pasajeros se asemejan a una visión,
y aún creemos que el dolor más grande es morir.

John Keats,
Sobre la Muerte (1814)

Las cosas que más nos impresionan, con frecuencia, son aquellas sobre las que no albergábamos expectativas. Valentina esperaba encontrarse otro típico castillo escocés: una estructura previsible y señorial, de líneas defensivas y estéticamente limpias pero toscas; seguramente estaría enclavado cerca de un río y rodeado de un paisaje de ensueño. Y, en efecto, cuando ella y Oliver aparcaron delante del castillo de Huntly, sintió que estaba ante un enclave único. Ya había visto imágenes en internet la noche anterior, pero las fotografías de ningún modo habían recogido la atmósfera del singular palacio, que en su hechura desvelaba influencias de la arquitectura renacentista francesa.

—Oh, ¡fíjate, como en Falkland! —exclamó, intentando descifrar las enormes inscripciones de la fachada del edificio principal.

Oliver leyó en alto:

GEORGE GORDOVN FIRST MARQVIS
OF HVNTLIE 16
HENRIETTE STEWART MARQVESSE
OF HVNTLIE 02

Valentina sonrió ante aquella sorpresa.

—Nunca había visto inscripciones como estas en ningún castillo de los que hemos visitado por aquí.

—Sí, no es muy habitual —reconoció Oliver—. La verdad es que es la primera vez que vengo; supongo que mis padres nunca nos trajeron porque estaba en manos privadas, y además de los Forbes...

—Pero, bueno, ¿qué tenéis con los Forbes?

—Tener, tener... Ahora nada, supongo. Pero en el siglo XVI los Forbes asesinaron a una veintena de los nuestros en un banquete aquí cerca, un poco al sur, en el castillo de Drumminor; y claro, no pasó mucho tiempo hasta que nos vengamos y nos cargamos a casi treinta de ellos... Y, en fin, que es una historia que nos cuentan desde niños, porque tuvo que intervenir el Parlamento y todo. Resumiendo... Que no nos caemos simpáticos.

—¡Pero si han pasado siglos!

Oliver se encogió de hombros, como si aquel odio ancestral entre clanes fuese consustancial a la sangre y no hubiese remedio. Volvió a leer la inscripción de la fachada, admirado por el gran tamaño de las letras.

—Así que en 1602 George y Henriette Gordon tenían aquí su chalecito... Creo que esa fecha debe de corresponder a la última reforma, porque el castillo es mucho más antiguo. En fin —suspiró—, venga, vamos, mi padre me dijo que nos esperaría dentro.

Valentina asintió y estiró las piernas; habían tardado casi cuatro horas en llegar allí desde Stirling, y deseó que dentro de aquel castillo hubiese algún inodoro operativo. Le extrañó ver tantos coches aparcados en la explanada de gravilla, aunque Oliver le restó importancia; tal y como era su padre, resultaba muy posible que ya tuviese operarios trabajando dentro del palacio. Dieron la vuelta al edificio principal y vieron otras dos construcciones de menor tamaño con las ventanas y puertas cerradas. Las edificaciones estaban rodeadas de robles, abetos y otros árboles enormes y antiguos que parecían centinelas.

La puerta del torreón que daba acceso al palacio estaba abierta, y podían escucharse voces en el interior. Valentina admiró aquella imponente entrada, porque tampoco había visto nunca en un castillo un torreón con tantos símbolos, relieves e imágenes; aquella fachada contrastaba con el resto del edificio, que carecía de adornos.

—Ah, ¡ya estáis aquí! —exclamó Arthur Gordon, saliendo justo en aquel instante del palacio. Lo seguían casi una decena de personas, algunas con cámaras fotográficas a pleno rendimiento y una con una gran videocámara sobre el hombro. Grabadoras y bolígrafos atareados sobre pequeñas libretas dejaban claro que, muy posiblemente, eran periodistas.

—Por supuesto, por supuesto, tomen las fotos que quieran y den un paseo por los alrededores. ¿Esa elevación de ahí? Ah, es la mota sobre la que se asentaba el castillo original. ¿Cómo? No, no se conservan los relieves del torreón, los destruyeron los presbiterianos, los *covenanters*, ya saben. Lo que les comentaba antes...

Los Gordon de Huntly eran católicos y cuando los echaron todas las imágenes vinculadas al papa y a la Iglesia fueron eliminadas.

Uno de los periodistas comentó con su cámara algo de la guerra de los Tres Reinos, aunque los demás hicieron caso omiso.

—¿Y esos escudos? —preguntó un joven que llevaba un carnet acreditativo del *Aberdeen Journal*.

—Ah, ese es el de las armas reales y el otro el de los marqueses de Huntly. El jabalí es el símbolo de los Gordon.

Valentina sonrió y acercó sus labios al oído de Oliver: «No me habías dicho que vuestro símbolo heráldico fuese un cerdo», a lo que él replicó haciéndole una mueca y alzando la barbilla en gesto de orgullo. A cada explicación que Arthur Gordon ofrecía, varios flashes se disparaban, como si en cada grabado e imagen hubiese un misterio que observar, aunque hubieran pasado cientos de años sin que nadie les prestase la menor atención.

Por fin, y tras un rato de charla, Arthur despidió a los periodistas y se dirigió a Oliver y Valentina, que habían esperado con paciencia y apartándose del grupo con total discreción.

—Pero, papá, ¿qué has hecho?

—Hola a ti también, querido hijo. Ah, ¡Valentina! —exclamó, dirigiéndose a ella con algo parecido a una reverencia teatral.

—¡Papá!

—¿Qué? He llamado a algún periódico... Ya estuvieron aquí ayer, ¿o es que no habéis visto la prensa? Por cierto, ¿qué tal ayer en los Highland Games?

—¿Los Highland...? Pues, bien... A ver, ¿qué es esto de la prensa? ¿Has encontrado las memorias?

—No —reconoció Arthur con gesto de fastidio, aunque enseguida cambió su expresión por otra de entusiasmo—. Pero ya casi da lo mismo, hijo, porque los periódicos están interesadísimos, ¿entiendes? Con esto no vamos a dejar de recibir turistas... ¡Venid, venid! ¿No estáis cansados del viaje? Venga, que os enseño el archivo secreto.

—¿No me habías dicho que era una biblioteca? —le preguntó Oliver, caminando ya con él hacia las escaleras de caracol, mientras Valentina los seguía y guardaba silencio.

—Sí, bueno... No creas que había muchos libros. Alguno es realmente antiguo, pero la mayoría son de mediados del XIX. Creo que los expondré en una de las salas del museo.

—¿Qué museo?

—¿Cuál va a ser, Oliver? ¡El nuestro! Con la sala secreta, nuestros símbolos y lemas, nuestro tartán inspirado en el de la Guardia Negra de las Highlands...

—A ver, papá, espera... Pero, entonces, ¿qué pasa con las memorias de Byron?

—No tengo ni idea de dónde las pondría ese Hamilton, maldita sea. ¡Hemos buscado por todas partes!

Arthur guio a Oliver y Valentina hacia la entrada del saloncito donde habían encontrado la «sala secreta». Sacó unas llaves del bolsillo y abrió una cerradura que a todas luces acababa de ser instalada.

—Y esto, ¿lo acabas de poner?

—Sí, hijo... Ha venido un cerrajero a primera hora. Ya me he llevado algo de material, pero había que dejar cosas en la sala para cuando llegasen los periodistas, para las fotografías, ¿entiendes?

Oliver miró a su padre con reconocimiento; desde luego, había pensado en todo: seguridad y *marketing*.

Accedieron a la habitación, donde destacaba de forma imponente la chimenea con sus medallones representando a los antiguos Gordon, y ya vieron entreabierta la puerta que daba a aquel pequeño cuarto que había estado oculto durante tantos años. Desde luego, suponía una visión realmente intrigante: un acceso hacia otro tiempo viejo y ya en desuso, pero vivo. Arthur, tras la visita de los periodistas, había dejado allí varias lámparas eléctricas encendidas, y con ello había hecho perder al cuartito parte de su atractiva y original imagen decimonónica. A cambio, podían verse con claridad los rincones y detalles de la habitación.

—Hemos descubierto algo, y es que este cuarto debió de ser hecho por los marqueses cuando reformaron el palacio en 1602... Fijaos —les explicó Arthur a ambos, señalándoles una inscripción que había tallada en la madera de un zócalo y que él, el arquitecto y el constructor no habían visto cuando habían descubierto la habitación:

Sen God doth us defend ve sal prevail unto the end.
To thaes that love God al things virkis to the best.
G – H S.

—Oh, pero eso no es inglés, ¿no?

—Parecido, Valentina. Una mezcla con el dialecto escocés. Digamos que se trata de un mensaje claramente católico en favor de la defensa de Dios, de modo que tenemos la teoría de que los Gordon reconvirtieron este pasillo en sala oculta para guardar elementos comprometedores de su religión si hacía falta, o incluso para ocultarse ellos mismos en caso de asalto.

—¿Ocultarse? ¡Pero si tenían señales católicas por todas partes!

—Precisamente, hijo, precisamente. Los *covenanters* llegaron a ocupar el castillo en 1640, ya nos hemos informado...

—Nos hemos informado, ¿quiénes?

—Ah, pues Catherine y yo.

—¿Quién es Catherine?

—Catherine Forbes, del hotel de aquí al lado, el Sandston. No creas que no está fastidiada por haber vendido el palacio con este tesorillo dentro, porque antes pertenecía al grupo inversor de su familia... Pero la verdad es que está colaborando.

Oliver resopló.

—No puedo creerlo. Llego aquí y ya has montado un circo con la prensa, sin haber encontrado todavía las memorias de Byron ni tener ninguna pista, ¡y encima me dices que estás colaborando con una Forbes! ¡Una Forbes! Papá, ¿no crees que te estás precipitando?

—¡Por supuesto que me estoy precipitando! —exclamó Arthur, riéndose—. No me digas que así no es mucho más divertido. ¡No dejan de suceder cosas! No dispongo de tiempo para perderlo en gestiones prudentes y aburridas... ¿No me dijiste tú que debía ocupar mi tiempo y mi mente en...? ¿A ver, cómo era? Ah, sí, en actividades que me diesen vida.

Oliver asintió con gesto de resignación. Tras la muerte de su madre, había visto cómo su padre se había hundido en la más oscura melancolía durante muchos meses, y lo había animado a viajar, a salir, a reencontrarse y a buscar actividades que lo ilusionasen. ¿De qué se quejaba? Lo cierto era que hacía mucho tiempo que no veía a su padre con tanta y tan contagiosa energía.

—De acuerdo, tú ganas. Pero, a ver, aquí solo hay

un par de libros —añadió, ojeándolos—, ¿dónde están los demás? Habría que hacer llamar a un experto, catalogarlos, tasarlos...

Arthur sonrió con suficiencia y se dirigió a Valentina.

—¿Has visto? Mi hijo debe de creer que soy tonto, que no lo había pensado. Ay, Oliver... —añadió, con un suspiro y un gesto de burla—, ya tengo a un editor, a un anticuario y a una profesora universitaria en ello; están revisando parte del material en estos instantes. Después los conoceréis, se alojarán con nosotros en el Sandston.

—¿Qué? ¿Y cómo demonios has podido organizarlo todo en un solo día?

—Ah, no hubo que hacer gran cosa... En realidad, yo solo he contactado con el anticuario, los otros dos se han unido esta mañana después de leer la noticia en prensa. Pero es gente muy seria y formal, ¿eh? He comprobado sus acreditaciones. Y encima vienen gratis, ¡están entusiasmados!

Oliver no daba crédito. Su padre siempre había dado prueba de prudencia y mesura en sus negocios inmobiliarios, pero aquella primitiva cautela parecía ahora haberse diluido por alguna parte.

—¿Y se puede saber dónde están esas eminencias?

—En el Sandston, ¿no lo acabo de decir?

—Más bien dijiste que se alojarían allí... —negó Oliver, sorprendido—. A ver, que yo me aclare... Entonces, ¿tienes ahora en un hotel de los Forbes a unos desconocidos revisando y custodiando gran parte de los libros que encontraste aquí hace dos días?

—Dicho así suena raro, pero sí... Anda, hijo, relájate, ¿quieres? —respondió Arthur, con gesto despreocupado—. Además, ¿no te acabo de decir que he sido yo mismo quien ha contactado con el anticuario? ¡Pero si tú lo conoces! ¿No recuerdas a Andrew Oldbuck, uno bajito? El que siempre llevaba trajes de cuadros, ¿recuerdas? Me ayudó con lo del coche de mamá...

—¡Ah, ese!, ¡el de la sala de subastas! ¿También sabe de libros?

—Fundamentalmente de libros, hijo... En lo del coche solo hizo de intermediario. Es un buen tipo y confío en él, lo conozco desde hace muchos años y ha venido desde York en cuanto lo he llamado. En realidad, y por lo que sé, es muy rico y solo se dedica a esto por pasión, porque le encantan el arte, los trastos y los libros viejos... Ya sabes, esa clase de cosas.

Oliver se quedó pensativo, y recordó el coche de coleccionista que su madre le había dejado en herencia a su padre. Un Austin Healey 3000 de color azul, del que Arthur se había deshecho con la excusa de que le resultaba incómodo para conducir, aunque todos sospechaban que era la melancolía y la incapacidad de conducirlo sin pensar en su esposa lo que había hecho que lo vendiese. Arthur, viendo que ya había tranquilizado un poco a su hijo, se dirigió a Valentina.

—Querida, ¿tú crees que podríamos utilizar aquí un radar o algún sistema de esos modernos para comprobar si hay huecos ocultos en las paredes? En el último caso que resolviste me contaste que habíais tenido que utilizar algo parecido.

—Eeeh... Sí, se puede realizar una radiografía estructural con un escáner especial, que por lo que sé puede analizar todo lo que pueda estar escondido en la estructura de la habitación. También existe un dispositivo de tecnología 3D portátil, pero no recuerdo su nombre ni los detalles, de eso se encarga el Servicio de

Criminalística. Si quieres puedo preguntar, a ver si alguna entidad privada por aquí puede tener esa tecnología.

—¿Entidad privada? Sí, claro... —razonó Arthur, meditándolo—. Tal vez podamos encontrar colaboración de la Historic Environment Scotland... Ya veremos, tendré que hablar con ellos de todos modos.

—Papá, ¿y todos estos papeles? —preguntó Oliver, que se había agachado para ver las cajas con documentación. Resultaba obvio que alguien ya había inspeccionado de forma somera el material, que estaba bastante ordenado.

—Ah, ¡eso! Aún no he podido leerlo todo, claro... La mayoría parecen escrituras de propiedad, libros de cuentas y cartas de pago a carpinteros y canteros, ¡de todo! Por lo que dice Hamilton en su carta ya debían de estar aquí guardados cuando él compró la propiedad a los Brodie, que los debieron de dejar porque no les importaban lo más mínimo: solo aparece el apellido Gordon por todas partes. Seguramente este cuarto lo tenían como archivo o algo parecido; y, no os lo perdáis, ¡porque tenía luz natural!

—¿En serio?

—Sí —confirmó Arthur levantando la vista hacia el oscuro techo de madera de roble, que era altísimo—. Allí, en aquella esquina, ¿veis? Bueno, no, claro, de momento es imposible... Tenemos que despejar esa parte del tejado.

Oliver y Valentina no parecían convencidos, y Arthur les explicó que, tras encontrar aquella habitación, él mismo y Donald —el constructor— habían vuelto a revisar los planos y el tejado, y se habían dado cuenta de que uno de los patios interiores del palacio disponía de una especie de rústica claraboya rectangular de cristal; en una de sus esquinas, de forma apenas perceptible, el tragaluz ocupaba parte del tejado del cuarto secreto y lo proveía de cierta claridad.

—¿Y cómo es que no vemos esa claraboya? —dudó Valentina, escudriñando el techo, que era muy alto.

—Creo que debe de llevar sin limpiarse unos doscientos años, querida, y además en muchas zonas del tejado ha crecido algo de vegetación... En fin, chicos, tengo provisiones en el coche y algo de beber; ¿qué os parece si lo subo todo, comemos aquí y me ayudáis a echar un vistazo, a ver si encontramos algo?

A Oliver y Valentina no les pareció mal plan comer algo y descansar un poco del viaje; tras localizar un rústico inodoro en aquel viejo palacio y reponer fuerzas, ayudaron a Arthur Gordon a levantar la alfombra, a separar estanterías y a revisar cada centímetro del extraordinario cuarto que, tras haber estado dormido durante casi doscientos años, ahora se desperezaba mirando con curiosidad todo aquello que no había logrado domeñar el tiempo.

No hubo suerte. Buscaron el tesoro con la ilusión del niño que persigue una aventura, pero su esfuerzo solo hizo que bailase el polvo de los años en el aire. Leyeron varias veces la carta firmada por Stuart Hamilton y cuestionaron su veracidad. Aunque, ¿para qué iba a incurrir aquel hombre en una mentira, con qué finalidad? Arthur aún no había podido confirmarlo, pero, por lo que había podido averiguar gracias a Catherine Forbes, en efecto, Stuart Hamilton parecía haber sido propietario del castillo durante unos meses durante el año 1857. ¡Solo unos meses! ¿Qué podría haber sucedido? ¿Una muerte repentina, quizás? Tal vez alguien lo hubiese atacado para lograr hacerse con el tesoro literario que custodiaba: las memorias de Byron, nada menos. ¿Cuánto valdrían en el mercado actual? Una cantidad indecente de libras, sin duda.

Con el ánimo algo desesperanzado, pero con la emoción de la búsqueda todavía latente, el grupo formado por Valentina, Oliver y Arthur se dirigió al hotel, a menos de tres kilómetros del castillo de Huntly. Fue un paseo agradable, en el que sus vehículos parecían surcar un perfecto océano verde, donde la hierba estaba cortada con asombrosa precisión; en el camino, majestuosos árboles centenarios les abrían paso hacia el Sandston, que al final de una larga recta los esperaba con aire acogedor.

Era un gran edificio de piedra georgiano de tres alturas, con puertas y ventanas blancas de madera y en el que, al entrar, se percibía un claro aroma a flores y a suaves velas aromáticas. Los suelos estaban enmoquetados con tela de tartán verde, blanca y morada, y los zócalos de madera alcanzaban metro y medio de altura, ofreciendo al visitante un ambiente amable y recogido, de sobria elegancia.

—Ah, ¡ya estás aquí, querido Arthur! —exclamó una mujer sentada tras un escritorio cerca de la recepción, donde un muchacho parecía atareado frente al ordenador. La dama tendría unos sesenta años, pero su ropa desenfadada, la figura esbelta y su discreto y acertado maquillaje le daban un aire jovial. A Valentina le pareció guapa y admiró su impecable cabellera castaña, cuidada con mimo—. ¿Qué tal, hemos encontrado algo?

«¿Hemos?», pensó Oliver, asombrado por la confianza con la que aquella mujer hablaba a su padre. Sin duda, debía de ser Catherine Forbes, la dueña del hotel.

—Ah, querida, me temo que no. Y eso que mi nuera es policía, ¡una de las mejores de la Guardia Civil española!

Valentina se sonrojó sin poder evitarlo, porque además era la primera vez que Arthur la llamaba «nuera». Ella y Oliver vivían juntos pero no estaban casados, y aunque estaban prometidos hasta ahora solo había sido «la novia de».

—Así que policía... —dijo la mujer con gesto apreciativo. Le dirigió una amplia sonrisa a Valentina y a Oliver y se identificó, en efecto, como Catherine Forbes; al poco rato apareció un hombre al que presentó como su hermano Mel, que por su atuendo parecía venir de trabajar en el jardín. Era alto y robusto, y aunque ya debía de haber cumplido los sesenta años, mantenía cierto atractivo de juventud. Su cabello cano hacía juego con sus ojos grises, que parecían profundos y serios. El hombre saludó de forma tosca, apenas con media docena de palabras dichas sin ganas; aunque físicamente tenía cierto parecido con su hermana, en realidad Mel Forbes no se asemejaba en nada a ella, tal vez por su constante gesto huraño y descreído; su nariz se presentaba algo colorada en la punta, con marcadas venitas rojas que apuntaban a un posible alcoholismo crónico.

—Así que no habéis encontrado nada, ¿eh, Gordon? —le preguntó Mel a Arthur, con tono algo agresivo—. ¡Como si fuera poco el *tesorito* que te has llevado!

—Bueno, supongo que lo ha encontrado quien debía encontrarlo, nada más —replicó Arthur, atacando.

—Fue pura casualidad, no lo niegues. En realidad, debería ser Donald Baird quien se llevase todo el mérito... ¿O te crees que no hemos leído la entrevista que también le hicieron a él?

—Estaba yo presente cuando se la hicieron, Mel. Y tanto él como James Mayne serán recompensados por su colaboración, no lo dudes.

—Ah, y lo de recompensar a quien te cuidó el gallinero, ¿eso no?

—El castillo no era mío hasta hace unas semanas, y creo que esta discusión es ridícula. Si me disculpas, yo...

Mel Forbes hizo caso omiso al ánimo apaciguador de Arthur y continuó hablando.

—Deberías pensarlo con calma, ¿no crees que nos correspondería una parte por haber custodiado y cuidado ese dichoso castillo durante tanto tiempo?

—No, Mel... —negó Arthur, ya con gesto serio—. Creo que esta conversación ya la hemos tenido esta mañana, y te recuerdo que el castillo no era tuyo, sino del grupo de inversión de tu familia. Los Forbes todavía no sois dueños de Escocia, me parece.

—¡No me digas! ¿Y si llamamos al Gobierno para que tu tesoro de los cojones se lo quede la Corona?

—¡Mel! —exclamó Catherine, avanzando unos pasos y tomando a su hermano del brazo, apartándolo—. Por Dios, Mel, ¿has bebido? Deja de decir tonterías y termina de recoger los desbrozos del jardín, haz el favor.

Tras una breve discusión en privado, de la que solo se pudieron escuchar palabras sueltas, Mel se marchó por una puertecilla lateral que estaba tras la recepción y Catherine se deshizo en disculpas.

—Lo lamento, a veces bebe demasiado y dice bobadas...

—No te preocupes, Catherine. Supongo que es lógico que le dé rabia haber sido el guardés del castillo los últimos veinte años para que justo aparezca esto a las pocas semanas de que el grupo Forbes lo venda.

—En todo caso, no es justificación para... En fin, para proferir amenazas. Lo siento.

Arthur le restó importancia al suceso y prometió a Catherine tomar con ella un buen whisky tras la cena. Dejaron las maletas de Oliver y Valentina en la entrada para que las subiesen a una habitación y se despidieron. Arthur hizo que la pareja lo acompañase al fondo del hotel, donde había un saloncito con biblioteca en el que, supuestamente, estarían el anticuario y los otros investigadores.

—Papá, espera —lo frenó Oliver, llevándolo a una discreta salita en el pasillo—. ¿Qué era eso de denunciarte a la Corona?

—Ah, ¡eso! Ni caso... El *bona vacantia*, ¿no te suena?

—Sí... Creo que sí. Lo de los tesoros, ¿no? ¿Se supone que lo que encuentres pertenece a la Corona? Pero, pero... —murmuró Oliver, enlazando ideas—. ¡Si ya lo has anunciado en la prensa!

Valentina suspiró, y le hizo gracia que aquel vodevil fuese parte de sus «tranquilas vacaciones escocesas en familia». Decidió intervenir.

—¿Alguien puede explicarme qué es eso del *bona vacantia*?

—Pues claro, querida... Oliver, ¿quieres tranquilizarte? ¡Confía en tu padre! —exclamó Arthur, dirigiéndose después de nuevo hacia ella—. Verás, en Escocia tenemos unas normas un poco diferentes al resto del Reino Unido, ¿sabes? Aquí, los bienes que se pierden, se olvidan o abandonan se conocen como *bona vacantia* y recaen en la Corona.

—Vaya.

—Sí, vaya. Pero no es este el caso, porque tienen que ser objetos preciosos u ocultos.

—Ah, pues de momento vamos un poco mal, ¿no?

—Que no. ¡Si es que no me dejáis terminar!

—Perdón.

—Bien, pues esos bienes no pueden tener propietario, o no debe de haber presunción razonable de quién pudo haber sido su propietario anterior.

—Pero... —razonó Valentina—, si encontrásemos las memorias de Byron, sus propietarios serían los herederos, ¿no?

—Bueno, ahí podría haber algo de controversia, pero piensa que supuestamente esas memorias no existen, fueron quemadas. Además, Byron se las dio a un amigo para que hiciese con ellas lo que quisiera, y este las vendió, con lo cual los derechos volaron.

—Y Murray, que las compró —añadió Valentina, siguiendo la línea lógica de pensamiento y sorprendiendo a Arthur por saber la historia de aquel manuscrito—, decidió quemarlas, por lo que no pertenecen a nadie, ¿no?

Arthur asintió.

—Supongo que habrá algún subterfugio legal por ahí que se me puede escapar, pero piensa, además, que yo —añadió, remarcando notoriamente el «yo»—, y solo yo, soy el propietario actual del inmueble donde fueron encontrados los libros. Y, por si todavía tenéis dudas —añadió, dirigiéndose no solo a Valentina sino también a Oliver—, debo aclararos que adquirí continente y contenido, aunque los muy desgraciados se llevaron casi todos los muebles.

—Bien, entonces... —intervino Oliver de nuevo—. Mel Forbes no tiene razón, ¿no? ¿Seguro?

—Seguro —le tranquilizó Arthur, que una vez más parecía tener todo absolutamente controlado. Dio por resuelto el asunto y dirigió a Oliver y Valentina a través de bonito pasillo salpicado de lámparas antiguas y de sofás Chester, hasta que llegaron a una sala con una gran biblioteca. Había en el cuarto tres personas que les daban la espalda, y que parecían estar profundamente concentradas en el material que tenían sobre la mesa. Serían una docena de libros antiguos, y algunos estaban abiertos. Sobre uno de ellos, un hombre bajito y calvo, pero con mucho pelo a ambos lados de las orejas, tomaba fotografías e intentaba ampliar la imagen de lo que veía.

—Nada, imposible. Está algo estropeado... ¡Qué fatalidad que no pueda verse la fecha de impresión! Tiene que ser, no obstante, entre 1570 y 1612...

—Sin duda —le confirmó el hombre que estaba a su lado, y que era mucho más joven; se le veía rubicundo y desgarbado, y su cabello, aunque no demasiado largo, parecía revuelto por mil tormentas—. Qué maravilla, ¡el primer atlas moderno de la historia!

—Creo saber algo de atlas y mapamundis —le contravino el otro con tono amable—, y a lo mejor eso es mucho decir...

—Ah, no crea. Abraham Ortelius fue el primero en considerar la deriva continental, y este *Theatrum Orbis Terrarum* debe de valer en el mercado no menos de cincuenta mil euros.

—¿Usted cree?

—Estoy convencido.

—El resto de los libros no creo que sean tan valiosos como el de Ortelius —observó una voz femenina que los acompañaba. Era una mujer delgada y joven, de cabello largo y oscuro recogido en una coleta hecha sin miramientos. Estaba sentada a su lado, fotografiando y haciendo anotaciones en relación con otro libro, mientras intentaba que sus gafas de pasta no resbalasen constantemente hacia la punta de su diminuta nariz. Continuó hablando sin apartar la mirada del libro que estudiaba, y que tocaba con las manos envueltas en guantes transparentes, al igual que sus compañeros—. Creo poder confirmarles que esta obra teatral sí es la última de Shakespeare, pero aunque esté fechada en 1634 no deja de ser una copia realizada en el XIX... Una copia de calidad, por supuesto, pero no es original. Claro que yo lo que domino es la época georgiana y no soy precisamente especialista en falsificaciones, tal vez ustedes...

—Oh, ¡por supuesto, le echaremos un vistazo! —exclamó el de mayor edad, que Valentina ya había deducido que debía de ser Andrew Oldbuck, el anticuario. De pronto, y sin motivo aparente, los estudiosos se dieron cuenta de la presencia de Arthur, Oliver y Valentina, y se sucedieron los saludos. El hombre alto y desgarbado, al darse la vuelta, mostró claramente que no solo era muy pelirrojo, sino que estaba lleno de pecas; resultó ser el editor Henry Blunt, que también formaba parte de The Lord Byron Society. Aquella mañana a primera hora, tan pronto como había leído la noticia del hallazgo, no había tardado más que unos segundos en decidirse a coger su coche para ir a Huntly desde Edimburgo. La joven era Sarah Roland, profesora universitaria de Literatura en Aberdeen, que tampoco había hecho caso a sus propias dudas ni a su timidez en cuanto había leído en la prensa que había aparecido un escondite literario a solo treinta minutos de su universidad.

Arthur había decidido invitarlos a cenar en el hotel aquella misma noche, para que le contasen con detalle todo lo que habían encontrado. El asunto estaba sumamente interesante, no solo por la repercusión económica positiva que pudiese suponer para los Gordon, sino porque aquellas pequeñas joyas literarias podían guardar muy buenas historias tras su ocultación deliberada en el archivo. Además, tanto Arthur como Valentina y Oliver querían investigar más con los expertos sobre aquellas personas que habían vivido en el siglo XIX, Stuart Hamilton y Adam Chambers, el editor de Inverness. Cuando Valentina iba ya a comenzar a hacer preguntas, apareció en la biblioteca un hombre de unos sesenta años, que todavía era alto y fuerte. Vestía de forma elegante, y en su expresión se adivinaba un contundente gesto de enfado. Miró a su alrededor con urgencia y se dirigió hacia Arthur tras dos largas y enérgicas zancadas.

—Ah, ¡por fin! Estás aquí, ¡maldito seas!

—Perdone, ¿habla conmigo? —le preguntó Arthur, con gesto de sorpresa.

—Contigo, por supuesto. ¿Con quién si no? ¿Acaso no me recuerdas de las fiestas en Glenbuchat?

—¿Qué? Pero, yo... No sé. Dios mío, ¿eres...?

—Soy, soy yo... Adam Gordon, del clan Gordon. Y esta es mi hija Linda, a la que conociste hace muchos años —añadió, señalando con una mirada despectiva hacia sus espaldas, donde una mujer rubia de unos treinta años, muy delgada y de gesto tímido, parecía intentar camuflarse entre las sombras del pasillo, pues ya había comenzado a anochecer—. Pasa, Linda... Vamos, ¡espabila, por Dios!

—Te recuerdo, sí. Adam Gordon, del castillo de Glenbuchat; el jefe del clan Gordon desde hace ya varios años... ¿Y a qué debo tu impertinencia?

—¡Mi impertinencia! —exclamó el gigante, que sonrió y mostró una fila de dientes perfecta y cuidada—. Tu imprudencia, querrás decir. ¿Cómo se te ocurre mostrar en los periódicos algo que puede pertenecer al clan, que puede alterar su estructura y su orden?

Arthur no disimuló su extrañeza.

—Disculpa, pero no te entiendo. Estos libros —dijo, señalando los que estaban sobre la mesa— no afectan para nada al clan, del que, por cierto, no me consta que en el siglo xxi deba recibir orden alguna.

—Claro. Y esas cajas con documentación sobre la familia, con escrituras y, sin duda, testamentos, has pensado que era apropiado enseñarlas a la prensa.

—Ah, eso... Adam, sea cual sea el contenido de todos esos papeles, no te incumben. Y te aseguro que la prensa no ha tenido acceso a la documentación. Si hubiese algo relevante, que lo dudo, se lo haría saber a quien estuviese implicado... Y si hubiese algo irregular, dudo mucho que desde el siglo xix perviva acción alguna que no haya prescrito.

—¿Y lo has comprobado? No, ¿verdad? ¡Claro que no! ¿Tienes idea de la cantidad de problemas que tenemos con los derechos sobre propiedades, con el Tribunal de Tierras de Escocia y hasta con el Tribunal de Lord Lyon? ¡Quién sabe lo que habrá en esa documentación que has encontrado y que has tardado solo cinco minutos en publicar en los periódicos! Cuando lo leí esta mañana en Inverness casi me da un puto infarto.

—¿En Inverness?

—Vengo con mi hija de una convención... —declaró, tomando aire lentamente y rebajando el tono—. Disculpa si he estado fuera de lugar, pero tras todo un día de reuniones estoy agotado y hemos parado aquí de camino a Glenbuchat sin tener un respiro.

—Lo comprendo —aseguró Arthur moviendo ambas manos en gesto tranquilizador, mientras el resto de la habitación observaba la escena sin saber qué decir. Oliver estaba a punto de intervenir, pero comprobó que su padre calmaba al recién llegado de manera sorprendente—. Ya es tarde para continuar hasta Glenbuchat, ¿por qué no cenáis con nosotros tranquilamente y os quedáis a dormir? Yo me hago cargo.

—No es necesario —replicó Adam, que a pesar de mantener el gesto serio ya había suavizado abiertamente su expresión de enfado.

Arthur, conciliador, insistió amablemente, y Adam terminó por aceptar la invitación a la cena, aunque «haciéndose ellos cargo de su hospedaje, por supuesto». El jefe del clan Gordon terminó por ordenarle a su hija que pidiese un par de habitaciones para aquella noche, que «para algo tenía que servir haberla traído», y junto a Arthur se separó unos metros para seguir manteniendo una conversación más calmada. Valentina, que había observado todo en silencio, inclinó el rostro hacia Oliver.

—¿Qué es eso del Tribunal de Lord Lyon?

—Ah, el de heráldica, de armas y genealogía... Supongo que Escocia debe de ser el único país del mundo que conserva algo así.

—¿Pero es en serio? ¿Eso existe?

—Y tan en serio, creo que tienen jurisdicción civil y penal.

—Vaya... Qué vacaciones tan entretenidas, ¿no?

Oliver se rio.

—Ya ves.

Ambos se dirigieron hacia el anticuario, la profesora y el editor, e intentaron mantener una charla informal y ligera hasta que Arthur Gordon terminase de tranquilizar al «jefe del clan» y llegase el momento de la cena. Mientras esperaban, se acercó la timidísima Linda Gordon, que, azorada, se disculpó por aquella entrada que su padre había realizado solo unos minutos antes.

En aquel instante, ninguno de los presentes sabía que, en solo unas horas, uno de los curiosos personajes que pululaban por el Sandston iba a morir. Tampoco habría sido fácil imaginar que, justo aquella noche, y dejando atrás el peso del tiempo y de los siglos, un terrible incendio quemaría parte del misterio y de la historia del enigmático castillo de Huntly.

Mary MacLeod

Cuando Jules Berlioz vio aproximarse a Mary, sonrió para sus adentros. Había esperado una nota de agradecimiento, unas palabras amables en la próxima visita de la joven a la librería, pero no que ella misma fuese en persona a agradecerle el detalle, ¡y tan temprano! Qué fácil era embaucar a algunas mujeres. Cuando sonó la campanilla de Stoner, a Jules le dio tiempo a pasar la mano por su cabello rubio, una vez más, sabiendo que era momento de lucirse.

—Buenos días, señor Berlioz.

—Buenos días, *mademoiselle*. Qué alegría verla por aquí.

—Sin duda. Siempre debe de ser un placer recibir a jóvenes ingenuas, ¿verdad?

—¿Cómo? Perdone, no comprendo...

Jules, asombrado, no acertaba a entender la razón del tono agresivo que había utilizado Mary. Bajó la mirada y comprobó que la joven llevaba el ejemplar de *Jane Eyre* entre las manos. La muchacha, con paso resuelto, se acercó al mostrador y dejó allí el libro.

—Tome, se lo devuelvo.

—Pero, señorita MacLeod, discúlpeme si he sido demasiado atrevido, no creí importunarla con mi regalo.

—¿No? ¿Y por qué me ha enviado este libro, señor Berlioz? Dígamelo, lo escucho.

La joven cruzó los brazos y miró a Jules con una sonrisa impostada e impaciente. Él dibujó en su rostro el gesto más inocente del que fue capaz.

—Verá, yo... No lo sé, fue un impulso. Supongo que los lectores sabemos reconocernos. Pensé que le gustaría.

—Y me gusta. Parece un libro interesante. Sin embargo, me molesta que me tome por tonta, señor Berlioz. No sé cómo son las jóvenes en Francia, pero en Escocia tenemos dos dedos de frente.

Él guardó silencio, completamente atónito, y esperó a que ella se explicase, pues por su semblante supo que iba a hacerlo.

—¿Sabe qué ocurre, señor Berlioz? Que no salgo mucho, pero estoy en el mundo. Me he criado en Edimburgo y mantengo notable correspondencia con mis amistades en la capital, y también leo la prensa diariamente.

—Una ocupación que me parece excelente, *mademoiselle*, yo no...

—No, usted no pensó que yo supiese de ese gusto creciente de algunos hombres por cazar jóvenes ricas con buena dote. Intiman con ellas, las hechizan para que pierdan su virtud y se les abra el mundo de la buena sociedad con el consiguiente y obligado matrimonio. Una moda detestable, propia de desgraciados de la más baja escala social, que con su masculinidad encandilan a las damas más ingenuas.

—Me ofende que piense tal cosa de mí —se defendió Jules, con exagerado mohín de sorpresa— y me asombra que haya llegado a una conclusión tan horrenda y precipitada por mi modesto presente de cumpleaños.

Mary tomó aire, como si precisase armarse de paciencia.

—Sé del valor de las cosas, señor Berlioz. Y su regalo es lo bastante caro como para que resulte extraño ofrecérselo a una desconocida a la que sabe que nunca tendrá acceso para cortejar.

—¡Yo nunca pretendería cortejarla!

—Muy cortés por su parte.

—Oh, *mon Dieu*, no quería decir tal cosa...

Ella se rio con cierta amargura.

—No sufra, Berlioz. ¿Acaso cree que no dispongo de espejos en mi casa? No puedo haberle encandilado por mi belleza, y a mi intelecto no ha llegado todavía, me temo. En consecuencia, sus intenciones son claras y perversas, y desde este instante las atajo para que en nuestra relación comercial no sobrevengan malentendidos.

Jules respiró profundamente, intentando ganar tiempo. Desde luego, Mary MacLeod era una mujer singular. Y no era estúpida. Bajó la mirada, asimilando lo que ella acababa de decir, y cuando la alzó se dirigió a Mary con ademán compungido.

—Pensé que una mujer que leía a Wollstonecraft trataría a los demás como a sus iguales, y no como a desgraciados de inferior estrato social.

—Ah, yo no...

Jules atisbó cierto desconcierto momentáneo en ella, y decidió aprovechar el instante de turbación. Sabía que las mentiras solían ser más fáciles de blandir cuando se acompañaban de alguna verdad.

—Señorita MacLeod, sepa usted que, si mantengo mi puesto en Stoner, ganaré unas ochenta libras al año; en consecuencia, ni mi patrimonio ni mis expectativas alcanzan en la actualidad para cortejarla a usted ni a nadie. Soy un hombre modesto y hasta miserable, si lo prefiere, pero no un desgraciado sin honor. Llevo poco tiempo en Escocia, me alojo en una casa de huéspedes sencilla y, salvo un cocinero con el que comparto baño en la pensión, carezco de conocidos y de amistades. Cuando vino usted el otro día, me cautivaron su pensamiento y su ánimo lector, y me resultó estimulante la idea de cultivar una amistad que compartiese mis inquietudes por la lectura. Supongo... —y aquí Jules dudó unos segundos antes de continuar—, sí, le confieso que supongo que fue mi propia soledad la que me impulsó a enviarle el regalo, y le juro por el honor de los Berlioz que no pretendía nada más que su honesta amistad.

—Pero, pero... —insistió ella, aunque con tono más suave e inconsistente—. Era un regalo muy caro para su... su economía.

—Los que amamos los libros distribuimos las prioridades domésticas. Y yo no soy hombre de tabernas ni cantinas, no tengo más vicio que el de leer e invertir en pensamientos.

Ella dio unos pasos por Stoner, abiertamente desconcertada. ¿Había cometido un lamentable y vergonzoso error? Se llevó las manos a los labios y después volvió a bajarlas, inquieta. Deambuló por la librería unos segundos, evaluando sus razonamientos y cuestionando las conclusiones a las que, tal vez, había llegado de forma precipitada.

—Ay, señor Berlioz, discúlpeme... ¡Se ven en la prensa tantos casos que faltan a la moral y al honor! Yo misma tengo una conocida que sufrió un escarnio semejante y supongo que me impactó tanto que por eso en esta ocasión he perdido el buen juicio y la educación.

Mary hizo una nueva pausa, profundamente pensativa y como si estuviese anotando en su cabeza todos los nuevos datos de que disponía, comprobando si encajaban. Tardó solo unos segundos en volver a hablar.

—Disculpe mi atrevimiento, pero... Si está usted aquí tan solo, ¿cómo es que ha dejado París? ¿Tan alto es su sentido de la aventura, a pesar de que pueda hacerlo desgraciado?

Él negó con un gesto de cabeza.

—No, *mademoiselle*. Mi puesto en Galignani fue ocupado por un sobrino del dueño, y me quedé sin trabajo. El señor Campbell es amigo de mi padre, y al saber que disponía de experiencia en librerías y que buscaba empleo...

—Es usted valiente, cambiar de país y de idioma, aunque veo que domina muy bien el inglés.

—Tuve una niñera inglesa durante años, es casi mi segunda lengua. No niego mi ánimo de conocer Escocia, pero ya ve que no puedo permitirme viajar por placer, de modo que lo he hecho por trabajo. En París solo tengo a mi padre, que anda siempre ocupado con sus negocios y su nueva esposa.

—Oh... ¿Y su madre?

—Murió cuando yo era niño. Soy humilde —añadió, poniéndose muy derecho y mostrando un evidente gesto de orgullo herido—, pero trabajador.

El discurso hizo efecto. Mary MacLeod, completamente desarmada, terminó por deshacerse de nuevo en disculpas. Jules había variado un poco la verdad de la información que le había ofrecido, pues en realidad lo habían echado de Galignani al pillarlo llevándose material del almacén para revenderlo en el mercado, y se había corrido la voz de su ánimo por apropiarse de lo ajeno por todo París, de modo que no le había parecido nada mal la oportunidad de cambiar de aires. Pero aquellos detalles ahora le parecían nimios y, desde luego, nada apropiados para trasladárselos a Mary.

—Tome —le dijo a la joven sin mirarla a los ojos y entregándole el ejemplar de *Jane Eyre* que reposaba sobre el mostrador—. Por favor, acéptelo como regalo, junto con mis disculpas por dirigirme a usted con una confianza indebida. No volveré a hacerlo. Y ahora, si no desea nada de Stoner, le ruego que me disculpe, pero tengo trabajo.

Mary MacLeod, todavía desconcertada, no solo parecía haberse equivocado con las intenciones del joven librero, sino que lo había ofendido gravemente, mostrándose como una clasista que de las ideas ilustradas solo había asimilado la teoría. La muchacha se llevó el libro al pecho, disculpándose de nuevo. Justo en aquel instante apareció el señor Campbell por la puerta, y se sorprendió de verla allí tan temprano. Ella se despidió algo azorada, dio los buenos días y salió de Stoner como si sus pasos fuesen guiados por una gran urgencia.

—¡Qué madrugadora se está volviendo la alta sociedad! ¿Qué quería la señorita, Berlioz?

—Oh, solo vino a echar un vistazo a las plumas estilográficas, señor. El otro día le llamaron la atención, parece que para regalárselas a su padre, aunque ha decidido que seguramente el señor MacLeod prefiera seguir escribiendo con su pluma de ganso.

—Ah, ¡no todos estamos hechos para los artilugios modernos!

—No, señor.

Cuando el señor Campbell se fue hacia su despacho, al lado del almacén trasero, Jules respiró con alivio. Mary llevaba en su pecho el ejemplar de *Jane Eyre*, que era el que precisamente él había sustraído de la librería tras modificar un par de datos en el inventario. La joven tenía razón: era un artículo muy caro para alguien como él. De hecho, casi todo lo que había leído a lo largo de su vida había sido prestado. Primero, en la biblioteca de su madre, que era abundante. Leer había sido entonces una forma de acercarse a ella, que había muerto cuando él solo tenía seis años. Cuando se terminaron los libros, comenzaron los intercambios y préstamos de lectura con el señor Bruni, que era amigo de la familia. Cuando los negocios de su padre comenzaron a ir mal, consiguió trabajo en una librería del barrio, en la Rue des Quatre Vents, cerca del Boulevard Saint-Germain. Y de ahí había ido saltando de trabajo en trabajo, disponiendo siempre de lo justo para vivir.

Jules, que se había acostumbrado a subsistir con lo mínimo, pensaba que los que más hablaban de honor y de dignidad eran, con frecuencia, aquellos que nunca habían tenido que luchar para comer y, en definitiva, sobrevivir. ¿Qué tenía de malo que un hombre aspirase a mejorar su fortuna en la vida?

Catherine se sentó en la cama de Mary con la boca abierta. Después se levantó y comenzó a reír y a dar grititos de puro nerviosismo.

—¡Chist, calla! ¿Quieres que nos oigan? —se quejó Mary mirando hacia la puerta de su dormitorio, que estaba cerrada.

—¡Es que no doy crédito, Mary MacLeod! ¿Cómo has podido hacer algo así?

—No lo sé, ¡no lo sé! ¿Acaso crees que no me siento avergonzada?

—Me lo imagino. Ahora comprendo que hayas tardado casi una semana en contármelo. Haber dudado de esa forma y de un chico tan apuesto. Ya me hubiese gustado a mí que un caballero tuviese conmigo un detalle semejante.

—Berlioz no es un caballero, sino un simple empleado de una librería, no lo olvides. ¿Te recuerdo lo que sucedió con Jennifer Kenneth? Su jardinero también comenzó con regalos sencillos, hasta que perdió la virtud y no le quedó más remedio que casarse con ese desgraciado, sin rentas, ni patrimonio ni apellido. Su padre casi se muere de un ataque al corazón.

—Es verdad. ¡Qué disgusto para la familia! —reconoció Catherine—. Pero Mary, en esta ocasión, y como amiga te lo digo, creo que te has excedido con tus suspicacias. Solo era un libro.

Mary suspiró, desplomándose sobre su propia cama.

—Lo sé, pero era una edición muy cara. Además, ¿por qué el señor Berlioz iba a hacerme regalo alguno?

De pronto, la joven se levantó y se puso ante el espejo de cuerpo entero que había en su habitación, obligando a su amiga a que se situase a su lado y la mirase.

—Hay algo peor que engañar a los demás, Catherine, y es engañarse a sí misma. Un hombre no se encapricha de una mujer en un solo vistazo, salvo que la dama le haga perder el sentido común y la mirada. Y no hay rostro ni porte más simples que los míos, que pasan prácticamente desapercibidos.

—Oh, pero ¡qué tontísima eres, Mary! ¿Qué sabrás tú de los gustos de los hombres? El amor a primera vista existe. ¡Mira si no a Sissi y el emperador!

—Oh, por Dios bendito, Catherine... ¡Compararme a mí con la emperatriz de Austria, famosa por su belleza! Además, ¿a quién le importa? Mi padre ni siquiera permitiría que mantuviese ningún tipo de amistad con Berlioz, ha sido muy atrevido por su parte buscar la cercanía conmigo.

—Tal vez en Francia son menos estirados —se burló Catherine, que comenzó a hacerle cosquillas, riéndose. Mary se zafó como pudo, aunque también terminó por reír. De pronto, se puso seria y miró a su amiga con gesto de confidencia.

—He pensado una cosa.

—¿Con esa cabeza de rostro y porte más simples que ninguno?

—¡Catherine!

Ambas jóvenes volvieron a reír, hasta que Mary se decidió a confiar sus planes a su amiga.

—Voy a remitirle una nota de agradecimiento. La verdad es que comentar lecturas con Berlioz sería interesante.

—¡Pero tus padres no permitirán que te relaciones con él! ¿Acaso has perdido el juicio?

—Ah, Catherine, ¿quién es ahora la estirada? Una nota de cortesía por su regalo obedece a la buena educación, ¿no te parece?

—Por supuesto, querida —replicó la otra, que esbozó una sonrisa pícara.

Y así fue como, aun prevenida con su prudencia y suspicacias, Mary MacLeod se adentró sin saberlo en un remolino que iba a cambiarlo absolutamente todo.

4

> Entonces Satanás se dio media vuelta y agitó su mano negra, sacudiendo con chispazos eléctricos unas nubes, con más virulencia de lo que nosotros podemos concebir.
>
> George Gordon Byron,
> *La visión del juicio* (1821)

Calor, luz y fuego. Las llamas como vieja y gastada herramienta para devorar lo que fuimos, sin admitir demora en nuestro inevitable camino hacia el olvido. Serían las tres o cuatro de la mañana cuando Oliver, somnoliento, se levantó por el impulso de una vaga inquietud. Tal vez fuese por culpa de esa costumbre escocesa de no utilizar persianas para ocultar la luz del sol, sino gruesas cortinas. En el Sandston, él y Valentina, agotados tras la cena y con la súbita urgencia que a veces acude a los amantes por retomar su piel y su deseo, no se habían molestado en cerrar aquellos pesados cortinones. Fue así como él pudo intuir un amanecer impropio, un fulgor artificial a lo lejos, al otro lado de la ventana. Todavía no lo sabía, pero el fuego se abría paso y quemaba los recuerdos y la esencia de quienes habían habitado las horas del castillo de Huntly.

Tras la sospecha, llegó la certeza. Algún vecino había llamado al hotel de madrugada, avisando del incendio. Todo sucedió muy rápido. Despertar a Valentina, ir a buscar a su padre, salir corriendo del hotel alborotando el sueño de sus inquilinos. Cuando llegaron, alguien ya había marcado el 999 para avisar a los bomberos, que se encontraban luchando contra aquel fuego fuerte y despiadado; el incendio, envuelto por la negrura de la noche, parecía un castigo bíblico. Mientras Arthur lamentaba aquella fatalidad, buscando explicación, dudaba sobre si habría dejado encendida alguna lámpara, alguna linterna que, de forma inexplicable, hubiese podido ocasionar una chispa o un cortocircuito. Oliver y Valentina se habían mirado, confirmando en un gesto de reconocimiento mutuo que aquel incendio no parecía hijo del azar ni de la mala fortuna.

Fueron llegando coches, curiosos y periodistas. El editor, la profesora y el anticuario también asistían desolados y desde una distancia prudencial a aquella devastación, pues todavía habían guardado esperanzas de que las memorias de Lord Byron apareciesen ocultas en las viejas paredes del palacio de Huntly. Valentina observaba la escena con muda curiosidad y sin perder de vista las gestiones de los bomberos, embutidos en sus trajes marrones con rayas horizontales de color amarillo fosforito; ahora, desenrollaban y movían las mangueras a lo largo del edificio como si manejasen ágiles culebras. El jefe de los bomberos, un hombre alto, negro y de sorprendentes ojos claros, se presentó como Walter May; les explicó que, aunque las llamas devoraban ahora el tejado, en realidad habían tenido origen en la segunda planta, donde sus compañeros ya habían controlado la situación.

—Les informo, además, de que ya hemos contactado con la Poileas Alba.

—¿La policía? —preguntó Arthur, que al instante asintió, ante la lógica del protocolo que habría que cumplir en casos como aquel—. Sí, supongo que tendrán que avisar a las autoridades locales.

El bombero se apartó unos metros para atender un mensaje en su *walkie-talkie*. Entretanto, Arthur suspiró y pareció darse cuenta de que él también debía contactar con alguien.

—Voy a llamar a mi seguro, que querrá investigar qué ha podido pasar.

—Joder, papá, menos mal que habías firmado una póliza, porque si no tendríamos un problema serio.

—No creas, hijo. No todo es dinero... —suspiró Arthur—. ¡Quién sabe cuánta historia habremos perdido esta noche! No quiero ni pensar que las memorias de Byron estuviesen ahí dentro.

—Bueno, pues no lo pienses. Al menos, tienes los libros que habías sacado del castillo.

—Sí, sí, están a buen recaudo en la caja fuerte de mi habitación y en la de Oldbuck... Voy a llamar ya a los del segur...

—Espere —le interrumpió el jefe de bomberos acercándose a él, con gesto muy serio y apurado—, tengo que informarle de algo. Ha aparecido el cuerpo de un hombre en la segunda planta. De momento mis compañeros no han podido identificarlo... ¿Tiene alguna idea de quién puede ser?

—¿Qué? ¿Cómo? ¡No tengo ni idea! Pero ¿cómo que un hombre? ¿Quién...?

—Me temo que de momento esto es todo lo que puedo decirle, no sé más. Tendrá más información cuando llegue la policía y asista el forense.

—Pero... ¡No entiendo nada! ¿Cómo iba un hombre a entrar en mi propiedad? ¿Está usted seguro?

May miró a Arthur con amabilidad y paciencia contenida, como si ya estuviese acostumbrado a todo.

—Tal vez se trate de un conocido suyo, o de un extraño que lograse forzar las cerraduras, aunque de momento no hemos encontrado evidencias de puertas violentadas, pero habría que estudiar de forma detallada cada acceso... ¿Cuántas personas tenían llaves del inmueble, lo sabe?

—¿Qué...? Pues, a ver... De la puerta del torreón, varias personas, pero del acceso a la segunda planta solo yo. Mire, aquí tengo las llaves que me dio un cerrajero ayer mismo —le explicó, llevándose la mano al bolsillo de su chaqueta, que se había puesto de forma apresurada al salir del hotel. Su rostro se descompuso de puro asombro.

—¿Qué pasa, papá?

—¡No están! Maldita sea, ¿las habré puesto en otra parte? —dudó, para negar convencido tal idea a los pocos segundos—. No, no... Estoy seguro de que las puse aquí, la original y las dos copias, ¡si me las dieron ayer! Vosotros me visteis cerrar cuando nos fuimos por la tarde, ¿verdad?

Oliver y Valentina compartieron un gesto afirmativo, intentando tranquilizarlo. Valentina estaba doctorada en Psicología Jurídica y Forense, y tenía mucha experiencia en tratar a personas que acabasen de sufrir un impacto emocional fuerte, de modo que utilizó sus recursos para calmar a Arthur. No dejaba de pensar, sin embargo, en la evidencia: todo apuntaba a que alguien había sustraído a Arthur las llaves de acceso a la segunda planta y que, después, había ocasionado el incendio. ¿Habría sido accidental? ¿Quién sería el muerto? Y, si alguien había robado las llaves a Arthur, tenía que ser una persona próxima, una que muy posiblemente hubiese estado alojada en el Sandston aquella noche. ¿Cómo si no iban a haberle sustraído las llaves?

De pronto, llegaron dos coches blancos con una chillona serigrafía en cuadrículas azules y amarillas, que llevaban escrito en letras grandes y de color celeste la palabra Police. Se bajaron dos personas de cada vehículo; una mujer rubia y bajita, de tez muy blanca y vestida con un uniforme azul marino oscuro, se acercó a ellos. Su chaleco amarillo destacaba mucho sobre el atuendo, y su paso parecía decidido. Tendría unos cincuenta años, y su expresión resultaba indescifrable. La seguía un muchacho vestido de forma similar, que miraba a su alrededor con gesto nervioso, como si todo le resultase nuevo. Parecía muy joven; quizás nunca hubiese visto un incendio tan de cerca y acabase de descubrir que en un caso así lo que golpeaba los sentidos no eran las llamas, sino su calor.

—Buenas noches, May —saludó la mujer, dirigiéndose exclusivamente al bombero. Su voz era de caramelo, suave, pero a la vez algo chillona y fina—. ¿Qué tenemos?

—Incendio con deceso de un individuo, inspectora.

—Oh. ¿Accidental o...?

—No lo sabemos. Está aquí el dueño del inmueble... —señaló May, mirando hacia el grupo de Arthur, Oliver y Valentina y presentando solo a Arthur Gordon—, y asegura que había dejado todo cerrado esta tarde. Todavía no hemos identificado a...

El jefe de bomberos detuvo de golpe su discurso, pues de nuevo lo reclamaron con urgencia al otro lado de su *walkie-talkie*. May le hizo una señal a la inspectora y se apartó unos instantes. Ella avanzó hacia Arthur.

—Así que es usted el Gordon que ha comprado el viejo castillo... Ya lo vi ayer en el periódico. No le ha salido bien la jugada, me parece.

—¿Perdone?

La policía suspiró, como si necesitase armarse de paciencia ante alguien de menor capacidad intelectual. Procedió a presentarse formalmente.

—Soy la inspectora Elizabeth Reid, y este es el sargento Paul McKenzie —añadió, indicando con un simple gesto de barbilla al muchacho que la acompañaba y que se había quedado a cierta distancia, aunque lo suficientemente cerca para escucharlo todo y asentir con aire respetuoso y marcial.

Arthur iba a decir algo cuando May regresó con ademán apurado.

—Inspectora, hemos identificado al fallecido, han encontrado documentación en un bolsillo y uno de mis chicos dice que lo conoce del pueblo...

—Dios bendito, ¡no puedo creer que entre esas llamas quedase nada que poder identificar!

—El fuego siempre es aparatoso —explicó el bombero, mirando hacia el palacio—, pero gran parte de este edificio es incombustible... Piedra y más piedra, incluso en gran parte de los suelos, salvo en ventanas y tejados; además, no había telas ni apenas mobiliario y hemos intervenido muy rápido... Sin perjuicio de los daños en el cadáver, creo que el motivo principal del deceso será la asfixia.

—Pero ¿quién es? —preguntó Arthur casi en una exclamación, incapaz de contener sus nervios. May miró a la inspectora, como solicitando su permiso, y ella asintió, expectante también ante lo que tuviese que decir el jefe de bomberos.

—Mel Forbes, señor Gordon... Aquí es muy conocido en la taberna del pueblo, y su hermana dirige el Sandston, que está aquí al lado.

Arthur se llevó las manos al rostro, asombrado y apenado a partes iguales.

—¡No puede ser! Pero si he estado con él esta misma tarde...

—Precisamente, señor Gordon, precisamente —replicó la inspectora, resoplando y con aire de suficiencia—. Todos hemos visto hoy la prensa, y todos sabemos quién fue el guardés del castillo los últimos veinte años... —añadió, pensativa. Después, continuó hablando como si estuviese haciendo deducciones en voz alta—. El señor Forbes debió de venir a buscar lo que consideraba suyo, y parece que el asunto se le fue de las manos.

—Disculpe, pero... No entiendo, ¿lo está justificando?

—No justifico nada, pero mis años en el puesto me conducen por la senda de la lógica. Dígame, ¿ha discutido usted con Mel esta tarde, cuando lo ha visto?

—Bueno, sí, yo...

—¿Lo ve? —sonrió satisfecha, mirando consecutivamente al joven sargento y a Oliver y Valentina, como si acabase de certificar ante una pequeña audiencia su ojo clínico para aquella clase de asuntos—. ¿Y podría explicarme el motivo de la discusión?

—¿El motivo? Pues... Supongo que Mel quería parte del posible beneficio que pudiese suponer el hallazgo de la pequeña biblioteca.

—¿Y usted qué le dijo?

—Que, evidentemente, no le correspondía, por

mucho que hubiese sido guardés del castillo los últimos años. Después volvimos a cruzarnos con él tras la cena y siguió dando vueltas al asunto... Todo bastante desagradable, la verdad.

—Entiendo... El señor Forbes tal vez haya querido seguir el más que cuestionable principio de «si no es para mí, no es para nadie»... Pobre diablo, ¿qué necesidad tendría? —concluyó, como si lamentase aquel fallecimiento de forma sincera, especialmente por una causa vulgar y sin verdadero interés.

—Creo que a lo mejor se está precipitando en sus conclusiones —intervino Valentina, que solo se dio cuenta de haber hablado en alto cuando se escuchó a sí misma, incapaz ya de contenerse.

—¿Disculpe?

Valentina tomó aire.

—Que creo que a lo mejor se está precipitando. No sabemos por qué Mel Forbes estaba ahí dentro ni tampoco las circunstancias de su deceso, que no podremos determinar hasta que el forense se persone y ustedes o el cuerpo de bomberos hagan la preceptiva investigación, de modo que acusar a alguien sin que...

—¡Vaya! Una defensora de pleitos pobres a estas horas, ¡y dándome discursos! Veo que no es de aquí... —observó, al escuchar el acento de Valentina—. ¿Se puede saber quién es usted?

—Es mi nuera —se adelantó Arthur—, Valentina Redondo, policía de la Guardia Civil Española, de la Sección de Homicidios. A lo mejor podría colaborar con ustedes para...

La inspectora Reid alzó una mano.

—Acabáramos. Una policía...

La mujer se acercó a Valentina y la miró de cerca, escudriñándola sin pudor. Si le parecieron raras sus cicatrices o el distinto color de sus ojos, no dijo nada. Valentina no era hermosa, pero sí disponía de un atractivo y de un carisma consustancial a sí misma, a su forma de moverse y de mirar. Un extraño animal, femenino y casi felino, de difícil clasificación. La inspectora terminó su evaluación y se alejó dos pasos, no sin desafiar visualmente a Oliver, que la observaba conteniendo un enfado creciente.

—Pues verá, estimada colega... Valentina, ¿no? Sí, Valentina. En Escocia nos sabemos los protocolos, no somos unos aldeanos. Aquí muchos conocíamos a Mel Forbes... Y cuando una encuentra a una mosca ahogada en vinagre, ya puede presuponer qué primitivo instinto de la mosca la hizo revolotear cerca de la muerte. Pierda cuidado, que la policía escocesa sabe hacer muy bien su labor. Usted dedíquese a... No sé, ¿qué hacen los turistas? Váyase al lago Ness a hacer fotos y déjenos hacer nuestro trabajo, ¿le parece?

En aquel instante, justo cuando Valentina iba a replicar, se unió al grupo Catherine Forbes, que acababa de llegar corriendo desde el hotel.

—Lo siento, no he podido llegar antes, los clientes no dejaban de preguntar por el revuelo que... En fin. Qué incendio tan horrible, qué horror... ¿Ya sabéis qué ha pasado?

Todos la miraron con cierto respeto y distancia, porque era evidente que no sabía que su hermano estaba allí dentro, muerto entre las paredes de un palacio ahora humeante. Catherine percibió aquel silencio, aquellas miradas cargadas de emociones, y una creciente angustia se apoderó de ella. La inspectora Reid la tomó del brazo y la separó unos metros del grupo. Solo unos segundos más tarde, Catherine comenzó a gesticular, a proferir exclamaciones de estupor, de incredulidad y tristeza. Valentina observó la escena apretando la mandíbula, con la tensión propia de quien tiene ante sí un desafío. Oliver posó un brazo sobre sus hombros, abrazándola y desviando la mirada hacia el humo que ahora había ocupado el lugar de las llamas. El amanecer dibujó progresivamente y con cruel precisión el perfil del palacio, que en su estructura de piedra ya no parecía guardar espacio alguno para los inocentes.

Una bruma que parecía soplar el mar del Norte inundó Huntly desde muy temprano, entremezclando su hálito blanco con el humo que salía del antiguo palacio de los Gordon. El ambiente tenía algo de irreal e intangible, como si las almas de aquellas ruinas se preguntasen, desconcertadas, qué inesperado fulgor las había inquietado en la noche.

La mañana fue larga y extraña. Valentina estaba habituada a aquella clase de situaciones, pero no a no poder controlarlas ni dirigirlas. En Escocia no era más que una mera turista, y le había quedado claro que la inspectora Elizabeth Reid no iba a permitir que se metiese en su terreno. Una ambulancia se llevó el cadáver de Mel Forbes, mientras su hermana, desolada, aseguraba no entender qué hacía su hermano aquella noche en el palacio de Huntly. Lo habían encontrado muerto dentro del archivo secreto, con la puerta cerrada. Habían descubierto fácilmente la pequeña habitación, ya que al derrumbarse parte del tejado había quedado al aire el trozo superior de la pared de madera de la entrada al archivo. El cadáver de Forbes presentaba quemaduras de diversa gravedad, pero no resultaba irreconocible. Walter May le había confirmado a Arthur que el cuerpo de bomberos podría iniciar su propia investigación, pero que, como habían detectado indicios de criminalidad, la inspectora Reid había dicho que ya se encargaría la policía.

—¿Qué indicios? ¿Se refiere al hecho de que Forbes estuviese ahí dentro?

El bombero se había inclinado un poco, en gesto de confidencialidad.

—Verá, señor Gordon, les informará la inspectora a lo largo de la mañana, pero, además del deceso, parece evidente que han sido utilizados acelerantes del fuego, entre otros detalles. Por lo demás, el forense tendrá que hacer su trabajo y certificar las causas exactas de la muerte del señor Forbes... Por nuestra parte, hemos verificado la estabilidad de la estructura, porque los daños se aprecian más bien en el tejado y en algunas habitaciones de la segunda planta. Prepararemos el FDR1 y pasaremos aquí la mañana hasta que esto esté completamente controlado.

—Perdone, ¿el FDR qué?

—Oh, el Fire Damage Report, la evaluación de daños. Por cierto, lamento comunicarle que la documentación que tuviese usted en la segunda planta... En fin, se ha perdido todo. Si no lo ha quemado el fuego, la espuma que hemos utilizado dudo que haya permitido que se salvase nada de lo que había ahí dentro.

Arthur había asentido con resignación y había decidido ir a darse una ducha rápida y a buscar unos cafés y unos bollos mientras se quedaban allí Oliver y Valentina esperando a que la inspectora terminase su trabajo de supervisión dentro del castillo. A pesar de que aquella policía resultaba algo pedante y autoritaria, lo cierto era que no había perdido el tiempo; a lo largo de la madrugada ya había interrogado a Catherine Forbes y al propio Arthur, además de a Oliver y Valentina. Había enviado incluso a dos de sus policías al pequeño apartamento anexo al Sandston donde vivía Mel Forbes, por si allí pudiese haber alguna pista de sus posibles intenciones incendiarias o alguna carta o nota de despedida, pero no habían encontrado nada de interés. El coche de Forbes, que había aparecido aparcado en las inmediaciones del palacio, tampoco guardaba datos reveladores, aunque se lo habían llevado precintado para tomar huellas y examinarlo con detalle.

Ahora, en pleno amanecer, Oliver y Valentina esperaban sentados sobre la antigua mota del castillo de Huntly a que saliese por fin la policía de inspeccionar el interior del edificio. Arthur había prometido regresar en menos de treinta minutos para que la pareja también pudiese despejarse y darse una ducha antes de continuar con aquella jornada que se prometía larga, pero Valentina no estaba dispuesta a moverse de allí hasta que pudiese echar un vistazo al interior del palacio.

La mayoría de los curiosos e incluso algunos periodistas ya se habían dispersado; la mañana, con aquella bruma que se resistía a desaparecer, otorgaba al aire una temperatura muy fresca, teniendo en cuenta que estaban en pleno mes de agosto. Oliver le puso su chaqueta a Valentina sobre los hombros.

—Cariño, no sé si te había contado que en Escocia solo tienen dos estaciones, junio e invierno... Te estás quedando congelada.

Ella se apretó contra él en un abrazo, y agradeció el abrigo extra con una sonrisa, aunque le devolvió la cazadora a Oliver.

—Toma, no quiero que te pongas enfermo, que tenemos un caso que resolver.

Oliver se rio.

—Ya, pero aquí la inspectora Rottenmeier seguramente sacará sus propias conclusiones y no nos dejará meter mucha mano en el asunto —objetó, mirando hacia la puerta del torreón del palacio y deseando que saliese por fin aquella policía que él, para deleite de Valentina, acababa de comparar con la amargada institutriz del libro de Heidi.

—No dudo que haga bien su trabajo, pero no me pareció muy profesional que adelantase conclusiones antes de tiempo.

—Bueno, hay que reconocer que parece bastante obvio lo que ha sucedido... Piénsalo, a Mel Forbes no le tuvo que resultar difícil robarle las llaves a mi padre, porque debía de tener acceso a los llavines de todas las habitaciones del hotel. Pudo esperar a que mi padre se durmiese, cogerle las llaves y venir al castillo. O pudo incluso birlárselas después de la cena, cuando coincidimos en el bar del hotel.

—Sí, lo he pensado... Pero ¿con qué finalidad?

—Pues para coger algún libro de los que quedaban y venderlo, revolver en la documentación que hubiese por ahí para investigar por si encontraba algo de valor... Qué sé yo. O, directamente, para quemar el archivo y evitar que mi padre se lucrase con él, por pura envidia.

—Todo es posible, pero no dejan de ser conjeturas. Además, ¿pudo ser Mel Forbes tan torpe como para prender fuego y dejarse morir, atrapado por las llamas o desorientado por el humo? Lo que dices encaja con el hecho de que encontrasen acelerantes, pero me parece muy raro que Forbes estuviese dentro del archivo secreto con la puerta cerrada —dudó Valentina, que de pronto tuvo otra idea—. ¿Y si estuviese compinchado con su hermana?

—¿Con Catherine? No creo, ya ves que ella es muy distinta, y el castillo le daba un poco igual, ya tiene su hotel y parece que le va bien.

—Que aparente ser maja no quiere decir que lo sea. Te recuerdo que ayer, después de la cena, estuvo tomando un whisky con tu padre. Pudo ser ella quien robase las llaves para dárselas a su hermano. Es más, pudo ser ella la inductora... Piensa que Mel Forbes era un pobre desgraciado al que Catherine daba trabajo como jardinero, dependía de ella por completo.

—Joder, cariño, te me estás poniendo muy Agatha Christie. Si empezamos a buscar sospechosos, los principales serían Adam y Linda Gordon.

—Es verdad, vuestro «jefe del clan» —reconoció Valentina, en tono de sorna—. Adam parecía ayer bastante interesado en que desapareciesen todos esos papeles y escrituras de las cajas... Ahora deben de ser cenizas. Aunque, la verdad, el tema estaría un poco cogido por los pelos, porque él todavía no sabía si había algo o no que pudiese perjudicarlo, y en tal caso tampoco pintaría nada Mel Forbes en la ecuación.

—Puede ser... Por cierto, no he visto ni a Adam ni a Linda por aquí, ni de madrugada ni por la mañana...

—Tal vez viniesen en pleno revuelo y no nos diésemos cuenta. Los que sí estaban hechos polvo eran los literatos.

—¿Los literat...? Ah, ¡Oldbuck, la profesora y el otro, el pelirrojo! Ahora deben de estar durmiendo, ¿hace cuánto que se fueron?

—Hará una hora o así, sobre las ocho. Pero dudo que duerman, seguro que siguen revisando los libros de tu padre.

Oliver suspiró.

—Ya puestos, esos tres también podrían ser sospechosos. Anoche, durante la cena, ¿recuerdas cómo hablaban de los libros y la documentación? No sé, era como si estuviesen extasiados ante un tesoro. ¿Y si hubiesen entrado en el castillo en plena noche para buscar más material o para investigar por su cuenta dónde podrían estar las memorias de Byron, eh? ¿A que no lo habías pensado, listilla?

Valentina le dio un codazo amistoso.

—Yo lo pienso todo, señor Gordon. Vuelves a colarte ahí a Mel Forbes, que no pinta nada en esa teoría.

—Ah, es que a lo mejor coincidieron con él en pleno asalto y se lo cargaron para que no dijese nada.

—Di que sí, tres personas se acaban de conocer y ese mismo día van y se convierten en una banda criminal organizada. No lo veo —objetó, pensativa. Después, miró a Oliver con gesto resuelto—. Ya puestos, otro de los principales sospechosos sería tu padre.

El gesto de Oliver vaciló entre la sorpresa, la burla y la seriedad.

—¿Qué? Bromeas, ¿no?

—No, querido mío, no bromeo. Aún no sabemos exactamente qué ha pasado, pero si Mel Forbes no hubiese muerto ahí dentro señalando sobre sí mismo el dedo de la culpa, la primera persona de la que habría que sospechar ante un incendio sería tu padre... Piénsalo, ¿a quién beneficia directamente el siniestro?

—Joder, a él desde luego que no —replicó Oliver, molesto—, acaba de invertir un montón de dinero en esta ruina.

—No te enfades, piensa con objetividad y olvida por unos instantes que Arthur Gordon es tu padre. En primer lugar, él sí tenía llaves de acceso, y lo fundamental es que firmó una póliza de seguro al adquirir el inmueble. Cualquier buen policía tendría que verificar si el propietario disponía o no de una situación financiera saneada o si este incendio podría suponer su forma de financiar la restauración del edificio.

—¿Un incendio para financiarse, justo ahora que había aparecido una biblioteca secreta? Ni de broma, querría amortizarla.

—Desde luego, pero piensa en lo que dijo el jefe de bomberos; el edificio es casi todo de piedra, y el incendio se controló muy rápidamente... Tu padre podría haberlo provocado, llamar a los bomberos y volver al hotel en cinco minutos. Además, seguro que ese tejado tendría que haberlo tirado de todas formas para ejecutar la reforma.

Oliver se separó un metro de Valentina y la miró muy serio a los ojos.

—Todo esto no lo piensas de verdad, ¿no?

Ella se encogió de hombros y sonrió.

—No, no lo pienso, pero no lo descarto. Siempre hay que contar con todas las posibilidades, sin eliminar ninguna hasta estar completamente seguro. Claro que en esta teoría aún nos faltaría encajar qué diablos hacía ahí dentro Mel Forbes. Imagínate... Hasta el constructor y el arquitecto que ayudaron a tu padre a encontrar el archivo podrían estar implicados. En realidad, el causante del incendio podría ser cualquiera. Durante estos dos últimos días la noticia del archivo secreto habrá llegado a muchos oídos; tal vez hasta los de un ratero de poca monta, o hasta los de los herederos de Byron... Por cierto, ¿tienes idea de quiénes son en la actualidad?

—¿Yo? No, ¿por qué iba a saberlo?

—Vaya.

—Qué barbaridad, si yo fuese un criminal y estuvieses en mi jurisdicción estaría acojonado, ya te lo digo.

Ambos se rieron, y justo en aquel instante apareció Elizabeth Reid junto al sargento McKenzie. Valentina los observó mientras caminaban hacia ellos con la luz de la mañana. Le resultaba extraño acostumbrase a ver a la policía escocesa sin armas en sus cinturones. Funcionaba en el Reino Unido lo que llamaban «vigilancia consentida», ya que la policía se debía a los ciudadanos, no al Estado, y las pistolas parecía que podrían invalidar esa visión, de modo que no iban armados.

—Hemos terminado, señor Gordon —dijo la inspectora, dirigiéndose a Oliver y sin molestarse en preguntar por Arthur—. Sin embargo, el equipo forense científico va a tener trabajo durante toda la mañana, de modo que si lo desean pueden irse a descansar y los avisaremos cuando puedan acceder al inmueble; los técnicos nos han confirmado que la estructura principal no se ha visto dañada, aunque me temo que se han quedado sin tejado en algunas zonas del palacio. En todo caso, les recomiendo prudencia y supervisión por parte de un profesional.

—Sí, por supuesto... ¿Ya sabe lo que ha podido suceder?

La inspectora respiró profundamente y se tomó su tiempo para contestar.

—Tengo alguna teoría, aunque también sería posible que se tratase de un suicidio.

—¿Qué? No puedo creerlo... ¿Por qué iba a suicidarse Mel Forbes incendiando el palacio de Huntly?

—Señor Gordon, solo es una posibilidad. También resulta presumible la idea de que accediese al inmueble para prender fuego y que se desmayase al respirar los vapores tóxicos que él mismo había provocado. Tal vez nunca lo sepamos. Ya que su pareja —añadió, mirando a Valentina— parece estar hecha a esta clase de asuntos, les hablaré con franqueza y no me andaré con rodeos. El cuerpo del señor Forbes fue encontrado en posición decúbito prono, boca abajo, y sus quemaduras no eran tan graves como para no poder reconocerlo. El cadáver no estaba encogido, y el forense cree que debió de morir por asfixia, aunque aún tendrá que confirmárnoslo. Forbes tenía dos golpes en la cabeza, pero parece muy posible que fuesen provocados por parte del tejado, al desplomarse varias tejas y parte de una viga sobre él. En uno de sus bolsillos tenía un mechero y, dentro de lo que creo que ustedes llaman el archivo secreto, también encontramos un pequeño bidón de gasolina. Insisto: todo apunta o bien a un incendio provocado que se le fue de las manos, o bien, de forma secundaria, a un posible suicidio.

—¿Y la puerta? —preguntó Valentina.

—¿Disculpe?

—Sí, la puerta del archivo. Antes me pareció escuchar a Walter May decir que estaba cerrada y que Forbes estaba dentro.

—Oh, sí. Pero no estaba cerrada con llave ni nada parecido. Para acceder, los hombres de May sí que tuvieron que retirar algunos maderos, que probablemente cayeron del tejado después del fallecimiento de Forbes.

—Ya... ¿Y las llaves?

—¿Me está interrogando? —cuestionó la inspectora, alzando una ceja y señalando con el gesto que no iba a admitir tal posibilidad.

—No, no... Disculpe. Solo quería saber si habían

encontrado las llaves que daban acceso a la segunda planta, ya que según creo no fue forzada la entrada.

—Ah, ¡eso! Sí, de hecho, el manojo de llaves, con todas sus copias, estaba puesto en la cerradura. Se lo han llevado mis compañeros para ver si pueden sacar alguna huella, pero por su estado medio carbonizado, lo dudo.

—¿Me permite una última pregunta?

—Le permito que continúe con sus vacaciones y me deje hacer mi trabajo.

Tras dos segundos de silencio, la inspectora lanzó al aire un soplido sonoro y cansado y accedió a responder aquella última cuestión de Valentina.

—A ver, dígame.

—Sobre el acelerante, la gasolina... ¿Solo se vertió en el archivo secreto?

—Mmm... No, creo que ahí y en toda la habitación, la de la chimenea con los medallones, que por cierto han quedado intactos... —observó, sin disimular su sorpresa por ello—. Bien, si no tienen nada más, nosotros ahora nos retiramos. Volveremos a contactar con ustedes para informarles de los detalles de la investigación. Háganme caso y vayan a descansar, ahora aquí ya no pueden hacer nada.

La inspectora les facilitó una tarjeta de contacto y se despidió sin más, dejando a Oliver y Valentina con la sensación de estar dentro de un sueño extraño y humeante, en el que las piezas flotaban en un ambiente quemado sin terminar de encajar. Sí, parecía posible que Mel Forbes, quizás con una copa de más, hubiese ido a quemar el archivo secreto; pero ¿habría sido tan desmañado como para hacerlo con la puerta cerrada, con peligro de morir? Si estuviese ebrio, tal vez. Sin embargo, tras la cena de la noche anterior, Valentina no recordaba haberlo visto beber nada.

¿Y si estuviese ahí la clave, en recordar lo que había sucedido en aquella singular cena, que había tenido lugar solo unas horas antes de que el fuego quemase el enigmático palacio de Huntly?

Mary MacLeod

Por fortuna, el señor Campbell no vio la carta que Mary MacLeod le había enviado a su empleado a la dirección postal de Stoner. Para Jules Berlioz habría resultado muy complicado explicar aquella correspondencia. De hecho, él fue el primer sorprendido al recibir aquel pequeño sobre con su nombre, escrito con letra suave y redondeada.

Estimado señor Berlioz:

Quisiera, en primer lugar, que disculpase el malentendido por el que discutimos en nuestro último encuentro. Debo aceptar que las costumbres de su país, tal vez, difieran un poco de las escocesas, por lo que le ruego perdone mi impertinencia.

Le agradezco, además, que me haya hecho llegar este delicioso ejemplar de Jane Eyre, que he disfrutado muchísimo. Fíjese si le he dado prioridad que aún llevo La cabaña del tío Tom por la mitad. Cuando lo termine iré a Stoner a buscar más lecturas, y estaré atenta a sus recomendaciones.

Le diré que, en cuanto a Jane Eyre, me esperaba un final menos conservador, pero lo cierto es que la valentía e independencia de la protagonista han provocado en mí un vivísimo interés. Me ha recordado en cierto modo a Orgullo y prejuicio de Jane Austen, que bajo mi modesto parecer se-

guía ya de alguna forma los pensamientos de Wollstonecraft, aunque de manera mucho más colorida y alegre que Charlotte Brontë, ¿no le parece?

Hasta nuestro próximo encuentro, le deseo las mejores y más provechosas lecturas.

Mary MacLeod

Jules estaba sorprendido y satisfecho. La carta de Mary no solo hablaba de un próximo encuentro, sino que le incitaba al abierto diálogo, a que le ofreciese su opinión sobre distintas lecturas. Sin embargo, Jules no podía escribir una carta a Mary: sería impensable que un don nadie como él se atreviese a iniciar correspondencia con una dama de buena sociedad.

El asunto era fastidioso, pues esperar a que Mary volviese por la librería podía suponer muchos días y, en especial, que aquella chispa que había logrado encender se volviese tibia y se apagase. Jules resolvió pasear con frecuencia cerca de donde vivía la joven, pero tardó en volver a cruzarse en el camino de Mary, pues a pesar de sus intentos por provocar algún encuentro «casual», no volvió a verla hasta que regresó a Stoner, casi dos semanas después. Lo hizo acompañada de una criada, a la que mandó a hacer otros recados mientras ella accedía al establecimiento.

—Buenos días, señor Berlioz.

—Con usted en Stoner, el día desde luego ha de ser bueno y brillante, *mademoiselle*.

La joven fue incapaz de disimular su sonrojo, y a Jules le pareció buena señal. La recibió amablemente y, tras charlar largo rato sobre los sonetos de Shakespeare y su excelente composición poética, terminaron hablando de Lord Byron, como ya comenzaba a ser costumbre. Mary parecía haber leído prácticamente todos sus trabajos, a pesar de lo escandaloso que todavía le resultaba su *Don Juan*.

—Tal vez debería acudir a las fuentes.

—¿Las fuentes?

—Me refiero a lo que Byron leía. Me consta que el lord aseguraba haber leído al menos cincuenta veces cada una de las obras de Scott.

—¿Walter Scott, nuestro Scott?

Jules se rio.

—Sí, señorita, el Walter Scott de los escoceses. Tiene un poema, el de *La dama del lago*, que tal vez...

Ella negó con la mano.

—Lo sé, lo sé... Pero ya leí *La hermosa joven de Perth* esperando algo evocador, y me encontré en pleno territorio bélico.

—Ah. Sin embargo, las historias épicas de *Ivanhoe* o *Rob Roy* creo que podrían ser de su gusto. O bien... —Jules se concentró, intentando recordar títulos—. ¿Qué tal *El anticuario*? Guarda cierto misterio, con uno de esos mendigos de capa azul que aquí pensionaban los reyes y con un joven enamorado... ¿Lo ha leído?

—No —reconoció la joven, interesada.

Entonces, Jules continuó hablando del argumento de aquella novela y de otras obras de Walter Scott que creyó que podrían interesar a Mary, hasta que al final ella se decidió por *El anticuario* y el ejemplar del *Blackwood's Magazine* de aquella semana.

Cuando la joven ya había pagado y estaba a punto de marcharse, Jules se atrevió a volver a cruzar la línea invisible que lo separaba de Mary.

—¿Sabe qué me gustaría mucho, *mademoiselle* MacLeod?

Ella se detuvo y lo miró con solemnidad.

—¿Que Walter Scott entrase por la puerta de Stoner?

—No lo niego —se rio, sorprendido por la broma—, aunque me inquietaría un poco que saliese de su tumba. Me gustaría... Oh, no, no me atrevo.

—Ah, ¡por favor, señor Berlioz! Dígame, con plena confianza.

—Pues... Como ya imagino que usted vendrá por Stoner solo una o dos veces al mes, a por sus libros y sus cuartillas, me complacería enormemente poder comentar lecturas, aunque no sé bien cómo podríamos hacerlo.

—Oh. Señor Berlioz... Lo lamento, pero mi padre jamás consentiría en que pudiésemos siquiera pasear juntos.

—Comprendo. Tal vez... ¿tal vez por correo? Solo si a usted le resultase una idea interesante, naturalmente. Y con arreglo a una naturaleza amistosa, por supuesto.

—Por supuesto.

Ella pareció meditarlo unos segundos, hasta que dio con una idea que le iluminó el rostro con una sonrisa.

—¡Podría escribirme a casa de Catherine!

—¿Disculpe?

—Sí, mi amiga Catherine carece de supervisión alguna sobre su correspondencia. Vive muy cerca de mi casa, con su abuela, que ya es muy mayor. Delega todas las tareas en el servicio, naturalmente, y es Catherine quien recibe el correo... —La joven hizo una breve pausa, viendo el desconcierto en el rostro de Jules—. Comprenda, Berlioz, que mis padres jamás permitirían que mantuviésemos correspondencia, pues sería difícil que comprendiesen su naturaleza puramente amistosa y literaria.

El joven asintió, dándose aparentemente por satisfecho, y le facilitó su dirección a Mary en una breve nota. Cuando ella se marchó, supo que había dado un grandísimo paso. Iba a iniciar una correspondencia clandestina que, en el colmo de la buena suerte, había sido propuesta por la mismísima Mary MacLeod. ¿Cómo podía ser tan afortunado? El corderito había ido caminando, por propia voluntad, a la guarida del lobo.

Al principio cruzaron su correspondencia cada tres o cuatro días. Después, cada dos. Y en solo unas semanas, a diario. Mary resultó ser una prolífica escritora de cartas, y no solo con Jules. Las largas horas que pasaba en casa acompañando a su madre las llenaba con mundos de notas y misivas para sus amigas de Edimburgo y sus propias conocidas de Aberdeen y alrededores. Llegó un momento en que Jules, buscando un acercamiento y excusando el enorme gasto que a él le suponía requerir de forma tan constante el servicio postal, le propuso a Mary dejarle la correspondencia directamente en su casa, tal vez en un sitio secreto que solo ambos supiesen. Tras darle algunas vueltas, subieron un escalón más de riesgo y acordaron que el joven francés, aprovechando la oscuridad de la noche, le dejase sus notas en la ventana. A fin de cuentas, ella vivía en la planta inferior de la gran vivienda, muy cerca de la acera, y Jules solo tendría que saltar la pequeña valla para acercarse. Así podrían verse, aunque solo fuera por unos instantes. Serían encuentros breves y furtivos, mientras el mundo durmiese; como si se tratase de un sueño en el que en realidad no quebrantaban ninguna norma.

Aquella exposición, aquel peligro de poder ser descubiertos, ya no se limitaba, por supuesto, al intercambio de pareceres literarios. De sus conversaciones sobre Byron, Percy Shelley y Walter Scott habían avanzado hacia el *Fausto* de Goethe, los poemas de Richard Lovelace y la violencia explícita de Emily Brontë en *Cumbres borrascosas*, sin eludir el tema del tratamiento del amor en la literatura. Y cuando dos jóvenes hablan del amor con recurrencia, sus pasos suelen encaminarse hacia refugios románticos.

Una noche, más oscura que ninguna, la pareja conversaba a través de la ventana. Él resultaba invisible desde la calle, protegido por las sombras y los arbustos del jardín de los MacLeod. Ella lo escuchaba con la ventana parcialmente abierta, sin importarle que el frío de Aberdeen se colase en el interior de su habitación.

—No he podido evitarlo, Mary. Te juro por lo más sagrado que mis intenciones eran honestas y amistosas. Me cautivaron tu inteligencia, tu fuerza... Sí, tu fuerza, Mary.

—No sigas, Jules, por Dios.

La joven rechazaba la sola idea de aquella devoción, tan impropia y fuera de lugar. Jules se le estaba declarando. ¿Acaso no había intentado evitar aquello desde el principio? Sin embargo, había sido ella la que había iniciado la correspondencia literaria, la que había accedido a las visitas nocturnas en su ventana... ¿Qué buscabas, Mary? Donde el corazón es inocente, no puede dormirse la cabeza. Ahora era el apuesto Jules Berlioz el que la embriagaba con su mirada brillante, con su irresistible elocuencia.

—Me resulta imposible darle silencio a mi corazón, ¿no lo ves, querida mía? Me he enamorado de ti sin remedio. Y yo siento que tú, que nosotros... —Jules extendió la mano y tomó la de ella, apretándola con desesperación—. Dime que no me amas tanto como yo a ti y me marcharé de Aberdeen, no volverás a verme.

—¿Marcharte? ¡No, no, Jules! Lo que sucede es que, es que... Sabes que es imposible. Mi padre nunca permitiría que me cortejases.

—Olvida ahora a tu padre, Mary. Solo quiero saber si me amas, lo demás no importa. Di, ¿me correspondes, aunque tu afecto solo sea la mitad del mío?

Mary dudó. Bajó la mirada hacia sus manos, como si las estuviese estudiando con mucho detenimiento. Oh, si tan solo Jules fuese un caballero de la alta sociedad, ¡qué fácil sería todo! Le diría que lo amaba, que había ido dibujando el contorno de su corazón con cada charla y cada broma, con cada gesto en el que él acomodaba su cabello rubio para que no le resbalase hasta los ojos. ¿Cómo habían llegado a aquella situación? Ella, que eran tan prudente y responsable. Que tenía una mente analítica y pragmática. ¿Acaso resultaba imposible esquivar el amor? No, no podía ceder a aquella ilusión, que no era más que un callejón sin salida. Sin embargo, al alzar la mirada y cruzarla con la de Jules, se escuchó a sí misma liberando una verdad que le apretaba en su interior.

—Sí, Jules —reconoció, dejando que él se acercase más, con sus rostros casi tocándose—, te amo con todo mi corazón.

Él se inclinó y la besó suavemente en los labios, sintiendo como ella temblaba. Repitió el beso varias veces y comprobó con satisfacción que ella se abría como una flor bajo un rayo de sol. De pronto, la joven se separó.

—No podemos, Jules. ¡Mi padre nos mataría! Y mi madre, ¡qué disgusto, Dios mío!

Allí estaba de nuevo la auténtica Mary, la joven que sabía lo que sucedía tras cada paso dado, tras cada decisión tomada. La que había descubierto la intención de Jules cuando le había regalado *Jane Eyre*, aunque después él hubiese sido capaz de reconducir sus pensamientos. Jules admiró su integridad, su capacidad para compartimentar de forma independiente razón y corazón; él era incapaz: la pasión de sus ideas y pensamientos lo llevaba de un lado a otro en un todo que funcionaba como un remolino único. Se acercó a Mary rápidamente, la tomó de las manos y acercó de nuevo el rostro al suyo, mirándola con desesperación.

—Si no aceptan esta entrega, este amor puro, nos escaparemos. Nos iremos y, a nuestro regreso, no tendrán más remedio que aceptarnos.

Ella, nerviosa y emocionada, pareció meditarlo durante unos segundos. Ah, ¿por qué Jules Berlioz sería tan extraordinariamente atractivo? No solo era apuesto, sino que gran parte de su carisma se desprendía de su forma de entender el mundo. ¡Era tan diferente a los muchachos que había conocido! Su determinación y forma de conducirse parecían las propias de un caballero, pero Mary sabía, sin embargo, que distaba mucho de serlo.

—No, Jules. No creas que yo puedo ser como la Lydia de *Orgullo y prejuicio* —le dijo, sonriendo con tristeza—. Y tampoco soy Jennifer Kenneth —añadió, recordando a la conocida que al final se había tenido que casar con un jardinero—. Si me fuese contigo unos días, a mi regreso mi padre renegaría de mí. Lo conozco bien.

—¿Aunque nos hubiéramos casado?

—Especialmente en tal circunstancia.

—¿Cómo puedes saberlo? Es posible que te equivoques, querida mía. Nuestro amor podrá con todo, estoy seguro —insistió, acercándose y volviendo a besarla. Después, le susurró al oído algo que había leído en el *Don Juan* de Byron—: «El amor pertenece a los corazones libres»...

Ella reconoció la frase y rehusó la idea con el gesto, como si intentase negarse a sí misma.

—«El amor es la mentira que más pronto nos tiende sus pérfidas redes» —le contravino, citando otra parte de aquel mismo texto. Sin embargo, fue ella quien ahora buscó un nuevo beso de Jules, como si de pronto sintiese dentro de sí un calor muy fuerte que solo él pudiese controlar mientras la acariciaba y le decía lo preciosa que era. Mary sabía que no debía, que no podía, ¡pero aquella necesidad de entregarse a él era tan impetuosa e irresistible!

Tras aquella cita se despidieron prometiendo reencontrarse la noche siguiente, amparados por la oscuridad. Y así fue, se reencontraron para conversar y besarse en los labios, conteniendo el deseo. Sin embargo, su cita diaria no siempre era posible. A veces Jane, la hermana pequeña de Mary, se empeñaba en ir a dormir a su habitación; en otras ocasiones, era Mary quien no podía atender a la cita, al haber acudido al teatro o a alguna cena con sus padres. Por ello, no era extraño que la pareja estuviese tres o cuatro días sin verse, aunque no sin escribirse, pues lo hacían a diario.

Jules y Mary solo se mostraban juntos en público cuando ella acudía a la librería, en la que se conducía con toda discreción. La joven había desechado definitivamente todos sus recelos y reticencias; estaba enamorada, y le resultaba imposible atisbar ningún defecto en Jules: la trataba de igual a igual, consideraba todas sus observaciones sobre literatura, sociedad y hasta política. La hacía sentir bella y deseada, indescriptiblemente feliz. Además, ¿qué podía haber más romántico que un amor clandestino?

En una de las visitas a Stoner, Mary no había podido evitar que su madre la acompañase. Al salir, Elizabeth MacLeod había mirado a su hija con curiosidad.

—Qué buen entendimiento tienes con el joven francés, Mary.

—Oh, ¿por qué lo dice, madre?

—No sé, me ha parecido.

—El señor Berlioz sabe mucho de libros y sigo sus recomendaciones, nada más.

—Por supuesto. Sin embargo, procura evitar las confianzas con él. Es apuesto y no lo niego, querida, pero no es más que un pobre muchacho sin futuro.

Mary no dijo nada, y siguió caminando algo cabizbaja por las calles de Aberdeen, como si aquellas simples palabras de su madre fuesen una bofetada que la hubiese expulsado, de golpe, de la burbuja imaginaria en la que hacía tiempo que se había instalado. Era algo en lo que había pensado ya muchas veces: si se casase con Jules, ¿de qué vivirían? Su padre no le facilitaría rentas ni favores, estaba segura. ¿Podría ella acostumbrarse a vivir en la pensión donde residía su enamorado, sin poder permitirse vestidos, lujos ni servicio doméstico? La prueba de amor, sin duda, sería más fuerte para ella que para su amado Jules. Sobre aquel asunto había incidido en varias ocasiones su amiga Catherine, que era la única que sabía de la relación. ¿A qué debía prestar mayor caso, al sentido común o al corazón? Era algo sobre lo que la propia Jane Austen había escrito, haciendo que las protagonistas fuesen las imaginarias hermanas Dashwood. Había leído aquel libro, *Sentido y sensibilidad*, varias veces, pero no había acertado a extraer ninguna enseñanza de sus páginas, pues lo cierto era que no sabía qué hacer.

Y mientras Mary meditaba estos y otros inconvenientes, su madre hacía lo propio. No se le había escapado el cruce de miradas de la pareja, y había comprendido al instante el verdadero motivo por el que su hija se había mostrado tan feliz y luminosa aquellas últimas semanas. En consecuencia, resolvió hablar de inmediato con su marido. Resultaba urgente buscar, a la mayor premura, un candidato adecuado para que cortejase a su hija. Ya era hora de que su pequeña Mary conociese el verdadero amor.

5

> Era como si Dios nos hubiera dejado aquí a la oveja descarriada, abandonada de su mano y con sus torpes instintos como única guía, y una bestia diabólica rondase entre ella y el redil esperando el momento para asaltar y destruir.
>
> EMILY BRONTË,
> *Cumbres borrascosas* (1847)

Cuando deambulamos algo perdidos, a veces acudimos al refugio de lo inamovible, de lo seguro, y nos adentramos en nuestros recuerdos. Casi siempre navegamos hacia pensamientos amables, esperando algo de consuelo. En ocasiones, sin embargo, es la tristeza la que se asoma en la memoria, y requiere mucha práctica y habilidad mantenerla en su sitio sin que su oscuridad inunde el resto de lo que somos. La tarea de adentrarse en el recuerdo de la noche anterior no suponía nada traumático para Valentina, pero sí iba a requerir gran esfuerzo y detalle no perder ningún matiz de todo lo que había sucedido justo antes del incendio. Ella y Oliver estaban ahora en su habitación del Sandston, y ya habían tomado un desayuno tardío y se habían despojado del olor a humo de su ropa y su cabello con una larga ducha caliente. Nada más llegar al hotel, habían comprobado junto con Arthur que los libros que habían sacado del palacio seguían a buen recaudo, tanto en la caja fuerte de su habitación como en la de Andrew Oldbuck, que había custodiado los de menor valor. El anticuario, Henry y Sarah habían decidido seguir trabajando aquella mañana, pues tanto el editor como la profesora tendrían que regresar a última hora de la tarde a Aberdeen y Edimburgo respectivamente, ya que al día siguiente se debían a sus obligaciones profesionales.

Oldbuck, sin embargo, había resuelto quedarse hasta que Arthur hubiese decidido qué hacer con el material, dadas las nuevas circunstancias. La organización Historic Environment Scotland había llamado a Arthur aquella misma mañana, pues la noticia del incendio ya se encontraba circulando en prensa y radio, y desde primera hora había generado una pequeña revolución mediática. Arthur, pragmático y tras saber por Oliver y Valentina que ya no podría acceder al palacio hasta la tarde, había decidido intentar dormir un poco. Le iría bien descansar para encarar adecuadamente los acontecimientos. Sí, tal vez se había precipitado anunciando aquel hallazgo. ¡Cómo se había complicado todo!

Por su parte, la pareja se había llevado dos cafés extras de la cafetería hasta la habitación, y por el camino se habían cruzado con Adam y Linda Gordon. Al parecer, solo Adam se había acercado en la madrugada hasta el incendio, ya que Linda aseguraba haber dormido profundamente toda la noche.

—Tomo unas pastillas para dormir que...

—Sí, esas porquerías para los nervios —había reconocido el padre, como si le avergonzase que Linda precisase medicación. Después, les contó a Oliver y Valentina que había estado un buen rato entre la pequeña multitud, viendo la actuación de los bomberos y convencido de que aquello ardería hasta los cimientos. Les detalló, además, cómo él y Linda se habían cruzado a primera hora en la cafetería con Arthur, y que ya le había manifestado su pesar por aquel dramático giro de los acontecimientos, puesto que sin duda perjudicaría a su inversión en Huntly.

—Sin embargo —reconoció Adam—, les confieso que no me apena que hayan desaparecido esos papeles del dichoso archivo.

—Pero si ni siquiera sabía su contenido —objetó Valentina.

—Tampoco sabemos nada de la muerte, pero ahí está.

Valentina tomó aire y no dijo nada. Observó que Adam llevaba las llaves del coche en la mano.

—¿Se marchan? —preguntó, señalando con la mirada el llavín.

—Eso me temo. Ya me despedí antes de Arthur, porque aquí ya no tenemos gran cosa que hacer.

—De todos modos —intervino Linda—, Glenbuchat está a menos de una hora en coche de distancia, si necesitan algo no duden en llamarnos —insistió, dándoles su tarjeta y ofreciendo, al acercarse, el aroma de un suave perfume floral.

—Otra cosa no —intervino Adam, con sorprendente tono amable y cariñoso hacia su hija—, pero mi Linda es una anfitriona excelente. ¡No duden en visitarnos antes de marcharse de Escocia!

—Claro —asintió Oliver, esbozando una sonrisa de compromiso. Para Valentina resultó evidente que su apuesto novio inglés no pensaba pasarse por el castillo del jefe del clan Gordon ni por asomo. Charlaron un poco más antes de despedirse entre buenos deseos mutuos, hasta que por fin Oliver y Valentina pudieron ir a su cuarto. Allí, ella se había sentado ante el escritorio y había escrito una lista sobre uno de aquellos folios de cortesía que los hoteles acostumbran a ofrecer:

Andrew Oldbuck, anticuario
Sarah Roland, profesora
Henry Blunt, editor
Adam Gordon
Linda Gordon
Catherine Forbes
Mel Forbes

—¿Se supone que esos son tus posibles sospechosos de algo? —cuestionó Oliver, ahogando un bostezo y dando un sorbo a su café, que ardía.

—No lo sé. Son solo los posibles ladrones de las llaves de tu padre. No he puesto a Donald Baird ni a James Mayne porque anoche no estuvieron aquí, que si no, los pondría.

—Ajá... Pues uno de los de tu lista ya está muerto, y te olvidas entonces de ti, de mí y de mi propio padre, según tus teorías conspirativas. Atiende: yo mismo podría ser el asesino; podría haberte hecho el amor anoche, muy bien, por cierto —añadió, riéndose—, para después, mientras dormías, ir al castillo con la finalidad de investigar por mi cuenta y, al encontrar allí a Forbes revolviendo papeles, liquidarlo por haber amenazado a mi padre con el *bona vacantia* aquel con el que se puso tan pesado...

—Muy gracioso —replicó ella, haciéndole una mueca. Él sonrió, pero después se mostró un poco más serio y reflexivo.

—A ver, si lo piensas, tiene su lógica que Mel Forbes, en un ataque de rabia, cogiese su coche y un bote de gasolina para ir a quemar el castillo. La distancia es muy corta y no le daría mucho tiempo ni a recapacitar ni a pensárselo dos veces. Después pudo tener un accidente mientras prendía fuego, eso es todo... No entiendo por qué nos rompemos la cabeza.

—Yo tampoco, pero es que es raro, ¿no? Tengo la sensación de que algo patina en esa teoría, y no sé qué es. Supongo que si por la tarde podemos entrar en el palacio y ver aquello ya se me irán las conspiraciones de la cabeza.

De pronto, Oliver alzó una mano, como si hubiese tenido una idea muy buena.

—¡Ya sé! Podríamos mirar si hay cámaras en el tramo de carretera desde el castillo hasta el Sandston, y así veríamos cómo Forbes fue hasta el palacio y si lo acompañó o no alguien más.

—Brillante, cariño mío, pero no.

—¿No?

—Quiero decir que no hay cámaras, que ya me he fijado —sonrió Valentina con amabilidad, casi enternecida por aquella idea de Oliver, que sería una de las primeras que tendría en cuenta un investigador de su Sección de Homicidios. En este caso no habían tenido suerte, porque el castillo estaba alejado del centro y la carretera que lo unía al Sandston llevaba a pocos lugares aparte de al propio hotel, de modo que hubiera sido hasta raro ver cámaras de tráfico en un lugar tan retirado y tranquilo. Ni siquiera el hotel tenía un mínimo sistema de seguridad: solo una vieja alarma en las puertas de servicio, que daba la impresión de ser un adorno añejo y disuasorio y no un sistema realmente operativo.

—Pues mira —resopló Oliver—, ¿sabes qué te digo? Que de momento me apaño con la teoría de la inspectora Reid. Parece factible y cualquier otra solución tampoco va a mejorar el asunto, porque el caso es que el archivo secreto me parece que ya no va a tener mucho remedio. Yo casi continuaría con la investigación sobre Hamilton y su editor, ¿cómo se llamaba?

—¿El de Inverness? Chambers.

—Eso. Y lo que te dije anoche: podríamos ir a la biblioteca de Aberdeen, que ya viste que Sarah Roland nos confirmó que tenía hemeroteca —recordó, aludiendo a la cena de la noche anterior—, y así podríamos buscar qué pasó en febrero de 1857 con Hamilton, para saber qué pudo hacer con las memorias. ¡Ojalá no las guardase al final en el palacio!

—Ya, pero ahora no vamos a dejar a tu padre aquí solo con todo esto... Podemos esperar un par de días, para ver cómo se recoloca todo.

Oliver entornó los ojos.

—Teniente Valentina Redondo al rescate —dijo, haciendo más grave su voz con tono exageradamente formal.

—Mira que eres tonto —se quejó ella, sacándole la lengua.

—Si te digo la verdad —reconoció él, estirándose—, me duele un poco la cabeza... No sé si será por todo el humo que hemos tragado o por la falta de sueño; ¿qué tal si nos echamos un rato y luego seguimos? Total, hasta la tarde no podremos ir al castillo.

Valentina asintió, reconociendo que también estaba cansada, y que aquella búsqueda suya de respuestas parecía un poco delirante. Ni siquiera sabían todavía los resultados de la autopsia, y tampoco tenían el informe oficial del incendio, de modo que a lo mejor se estaba excediendo en suposiciones que, por otra parte, resultaban completamente inconsistentes. Debía aprender a relajarse y a disfrutar, a deshacerse de su habitual mecánica de cerebro y corazón, controladora y obsesiva. Sí, se tumbaría en aquella lujosa cama con dosel junto a Oliver y a aquel osito Teddy que parecía estar en todas las habitaciones de hotel británicas, y descansaría los sentidos.

Y eso fue lo que intentó hacer. Sin embargo, cuando Valentina cerró los ojos y escuchó cómo la respiración de Oliver se acompasaba al ritmo del sueño, fue incapaz de dejarse llevar a aquel limbo delicioso en que nada importaba, en que solo se paseaba en una nube dormida. No, el cerebro de Valentina casi nunca hacía caso a las órdenes de su corazón. La joven teniente, manteniendo los ojos cerrados, recorrió como en una película todo lo que su memoria había guardado de la noche anterior. ¿Sería posible que tras aquella sorprendente cena que había vivido se le hubiese escapado algún detalle revelador?

La cena antes del incendio

El ambiente se presentaba agradable y sugerente. Catherine Forbes les había preparado una mesa un poco alejada de las del resto del comedor; unas mesitas auxiliares habían sido cubiertas con flores frescas del jardín del Sandston, y con su ubicación cerca del espacio reservado para Arthur había logrado una efectiva separación de ambientes. Incluso Mel Forbes se había acercado a terminar de colocar los centros florales, mirando de reojo a Arthur y murmurando algo ininteligible, aunque nadie había parecido prestarle atención.

La mesa tenía forma ovalada y habían sido dispuestos ocho servicios para Arthur Gordon, Oliver, Valentina, Adam Gordon y su hija Linda y, cómo no, para los tres expertos literatos que estaban tan entusiasmados con el hallazgo de aquella pequeña y extraordinaria biblioteca del castillo de Huntly. Lo cierto era que Arthur se sentía pletórico y con ganas de celebrar lo que había sucedido, de modo que había encargado a Catherine un menú cerrado con entrantes locales, marisco traído de las islas Shetland y un solomillo Wellington con crema de patatas. La iluminación era suave y se acompañaba de decenas de velas que adornaban el comedor al completo, por lo que no se podía negar que Catherine sabía cómo lograr un ambiente acogedor en su pequeño restaurante.

Los primeros en llegar fueron Arthur, Oliver y Valentina, que esperaron a los demás tomando un aperitivo ligero. Apenas pasaron un par de minutos cuando hizo su aparición el anticuario Andrew Oldbuck, que para la ocasión se había puesto uno de sus trajes de cuadritos diminutos; caminaba con gesto despistado, como si pensase en varias cosas a la vez. Aunque su aspecto era aseado y la calidad de su traje parecía excelente, el hecho de que hubiese dejado crecer tanto el pelo a ambos lados de las orejas le otorgaba, con aquel rizo algo encrespado, un aspecto entre excéntrico y vagamente desaliñado.

—Ah, ya estás aquí, Andrew —lo saludó Arthur, levantándose para recibirlo y dándole una amistosa palmadita en la espalda—. ¿Qué tal, has podido guardarlo todo?

—Oh, sí... Son cajas fuertes enormes para tratarse de un hotel. Descuida, está todo a buen recaudo. En realidad, el único libro realmente valioso de la colección es el que te di antes, el de Abraham Ortelius y su atlas; los demás pueden tener cierto valor para coleccionistas y hemos tenido algunos parecidos en la casa de subastas, pero tampoco puedes esperar grandes fortunas si quieres deshacerte de ellos.

—Ah, eso ya lo estudiaré con calma... Tal vez no me deshaga de nada. Si abro en Huntly un museo, no me vendrá mal tener todo ese material.

—Sería estupendo, aunque en Gallus nos encantaría tener alguno de estos ejemplares —contestó aludiendo a la casa de subastas con la que colaboraba.

Arthur sonrió complacido; tendría que pensarlo, pues de alguna forma debería recompensar a Oldbuck por su tiempo y su trabajo; por muy rico que fuese su amigo, lo justo sería tratarlo como tal y agradecerle de alguna manera su dedicación. Confiaba en él plenamente. Aunque había verificado las credenciales de los otros dos expertos, solo conocía realmente al anticuario, y por eso le había encomendado la dirección y custodia efectiva del hallazgo. Sin embargo, debía buscar un depósito seguro para todos los libros durante aquellos días; en el palacio de Huntly resultaba inviable almacenarlos con cierta seguridad, ya que en breve deberían comenzar las obras de restauración.

Arthur se aseguró de que Andrew estuviese cómodo y de que le sirviesen una generosa copa de vino, mientras Oliver y Valentina, entre especulaciones y teorías, ya comenzaban a hacerle preguntas.

—Entonces, ¿no cree que si investigásemos un poco sobre Adam Chambers podríamos averiguar algún dato del paradero de las memorias de Byron? —le preguntó Oliver, que por su formación literaria estaba visiblemente emocionado con el asunto.

El anticuario negó frunciendo los labios.

—No, si ese editor no recibió finalmente la carta de Hamilton, ¿cómo iba a saberlo?

—Ya, pero tal vez pudiese tener una idea de dónde solía Hamilton guardar las cosas de valor.

—Lo dudo. En la carta, Hamilton solo hablaba del «cuarto de seguridad oculto» y de que allí se custodiarían las «pequeñas joyas» mejor que en su despacho, de modo que creo que debemos suponer que el destino de las memorias era el archivo secreto que encontró tu padre. Lo que debemos preguntarnos es por qué no estaban allí y por qué Hamilton dejó el archivo de aquella forma, como si se hubiese marchado corriendo.

—Sí, estoy de acuerdo —intervino Valentina—, aunque supongo que tendremos que investigar a todos los que se citan en la carta. Catherine Forbes sabe que Hamilton fue dueño del castillo muy poco tiempo, pero no tiene mucha más información.

—Podríamos ir mañana a la Biblioteca Central de Aberdeen —sugirió Oliver—, seguro que tienen referencias de la época.

—Y tanto, se lo aseguro —le confirmó una voz femenina a sus espaldas; Sarah Roland acababa de llegar y lo había hecho a lo grande. Había dejado sus gafas de pasta y sus vaqueros en la habitación, y a cambio se presentaba con su cabello negro, largo y liso, completamente suelto; llevaba un bonito y ligero vestido verde oscuro, largo hasta las rodillas. Se había maquillado de forma muy suave, dándose algo de brillo en los labios, y su rostro aniñado y su pequeña naricilla le conferían un aspecto más propio de hada de los bosques que de profesora universitaria.

—Oh, ¡profesora Roland, bienvenida! Está usted guapísima esta noche, si me lo permite —la recibió Arthur, levantándose para separarle la silla de la mesa.

Desde luego, era el anfitrión estrella. Todos saludaron a Sarah, que se sentó esbozando una amplia sonrisa.

—Entonces —insistió Oliver dirigiéndose a ella, cuando ya estaban todos acomodados—, ¿cree que sí, que encontraremos información en la biblioteca?

—Oh, sí, sin duda. La Biblioteca Central de Aberdeen les encantará, además. Es de finales del xix y tiene archivos increíbles guardados en microfilms; desde periódicos locales muy antiguos hasta miles de fotografías de época... Por tener, creo que tiene hasta el registro de nacimientos y defunciones, así que es muy posible que encuentren datos de interés. Por mi parte... Lo lamento, pero no me suena Stuart Hamilton de nada.

—Según ponía en la carta —intervino Valentina—, él no era de aquí, sino de más al sur, aunque también deberíamos buscar al abogado que cita en el documento, Harrison. Si era de Aberdeen, también debería haber referencias sobre él en alguna parte.

—Sí —confirmó Oliver—, yo también había pensado en ello; el colegio de abogados debe de tener sus datos.

Sarah se encogió de hombros.

—Reconozco que si me sacan de los libros y la época georgiana no puedo servirles de gran cosa.

—Seguro que sí —objetó Valentina, con una sonrisa amistosa—. ¿De qué da clase en la universidad, de Literatura Inglesa?

—Sí, pero también trabajo en el Departamento de Inglés y Filosofía... Enseño Escritura Creativa, enfocándola sobre todo a cómo la humanidad ha ido intentando aproximarse a las grandes cuestiones fundamentales a través de la literatura.

—Ah, qué interesante —comentó Valentina, a pesar de que ella no leía más que uno o dos libros al año, a diferencia de Oliver, que siempre llevaba alguna lectura consigo.

Y por supuesto, Oliver, como era de esperar, también se mostró interesado en aquel enfoque, y estuvieron un rato charlando sobre los autores que estudiaba la profesora. Había hecho su tesis doctoral sobre Jane Austen, y era una ferviente admiradora de Laurence Sterne, Samuel Johnson y, por supuesto, Lord Byron. En aquellos momentos llegó Henry Blunt, el editor, con el cabello pelirrojo más revuelto que nunca pero perfectamente presentable, con unos vaqueros y un sobrio jersey azul marino. Tras los saludos pertinentes se unió a las alabanzas de los autores que citaba Sarah.

—Oh, sí, ¡desde luego! Samuel Johnson es una delicia... ¿Saben que es el segundo autor británico más citado, después de Shakespeare? —preguntó al resto de los comensales, que parecían no tener conocimiento de aquel logro. Valentina, a ratos, comenzó a sentirse una completa ignorante ante aquel nutrido grupo de intelectuales a los que Oliver se había unido, mostrando conocimientos literarios que ella desconocía por completo. Solo Arthur parecía estar a su mismo y mortal nivel de conocimientos sobre literatura, y fue él quien quiso cambiar el rumbo de la conversación.

—Bien, Henry —interrumpió, dirigiéndose al editor—, si encontrásemos las memorias de Byron, ¿qué valor de mercado cree que podrían tener?

—Oh, supongo que Oldbuck, con su casa de subastas, podría asesorarle mejor en cuanto a eso —replicó, mirando al anticuario—. Todo el mundo sabe que hace poco se subastó en Sotheby's por casi trescientas mil libras una colección de cartas que Byron envió a su amigo Francis Hodgson, y eso que algunas ya eran conocidas; ¡imagínese unas memorias completas!

—No, no me refiero al precio de venta del manuscrito físico en sí, sino al de la publicación de su contenido. Ya que es usted editor...

—Oh, por supuesto... —contestó Henry, algo azorado al no haber entendido las intenciones de Arthur—. Un valor incalculable, ¡incalculable! Figúrese, señor Gordon, que en mi editorial, Unicorn, todavía seguimos publicando los trabajos de Byron y agotamos las ediciones. ¡Imagínese cómo sería publicar algo inédito, y tan jugoso!

—Entiendo... Entonces, el mundo editorial funciona, ¿no? Quiero decir que siempre se escucha que cada vez se lee menos y esa clase de cosas.

—En cierto modo, así es. Somos un sector en crisis constante. De hecho, nuestra vocación en Unicorn se encuentra en estudiar y publicar a los grandes clásicos de la literatura europea, pero nuestra empresa sobrevive gracias a *la línea verde*, que es la que paga las facturas.

—¿La línea verde?

—Sí... Los libros de autoayuda. Quién lo diría, ¿verdad? ¡El verde es el color de la esperanza, señor Gordon! Los libros de autocuidado e introspección, gracias a ellos sobrevivimos y podemos seguir publicando lo que queremos: John Keats, Flaubert, Stevenson, Bécquer... Reconozco que tengo poca predilección por los autores norteamericanos, y que en la editorial nos centramos más bien en los ingleses y europeos de distintas épocas que...

Justo en aquel instante llegaron por fin Adam y Linda Gordon, por lo que la conversación se vio interrumpida. El jefe del clan iba vestido con la misma ropa con la que había llegado al Sandston, aunque ahora dibujaba una sonrisa que, en contraste con su mirada dura y brillante, parecía una máscara. Saludó a todos de forma exquisitamente educada, y disculpó su retraso, del que acusó a Linda, que había tardado más de lo debido en arreglarse. La mujer miró hacia el suelo avergonzada y dejando casi que su melena rubia, que le llegaba sobre los hombros, ocultase parcialmente su rostro. Se había cambiado de ropa y llevaba un bonito y discreto vestido azul marino, que le llegaba hasta las rodillas y le dejaba gran parte de los brazos al aire, mostrando su delgadez.

—Ah, ¡mujeres! Su madre era igualita.

—Papá, por favor...

—La juventud no es lo que era —continuó hablando Adam Gordon, mirando ahora hacia Arthur en un gesto que pretendía ser cómplice—, ¿verdad, viejo amigo? Llegan con todo medio hecho y luego pretenden ser ellos los que nos cuidan a nosotros. ¡Hay que ver!

—Bueno, seguro que Linda —replicó Arthur, conciliador y haciéndole un gesto a la mujer, que mantenía una actitud cohibida— será una digna sucesora de los Gordon y gestionará vuestro patrimonio de forma excelente... ¿Tu familia sigue teniendo la destilería?

—Oh, joder, no me hables de eso... Ya saben —añadió Adam, mirando a todos los comensales—, si beben whisky compren el nuestro, ¡Glenbuchat Castle! Ni se imaginan lo complicado que se pone el negocio aquí... ¡Aquí, que estamos en el corazón de Escocia! Hoy mismo hablábamos de ello en la convención de empresarios del sector, en Inverness. Tenemos cada vez más competencia, en Sudáfrica, India, Suecia y hasta en Japón.

—Y el cambio climático —añadió Linda, sorprendiendo a todos con su intervención. Su padre la miró ahogando un resoplido.

—Sí, eso también. No dejan de ser estupideces,

porque ha habido cambios climáticos cíclicos durante miles de años, ¿no? En fin, Linda se encarga de esos asuntos.

Valentina no pudo reprimir su curiosidad.

—Linda, ¿y cómo les afecta...? Quiero decir... En fin, no tengo ni idea de whisky, pero supongo que será por el calor, ¿no?

—Sí, exacto... El último decenio ha subido un grado centígrado la temperatura en Escocia; tal vez no parezca gran cosa, pero las nevadas también han disminuido radicalmente y llueve mucho menos, de modo que llega menos agua de los ríos a las destilerías, que necesitan el agua dulce. Además, las asociaciones ecologistas solicitan al Gobierno que emitamos menos carbono, que gestionemos empresas sostenibles y evitemos el efecto invernadero... Es muy complicado.

—Sí, no parece tarea fácil —observó Oliver.

—No, no lo es —confirmó Linda, que hablaba progresivamente más confiada, como si estuviese en su terreno—. Algunos compañeros con destilerías de ginebra han probado ya a destilar guisantes en vez de trigo para no utilizar fertilizantes y les ha ido bien; estamos estudiando cómo aplicarlo, además de evitar el empleo de la turba para...

—¡Minucias! —la interrumpió su padre—, que no digo que no esté bien revisarlas —añadió, concediendo un respiro a Linda—, pero lo que ahora nos preocupa es confirmar que la documentación que se encontró en Huntly no resulte perjudicial para nadie... ¿Ustedes la han visto? —preguntó a bocajarro, dirigiéndose directamente a Oldbuck, Henry y Sarah. Fue el anticuario quien tomó la palabra.

—¿Se refiere a los documentos que había en varias cajas grandes en el archivo?

—Supongo, aún no los he visto más que en el periódico; pero sí, me refiero al archivo oculto que ha encontrado aquí mi pariente —confirmó, mirando a Arthur. A su vez, Oldbuck miró también a Arthur, como solicitándole permiso para explicar o no lo que habían visto al visitar el palacio; el interpelado asintió, rogando a los cielos que Adam Gordon dejase de ser tan desagradable. ¿Por qué lo habría invitado a cenar? Su cortesía debería haber tenido un límite, por muy jefe del clan que fuese. Arthur siempre valoraría la historia y el legado de los Gordon, pero estaba empezando a cansarse de aquel teatrillo forzado con Adam.

—Pues verá, lo cierto es que mis colegas y yo —declaró el anticuario, con un gesto molesto que evidenciaba que Adam Gordon no le caía bien— ojeamos la documentación por encima, pero nos centramos en los libros, que es para lo que hemos venido hasta aquí. Cuando terminemos con ellos, podremos revisar al detalle esos legajos, que en general no eran más que escrituras y facturas de diversas obras de carpintería y cantería, la más antigua creo que de 1563, aunque la mayoría pertenecían al siglo XVII. ¿Le interesan por algo especial o solo es por tocar las narices?

Oldbuck hizo la pregunta y esbozó una amplia sonrisa con total tranquilidad, como si no hubiese provocado deliberadamente a aquel gigante, y se abrió un silencio tenso en la mesa, esperando la explosión de Adam Gordon. Sin embargo, y tras un gesto inicial de sorpresa, Adam lanzó al aire una carcajada y un par de exabruptos. Explicó someramente los problemas que podía suponerle lo que hubiese en aquella documentación, especialmente en tema de lindes con sus vecinos, ya que precisamente su destilería parecía estar entre dos fincas. Para los comensales no resultó difícil suponer que

Adam Gordon no debía de mantener relaciones especialmente amigables con sus vecinos, y que si estaba tan preocupado debía de ser por algo que sabía pero que no había contado. Valentina, para desatascar aquella tirantez que se había instalado en la mesa, aprovechó la llegada del marisco para cambiar de tema y retomar con Henry la conversación que había sido interrumpida.

—Lo cierto es que sería maravilloso encontrar las memorias de Byron... ¿Cree realmente que se generaría mucho interés entre los lectores?

—Oh, sí, ¡por supuesto! Soy socio desde hace años de The Lord Byron Society, además de la Poetry Foundation, y le aseguro que la figura de Byron es inabarcable, extraordinaria. Su talento, su carisma... ¡incomparable!

—Hay quien dice que era un pedante —objetó Sarah, con gesto de traviesa malicia.

—Los envidiosos, sin duda —replicó Henry.

—No tanto —se opuso la profesora—. ¿Sabe usted quién era Edward Trelawny, Valentina? —preguntó, desviando la mirada hacia la interpelada.

—¿Quién? Eh... No, lo siento.

—Bien, pues era un aventurero que, por cierto, habría lucido de maravilla en una novela romántica de la época. Admiraba profundamente a Shelley, y logró conocerlo viajando hasta Italia, donde también coincidió con el gran camarada del poeta, Byron. Se hizo amigo de ambos, y de hecho fue él quien recuperó el cadáver de Shelley cuando naufragó su barco, *Don Juan*, y también fue él quien gestionó la repatriación a Inglaterra del cuerpo de Byron cuando falleció en Grecia. Sin embargo, a Shelley lo admiraba profundamente y de Byron, aunque reconocía su talento y su agudeza mental, decía que era irritable, susceptible y soberbio.

—Por Dios, Sarah, ¿cómo puede decir eso? —se indignó Henry—. ¡Por supuesto que era voluble! ¿Hace falta que le recuerde sus problemas de salud, su cojera? Reconozco que sus relaciones familiares eran un completo desastre, su mujer, su hija... —añadió, con gesto endurecido, para después retomar fuerza en su discurso—. Pero todo lo que encuentre en ese librito escrito por Trelawny es subjetivo y tendencioso, y resulta evidente que envidiaba la amistad y la admiración que Shelley le profesaba a Byron.

—Yo solo digo que todas las historias tienen dos lados, y que no porque esté muerto podemos endiosar a un autor, al que por cierto yo también admiro. Si me lo permite, le diré que sus *Diarios* y *La visión del juicio* son el espejo más potente de su enorme talento.

—Oh, y *Las peregrinaciones de Childe Harold*, su *Don Juan*... ¿Los olvida? Ah... «Mas no pongamos mal ceño, ¡no pensemos, no pensemos!» —exclamó, citando un poema de Byron.

—«Nada más engañoso que la humildad aparente» —contraatacó Sarah, citando una frase de *Orgullo y prejuicio*, de Jane Austen.

—Dios del cielo —interrumpió Andrew Oldbuck—, parecen ustedes un par de críos repelentes discutiendo por algo en lo que, en realidad, están de acuerdo. ¿Quién podría dudar de que Lord Byron fue uno de los más grandes y versátiles poetas ingleses de toda la historia? ¡Sería imposible concebir nuestra idea del Romanticismo sin él! Y sus memorias... Ya que veo que ambos han leído a Trelawny, sabrán que él opinaba que los amigos de Byron no tenían perdón por permitir su destrucción... Byron quería que saliese la verdad a la luz, porque sobre su vida no se habían escrito más que tonterías y exageraciones. Aunque lo cierto es que hay pensamientos privados que, donde mejor están, es en la intimidad —declaró, con gesto serio—, ¿no les parece?

—Tal vez —se atrevió a sugerir Oliver— hoy no resultaría tan importante lo que entonces quisieron ocultar sus amigos. Hay quien dice que Byron era bisexual, y que por eso habían...

—¡Eso sí que es una tontería! —exclamó Henry, encendido—. ¿Sabe quién estaba presente en aquella quema? Sus amigos Moore y Hobhouse, su editor Murray y los representantes de su exmujer, Annabella. Había sido ella la encargada de difundir que Byron había tenido una hija ilegítima con su hermanastra, y ese fue uno de los motivos principales por los que se tuvo que ir de Inglaterra. ¡Estoy seguro de que fue cosa de esa bruja!

—Bueno, si se abre el camino de las especulaciones...

—No, Sarah, piénselo. Byron había dado permiso a Moore y a Murray para eliminar aquellos pasajes que considerasen comprometidos, ¿por qué iban a quemar el manuscrito? Solo podía perjudicar a Annabella, a todo lo que contase sobre su convivencia con ella.

—Según Trelawny, ella también tenía permiso para eliminar lo que considerase.

—¡Trelawny! ¡Le hace caso a ese oportunista! Maldito sea, ¿sabe que fue él quien animó a Shelley a tener su propio barco? ¡A él, que no sabría ni hacer un nudo marinero! Sin Trelawny, quizás hubiese vivido mucho más tiempo uno de los poetas ingleses más extraordinarios de todos los tiempos.

—Quién sabe si su querido Shelley no habría sido

olvidado de no ser por su mujer. Le recuerdo que fue ella la que se encargó de recopilar y mantener viva su obra.

—¿Su mujer, Mary? Pues mire, así ya hizo algo productivo además de escribir *Frankenstein*, que, por cierto, no sé cómo habría salido sin la corrección de su marido.

—¿Qué insinúa?

—Pues ya ve, una tontería, ya puestos a desvariar.

Andrew Oldbuck se rio y miró a Valentina con gesto divertido.

—¿Lo ve, querida? Aunque hayan muerto hace dos siglos, Byron y sus amigos siempre seguirán suscitando interés.

—Ya lo veo, ya —reconoció Valentina, que se sintió apurada por haber sido ella quien había retomado el tema. Desde luego, tras la fachada formal de Henry y Sarah había una pasión encendida por la literatura y su significado, y ahora entendía que, tras la publicación del hallazgo del palacio de Huntly, ambos estudiosos hubiesen salido disparados para intentar siquiera acercarse a aquellas memorias. ¿Qué tendría la vida de algunas personas que encendía la chispa en el alma de los demás?

Mary MacLeod

No lo había planeado de aquella forma, desde luego. Tenía que haber sido un juego simple y manejable: el experimentado cazador frente al ingenuo cervatillo. Pero había sucedido algo inesperado y maravilloso. A Jules le golpeaba fuerte el corazón, con esa ilusión única que florece en el comienzo de las cosas. ¿Cómo era posible que se hubiese enamorado? Ah, Mary, ¡la pequeña Mary! Qué inteligente y templada, ¡qué pasión resplandecía en su corazón! Nunca había conocido a nadie como ella. Sus rasgos, que antes le parecían vulgares y carentes de interés, ahora le suscitaban la más genuina admiración y curiosidad. Cada curva, cada gesto, la suavidad de sus labios.

Lo cierto es que se arrepentía de sus iniciales intenciones, nada honestas, pero sabía que sin aquel impulso ahora no estaría tan cerca de la felicidad absoluta. Y el deseo... Oh, ¡cómo la deseaba! ¿Qué tendría la dulce Mary? Sin duda, su ingenio y agudeza lo habían sorprendido, y se había descubierto disfrutando de cada carta, de cada opinión sobre libros, gentes y hasta política. A veces la contradecía solo por comprobar su amplio sentido de la oratoria, sus armas dialécticas. La disfrutaba en todos sus planos y actitudes, y pensaba en ella a todas horas. Él, ¡que a tantas muchachas había despachado en París sin miramientos!

Cuando la noche cayó como un telón sobre la ciudad de Aberdeen, Jules paseó hasta la casa de los MacLeod. Hizo algo de tiempo caminando hasta la pequeña catedral medieval de Saint Machar, donde decían que estaba enterrado el brazo izquierdo de William Wallace. ¿Sería cierto? Avanzó por el camposanto, con sus enormes y antiquísimas lápidas grises, sin dejar que su visión le rompiese el espíritu. Sin pensarlo, entró en la catedral, que por su tamaño le pareció más bien una acogedora iglesia. Sus techos de madera, los arcos ojivales de piedra y todos aquellos escudos en el techo: nobles de Escocia, reyes y reinas de Europa... ¿Por qué no sería él un caballero, alguien que mereciese la mano de una dama como Mary? ¿Por qué la calidad de la cuna era la que debía marcar el destino de los hombres, sin considerar su verdadero valor y potencial? El joven respiró profundamente y meditó sobre sus posibilidades. Tenía que hablar con ella, contarle un plan que se le había ocurrido. Era difícil, pero no imposible. Una esperanza. Ya casi era la hora de su encuentro, de modo que salió del terreno santo y se dirigió hacia la casa de los MacLeod.

Cuando la pareja se encontró, ni siquiera la oscuridad de las sombras pudo ocultar al francés que algo grave sucedía.

—¿Qué tienes, Mary? Dime, mi amor, ¿por qué esa cara tan triste para tu Jules?

—Yo... No es nada.

Él la tomó de las manos desde su posición en el jardín, mientras ella, apoyada en el borde interior de la ventana, bajaba la mirada hacia algún punto indeterminado, pues fuera todo era frío y oscuridad.

—¿Nada? ¡No estarás enferma! ¿Qué te preocupa?

Mary tomó aire e intentó escoger muy bien sus palabras antes de hablar.

—Jules, creo que esto no va a salir bien. Si no nos descubren, nos descubriremos nosotros con alguna imprudencia. Y si mi padre se entera, me echará a la calle, ¿entiendes?

—No, ¡*mon amour*, no! Nos casaremos, y al señor MacLeod le llenará de orgullo que el marido de su hija sea honrado y trabajador, y seremos felices. Eres su hija, ¿cómo va a desentenderse de ti, por Dios bendito? Oh, ¡no llores!

Pero ya era tarde. Mary sollozaba entre hipidos y gemidos, completamente desesperada. Resultaba obvio que había buscado todas las soluciones posibles, sin encontrar ninguna que le pareciese realista. Jules se aproximó más, intentando apaciguarla y sin conseguir ningún resultado. Le pidió calma y silencio, pues los iban a escuchar si ella continuaba con aquel lamento tan profundo y ruidoso. Al final, el joven siguió su propio impulso de abrazar a Mary por completo y saltó al interior de la habitación, procediendo después a cerrar la ventana. Abrazó a la joven conteniendo su llanto y haciendo que su rostro se escondiese entre sus propios brazos, que la arropaban. Por fin, y tras unos minutos de angustia, Mary recobró la compostura lo suficiente como para que Jules pudiese hablar sabiendo que era escuchado.

—Ah, mi pequeña y dulce Mary... No estropees tus bonitos ojos de miel con lágrimas tan tristes. Lo cierto es que esta noche ya venía con idea de contártelo... Creo que puedo tener un plan.

—¿Un... un plan?

Ella se despegó un poco del abrazo y consiguió por fin domesticar su propia angustia, dispuesta a escuchar cualquier posible salida a aquel callejón del que se sentía incapaz de salir. Jules, entretanto, miró a su alrededor e intentó descifrar las dimensiones y el mobiliario de la habitación, pues estaban en casi completa oscuridad. Se aproximó a lo que le pareció la cama de Mary, y la hizo sentar en el borde.

—Escúchame atentamente, Mary. Hay un coleccionista que visita Stoner con bastante frecuencia y que me ha facilitado datos de otros caballeros que, como él, están interesados en obras perdidas. En realidad, yo ya conocía a algunos de esos ilustres apellidos, de París... Es gente de mucho dinero, ¿comprendes?

Ella se limitó a asentir, sin entender todavía muy bien qué tenía que ver aquello con el plan de Jules. El joven continuó hablando.

—Bien, pues hay un mercado negro que...

—¡Oh, por Dios! ¿Vas a hacerte traficante?

—No, no... —intentó tranquilizarla, volviendo a tomarla de las manos—. Voy a intentar encontrar un material que les interesa mucho, y que me daría tanto dinero que podría montar mi propia librería, ¿comprendes, Mary? ¡Mi propio negocio! Sería una persona respetable y le agradaría a tu padre, estoy convencido. Tendría unas ganancias razonables e invertiría bien, te lo aseguro. Podría seguir localizando obras y obteniendo unas rentas que...

—Jules, ¿de qué me estás hablando? ¡No entiendo nada! ¿Te refieres a traficar con obras literarias?

—Claro, tontuela, ¿con qué pensabas que iba a hacerlo, con esclavos? Además, no es eso. No es nada de lo que imaginas. Yo sería... sería como un detective,

¿entiendes? Un investigador que encuentra libros perdidos para esos coleccionistas.

Ella respiró profundamente, aliviada en cierto modo. No podía haber nada malo en un libro. Sin embargo, no terminaba de entender el negocio.

—Jules, pero ¿a quién le va a interesar un libro perdido? Si una obra no se ha publicado es porque carecía de interés, o porque fue censurada por impropia, o porq...

—No... No me refiero a obras malditas, sino a obras codiciadas que se perdieron por un motivo concreto o, a veces, por simple estupidez. Piensa en tu admirado Lord Byron, ¿no te encantaría leer sus memorias?

—¡Pero fueron quemadas!

—Exacto, pero... ¿estás segura de que no quedó ninguna copia? Todo el mundo sabe que circularon por Londres legajos sueltos del manuscrito. ¿Te imaginas qué revolución si yo, Jules Berlioz, encontrase el original? Oh, Mary, ¡venderíamos tantos ejemplares como *La cabaña del tío Tom* y nos haríamos ricos!

Ella no dijo nada, se levantó de la cama y comenzó a caminar por la habitación, como si siempre necesitase dar unos pasos para poder pensar con claridad. A pesar de la penumbra del cuarto, tanto ella como Jules habían acostumbrado la vista a aquella oscuridad, y los pasos de Mary eran firmes y bien dirigidos.

—¿Y cómo podrías encontrar tales joyas? Muchos las habrán buscado, no será tarea fácil.

—Lo sé, pero para el que se hace a la mar siempre llega algún soplo de brisa, querida mía. Un rumor que seguir y perseguir.

Mary, de pronto, se volvió hacia Jules con el gesto emocionado.

—¡No habrás encontrado las memorias de Byron!

—Oh, no —rechazó él, haciendo gestos negativos con la mano—, ya me gustaría. Pero he encontrado una pista sobre François Villon.

—¿Quién?

—Un poeta francés del siglo xv; de París, como yo. Un genio que llegó a escribir baladas en *jobelin*, el lenguaje secreto de las bandas.

—¿De las bandas?

—Era un poco delincuente, pero un genio —insistió Jules—. Fue a la Universidad de París y se graduó como maestro de artes, y cuando fue condenado a la horca escribió *La balada de los ahorcados*, que es una delicia, y un testamento ingeniosísimo, de métricas perfectas, aunque convocando a prostitutas y villanos, en su línea.

—¡Dios del cielo, Jules!, ¿quién va a querer leer tales barbaridades?

—Muchos, querida mía. Aunque esas obras ya son conocidas... Lo que estoy a punto de encontrar es su romance *El pedo del diablo*.

—¿El qué...?

Ella se rio con cierta incredulidad, pensando que se trataba de una broma de mal gusto. Al mirarlo fijamente a los ojos, supo que el francés hablaba completamente en serio.

—Ah, ¡por favor, Jules! ¡Qué horror! No quiero siquiera saber sobre qué puede versar una obra semejante.

—Es solo una travesura de cuando Villon era estudiante...

—Insisto, Jules. Nadie va a querer leer semejante cosa, y menos de un criminal que murió en la horca.

—¿Quién ha dicho tal cosa? No, mi amor, no, le

conmutaron la pena y lo desterraron de París, y desde entonces nadie supo de él, es un misterio. *Il a disparu!* Y te aseguro que, si mi pista es buena y lo encuentro, cobraré al menos tres mil libras.

—¡Tres mil libras!

—Baja la voz —se apresuró a decir él, acercándose y poniendo la mano sobre los labios de Mary hasta que esta, con la mirada, le dio a entender que ya se había tranquilizado.

—Pero, pero... ¡esa cantidad son las rentas de un caballero de sociedad durante un año!

—Tal vez no tanto, pero se le acerca.

Jules abrazó a Mary y acercó la boca a su oído, para intentar seguir hablando en susurros.

—Confía en mí. Si sale bien esta vez, habrá más ocasiones para intentarlo y seguir aumentando nuestro patrimonio.

—¿Nuestro?

—Sí, tuyo y mío, Mary. Nuestro amor es tan puro y tan intenso que para mí ya es como si fueses mi esposa. Por favor, confía. Iré a París ahora, justo en el comienzo del verano, para seguir mi pista e intentar recuperar el romance de Villon, y volveré pronto.

—¡París! Oh, pero el señor Campbell, ¿qué dirá?

—No gran cosa, considerando lo diminuto de su salario y que ya me ha anunciado que en verano prescindirá posiblemente de mis servicios durante algunas semanas, ya que Aberdeen pierde movimiento.

—Oh, sí, es cierto... Muchos se irán a sus casas de verano. Nosotros haremos una visita a Edimburgo y después nos instalaremos en Stonehaven varias semanas.

Mary lo dijo con tono de disculpa, sabiendo que aquello dificultaría sus encuentros. Lo cierto era que, desde que habían llegado a Aberdeen, a su madre le gustaba visitar aquel pueblecito costero próximo, asegurando que le venía bien para sus nervios, aunque Mary sabía que era porque allí su padre trabajaba mucho menos y pasaba más tiempo en casa. Jules se mostró comprensivo.

—Lo entiendo... No sufras, querida mía, no será un obstáculo para nosotros... Iré a París y volveré en solo unas semanas, y te visitaré en Stonehaven.

—¿Podrás?

—Podría ir hasta el fin del mundo por ti, queridísima Mary —le dijo, vehemente y convencido—. Stonehaven está solo a quince millas, aquí al lado.

—Oh, Jules... Si fuese verdad, si lo lograses, ¡podríamos ser tan felices!

—Por fin sonríes. Qué preciosa estás esta noche. Tú eres mía y yo soy tuyo, ¿sí?

—Sí, Jules, soy tuya.

Él suspiró con alivio y esperanza.

—Encontraremos la manera.

Jules abrazó fuertemente a Mary, apretándola contra su cuerpo. Comenzó a besarla con pasión creciente, olvidando las formalidades y el decoro, y sintiendo cómo crecía en su cuerpo el deseo y la urgencia de poseer a la joven. Ella, completamente hechizada por las palabras de Jules y sus promesas de futuro, sintió que solo podía entregarse. No por contentarlo a él, sino porque era extraordinariamente excitante sentirse venerada y deseada de aquella forma, y porque también ella había sentido aquel húmedo calor en su interior.

Despacio, como si estuviesen fortaleciendo deliberadamente el recuerdo que sería aquel instante, comenzaron a desnudarse mutuamente. Capas y capas de ropa y frío, que cayeron al suelo junto a cualquier desesperanza. Ella era la única mujer en el mundo para Jules; él era el único amor posible para Mary. El joven la trató con delicadeza, la acarició despacio, procurando evitarle el dolor de aquella primera vez, pero fue ella la que lo instó a realizar movimientos más violentos y firmes, como si dentro de aquel sueño todo estuviese permitido. A él le complació ver la cándida sorpresa en ella cuando su cuerpo femenino, desatado y sudoroso, abrazó el placer por completo. Cuando terminaron, se demoraron en más besos, promesas y caricias, sintiendo que la magia de la vida se les había instalado dentro. Sí, juntos lo lograrían. Serían honestos, ambiciosos y responsables. Volarían tan alto como aquel sentimiento, que lo llenaba todo y que se expandía en el aire como si fuese portado por las alas de un ángel. ¿Qué podía interponerse ante la valentía, la juventud y el verdadero amor?

6

Aquí había una edición apreciada por ser la primera obra: allá otra que no lo era menos por ser la última. Tal libro era precioso porque contenía las últimas correcciones del autor: esotro lo era más por no contenerlas, cosa a la verdad extraordinaria.

WALTER SCOTT,
El anticuario (1816)

LA CENA ANTES DEL INCENDIO (II)

La conversación del grupo se deslizó por caminos más amables y ligeros, por un oasis de cálida armonía. Mientras degustaban el solomillo Wellington con crema de patatas, y entre otros asuntos menores, hablaron de los distintos tipos de whisky, de las excelencias de los paisajes escoceses y hasta de la gastronomía local. El vino fue discurriendo por las copas y relajó las formas, desató un poco las lenguas y avivó los pensamientos. A Valentina casi le pareció escuchar el rugido lejano de una tormenta cuando Henry Blunt, tan encendido como el color de su cabello, se atrevió a cuestionar el halo legendario de los clanes, que calificó de «mera burguesía nobiliaria, embellecida en la memoria común por culpa de los textos de Walter Scott». Como era de suponer, Adam Gordon bramó lo indecible sobre la mesa, contraargumentando semejante idea y defendiendo que en los clanes, de forma ancestral, se había permitido la incorporación de personas que no fuesen nobles, siempre que demostrasen su valía y fortaleza en la batalla.

—Se permitió la incorporación por su valía, pero solo a los hombres, querrá decir —le corrigió Sarah, que por primera vez en la cena parecía estar de acuerdo con Henry en algo.

—¿Qué? —se extrañó Adam, alzando las cejas—. ¡Pues claro que a los hombres!... ¿Desde cuándo podían dirigir las mujeres los clanes? ¿Acaso luchaban en las batallas? Señor, ¡qué cruz con las feministas!

—Ahora que apuntaban a Walter Scott —intentó mediar Oliver, buscando un cambio de tema—, sigo pensando en las memorias de Byron...

—¿Pero no habíamos hablado ya de eso? —resopló Adam, molesto por la interrupción.

—Sí, pero no desde el punto de vista de los buscadores de tesoros.

—¿Qué...? ¿Y qué demonios tiene eso que ver con Walter Scott?

—Supongo que poca cosa, pero Byron decía que Walter Scott era uno de los mejores escritores de todos los tiempos, a lo mejor he hilvanado por ahí... —le replicó Oliver, con tono abiertamente sarcástico—. El caso es que, en la carta que encontró mi padre, no se decía quién era el dueño del manuscrito, pero sí que era de Aberdeen. Y Hamilton habla también del posible interés de sus colegas en las memorias... Así que, entonces, ¿no podríamos estar ante un pequeño grupo de buscadores de antigüedades? Tal vez Hamilton recibió la visita inesperada del dueño del manuscrito y se lo devolvió, pero si ese hombre perteneciese al gremio de los anticuarios, o de los libreros, sería más fácil localizar la fuente que...

—¿Por qué ha dicho «ese hombre» y no «esa mujer», por ejemplo? —cuestionó Sarah, mirando a Oliver fijamente.

—¿Cómo? Pues... No sé, no creo que una mujer en el año 1857 se dedicase a buscar manuscritos perdidos ni a ser anticuaria o librera.

Adam lanzó al aire otra de sus carcajadas. Su risa no transmitía alegría, sino una especie de furia domesticada.

—¡Lo que yo decía! ¡El feminismo! Querida Sarah, debe usted contextualizar, ¡contextualizar! ¡Si ya están ustedes empoderadas...! Mire a mi Linda, dirigiendo prácticamente ella sola nuestra destilería.

Valentina miró a Adam sin verlo, sin analizar sus palabras, porque seguía pensando en lo que había dicho Oliver solo unos segundos antes. Se dirigió hacia él.

—Tienes razón, tal vez debamos buscar entre anticuarios y buscadores de tesoros, sería más fácil comenzar por un núcleo pequeño, para ir después ampliando el círculo. Y Sarah —añadió, mirando a la profesora—, si no recuerdo mal, la carta hablaba de un dueño del manuscrito, en masculino, así que no creo que se trate de una mujer.

—¡Sí que se está animando la cena! —exclamó Oldbuck con media sonrisa irónica—. Aunque se olvidan todos de algo —añadió—, y es que a mediados del siglo XIX todavía no había comenzado la gran fiebre de la búsqueda de materiales inéditos... Aunque no digo que no hubiese ya interesados en el asunto, por supuesto.

—Si hay dinero de por medio —le contravino Adam, con tono de suficiencia—, siempre hay interesados.

—Ahí estoy de acuerdo —asintió Arthur, que una vez que había inaugurado la velada como anfitrión había comenzado a hablar menos y a escuchar más, como si estuviese presenciando un espectáculo.

—No soy ninguna entendida del mundo literario —reconoció Valentina—, pero no sé si habrá tantas rarezas perdidas por ahí como las de Byron, su historia me ha parecido poco común.

—¡Oh, sí, claro que las hay! —replicó Henry, entusiasmado. Al editor se unieron Oldbuck y Sarah, cuyo fervor al hablar del asunto resultaba casi contagioso. La profesora comenzó por Jane Austen, que había sido objeto de su tesis doctoral.

—Imagínese, Valentina, qué maravilloso sería encontrar el bosquejo de cómo Austen había imaginado terminar *Sanditon*, del que solo pudo escribir apenas una docena de capítulos antes de morir.

—Ah, bueno, pero de eso sí había un esquema general, ¿no? —replicó Henry en tono de duda, que enseguida cambió por otro de emoción—. Hay tesoros que sabemos que existen, pero que aún no hemos podido recuperar.

—Vaya —acertó a murmurar Valentina—, ¿alguno en concreto?

—¡Muchos! Pero uno de los que yo mismo he buscado para mi editorial y para mi propia satisfacción personal, lo reconozco, sería el tesoro de Flaubert.

—¿Gustave Flaubert, el de *Madame Bovary*? —preguntó la tímida Linda, que escuchaba todo con sencilla curiosidad, dándole a su rostro fino y claro el aire de ingenuidad de una niña.

—Ese mismo —asintió Henry—. Verán, cuando en 1871 Francia era recorrida por el ejército prusiano, Flaubert escondió una caja llena de documentos y cartas en su jardín, y parece que allí se quedó hasta que se murió casi diez años más tarde... ¿Y saben qué pasó?

La audiencia guardó silencio, de modo que el editor, tras una deliberada pausa de efecto, continuó hablando.

—Pues sucedió que, al año de morir, la casa de Flaubert fue demolida, de modo que su pequeño tesoro debe de seguir allí, en el subsuelo de Rouen... Yo mismo fui hasta la propiedad y solo sobreviven la caseta del guarda y el pabellón de lectura, que no es muy grande... En fin, si pudiese, me pondría a cavar en toda la finca mañana mismo, lo confieso.

—Cualquiera lo haría, amigo mío —reconoció Oldbuck, que parecía envidiar el ánimo de búsqueda de Henry, su vitalidad y juventud—, aunque hay muchos más tesoros que encontrar. Yo mismo llevo años en busca de alguna copia de *La isla de los perros*, de Ben Jonson.

—¡Cielos, no me diga! ¿Tiene alguna pista?

—La he tenido, Henry, pero siempre he terminado en callejones sin salida.

—Cuánto lo siento.

Oldbuck miró al resto de los comensales, que ya habían comenzado a degustar el delicioso postre, un *cranachan* cubierto con frambuesas y arándanos, y les explicó que Jonson había sido un laureado poeta que en 1597 había escrito junto a otro autor *La isla de los perros*, una obra satírica que había sido considerada sediciosa y difamatoria, por lo que sus ejemplares habían sido quemados; para que la obra no se representase, incluso habían sido cerrados temporalmente los teatros de Londres. Sin embargo, Oldbuck estaba seguro de que pervivía alguna copia de aquel trabajo en alguna parte.

—Es increíble —reconoció Valentina—, sí que tienen ustedes investigaciones literarias pendientes en Inglaterra.

—Ah, también ustedes las tienen —replicó Oldbuck, con una amplia sonrisa—, ¿o acaso Cervantes no era español?

—Sí, pero... No sé, no me consta que le hayan quemado ni enterrado ningún manuscrito, la verdad.

—Y, sin embargo, diversos escritos del gran maestro castellano han desaparecido. En el prefacio de *Persiles y Sigismunda* anunciaba que estaba preparando una obra de teatro, una novela y la segunda parte de *La Galatea*, pero ninguno de sus apuntes ni esquemas han aparecido por ninguna parte. ¿Cuánto se juega a que están en casa de algún coleccionista?

Valentina, divertida, alzó las manos a modo de gesto de defensa.

—A mí no me mire, juro que no tengo ni idea.

Oldbuck suspiró y se inclinó un poco sobre la mesa, como si fuese a hacer una confesión.

—Si les digo la verdad, podría contarles curiosidades de manuscritos desaparecidos durante horas: de Safo, de Esquilo, Sófocles, Skelton y hasta del mismísimo Walter Scott, pero les confieso que lo que llevo años persiguiendo es otra cosa, algo muy concreto.

—A ver si adivino —dijo Adam Gordon, socarrón—, ¿las memorias de Byron?

—Oh, no... No niego su interés, por supuesto, pero

no dejan de ser recuerdos y posicionamientos sobre acontecimientos de su vida, aptos más para cotillas que para verdaderos amantes de la literatura. Los *Diarios* de Byron ya son en sí, si lo consideran, parte de su autobiografía. Piénsenlo: uno puede escribir diez páginas sobre lo que ha hecho durante una jornada, pero la maestría no se encuentra en esa concatenación de datos, sino en la construcción de una trama en la que contenido, lenguaje, ritmo y musicalidad se mantengan en equilibrio, ¿entienden?

—Entonces —dudó Henry—, usted cree que las memorias tienen más valor para chismosos que para el público general, ¿no? Quiero decir que podrían resultar interesantes, pero no una obra maestra... ¿Es eso?

Oldbuck lo miró y esbozó una sonrisa algo cansada.

—Solo digo que, a pesar de que esas memorias puedan guardar destellos brillantes de la personalidad de su autor, nunca podrían compararse al ejercicio literario y deliberado de una mente creativa como la suya. Por eso lo que a mí me interesan son obras bien pensadas, las que se conciben como la maquinaria de un reloj y, además, se llenan de poesía. Por ese motivo llevo años persiguiendo *El misterio de Edwin Drood*.

Sarah abrió mucho los ojos y Henry asintió con convicción, para terminar ambos por darle la razón al anticuario de forma enérgica y convencida. Oliver se mostró concentrado, como si estuviese intentando recordar:

—¿*Edwin Drood*? ¿Esa no fue la última novela de Dickens? ¡Pero si no tiene final!

—Exacto, no lo tiene...

Tanto Valentina como Arthur, Adam y Linda se mostraron algo desconcertados, pues estaba claro que no sabían a qué obra se refería el anticuario, que enseguida les brindó una explicación.

—Charles Dickens le ofreció a la reina Victoria la lectura privada de esa novela en marzo de 1870, pero ella rehusó, parece que con el ánimo de leerla ya completa y terminada. El caso es que Dickens falleció apenas tres meses más tarde, y nunca han aparecido notas ni bosquejos. ¿Saben lo que supondría encontrarlos? —se preguntó Oldbuck, emocionado—. Es una novela de género negro extraordinaria, con giros asombrosos. Si me apuran, se trataría incluso de una inspiración clara para *El extraño caso del doctor Jekyll y el señor Hyde*, de Stevenson. Yo me atrevería a intuir un final con una clara división de la personalidad, desde luego... ¡Se habría escrito el crimen perfecto!

—Eso siempre y cuando no nos saliese Dickens en plan Menandro —rio Sarah, que explicó que Menandro era un autor del siglo IV antes de Cristo, del que las crónicas decían que solo era superado por Homero, y que después, cuando a comienzos del siglo XX habían encontrado papiros del autor en una casa egipcia, había resultado que, en general, su obra era insípida y predecible.

Valentina observó al anticuario, a la profesora y al editor, que habían creado su propia burbuja y que continuaban hablando con pasión de obras perdidas. Sí, desde luego resultaba comprensible que no hubiesen dudado ni un instante en acudir al hallazgo del castillo de Huntly. ¿Qué no harían ellos por tener entre sus manos las memorias de Byron? Sin embargo, Adam Gordon no parecía tan entusiasmado con la temática de la conversación, y no dudó en interrumpir.

—Y digo yo... Que no le quito mérito a sus estudios ni investigaciones, ¿eh? Pero ¿no les parece que todo lo que pone en esos manuscritos viejos es historia pasada? Ya hemos evolucionado mucho desde que desaparecieron los libros de los que hablan... ¿Para qué tanto esfuerzo buscándolos?

Oldbuck se giró hacia Adam y lo miró con condescendencia. La imagen era extraña: aquel hombre bajito y calvo, con aquel montón de pelo a ambos lados de las orejas, encarándose con el gran escocés, viril y guerrero.

—Agua pasada no mueve molino, ¿es eso lo que quiere decir?

—Sí, supongo.

—Pues verá... Para mí, nuestra historia e identidad, lo que somos, no se encuentra reflejado solo en una suma de datos, ¿entiende? Se encuentra especialmente en la historia perdida, en esas palabras que sí existieron pero de las que nadie habla.

El tono del anticuario había sido pausado e intenso, y había logrado crear cierta tensión en el ambiente. Henry carraspeó. Se puso muy serio y cerró los ojos, llevándose la mano al corazón. Comenzó a hablar con tono declamatorio, pronunciando unos versos del poema «Ozymandias», de Percy Shelley:

Soy Ozymandias, rey de reyes:
contemplad mis obras, hombres poderosos, ¡desesperaos!
Nada más perdura. En torno a la decadencia
de esa ruina colosal, ilimitada y desnuda,
se extienden a lo lejos los desiertos arenales.

Cuando terminó el poema, todos lo miraban como si se hubiese detenido el tiempo. Henry abrió los ojos y sonrió. Se dirigió a Adam:

—A nuestro alrededor no hay más que soledad, señor Gordon. Nuestras vidas no son más que una broma... Y de nosotros, con el tiempo, no quedará más que polvo. Por eso buscamos la historia y las palabras de otros hombres sabios, para no perder nuestra humanidad, para que trascienda lo que fuimos y para que el esfuerzo de existir no sea en vano. ¿Sabe cuáles son las obras que más han desaparecido a lo largo de la historia?

Adam, ahora algo cohibido, no supo qué contestar, aunque la pregunta había sido claramente retórica.

—La literatura erótica, por supuesto —comenzó a enumerar Henry, con un discurso sereno y tranquilo—; las autobiografías, como la de Byron, y la comedia. ¿O acaso no han leído ustedes *El nombre de la rosa*, de Umberto Eco?

No hizo falta que nadie contestase, pues todos sabían, si no por el libro, por la película que se había hecho sobre aquella historia, que los crímenes que narraba tenían su origen en el intento desesperado por evitar el carácter subversivo e irreverente de los textos que pudiesen ocasionar risa, burla o comedia sobre los poderosos.

El ambiente de la cena, las miradas cruzadas y los gestos se habían vuelto tan hondos y llenos de significado que Arthur Gordon decidió devolverle a la velada la atmósfera ligera y alegre que no estaba seguro que nunca hubiese tenido, e invitó a todos a seguirlo al pequeño y acogedor bar del hotel para tomar allí una copa. Se hacía ya un poco tarde, pero todos aceptaron el cambio de buena gana, pues allí las conversaciones no serían tan obligadas como sobre la mesa, y cada cual podría entablar su propia charla privada con quien más gustase. Según caminaban hacia el bar, enmoquetado con tela de tartán y lleno de sofás tapizados en tonos suaves, Valentina tomó a Oliver del brazo y acercó los labios a su oído.

—Vaya cenita, corazón... —le dijo, irónica—. Tú sí que sabes organizar unas vacaciones.

Él sonrió y le habló también al oído.

—¿Te has aburrido? Demasiada literatura, ¿no?

—No, no... Me lo he pasado pipa. Menos mal que nadie iba armado. Por cierto, ¿quién demonios es Ozymandias?

Oliver se rio y le dio un beso en los labios a Valentina, pues ya habían llegado al bar y se había terminado su rato para las confidencias. Los grupos se definieron de inmediato. Arthur y Adam Gordon hablando acerca de la familia y de la próxima fiesta que Adam pensaba organizar en Glenbuchat, además de sobre los nuevos Highland Games que habría en Aberdeen, donde pensaba instalar una gran caseta de su destilería; Valentina pudo escuchar como Arthur le aseguraba a Adam que sí, que al día siguiente irían a primera hora al palacio para ver los papeles, aunque no le entregaría ninguno, pues ahora eran de su propiedad y debían de tener un innegable valor histórico. Si hubiese algo que lo pudiese perjudicar, lo hablarían. Por su parte, Oldbuck, Sarah y Henry estaban entusiasmados con la idea de regresar al palacio al día siguiente, con el ánimo de poder ayudar a buscar las memorias en algún sitio donde todavía no se hubiese echado un vistazo. Henry aseguraba que apenas podía esperar a que amaneciese para investigar, pues sobre los libros que ya habían visto todavía tenían trabajo por delante, pero se encontraban ya inventariados. ¡Ah, qué hecho histórico tan extraordinario sería el encontrar aquel manuscrito del gran George Gordon Byron!

En cuanto a Linda, se había unido a Oliver y Valentina, tal vez con ánimo de escabullirse de la apabullante presencia paterna, que parecía proyectar una sombra alargada sobre ella.

—¿Y a usted? —le preguntó Oliver—, ¿no le intrigan también las memorias de Byron?

—Reconozco que un poco sí —sonrió—, aunque en realidad no he venido más que para acompañar a mi padre. Con que podamos regresar a casa sin que rompa nada creo que me iré arreglando.

—Es un poco duro, ¿no? —comentó Valentina—. Me refiero a que tiene mucho carácter...

—Bueno, ha recibido golpes a lo largo de su vida... Su posición no es fácil. Cuando se heredan propiedades y títulos importantes se debe estar a la altura. Cuanto más se tiene, a veces más se te cuestiona. Como decimos aquí, solo se apedrea a los árboles que están cargados de fruta.

—Ya...

En aquel momento llegó Catherine Forbes, y saludó a todos con jovialidad, interesándose por si les había gustado la cena y declarando que aquella ronda de bebidas era por cuenta del Sandston. Ella misma se unió a Arthur y a Adam para degustar el whisky prometido, mientras su hermano Mel rondaba por allí cerca y hablaba con otras personas. Estaba elegantemente vestido, acorde con el ambiente del local, y aunque su aspecto no recordaba para nada su atuendo de jardinero de aquella tarde, su rostro mostraba el mismo enojo. El grupo de los literatos, por su parte, continuaba con sus especulaciones acerca de dónde podrían haber sido escondidas las memorias de Byron. De pronto, Henry se giró hacia Arthur y le hizo un comentario en voz alta:

—Señor Gordon, espero que haya dejado ese palacio bien cerrado, ¡no vaya a ser que se nos adelante ahora un buscador de tesoros!

Arthur se rio.

—Tranquilo, muchacho, que he hecho instalar esta misma mañana una cerradura nueva —le explicó, dando toquecitos sobre el bolsillo de su chaqueta, desde el que se pudo escuchar claramente el tintineo del choque metálico de sus llaves, apenas recién estrenadas—. Tenemos el palacio de los Gordon a buen recaudo —añadió, con gesto confiado y resuelto.

Catherine lo aplaudió y anunció que invitaba a otra copa a aquel que quisiera quedarse, pero su hermano Mel se acercó a paso rápido y firme. Tomó a su hermana del brazo.

—¿Qué pretendes, Catherine? Si quieren beber, que se lo paguen.

—Tranquilízate, Mel —medió Arthur—, abonaré todas las consumiciones. Por favor, relájate y si quieres tómate algo con nosotros.

—¿Con los Gordon? ¡No, gracias! —exclamó, señalándolo con su dedo índice de forma acusatoria—. ¿Sabes qué tendrías que hacer? Marcharte de aquí y dejar de presumir de coche, de palacio y de hostias. ¿Qué pretendes?

Oliver se acercó e intervino.

—Señor Forbes, aquí nadie pretende nada. Tranquilícese.

—¡Estoy muy tranquilo! —exclamó, dando dos pasos atrás—. Ojalá todos vosotros y el dichoso palacio ardieseis en el infierno.

—¡Mel, ya está bien! —gritó Catherine, muy nerviosa y angustiada—. Ve a descansar, por favor, es tarde. ¡Ya habíamos hablado de esto, por Dios!

—Creo que tú también tendrías que ir a descansar, hermanita.

El hombre miró fijamente a su hermana a los ojos

durante unos segundos y, cuando todos pensaban que el conflicto era inevitable y que Mel Forbes solo saldría de allí repartiendo puñetazos, de pronto resopló y se dio media vuelta, dirigiéndose de nuevo hacia donde se encontraban las personas con las que había estado charlando hasta el momento y quedándose en el bar como si nada hubiese pasado. Valentina respiró con alivio, mientras Catherine se deshacía en disculpas e intentaba quitar importancia a la situación.

El grupo compacto de la cena terminó por diluirse y segregarse por criterios de intereses y conversaciones comunes, y Oliver y Valentina fueron los primeros en retirarse. Progresivamente y copa tras copa, el ánimo del resto de los comensales fue incrementándose o adormeciéndose, dependiendo de su grado de tolerancia al alcohol y al cansancio. La velada comenzó a dar señales de agotamiento cuando apenas quedaban ya otros huéspedes en el bar del Sandston, y todos se fueron despidiendo para ir a sus respectivas habitaciones. Cuando se marcharon a dormir, todavía respiraba en su tranquilo y secular letargo el aire del palacio de Huntly.

Valentina había intentado recordar todas las conversaciones de la noche anterior con detalle, por si algún matiz pudiera ofrecerle alguna pista que se le hubiese escapado, pero al rememorar aquel deseo de Mel Forbes de que ardiesen todos en el infierno, no le quedó más remedio que darle la razón a la inspectora Reid. Era un caso claro, sin duda. Mel Forbes, lleno de rabia contra los Gordon, había ido a incendiar el palacio y, por un lamentable tropiezo o error, no había logrado salir a tiempo de aquel nido de llamas que él mismo había creado. Fin de la historia.

Ahora debían centrarse en otro tipo de investigación, más ligera y amable: sí, tenían que buscar al tal Hamilton del siglo XIX y averiguar qué le había sucedido. ¿Por qué habría dejado de aquella forma el archivo secreto? ¿Quién sería el verdadero dueño de las memorias de Byron? Tal vez las hubiese recuperado antes de que Hamilton desapareciese del mapa y, con fortuna, el manuscrito no estaría entre los restos quemados del palacio. Deambulando entre estos razonamientos, comenzó a acudir a Valentina cierto sopor y estado de duermevela que no terminó de cuajar, pues comenzó a sonar el teléfono de Oliver, que continuaba profundamente dormido.

Valentina se levantó rápidamente y vio la procedencia de la llamada. Stirling, Emily Gordon.

—¿Sí?

—¿Valentina? ¡Por todos los cielos, por fin me lo coge alguien! ¿Estáis todos bien?

—Sí, sí, todos bien... Creo que Oliver iba a llamarte después, porque antes parecía un poco temprano para...

—Querida —la interrumpió Emily, con voz sorprendentemente enérgica—, estoy en pie a las seis y media de la mañana desde hace más de setenta años, ¿cómo iba a ser temprano? ¿Sabéis que salís en la prensa de todo el país? ¿Y por qué Arthur no me coge el teléfono? ¿Y cómo es que ha ardido el dichoso palacio? Fue ese Forbes, el que encontraron dentro, ¿no?

—Oh, pues a ver, son muchas preguntas; en cuanto a Arthur, debe de estar durmiendo justo ahora, hasta la tarde no podremos entrar en el castillo... ¿Quieres que te cuente todo, todo?

—Al detalle, querida, por favor.

Valentina se armó de paciencia y explicó a Emily

todo lo que había ocurrido, disculpándose por no haberla informado antes. La verdad era que los acontecimientos desde la noche anterior habían sucedido muy rápido y que ni Arthur, ni Oliver ni ella misma habían considerado que la noticia del incendio fuese a volar tan veloz hasta la radio del dormitorio de la abuela Emily.

Mientras Oliver se desperezaba, Valentina tranquilizó como pudo a la anciana y le aseguró que por su parte buscarían tan pronto pudiesen información sobre Hamilton y las otras personas que se citaban en la carta que había encontrado Arthur, por si las memorias de Byron hubiesen podido sobrevivir en alguna parte.

—Oh, pero ¿no vais hoy al palacio, a ver los desperfectos?

—Sí, claro... Acompañaremos a Arthur para que...

—¡Me encargaré yo de Hamilton hoy mismo, entonces!

—¿Cómo...? Pero, a ver... —dudó Valentina, que no estaba segura por completo de entender bien a Emily; su acento escocés era tan cerrado que el inglés de Valentina se tropezaba constantemente entre lo que decía realmente la anciana y lo que ella deducía que había dicho—. Emily, no te preocupes, mañana iremos Oliver y yo a la biblioteca de Aberdeen para echar un vistazo.

—Me parece bien, pero ahora mismo iré yo a la biblioteca de Stirling para ver en su hemeroteca qué diablos pudo suceder en 1857. ¡Tienen periódicos de toda Escocia allí dentro!

—Ah, pero no tienes toda la información de la carta que...

—La tengo, la tengo —la interrumpió Emily, entusiasmada—, ¿no sabes que Arthur me envió fotos por WhatsApp?

—Vaya... ¡Lo que no sabía era que tuvieses WhatsApp!

—¿Por qué los jóvenes creéis siempre que los viejos no nos enteramos de nada? —le preguntó Emily, riéndose—. Que yo el móvil lo dejo en casa, eh, es un cacharro ridículo para llevar por ahí, pero es práctico para algunas cosas. Arthur me envió fotos del archivo y de la carta ayer por la noche, antes de vuestra cena.

—Ah, no lo sabía... Y no quería decir que no supieses...

—Ah, tranquila, querida niña. ¿Cuántos años llevas con mi nieto?

—¿Cómo? Pues, a ver... Desde el 2013.

—¡Cielos! ¿Tan poco? Si nos conociésemos desde hace más tiempo, ya no tendrías dudas y confiarías plenamente en las capacidades de tu abuela Emily; porque ahora soy tu abuela, ¿sabes?

Valentina sonrió. Era imposible que aquella mujer no le inspirase ternura y ganas de abrazarla.

—Sí, lo sé.

—Bien, pues dedicaos a lo vuestro, que hoy ya os encuentro yo a Hamilton. ¡No sé cómo no se me ha ocurrido antes! Soy socia de la biblioteca desde hace más de cincuenta años, ¿sabes?

Valentina —a pesar de que había entendido que la cuestión era meramente retórica— reconoció que no, que no tenía conocimiento de ello, y tras despedirse prometiendo informarse mutuamente de aquello que averiguasen, colgó el teléfono y se lo quedó mirando, como si no creyese haber podido mantener una conversación como aquella con una mujer de noventa años.

—Mi abuela es única, ¿a que sí? —le espetó Oliver desde la cama, con gesto risueño.

—Eso parece —le confirmó Valentina, acercándose—. Ya podías haber cogido tú el teléfono, listillo, que le he tenido que explicar todo.

—Es que lo hacías tú tan bien que no quería interrumpirte.

Justo cuando Valentina había agarrado una de las almohadas para atacar a Oliver, sonó su propio teléfono móvil. Le sorprendió, porque pensaba que estaba prácticamente inoperativo. En las últimas horas había intentado conectarlo al *roaming* internacional, pero las operadoras no le habían hecho mucho caso y, desde luego, no había conseguido tener internet. Para mayor sorpresa, comprobó que quien llamaba era el subteniente Sabadelle, de su Sección de Investigación en la Guardia Civil de Santander.

—¡Sabadelle! ¿Qué tal, ha pasado algo?

—Ah, poca cosa, teniente, en agosto ya sabe que anda todo más o menos tranquilo... Qué mal se oye, ¿no? Ya la intenté llamar hace un par de días... ¡No estará en las Highlands, en plan *Braveheart*! Creo que se corta... ¿Tiene otro número?

Valentina terminó por darle el teléfono de Oliver, donde por fin, y tras un rato, pudieron mantener una conversación inteligible. El subteniente tenía una relación particular con Valentina y discutían con frecuencia; era graduado en Historia del Arte y se encargaba de los asuntos de patrimonio, pero solía esquivar todas las tareas que podía. Ni siquiera su próxima paternidad había logrado que se centrase. Durante la conversación, Valentina se exasperó un poco:

—¿Y para eso me llamas, por las llaves de repuesto del coche?

—Teniente, si es que no encuentro las mías, ¡no hay manera! Y yo sé que las tiene en algún cajón, pero no me voy a poner a mirar así en su despacho, sin su permiso.

Valentina suspiró. Sabía que aquello significaba que Sabadelle ya había rebuscado, pero que no había encontrado nada. Tenían varios coches en el cuartel, y no era raro que el subteniente extraviase de vez en cuando algún llavín. Tras explicarle dónde encontrar las de repuesto y asegurarse de que todo estaba en orden en la sección, de pronto, Valentina tuvo una idea.

—Oye, Sabadelle, no sé si podrías hacerme un favor, ya que estamos.

—Por supuesto, mi teniente —replicó él, solícito, aunque ella pudo visualizarlo entornando los ojos y mordiéndose la lengua para no chasquearla de puro fastidio, como era su costumbre.

—Pues verás, es que aquí estoy sin internet y en esta zona, aunque quisiera, apenas hay cobertura... Tú sabes quién es Lord Byron, ¿verdad?

—Hostias, claro, ¡el poeta! —exclamó, animado y toqueteándose su cada vez más amplia barriga; aquello, sin duda, no iba a ser una tarea extra para el cuartel, de modo que no le iba a costar gran cosa.

—Estupendo, ya sabía yo que siendo nuestro responsable de patrimonio también tendrías cultura literaria.

—La duda ofende, teniente. «Con diez cañones por banda, viento en popa a toda vela...»

—Sabadelle, por Dios —le interrumpió Valentina—, que hasta yo sé que eso es de Espronceda... ¡No tiene nada que ver con Byron!

—Ah. Pero también escribía sobre piratas, ¿no?

Valentina suspiró.

—Mira, solo necesito que investigues una cosita fácil sobre los descendientes de Byron... Básicamente, si hay alguno vivo y cómo se llama.

—¿Y ya está?

—Y ya está.

—Bueno, lo mío es el arte, no la literatura, pero tengo un amigo que me podrá echar una mano. ¿Qué es, para jugar al Trivial escocés o algo así?

—Algo así. Cuando regrese al cuartel os cuento todo. ¿Podrás echarle un vistazo, entonces?

El subteniente Sabadelle chasqueó la lengua como confirmación y se despidió lleno de curiosidad. La teniente era fría y ordenada en su trabajo, nada dada a actividades frívolas innecesarias. ¿Qué misterio se escondería tras la descendencia de Lord Byron?

Mary MacLeod

6 de junio de 1856

Mío y amado Jules:

Solo el pensamiento de verte me hace feliz. Tras tres largos días sin poder tocarnos ni mirarnos, mi dulce y apuesto amor francés, se me encoge ahora el alma al pensar que partes mañana para París. Pienso también en las citas que allí podrías tener, pero no romperás el corazón a tu pequeña Mary, ¿verdad? Tú eres mío y yo soy tuya, mi amado esposo, pues eso somos, marido y mujer. Qué feliz seré cuando por fin podamos casarnos y vernos en camisón todos los amaneceres.

Recuerdo nuestra primera noche, hace ya tantas semanas. Si hicimos algo inadecuado e impropio, fue solo por la excitación y emoción de nuestro amor. Así lo pienso y siento. Deberíamos haber esperado a estar casados, lo sé, pero te amo con toda mi alma. Volverás de París, ¿verdad, mi dulce Jules? Encontrarás ese tesoro de Villon y volverás a mí, y hablaré con mi madre. Sí, con mi madre primero, y después con mi padre. Es el camino correcto.

Le daré esta nota a Catherine para que te la lleve a Stoner, y esta noche te esperaré a las once en la ventana. Te daré ese libro de la ballena, Moby Dick, para que te acompañe durante tu viaje. Cierro los ojos y te escucho con tus discursos de los símbolos literarios... Ah, ¿y por qué no habla el autor directamente de las cosas? Me ha parecido una novela insufrible, pero sé que a ti te encantará.

¡Tengo tanta emoción dentro, mi amor, al pensar en cómo van a cambiar las cosas! Leo y releo Jane Eyre, el libro que me regalaste, y he subrayado esta frase: «Hemos nacido para luchar y aguantar, tanto usted como yo; hagámoslo». Y sí, Jules, lucharemos y aguantaremos esta breve separación para después poder estar siempre juntos.

Termino ya, con un profundo y largo abrazo. Y un dulce beso. Cómo me gustaría dártelo ahora.

Mary

Dos meses después

14 de agosto de 1856

Mi dulce y querida Mary:

Llegaré a Stonehaven en una semana. Me ha gustado mucho tu última carta, contándome tu paseo por los prados hasta los acantilados del castillo de Dunnottar. Ha sido como si yo mismo estuviese pisando esas praderas. Y sí, es una verdadera lástima que no pudieseis acceder a las ruinas, aunque me han contado que son solo una cáscara sin nada dentro.

Disculpa que haya tardado un poco en escribir, estuve enfermo. Hace ya unos tres años sufrí el cólera y creo que a veces vuelve a morder mi cuerpo. Un médico amigo de mi padre me recetó láudano y unas infusiones horribles, de modo que ya estoy recuperado y en camino.

No he podido encontrar mi tesoro de François Villon,

pero no quiero que sufras ni que pienses que todo nuestro esfuerzo ha sido en vano. He dado con la pista de la que podría ser la segunda novela de Emily Brontë. A su editor le dijo que la había empezado, pero nunca se encontró el manuscrito, y creo saber dónde está. ¿No crees que los coleccionistas y editores se volverían locos con otro trabajo de la mano que escribió Cumbres borrascosas? Tengo también una información muy fiable sobre un trabajo inédito de John Skelton, el primer y grandísimo poeta de la época de los Tudor... Oh, Mary, ¡hay tantas posibilidades ante nosotros! Guardo también esperanzas con la última obra de Jane Austen, Sanditon. Ya sabes que está inconclusa, y que su familia la consideraba vergonzosa... Tal vez tenga también una pista fidedigna de dónde pueden guardarse sus apuntes sobre esta última parte que falta, que en este caso no se presupone ni admite deducción alguna; ¡es una obra tan diferente!

Pero, mi amor, ¿qué hago? Solo te hablo de negocios y de mis empresas, y no de mis ganas inmensas de verte y abrazarte a ti, mi esposa en carne y pensamiento. No puedo esperar mucho más para formalizar nuestra relación y quiero que nos casemos, sin falta, antes de la próxima primavera. Te escribiré al llegar a Stonehaven, y buscaremos la forma de vernos.

Tuyo siempre,

Jules

Viajar en tren era bastante más cómodo que hacerlo en carruaje, pero Jules Berlioz no estaba en disposición de hacer grandes gastos, de modo que su cabello rubio bailaba ahora al compás del trote de los caballos de la calesa. Su padre le había dado algo de dinero en París, y Jules intentaba encauzar sus pensamientos hacia caminos todavía esperanzadores. Sin embargo, su ánimo era voluble: un día sentía que ya todo estaba perdido, y al siguiente creía con firmeza en la posibilidad de un golpe de suerte, en hacer fortuna con su buen hacer e inteligencia.

Estaba a punto de llegar a Stonehaven. A su derecha acababa de dejar un mar azul y, sobre una península verde, el imponente castillo de Dunnottar, que a lo lejos parecía reposar sobre un mullido musgo hecho por las hadas. A la izquierda del carruaje se extendían lomas suaves y valles breves, poco acentuados. El viento soplaba sin descanso, meciendo la hierba alta como si jugase con ella y con sus reflejos verdes. Llegó pronto al pueblecito costero, que le pareció tan gris como Aberdeen, pero mucho más agradable y acogedor. Decidió alojarse un par de noches en la posada The Ship Inn, que era una bonita casa de tres alturas, toda ella encalada y con los marcos de las ventanas pintados de negro, a juego con el tejado de pizarra. Se encontraba justo en la bahía que formaba el puerto, con una pequeña playa dorada a sus pies, que apenas existía cuando subía la marea. La posada estaba rodeada de pequeñas casas grises de piedra que, como ella, miraban hacia el mar y seguían en su distribución el semicírculo de la bahía.

El plan de Jules era sencillo: él mismo llevaría una nota para organizar el encuentro con Mary a la vivienda que los MacLeod habían alquilado para el verano. Si alguien lo veía, se haría el encontradizo, tras haber decidido descansar en Stonehaven a su regreso de París. ¿Acaso no era también él un hombre de negocios? ¿Quién podría decirle que no tenía derecho a unos días de asueto?

Se instaló en la posada y, tras escribir una nota breve, la introdujo en su bolsillo y salió en busca de la casa de los MacLeod. Rodeó la manzana y llegó a la esquina donde se encontraba la torre del reloj, mucho más útil para los marineros por su barómetro que por su pausado marcaje de las horas, y preguntó a algunos vecinos por la dirección que buscaba. Se dirigió hacia esas señas con el corazón lleno de emoción. La casa de los MacLeod se encontraba al borde de la otra playa de Stonehaven, que a diferencia de la que había frente a su posada era larga y gruesa, con forma de media luna. Según se acercaba, Jules posaba su mirada sobre los paseantes, estudiando sus rostros y sus formas. Había caballeros y damas, y simples marineros y comerciantes. Unos paseaban, y otros llevaban marcado en su paso una ocupación menos ociosa.

De pronto, Jules vio en aquella gran playa la silueta de una mujer caminando. Su vestido se arrastraba sobre el arenal con elegancia, y su paso era suave y despreocupado. La dama no era muy alta y, aunque llevaba sombrero y le daba la espalda, supo al instante que era Mary. El impacto de la alegría inicial duró apenas unos segundos, porque al lado de la joven caminaba un hombre de unos veinticinco o treinta años. Su ropa era elegante, sus ademanes seguros y firmes. Ambos parecían conversar animadamente; tras ellos, a una distancia de varios metros, caminaban Elizabeth MacLeod y la pequeña Jane, y otra dama y un caballero que Jules no acertó a identificar.

El joven, de forma instintiva, disimuló su presencia entre los paseantes y espió los movimientos del grupo con molesta curiosidad. ¿Quién sería aquel hombre, y por qué la madre de Mary le daba aquel espacio, aquella intimidad para conversar con su hija? En el colmo de una confianza impropia, Mary había tomado el brazo que el caballero le había ofrecido, y caminaba a su lado con una amplia sonrisa. El rostro de Jules se contrajo de pura rabia, y los siguió con la mirada hasta donde pudo. Él, que era el cazador, el lobo, veía ahora cómo se le escurría de las garras su inocente presa. No, aquello debía de ser un malentendido, sin duda. Sus sentimientos eran ahora limpios y honorables, y no merecía desprecio alguno. Localizó la bonita casa donde los MacLeod pasaban aquellos días y dejó la nota al servicio; si a Anne, que fue la criada que le abrió la puerta, le pareció raro que aquella carta la dejase un extraño y con el remite de Catherine, la amiga de la señorita Mary, no dijo nada. De hecho, y con la intuición de encontrarse ante un correo íntimo, tuvo la prudencia de entregar la nota a Mary en privado. Una buena criada siempre sabe que se le considera más imprescindible cuantos más secretos y confianzas maneja.

Cuando Mary leyó la nota, se apresuró en enviar a Anne a la posada de Jules con una contestación. El encuentro sería difícil, pues tenían visita en casa, pero al día siguiente podrían hacerse los encontradizos delante de The Ship Inn, mientras ella iba a la botica para recoger las medicinas de su madre. Por fin, de nuevo, volverían a verse el lobo y el pequeño cordero.

El reencuentro fue extraño. Como dos viejos amigos que no terminan de reconocerse en sus ajadas carcasas tras el paso de los años. Sonrisas, buenos gestos y palabras, pero nada de aquella antigua y cálida intimidad. Anne había ido a completar los recados con discreción mientras Mary conversaba con Jules en privado. Comenzaron con un tímido saludo, después con detalles del viaje y de la fallida misión de Jules, que en aquella cita comenzaba a desesperarse por ni siquiera poder tocar a Mary.

—Ven, sube a mi habitación, hablaremos más tranquilos.

—¿Acaso te has vuelto loco, Jules? Por Dios, ¡podrían vernos!

—Ayer no te importaba que la gente te viese del brazo de ese dandi.

—¿Qué? Oh, ¡por Dios! ¿Ayer? ¿Me estabas espiando?

—Iba camino de tu casa, nada más.

El rostro de Jules se mostraba serio, con evidente cólera contenida. Mary negó con la cabeza, intentando mantener la compostura.

—Es el invitado de mis padres, Jules. El señor Grant tiene negocios con mi padre.

—Muy oportuno. Y está soltero, sin duda.

Ella lo miró con gesto de sorpresa. Después sonrió con dulzura.

—Es bonito que estés celoso, pero solo es un amigo de mi padre. Jules —añadió, bajando el tono y acercándose—, sabes que te amo con todo mi corazón. No debes dudar. Y aunque tu empresa en París no haya salido como esperábamos, confío en que sí puedas lograr tus otros propósitos y nos podamos casar antes de primavera.

Mary notó al instante cómo el rostro de Jules se relajaba y le instó de nuevo a que se tranquilizase y a que confiase en ella.

—Pero, Mary, sigo siendo un miserable, ¿no lo ves? Si nos casáramos en primavera, tendrías que venir a vivir a mi pensión, a un cuarto ridículo y diminuto.

—¿Acaso mi habitación es un palacio, Jules?

La mirada de la joven era pura ternura y entrega, y

la desconfianza de Jules se deshizo como polvo de azúcar en el viento. ¿Cómo podía ser un hombre tan afortunado? La determinación de ella al hablar, su confianza en que juntos podrían construir un mundo nuevo. Porque, ah, ¡qué indomable y radiante luz brillaba dentro de su dulce Mary! Había desconfiado de ella cuando, en realidad, era en sí mismo en quien perdía la seguridad. ¿Sería capaz de encontrar uno de aquellos tesoros literarios soñados, por fin? Y aquel caballero, Grant, ¿tendría intenciones o no con Mary? ¡Qué tortura tan espantosa eran los celos! ¿Acaso ella no se daba cuenta de su posición? A veces a Jules le daba la sensación de que Mary no era consciente de los sentimientos que provocaba en él. Sin embargo, ya había comprobado su habilidad social, su aguda inteligencia. Ahora era él quien tenía que demostrar su valía, su capacidad para construirse a sí mismo y ser aceptado por su familia.

La pareja decidió verse en Aberdeen al regreso de ella a la ciudad, una semana más tarde. Allí por fin podrían tener de nuevo su deseada intimidad. Él debía volver sin falta a la mañana siguiente para retomar su trabajo en Stoner. Sí, el futuro todavía era como ese agradable sol de verano que hace largos los días y breve la oscuridad.

2 de octubre de 1856

Mi querido y dulce Jules:

Tu última carta está llena de reproches. Sin embargo, debes entender que no resulta posible que vengas a mi ventana cada noche, pues la pequeña Jane, cuanto más crece, más reclama la presencia de su hermana mayor y se arrebuja entre mis sábanas en muchas ocasiones.

Y sí, es cierto lo que te ha contado el señor Campbell, pues me encontré con él en el teatro la pasada noche, pero no fui a ver la obra acompañada del señor Grant, como sin duda te apuntó de forma inocente y equivocada, sino que acudí con mi madre a la función y nos encontramos allí, por pura casualidad, al señor Grant. Dime, ¿qué debía hacer, Jules? ¿Evitar el saludo, en el colmo de la mala educación?

Me ha parecido ciertamente grosero tu comentario sobre las rentas del señor Grant. Es un caballero de buena familia, sin duda, y en efecto renta al menos cinco mil libras al año, pero bien sabes que a mí eso nunca me ha importado. ¿Acaso habría intimado contigo en tal caso, mi tonto francés? Confío en que tu próximo viaje a Londres te devuelva a mí con esa pequeña fortuna que ambos esperamos para poder tener, al menos, un comienzo. Lo estoy deseando, mi amor.

He leído, por cierto, tu última recomendación, y desde luego los poemas de John Keats son bonitos, pero nada alegres. He preferido con diferencia, y a pesar de su oscura fantasía, El vampiro de Polidori, por crudo y extraño que resulte. La historia era emocionante, ¿no te parece?

Ven mañana a las once a mi ventana. Te estaré esperando con un abrazo eterno y un beso lleno de amor.

Mary

Un mes más tarde

7 de noviembre de 1856

Mi dulce y pequeña Mary:

Siento que por fin estoy en el buen camino. Este fin de semana en Londres ha resultado provechoso. En dos días estaré en Aberdeen de nuevo y te contaré los detalles. No debes preocuparte por el señor Campbell, pues no solo he venido siguiendo mis investigaciones, sino también sus recados y órdenes de compra de material.

No insistas, pues no te diré qué tesoro ando buscando. Quizás puse demasiadas expectativas en mis anteriores empresas literarias, pero en esta ocasión estoy seguro de que encontraré lo que estoy procurando. Nos haremos ricos, mi amadísima Mary, mi dulce esposa de corazón.

Tú eres mía y yo soy tuyo, y cuando dos corazones se unen de esta forma están destinados a permanecer juntos para siempre.

Siempre tuyo,

Jules

7

> Su muda voz la devoró la muerte,
> que ahora se ríe al vernos sin consuelo.
>
> PERCY BYSSHE SHELLEY,
> *Adonaïs* (1821)

A veces sentimos que la vida duele demasiado. Que no vale la pena seguir dando vueltas para recomponer en el pecho pálpitos viejos y casi olvidados. El esfuerzo de rearmarse, de vivir, ¿no es agotador? Oliver se había sentido así no mucho tiempo atrás, cuando él y Valentina habían perdido su bebé y ella había decidido alejarse, aislar su dolor para que no se desparramase hacia los demás como si fuese lava resbalando por una ladera. Y cuando ya parecía que no había solución, que la felicidad, distraída en otros asuntos, pasaría de largo para siempre, había llegado un rayo de luz. Un encuentro, una sonrisa y un hueco para la esperanza. Tanto él como Valentina, después de haber desfilado por un profundo y oscuro sendero, volvían a la vida. El dolor del pasado existía solo en sus mentes, y ambos se habían negado a instalarse en su amargo acomodo. Ahora, en aquellas vacaciones llenas de sobresaltos, manejaban sonrisas conformes con la vida, incluso ante el fatal incendio que había apagado parte de la chispa de ilusión que había nacido en Arthur Gordon.

Iban camino del castillo de Huntly y viajaban por separado; la pareja en su propio coche de alquiler y Arthur en su Rover Jet 1. Habían decidido trasladarse cada uno por su cuenta, ya que era posible que Arthur permaneciese más tiempo que ellos en el lugar, pues había quedado con el perito de su seguro y con el arquitecto y su amigo Donald para examinar los desperfectos. Oliver miró de reojo a Valentina, que en el pequeño trayecto desde el Sandston hasta el castillo se había acomodado en el asiento del copiloto y observaba el paisaje. Su rostro, a veces, le resultaba impenetrable. Él sabía que ella con frecuencia, en sus silencios, callaba recuerdos tristes, pero después de un rato Valentina siempre alzaba el gesto y sonreía. Nunca dejaba de intentarlo. Y Oliver ya no veía las cicatrices de su vientre ni de su rostro, sino solo a ella. Esos ojos raros y dispares, la mirada gatuna, el gesto a menudo perdido. Ahora, después de todo lo que habían vivido juntos, sabía que sin ella siempre se sentiría un poco solo.

—¿Qué miras?

—A ti.

—Pues yo me centraría en la carretera, que tu padre frena en cada curva y hace un rato casi te lo meriendas.

—¿Yo? Perdone usted, señorita, pero no he tenido un accidente en la vida. Soy como un piloto de Fórmula Uno en un circuito de juguete. Infalible, vamos.

Valentina le hizo una mueca de burla.

—Ya será menos.

—Qué poca fe en mis habilidades —se quejó Oliver, exagerando su disgusto. Después, comenzó a hablar con tono suspicaz—: Por cierto... Antes no entendí bien eso que le pediste a Sabadelle.

—Vaya, vaya, así que escuchando conversaciones ajenas...

—Suelo hacerlo cuando hablan a medio metro de distancia y con mi propio teléfono móvil, un defectillo que tengo.

—Pues mira —reconoció ella—, la verdad es que no sé si será una tontería, pero de pronto pensé en los herederos de Byron, en que a lo mejor tenían algo que decir o aportar en este asunto.

—Sí, claro, reclamar las memorias si las encontramos, no te digo...

—O intentar quemarlas.

—¿Ya estamos otra vez? —se rio Oliver—. ¿Pero no habíamos quedado en que la inspectora tenía razón, que todo fue cosa de Mel Forbes?

—Que sí, que sí... Pero por informarse no pasa nada. Además, pudo llegar alguna noticia de las memorias hasta los herederos, y a lo mejor podrían ayudarnos a encontrarlas.

—¿Encontrarlas? Hamilton tendría que haberlas guardado en un sitio que no fuese el palacio, porque no es por nada, pero mira...

Oliver aparcó y señaló con el gesto lo que tenían delante. Ambos observaron a pleno sol el estado del castillo. ¡Qué diferente estaba a como lo habían dejado por la mañana, con sus perfiles difuminados por la bruma! Ahora, su contorno y sus heridas eran claros y definidos. A pesar de que el paisaje y los árboles a su alrededor habían permanecido intactos, el palacio era como un cadáver al que le hubiesen despojado parte de su alma, de su carisma evocador y atemporal. Solo parecía deteriorada la zona de la segunda planta donde se encontraban el archivo secreto y el tejado que había habido sobre aquel espacio, pero se mostraba como un cráter oscuro que estropeaba el conjunto y cuyos bordes chamuscados afectaban al resto del cuerpo del edificio. Al menos, las inscripciones de su fachada habían sobrevivido, y todavía podían leerse los nombres de George Gordon y Henriette Stewart, desafiando el olvido.

Arthur se bajó del coche, observó durante unos segundos la desoladora estampa, miró a Oliver y Valentina y tomó aire.

—En fin, chicos... Vamos allá, a ver qué desastre nos encontramos. Ah, ¡mirad! Ya están ahí Donald y James —les dijo, al ver al constructor y al arquitecto charlando animadamente en un ángulo algo alejado del castillo, tal vez para tomar perspectiva de los posibles daños a los que tendrían que hacer frente.

Caminaron a su encuentro y se sucedieron saludos y comentarios sobre el lamentable siniestro de aquella noche. Qué tristeza que un hombre hubiese muerto por aquel archivo secreto que tanta ilusión les había hecho descubrir hacía tan solo un par de días. El pequeño grupo se acercó hacia la entrada principal del palacio, cuya puerta estaba abierta y dejaba ver su pétrea escalera de caracol. Al instante, apareció por allí el sargento Paul McKenzie.

—Oh, ¡ya están aquí! —exclamó, con una voz más grave de lo que cabría imaginar en un joven que disponía de una constitución casi de adolescente, y no de hombre—. No pensaba que fuesen a llegar tan rápido desde mi aviso. Tal vez les hemos interrumpido la comida...

—Oh, no, tranquilo, mejor antes que después, hemos tomado algo ligero y hemos venido tan pronto como hemos podido —respondió Arthur, que estaba deseando entrar para ver cómo había quedado todo. Desde luego, cuando el sargento había contactado con ellos habían decidido no perder un segundo.

McKenzie los invitó a pasar.

—Caminen con cuidado, por favor. La inspectora Reid no se encuentra ahora, pero está trabajando sobre el caso y me ha pedido que les recuerde la conveniencia de que la llamen si recuerdan algún dato que consideren de interés.

—Por supuesto, por supuesto... ¿Podemos entrar, entonces? —preguntó Arthur, viendo que había zonas marcadas en el suelo.

—Sí, nuestro departamento científico ha terminado, aunque, insisto, sean prudentes y miren por dónde pisan.

Todos asintieron y, al tiempo, pudieron ver como dos hombres vestidos con un mono esterilizado bajaban por las escaleras; uno de ellos portaba una gran cámara fotográfica en las manos. El sargento continuó añadiendo recomendaciones y detalles sobre el trabajo que había sido realizado durante aquella mañana. A pesar de que olía a humo y a quemado, a Valentina le sorprendió percibir tan limpio el aire dentro del palacio, tan despejado. Su sensación fue cambiando según iba subiendo las escaleras de caracol, en las que resultaba anacrónico y extraño ver tirados algunos de los elementos utilizados durante la extinción del incendio y la posterior investigación de la policía. Un guante de plástico por aquí, una cinta de precinto por allá. ¡Qué extraña era la vida, que en solo una noche podía cambiar una apariencia quieta y dormida durante siglos!

Llegaron por fin a la entrada de la *withdrawing room* de la antigua marquesa de Gordon, en cuyo interior se encontraba el archivo secreto. La puerta era apenas un recuerdo de lo que había sido, y alguien había retirado lo que quedaba de ella para dejarla apoyada de forma horizontal sobre una pared. El llavín que habían sustraído a Arthur y que la inspectora había dicho encontrar en su cerradura estaba ahora de camino a un laboratorio para ser examinado, aunque Valentina dudaba que pudiesen encontrar huellas ni pistas de utilidad. Al acceder a la habitación, vieron a su derecha la chimenea y sus curiosos medallones, prácticamente intactos; si acaso, oscurecidos por el humo y el hollín. Pero lo realmente impresionante era el cielo. Aquel insolente y enorme trozo de cielo azul sobre sus cabezas desde el que se asomaba, a lo lejos, alguna pincelada verde de las copas más altas de los árboles. El tejado se había desplomado especialmente sobre la parte opuesta del cuarto, dejando bastante despejado el camino hacia el archivo secreto, que ahora ya no disponía de puerta que lo pudiese ocultar. A Valentina le pareció atisbar lo que quedaba de ella en un colgajo de aquellas bisagras que hasta ese momento habían sido invisibles.

—Cuidado, por favor —insistió McKenzie—, ya ven que hay escombros por todas partes. De hecho, esto ha imposibilitado determinar exactamente el foco primario del incendio, aunque parece claro, desde luego, que hay varios puntos de ignición. Miren, ¿ven? Aquí, ahí, y en este punto —les explicó, señalando con la mano y acercándose a zonas concretas. Una de ellas estaba muy cerca de la única puerta de entrada a la habitación y parecía especialmente marcada, pues todo a su alrededor, hasta el techo, estaba carbonizado y como arrugado, con sus tonos originales desdibujados y derretidos.

—Se refiere a estos charcos, ¿no? —preguntó Oliver.

—Exacto —confirmó el sargento, con una seguridad que sorprendió a Valentina. En presencia de la inspectora, McKenzie le había parecido solo una sombra callada y tímida, pero sin ella mostraba, quizás, su verdadera resolución. ¿Sucedería lo mismo con los componentes de su propio equipo? Sería interesante pensar sobre ello a su regreso a Santander.

El sargento continuó con sus explicaciones.

—Miren... Ese reguero y estas salpicaduras de aquí son típicas en los incendios cuando se utilizan acelerantes.

—¿Están seguros de que han utilizado los acelerantes, entonces?

—Oh, sí. El equipo científico ha traído un dispositivo electrónico portátil que puede aspirar los vapores, y ha dado una lectura positiva sobre la concentración de hidrocarburos. Para asegurarse, han utilizado además unos tubos con cristales reactivos al petróleo que cambian de color nada más tomar contacto, y les ha quedado claro que se ha utilizado gasolina, que seguramente será la que contenía la garrafa que se encontró en la que creo que ustedes llamaban la sala secreta... Por supuesto, todos estos datos son solo orientativos y tendremos que confirmarlos por medios analíticos en el laboratorio.

—Claro —asintió Valentina, que estaba bastante impresionada de la minuciosidad y buen trabajo que parecía que había desarrollado el equipo científico de la policía escocesa—. ¿Podemos entrar en el archivo?

—Sí, sí, por supuesto. Es la zona en peor estado, así que vayan por turnos, por favor, de dos en dos como máximo.

Entraron primero Oliver y Valentina, acompañados del sargento. A pesar de la claridad del día que se colaba desde donde antes había habido un tejado, la sensación al acceder al pequeño cuarto era parecida a la de entrar en un oscuro panteón funerario. Todo era negrura humeante y madera carbonizada. El halo evocador y misterioso del lugar y su ambiente decimonónico e íntimo se habían desvanecido; la magia se había escapado con el fuego, de la misma forma que se extingue una voz cuando la muerte visita a quien la porta en su garganta. Solo faltaba el centro del tejado, dejando que los bordes se mantuviesen en suspensión, rebeldes todavía a su ya inevitable decrepitud. El escritorio no era más que una estructura desmembrada, en la que había sobrevivido un cajón metálico grande y plano que a Valentina no le sonaba haber visto. ¿Sería posible que hubiese tenido el escritorio algún departamento oculto? Ahora ya nunca lo sabrían.

El sofá y la mesita que lo acompañaban eran también un simple espectro de lo que habían sido, y las cajas donde se habían guardado durante siglos los papeles y legajos que tanto preocupaban a Adam Gordon se mostraban como una masa informe de pasta, papel y espuma líquida. Nada se podría rescatar de aquel destrozo.

—Observen —los invitó el sargento—, ¿ven estas salpicaduras, este charco? Justo aquí está uno de los focos donde se prendió el fuego.

—¿Justo aquí, en las cajas con papeles?

El sargento asintió con gesto reflexivo.

—Tiene sentido, era uno de los puntos donde prendería el fuego más fácilmente. Pero también encontramos marcas de acelerantes por las paredes y en otras dos esquinas del cuarto, sin contar con lo que se echó en la habitación principal, aunque ahí, al haber llegado tan rápido los bomberos, se evitó un daño irremediable... Ya han visto que hemos podido transitar por el cuarto sin problema.

—Aunque nos hayamos quedado sin techo —comentó Arthur con gesto apesadumbrado; desde la entrada al antiguo archivo secreto, escuchaba todo sin dar crédito a que aquello le hubiese pasado precisamente a él, con lo bien que había comenzado su aventura inversora en Huntly. Valentina, por su parte, ya había dado por despachado el tejado y se centraba en observar algo a sus pies.

—Esas marcas en el suelo... Entiendo que es ahí donde apareció el cuerpo de Forbes, ¿no?

—Sí, señora Gordon.

Ella alzó la mirada, sorprendida. Solo la llamaba así Oliver algunas veces, medio en serio medio en broma, cuando hablaban de casarse y de que ella adoptase el apellido de él, tal y como era costumbre en el Reino Unido. Valentina, sin embargo, no dijo nada y continuó con sus preguntas.

—Entonces, su conclusión sería que Mel Forbes empapó de gasolina todo lo que pudo este archivo y parte de la salita, para prender fuego después, ¿no?

McKenzie apretó los labios y los movió de un lado a otro, como si estuviese considerando la prudencia y pertinencia de lo que debía decir.

—Creo que usted también es policía, ¿verdad?

—Sí, soy teniente de Homicidios en la Guardia Civil española.

—En tal caso, ya sabrá que cuando estudiamos los hechos lo hacemos fundamentalmente para entender la causa y finalidad de las cosas... A mí me parece raro que Forbes prendiese fuego a todo desde el interior de esta salita, qué quiere que le diga; lo normal habría sido que preparase una mecha desde la entrada principal del cuarto, o que extendiese un reguero de gasolina hasta allí para poder salir sin sobresaltos, ¿entiende? Pero también es cierto que a menudo la gente hace cosas estúpidas, en estado de enajenación, y que a veces la verdad está en lo más simple.

Valentina miró con detenimiento al sargento, reevaluándolo.

—¿Lleva mucho trabajando aquí, en Huntly?

—Oh, no —reconoció el joven—, acabo de llegar de Glasgow, del Scottish Crime Campus.

—Del Crime Campus... ¡No me diga! Pero ¿esa no es la Agencia Nacional del Crimen que colabora con Europol?

—Sí, señora, esa misma —le confirmó, haciendo ya ademán de salir del archivo secreto para que pudiesen acceder Arthur y los demás; Valentina y Oliver captaron el gesto y salieron con él. Valentina estaba impresionada. Ya había oído hablar del modernísimo Scottish Crime Campus, y no se esperaba encontrar a uno de sus estudiantes en un pueblo perdido del norte de Escocia. El sargento les explicó la forma de trabajar en el campus, que además de formar a los policías trataba los crímenes más graves del país, incluyendo los de terrorismo.

—¿Saben qué? —les dijo, sin disimular su orgullo—. En dos años hemos atrapado a trescientos de los criminales más buscados.

—¡Vaya! Me había parecido usted tan joven que no lo asocié a...

—Ah, no se preocupe —la tranquilizó McKenzie con su voz de trueno, que seguía sin acompasarse al físico pálido y delicado del muchacho—, he terminado hace muy poco mi formación, y he pedido este destino para estar cerca de la familia, ya sabe... Pero pronto iré a Aberdeen.

Oliver, que llevaba ya un buen rato pensativo, miró al sargento con curiosidad.

—Sargento, según su experiencia... ¿Qué cree que ha sucedido aquí? Me refiero a que entiendo que se queda con la teoría del accidente, con Forbes desmayándose por el humo... Lo del suicidio que apuntaba la inspectora sería un poco más enrevesado, ¿no?

El muchacho se puso serio y adoptó un tono de confidencia.

—Nunca contradeciría a un superior, por descontado, porque no se puede eliminar ninguna posibilidad hasta tener el resultado de los análisis forenses, pero supongo que la muerte de Forbes, en efecto, apunta a un accidente, a una mala gestión del fuego que él mismo había provocado. No creo que quisiera morir... ¿Quién ejecuta una venganza para después no disfrutar del resultado? Sin embargo, es cierto que la posición del cuerpo, los rastros de acelerante... Son extraños. Yo solo les digo que... Bueno, yo en su lugar pediría un informe del Servicio de Incendios. A veces lo hacen igual, aunque la policía trabaje una investigación paralela. Hablen con Walter May. Por si hubiese detalles que cerrar.

Valentina y Oliver se miraron un segundo, coincidiendo en una misma dirección de pensamiento. Ya sabían qué parecía que había sucedido, pero hasta el joven sargento dudaba de la apariencia de las cosas. Y eso que no tenían ningún hecho concreto que les mostrase una teoría factible y alternativa para aquel horrible incendio. ¿Por qué tendrían aquella sensación de puzle mal encajado, de suspicacia? El sargento terminó por hacerles algunas recomendaciones y les volvió a facilitar la tarjeta de la comisaría de Huntly, a solo unos minutos en coche. Se despidió al tiempo que llegaba el perito del seguro, que comenzó formulando muchas preguntas a Arthur y concluyó haciendo muchas fotografías, asegurando que necesitaría el informe de los bomberos y el policial completo cuando estuviesen disponibles; McKenzie los dejó solos en aquel enorme esqueleto herido, mientras en una esquina Arthur y Donald, junto al arquitecto, discutían sobre cómo devolver el castillo de Huntly a la vida.

Emily Gordon no tenía ninguna intención de morirse por anticipado. Recogerse como un ovillo y esperar con paciencia a que llegase su momento. Era cierto que, a aquellas alturas, tenía la sensación de que no había ya sentimiento, gesto o relato que ella no hubiese vivido. Sin embargo, el desgaste de las horas, la rutina de las miradas y la repetición de las mismas historias la habían convertido en una mujer sabia, pero no tan vieja como para estar cansada de respirar. En Emily, a pesar de su cabellera blanca y de sus decenas de arrugas, brillaban todavía los ojos de una niña llena de curiosidad. Le gustaba vivir: saber de los pasos de sus hijos y sus nietos, conocer las noticias del mundo, los avances médicos, el olor de las nuevas flores que había plantado su vecino, el sorprendente aroma de un café que alguien le había traído desde un país lejano.

Y ahora, el divertido juego de investigar a Stuart Hamilton, aquel habitante fugaz del viejo castillo de los Gordon. ¡Qué fatalidad, aquel incendio! Menos mal que Arthur y «los niños» estaban bien. La anciana caminó con paso suave pero decidido hacia la Biblioteca Central de Stirling, apoyándose de vez en cuando en un paraguas. Ella decía que lo usaba, en pleno agosto, por si el sol era demasiado fuerte, pero todos sabían que era su fórmula sencilla para no llevar bastón cuando la cadera le hacía caminar algo torcida y encorvada. En aquellos casos, decía «mejor doblar que romper», y seguía caminando con determinación.

Por fin llegó a la vieja biblioteca, que había sido inaugurada en 1904 gracias a Andrew Carnegie: un filántropo que era recordado en una placa de la entrada, que aseguraba que había sido el primer billonario del mundo, una afirmación sobre la que Emily siempre había albergado bastantes dudas. Un día tendría que investigar sobre aquel escocés que se había hecho a sí mismo en América y que se había dedicado a crear bibliotecas públicas por todo el planeta.

Emily no se detuvo ante la gran puerta del edificio y se enfrentó directamente a sus escalones interiores, que subió con paso firme. El inmueble era de piedra y disponía en el tejado de distintos y evocadores chapiteles negros; su estructura se adaptaba en su apariencia exterior al desnivel de la calle, por lo que, visto desde lejos, su perfil era un tanto peculiar. Pero Emily no tenía tiempo para fijarse en la arquitectura ni en los detalles del paseo, pues se conocía Stirling de memoria. Se dirigió directamente a Peter, el bibliotecario, un pelirrojo que llevaba aparato corrector en los dientes y que solía carraspear antes de hablar. El muchacho le explicó lo mejor que supo cómo consultar la hemeroteca de que disponían, que recogía prensa local digitalizada desde 1805.

—Digital quiere decir que es una foto, ¿no?

—Exactamente, señora Gordon. Y tiene también un buscador, como Google.

—¿Como qué?

—Pues... A ver, pone usted la palabra que quiere buscar y ya le aparece lo que haya vinculado en la base de datos. Pero no disponemos de registros de nacimientos, ni defunciones ni nada parecido... Si no es indiscreción, ¿para qué lo necesita? Tal vez pueda ayudarla.

—Oh, es solo para una investigación sobre las memorias desaparecidas de Lord Byron y un archivo secreto que había en el castillo de mi hijo.

—Ah.

Peter frunció el ceño y se quedó mirando a Emily, dudando sobre si la anciana ya habría comenzado un declive mental. De pronto, sin embargo, recordó que su padre le había contado que en la radio habían hablado de «una biblioteca secreta» hallada cerca de Aberdeen, pero al marcharse, con las prisas, no había ahondado en el asunto y mucho menos lo había asociado a la familia Gordon. El bibliotecario decidió acompañar a la anciana, que lo visitaba con frecuencia, hasta la sala de la hemeroteca. La estancia era mucho más moderna de lo que podría sugerir el exterior del edificio, y de hecho su estilo era casi futurista. Emily dejó su paraguas a un lado y se acomodó en una silla ante un gran escritorio. Delante de ella se abría como una ventana una pantalla enorme, y Peter le mostró cómo realizar sus indagaciones. Tras unos minutos, Emily le aseguró tener todo bastante claro. El teclado no era un problema, pues había escrito a máquina desde muy jovencita, y le parecía una absoluta maravilla que, al poner una simple palabra en un recuadro blanco, surgiese como por arte de magia tanta información ante sus ojos.

Comenzó por Stuart Hamilton. En el ordenador

aparecieron decenas de resultados, que comenzó a leer con detenimiento, sin llegar a ninguna conclusión ni al Hamilton que le interesaba. Añadió a su búsqueda la palabra *Huntly*, y ahí sí obtuvo una pequeña reseña sobre el castillo de los Gordon y sus diferentes dueños. En efecto, durante casi un año el inmueble había pertenecido a los Hamilton, que habían decidido ponerlo en venta tras el «repentino fallecimiento» del cabeza de familia, un «reconocido» anticuario de la época cuyos herederos habían decidido deshacerse de la propiedad tras su muerte. No había nada más. Un repentino fallecimiento con motivo no especificado, y una profesión «reconocida». Bien, en aquella carta que le había pasado Arthur, el propio Hamilton decía que su médico le había recomendado reposo, ¿no? Aquel hombre debía de tener, en consecuencia, una salud algo frágil. Emily buscó de nuevo el apellido Hamilton añadiendo la palabra *anticuario*, y comprobó que el hombre pertenecía a una buena familia desde la cuna, y que su residencia habitual hasta poco antes de fallecer había sido Edimburgo. Por lo que Emily sabía, la capital escocesa era en el siglo XIX un nido de actividad febril, de modo que no era extraño que el médico de Hamilton le hubiese recomendado reposo en las tierras altas escocesas.

Emily, tomando como referencia las personas que Stuart Hamilton nombraba en su carta, continuó buscando por los nombres de la señora Paige, Peter y Cassandra Hamilton, pero no encontró nada definitivo. En el caso de Cassandra, le parecía posible que fuese la hija del anticuario, pero sin duda habría cambiado el apellido al casarse. La anciana se desesperaba a ratos. ¡Por todos los cielos! ¿Cómo era posible que hubiese tantísimos Peter Hamilton en Escocia? Mientras seguía concentrada en la pantalla apareció el bibliotecario; tal y como era su costumbre, carraspeó para anunciar su presencia.

—Señora Gordon, ¿qué tal sus pesquisas? Si necesita ayuda, no dude en...

—¡Querido, necesito una tonelada de ayuda! ¿Puedes creer que este trasto dice que hay ciento treinta y siete Peter Hamilton en el siglo XIX aquí, en Escocia?

—Oh... Algunas entradas serán repetidas; quizás se trate del mismo Peter, pero según una fuente distinta.

—Claro, claro, ya lo he mirado... Pero aunque pueda descartar algunos, la tarea me va a llevar una eternidad, y a mi edad no están las horas para echarlas a perder —añadió, riéndose en voz baja y haciéndole una mueca amistosa a Peter. Al instante volvió la mirada hacia la pantalla—. ¡Tanta modernidad para esto! Tengo aquí una carta con un montón de nombres que se multiplican cuando los pongo en este cacharro.

El bibliotecario se mostró reflexivo.

—¿Una carta?

—Eso es, una carta de febrero de 1857, ¿qué te parece?

—Pues... ¿Y si busca por la fecha?

—¿Cómo que por la fecha?

—Sí, en los periódicos... Aún no ha entrado en ese apartado, ha estado en el buscador general.

—Pero ¿no me dijiste que aquí teníais solo prensa local? No creo que recoja nada de Huntly ni de Aberdeen.

—Bueno, la prensa de aquí trataba sobre todo las noticias locales, pero también tenía una sección nacional y otra internacional; tal vez encuentre algo vinculado a esas personas que busca. Mire —le explicó, moviendo el ratón sobre la pantalla—, solo tiene que acceder a este apartado, presionando aquí y ahí.

—Ah. Gracias, muchacho; recuérdame que te traiga una de mis botellitas de ginebra, ya verás como te gusta. ¡Tienen un aroma a enebro maravilloso!

El bibliotecario sonrió y regresó a su puesto, encantado de haber ayudado a la excéntrica señora Gordon; él hubiera preferido whisky, pero nunca se atrevería a despreciar uno de aquellos licores que ya alguna vez le había llevado Emily, porque eran caseros y de buena calidad. ¿De dónde los sacaría la anciana? Sin duda, de algún vecino. Emily, por su parte, decidió no perder un segundo y comenzó a investigar en los periódicos siguiendo la fecha de la carta, 22 de febrero de 1857. No hubo suerte. Nada relevante en la prensa, salvo el anuncio de un crecepelo que le pareció una descarada estafa. ¿Y si buscaba la fecha siguiente? Si Hamilton había fallecido de forma repentina, su esquela tendría que aparecer después... No, tampoco encontró información que llamase su atención, ni el 23, ni el 24 ni el 25 de febrero... Ni una triste nota de prensa tras la defunción. O bien el tal Hamilton no era un anticuario tan «reconocido», o bien la prensa local no había alcanzado las defunciones tan al norte. Emily siguió buscando en los periódicos, y dejó como filtro el año de 1857, incluyendo las palabras *anticuario*, *libros*, *memorias* y *Byron*. Mala suerte, ni una palabra sobre Hamilton. «Pobre hombre —pensó—, morirse sin dejar ni un triste recuerdo.»

Sin embargo, la mirada de Emily brilló de pronto, porque su búsqueda sí había dado con algo de su mayor interés: un crimen. Y era un crimen increíble, desde luego. ¿Cómo era posible que ella no lo conociese? La noticia que acababa de encontrar en un periódico coincidía con su búsqueda de palabras, salvo en lo relativo a Byron y sus memorias, que no constaban en la información. El caso era muy curioso y el proceso judicial se había desarrollado solo unas semanas después de que Hamilton hubiese escrito su carta a Chambers. Los periódicos, incluidos los de Stirling, habían recogido casi de forma diaria, como una crónica, todo lo que había ido sucediendo en las vistas judiciales. Las figuras principales eran Mary MacLeod y Jules Berlioz, cuya historia era al parecer digna de novela. Entre ambos se habían cruzado muchas cartas íntimas y significativas, cuyos extractos se reproducían en prensa y revelaban, además, numerosos viajes del tal Berlioz a Huntly a comienzos de 1857. El francés, según la prensa, no solo trabajaba en una librería de Aberdeen llamada Stoner, sino que también buscaba libros perdidos y trataba con anticuarios. ¿Sería posible que aquel truculento crimen estuviese relacionado con el ancestral castillo de los Gordon? Emily frunció el ceño y, concentrada, continuó leyendo en los viejos periódicos aquella extraordinaria historia.

Mary MacLeod

La empresa de Jules Berlioz era tan alta y tan difícil que requería tiempo y confianza. Ambas cosas se le estaban agotando con rapidez. Había llegado el final del año 1856 y él seguía siendo un simple empleado de Stoner, absolutamente prescindible. Sus conocimientos sobre libros no lo llevarían a ningún puesto que no fuese el de vulgar dependiente en cualquier otra librería.

Y ahora estaba solo. Mary se había ido a celebrar el Hogmanay a Stonehaven con su familia, y 1857 tendría su primer amanecer con ella lejos de sus brazos y cerca de los de Matthew Grant, que había sido invitado a pasar la gran fiesta de fin de año con los MacLeod. ¿Cómo no iba a sospechar que aquel amigo de la familia no fuese, en realidad, un pretendiente? Con las rentas anuales de Grant, la familia de Mary estaría más que complacida con el casamiento. Jules se había informado, y Grant era un codiciado soltero de la alta sociedad. Por su parte, Mary aportaría una muy buena dote, de aquello no le cabía la menor duda. Y él, ante un contrincante como aquel, estaba perdido. Cada vez sentía más distancia con Mary. Un gesto más frío en ella, un insoportable desapego.

Y ahora Jules se disponía a dejar pasar las horas

hasta Nochevieja para celebrar el Año Nuevo con Tom Cook, su compañero de pensión. Un simple cocinero de taberna que, como él, carecía de futuro. ¿Podía haber algo más deprimente que aquello? Todo era por su culpa, lo sabía. Se le había escurrido el tiempo entre los dedos, y con cada fracaso de sus empresas había sentido como, ante los ojos de Mary, sus palabras valían menos y su credibilidad se desvanecía. ¿Cómo iba ella a respetarlo, a tomarlo en serio? De pronto, se sintió invadido por una rabia indescriptible y tomó una decisión. ¿Cuánto le llevaría llegar a Stonehaven? Casi tres horas en calesa de caballos, y bastante menos en tren. Tal vez llegase a tiempo para ver a su dulce Mary. Tenía que hablar con ella, decirle que era urgente contarles la verdad a sus padres y avanzar en aquel amor que, si se detenía, se convertiría en una pesadilla.

Convenció a su amigo Tom para que lo acompañase, pagándole el pasaje y prometiéndole una fiesta diferente e inolvidable. Cuando llegó, ya se escuchaban desde lejos las gaitas y los tambores. No quedaba mucho tiempo para la medianoche. En Stonehaven celebraban el Hogmanay de una manera espectacular, con una procesión de hombres que hacían girar bolas de fuego sobre sus cabezas, lanzándolas al mar una vez que llegaban al puerto. Se suponía que, con aquella danza de llamas y música, la comunidad ahuyentaba a los malos espíritus y atraía la buena suerte para el año siguiente.

Jules avanzó entre la muchedumbre, que en su mayoría cantaba y bailaba de forma despreocupada y alegre. Aquella tradición le parecía algo rústica, pero si no hubiese conocido a Mary, lo más probable sería que la estuviese disfrutando abiertamente, emborrachándose con Tom y perdiendo el sentido hasta el amanecer.

La vio cuando las bolas de fuego ya estaban a punto de ser lanzadas al frío mar del Norte. Mary reía y miraba cómo las llamas giraban en el aire. A su lado, sus padres, su hermana, su tía Carla y más familia que Jules no supo identificar. Por supuesto, el señor Grant la acompañaba; de hecho, la tomaba del brazo con familiaridad. Jules forzó a Tom a apurar el paso, asegurándole que aquella noche el whisky correría de su cuenta.

—Vaya, señorita MacLeod, qué agradable coincidencia.

El rostro de Mary palideció. Resultaba evidente que no esperaba ver allí a Jules. Sin embargo, reaccionó de forma ágil y resuelta, y alzó la voz para poder ser escuchada entre el rumor de gaitas y tambores que inundaba el aire.

—Oh, señor Berlioz, ¡qué sorpresa verlo por aquí!

—Mi amigo Tom y yo —dijo él, señalando a su acompañante, que estaba a unos pasos de distancia y no les prestaba atención, atento a todo lo que sucedía en el puerto— no nos podíamos perder esta tradición escocesa... ¡En París no se ven estas cosas!

—Ah, es usted de París —intervino el señor Grant, como señal para ser presentado.

—Sí, sí —se apuró Mary—, es el empleado del señor Campbell, de Stoner, que recomienda unas lecturas muy interesantes. Mi acompañante es... es un amigo de la familia, el señor Grant.

—Un placer conocerlo, señor Grant —dijo Jules, mirándolo fijamente.

—Ah, ¡señor Berlioz! —intervino Elizabeth, la madre de Mary, acercándose—. Qué alegría verlo. ¿Está disfrutando el Hogmanay?

—Sí, señora MacLeod, mucho. He venido con mi amigo Tom para ver el espectáculo —insistió, señalando a su amigo, como si le resultase vergonzosa la sola idea de haber terminado solo aquella última noche del año.

—Ah, ¿pasará aquí unos días?

—No, no... Solo hemos venido por esta noche. Nos alojamos en The Ship Inn.

—Oh, ¡por supuesto! Han hecho bien en venir, no hay un Hogmanay como el de Stonehaven —declaró Elizabeth en tono jovial e interponiéndose entre Mary y Jules—. Sin embargo, desde el día de Año Nuevo este pueblecito vuelve a ser un lugar sencillo, que para un hombre aventurero y tan viajado como usted debe de resultar aburrido. Hará bien en regresar a Aberdeen mañana mismo —añadió, con una sonrisa tan amplia como amenazadora—. Vaya, vaya con su amigo, estimado Berlioz. Y diviértanse, ¡que esta noche es para disfrutarla! ¡Feliz año, querido!

Mary murmuró también un «Feliz año» como forma de despedida, y la señora MacLeod la tomó del brazo, obligándola a seguirla. Antes de marcharse, Jules pudo cruzar una mirada con la joven, y vio en su expresión un rubor azorado, un disgusto contenido. ¿Por qué estaría tan molesta? Estaba convencido de que, solo unos meses antes, habría estallado de felicidad con el romántico detalle de haber viajado hasta allí solo por ella.

Jules, dolido y decepcionado, se volvió hacia donde estaba Tom y lo llevó a una taberna para emborracharse. Maldita sea, ¿qué demonios acababa de suceder? La madre de Mary lo sabía o, al menos, lo intuía. ¿Cómo era posible? Estaba seguro de que Mary no le habría dicho ni una palabra de su relación. Jules respiró profundamente. Su corderito se le escurría entre los dedos, y él no podía hacer nada. Ah, ¡si tan solo obtuviese algún mínimo resultado en sus últimas pesquisas literarias!

El joven francés bebió aquella noche buscando la alegría artificial de los borrachos, pero solo logró una embriaguez amarga y dolorosa que lo abofeteó por la mañana, al recibir en su posada una nota de Mary. ¿Quién la habría llevado? Anne, sin duda, y habría regresado con discreción y sigilo a la casa de los MacLeod. Jules se apresuró a leer el mensaje.

Estimado Jules:

Me sorprendió mucho verte anoche en el puerto de Stonehaven. Me dejaste perpleja, francamente. ¿Qué pretendías? Me desconciertas. Me molestó que te acercases tanto a mí en público. Sabes que podrías estropearlo todo. Mi madre sospecha de nuestra relación, y en nuestro regreso a casa tuve grandes dificultades para contestar a todas sus preguntas y suspicacias. Me aseguró que, de tener una relación contigo, enfermaría de sus nervios de forma irremediable, pues no podría soportar el disgusto que le ocasionaríamos a mi padre.

Oh, Jules, esto es tan difícil. No puedo cargar con esta aflicción a mi madre, la mataría. Sabes que te quiero, pero nuestra relación se ha enfriado de una forma que no acierto a explicar. En tus últimas cartas me has acusado de frialdad, y he reflexionado sobre este asunto durante muchas noches, en que no he podido dormir. También yo me sorprendo. Mi amor por ti ha sido profundo y sincero, y no sé por qué ha cesado. Supongo que la imposibilidad de vernos normalmente ha influido mucho en nuestras circunstancias, al no poder conocernos en sociedad de una forma real, ¿me comprendes? Lo que tú y yo tenemos es un mundo imaginario, sin pauta ni orden. Un mundo clandestino y oculto en el que somos los reyes de los mares, igual que el corsario de Byron, que hace epopeya viviendo aventuras y amando sin reglas. El nuestro, Jules, es un viaje en corso, sin normas, que se desmoronará cuando llegue al mundo real. Pensé que contigo no necesitaría nada más que tu amor, pero ahora sé que tu sentimiento es frágil y voluble, que me condiciona. Si lo meditas, ninguno de los dos sabemos cómo se conduciría el otro dentro de un grupo, pues nunca hemos pertenecido a ninguno. Y siento que en nuestra unión habría solo una renuncia, que es la mía. Renuncia a mi mundo conocido, estable y fuerte.

Creo que nuestro compromiso debe romperse, Jules. Esto debe de resultarte una sorpresa, pero no puedo permitir más reproches ni celos por tu parte, cuando he sido yo quien ha arriesgado todo por ti. Confío en tu honor de caballero y en que no revelarás a nadie lo que ha sucedido entre nosotros. Guardémoslo como un bonito recuerdo privado e íntimo, de algo que no debería haber sido pero que, sin embargo, sucedió.

Me veo en la obligación de pedirte que me devuelvas todas mis cartas. Estaré de regreso en Aberdeen el 7 de enero, de modo que ese día puedes venir a mi ventana a las once. Te ruego que no lo hagas más doloroso y complicado de lo que ya es, querido Jules. Por supuesto, te entregaré de vuelta todas tus notas y cartas, o si lo prefieres te las enviaré a tu pensión.

Sé que nunca harás nada que pueda perjudicar a quien has amado tan profundamente. Te deseo lo mejor en todas tus empresas, y en tu búsqueda interminable de esos hallazgos literarios que ya no sé si existen. Por favor, no olvides venir el 7 de enero con mis cartas. Sé que eres un caballero y que como tal resolverás este asunto.

Con todo mi afecto de amiga,

Mary

¡Afecto de amiga! Jules no daba crédito. ¿Ya no era su esposa de piel y pensamiento? ¿Ya no era él su amado francés? Y, ¿qué era aquello del viaje en corso? No, el suyo no era un mundo imaginario e irreal. Era la alta sociedad la que vivía dentro de un corsé lleno de normas. Y cuando él y Mary habían hecho el amor en aquel elegante cuarto de la casa de los MacLeod, ¿también había sido un acto imaginario?

No, ni hablar, no le devolvería las cartas. ¿Cómo se atrevía a abandonarlo? Matthew Grant, tenía que ser él. Sí, había algo que se le escapaba. Furioso, y con una resaca terrible, se vistió y dejó a Tom durmiendo allí mismo, junto a una mujer pelirroja que él no recordaba haber visto nunca. Salió de The Ship Inn y se encaminó a buen paso hacia la casa que los MacLeod alquilaban en Stonehaven. Por el camino, se paró justo a la altura de la torre del reloj y vomitó una masa viscosa y negra que lo asustó. Apenas recordaba lo que había bebido y hecho la noche anterior. Cuando llegó ante la puerta de la casa de los MacLeod, se sintió súbitamente ridículo. Se encontraba sucio y demacrado, y sus pantalones estaban manchados de vómito. Pensaba dirigirse al padre de Mary, pero ¿qué iba a decirle? ¿Que era pobre y que le ofrecía a su hija una vida de feliz austeridad? ¿Que le había hecho perder la virtud a su hija, porque él carecía de conciencia y de honor?

De pronto, Jules se sintió sin fuerzas. Todavía era temprano, y si se daba prisa podía despertar a Tom y no perder el tren de las doce, de regreso a Aberdeen. Tenía que irse de allí, deshacerse de aquel insoportable dolor de cabeza y pensar con calma. Se dio la vuelta y regresó hacia su posada sin levantar la mirada del suelo.

Desde la ventana, Elizabeth MacLeod lo observaba. La mujer sintió un gran alivio al verlo dar media vuelta. De hecho, si aquel inoportuno joven francés hubiese sido el primer visitante de Año Nuevo de los MacLeod, se habría estropeado la posibilidad de tener buena suerte los próximos meses. Berlioz no llevaba presente alguno entre las manos, y según la tradición escocesa del *primer pie*, si hubiese entrado en casa de los MacLeod con las manos vacías habría sido mala señal. ¿Dónde tenía la cabeza aquel muchacho? Era impensable que pudiese siquiera soñar con cortejar a Mary. Sí, menos mal que no había llamado a la puerta, porque habría significado el peor de los augurios.

Aberdeen, 8 de enero de 1857

Estimado Jules:

No acierto a entender por qué no viniste anoche a mi ventana, como te pedí. Me parece inconcebible este trato por tu parte, y estoy segura de que Anne hizo buena entrega de mi nota al posadero de The Ship Inn. Comprendo que puedas estar molesto y dolido, pero tu actitud no hace más que mostrar que el único camino posible entre nosotros dos se encuentra en decirnos adiós. Por favor, Jules, atiende a razones. Conservemos un recuerdo hermoso y bonito de ese amor tan puro y profundo que nos tuvimos.

Y, por Dios bendito, devuélveme mis cartas, por tu honor de caballero. La angustia comienza a romperme el corazón y a enfermarme, y no he dormido en toda la noche. Por favor, te lo ruego. Tú, que tanto has leído y tan bien me has aconsejado, recuerda lo que decía Jane Austen en su Orgullo y prejuicio, «que la pérdida de la virtud en la mujer es irrecuperable; que un paso en falso le produce la ruina inacabable; que su honra es tan frágil como hermosa; y que toda su cautela es poca ante los desaprensivos del otro sexo».

¿Recuerdas mis reticencias iniciales, Jules?, ¿mi desconfianza? Ya te he hablado de Jennifer Kenneth, pero yo no soy Jennifer, Jules. Mi padre jamás permitiría mi matrimonio, ni con un jardinero ni con un empleado de una librería, y lo sabes. Y confío en ti y en tu buen ánimo y honor, en que no me dejarás desamparada ante una vergüenza pública que me arruinaría de por vida. Por favor, Jules, ven hoy por la noche, a las once, y hablemos. Por tu honor y por el amor que nos tuvimos.

Mary

Mes y medio después

Elizabeth MacLeod no daba crédito. El *Aberdeen Journal* del 22 de febrero no destacaba especialmente la noticia, pero los titulares sí eran grandes. Jules Berlioz, de veintisiete años y de nacionalidad francesa, había fallecido en su pensión entre terribles dolores, escalofríos y vómitos. Tal vez se tratase de un ataque de cólera, enfermedad que al parecer había sufrido el finado en el pasado, aunque las autoridades locales —y, por supuesto, el médico que lo había atendido en sus últimos momentos— parecían haber dejado traslucir la idea de un posible envenenamiento. ¿Cómo era posible? Un muchacho formal, bien parecido y de trabajo digno y respetable en Stoner, una de las librerías más prestigiosas de la ciudad. ¿Qué perverso asesino podría haber sesgado la vida de aquel muchacho, y de aquella forma tan cruel y dolorosa?

Elizabeth accedió al gran salón de su casa y, con paso lento y perezoso, se dirigió hacia donde se encontraba Mary, que en aquellos instantes parecía concentrada en la lectura de un libro. Le trasladó la noticia con todo el tacto del que fue capaz, pues sabía del afecto de Mary por Berlioz, aunque desconocía por completo hasta dónde habían llegado en su relación. La joven se levantó del sofá y comenzó a caminar por la estancia, con gesto de triste preocupación.

—Puedes llorar, hija mía. Estamos solas y sé del aprecio que le tenías. El muchacho debió de juntarse con malas compañías en las tabernas. ¡Qué pena terminar así!

—Sí, madre. Pero el periódico se equivoca. No pudo envenenarlo nadie, tuvo que ser el cólera. Hace tiempo que se quejaba de dolencias.

—¿Se quejaba?

—Sí, varias veces. Cuando iba a Stoner lo comentaba, incluso delante del señor Campbell.

—Oh. Pobre desgraciado. La enfermedad es un mal que hay que aceptar con entereza. Lo siento por su familia... Morir solo, tan lejos de su casa.

—Sí, madre. Es muy triste. Lo lamento por él.

Con gesto serio, Mary regresó a su elegante sofá y tomó el libro de nuevo entre las manos. Elizabeth, asombrada, vio como su hija retomaba la lectura con ademán concentrado; siempre había apreciado en ella, desde su infancia, una capacidad superior y un entendimiento acorde incluso al intelecto de los mejores hombres, pero nunca antes había percibido en su niña aquel gélido desapego. Y Elizabeth pensó que su pequeña Mary, tal vez, disponía de una frialdad y fortaleza que hasta ese momento, inexplicablemente, nunca había visto.

8

> Se dice que una persona no puede permanecer con un carbón encendido en la mano y pensar a la vez en el frío de los hielos del Cáucaso, y yo creo firmemente que muy pocos podrían hacerlo.
>
> GEORGE GORDON BYRON,
> *Don Juan* (1818-1824)

Debería salir de aquel palacio y seguir la evolución de los acontecimientos desde un segundo plano, discreto y meramente observador. Una vaga y cortés colaboración dentro del ámbito estrictamente familiar sería suficiente. Ni ella ni Oliver tenían ni siquiera por qué estar en Huntly, ni haber cambiado sus planes de senderismo por aquel pequeño drama, en el que nada podían hacer. ¿No estaban acaso la inspectora Reid y el diligente sargento McKenzie encargándose de todo? Ni siquiera Guillermo, el hermano de Oliver, había modificado sus planes en Gales para subir a echar una mano. No lo culpaba: por lo general, demasiados cocineros arruinaban un caldo, y tantas voces y opiniones tras lo que acababa de suceder podrían llevar a conflicto. Que si Arthur se había precipitado, que si la prudencia había brillado por su ausencia... Pero Valentina sabía que resultaba inútil buscar culpables. Lo que había que encontrar eran respuestas, y se sentía incapaz de sacarse de la cabeza que allí había sucedido algo que no estaba del todo claro. ¿Debería olvidarlo todo y permitir que los profesionales de la policía escocesa se encargasen del asunto? Sin duda. ¿Iba a hacerlo? No, por supuesto que no.

—¿En qué piensas? —le preguntó Oliver.

—No sé. ¿Y si llamamos a Clara?

Él enarcó las cejas, sorprendido. Clara Múgica era la forense con la que Valentina solía tener trato para la gran mayoría de los asuntos en Santander, y también era familiar de Oliver, algo que habían descubierto tras la investigación en la que la pareja se había conocido.

—Ya sabes que está de vacaciones haciendo ruta por Francia, Suiza y Alemania, ¿no? ¿Pará que...?

—¿No recuerdas que ella había hecho en Sevilla aquel curso de expertos para investigación de incendios?

—Uf, no sé. Los forenses hacen muchos cursos.

—Este lo hizo el año pasado, ¿en serio no te acuerdas? Cuando bajó con Lucas aquella semana a Sevilla, al Instituto de Medicina Legal.

Oliver se encogió de hombros; sí, tal vez Clara y su marido hubiesen viajado a Andalucía para aquello, ¿qué importancia tenía?

—No me digas que pretendes asaltar a Clara con esto... Está de vacaciones y no creo que pueda teletransportarse —le dijo con una mueca de burla, mientras Arthur, James y Donald salían del palacio hacia el coche del arquitecto, donde estaban los planos del inmueble y desde donde habían decidido comenzar a trabajar tras revisar los desperfectos. El perito del seguro ya se había marchado, asegurando que la compañía estudiaría acciones contra el patrimonio de Mel Forbes si se probaba que él había sido el incendiario.

—A ver, asaltar, asaltar... —se rio Valentina, con gesto de inocencia—. Si yo solo quiero saber si Clarita se lo está pasando bien en su viaje... ¡A ver si ahora no voy a poder saludarla!

Oliver suspiró, negando con gesto resignado.

—Quieres mi móvil, ¿no?

—Por favor —confirmó Valentina, con una amplia sonrisa—, te juro que no vuelvo a salir de viaje sin conectar mi *roaming*.

Tras varios tonos de llamada, por fin, Clara cogió el aparato. Se sucedieron los saludos y la alegría mutua por saber que todo marchaba bien en las vacaciones.

—Y qué tal, ¿por dónde andáis?

—Ah, pues en Friburgo, ¡una preciosidad!

—Eeeh... Alemania, ¿no?

—No, no, Suiza. Supongo que hay varios Friburgo —añadió Clara, con una carcajada propia de quien está de vacaciones y todo le parece más ligero—. ¿Y vosotros?

—Hummm. Nosotros en las Highlands, dentro de un castillo del padre de Oliver que ardió anoche y que ahora parece el escenario de un crimen.

La forense no pudo evitar proferir un exabrupto al otro lado del teléfono, y tras asegurarse de que ellos no habían sufrido daños personales, le pidió a Valentina un minuto para acabar de acomodarse en el restaurante en el que habían entrado, y que de esa forma le pudiese contar todo con calma. Así, Valentina le detalló a la forense todo lo que había sucedido desde que habían llegado a Huntly, incluyendo la búsqueda de las memorias de Byron y los desencuentros que Arthur había tenido con Mel Forbes. Clara recobró automáticamente su tono más serio y profesional.

—Joder, vaya vacaciones os estáis dando en Escocia.

—Ya ves. En nuestra línea.

Clara se rio.

—Sí, exactamente en vuestra línea habitual. Y tú no me llamas para saber si nos están gustando las *raclettes* suizas, claro...

—Oh, sí, sí... ¡Teníamos ganas de hablar con vosotros!

—Ya, ya. A ver, dispara. Quieres saber algo del cadáver, supongo.

—No.

—¿No?

—Yo quiero saber cosas sobre el incendio. Ya te he explicado lo que nos hemos encontrado, pero es que no sé, a mí me parece rarísimo. Tantos focos de incendio y el pirómano ahí dentro encerrado. Y con dos golpes en la cabeza.

—¿No te dijeron que había sido por los cascotes del tejado?

—Dijeron que *creían* que podía ser por eso, nada más.

—Pero ya hay policía encargándose del asunto... ¿Tú y Oliver no tendríais que estar visitando castillos y comprando mantas de cuadros?

—Que sí, pero si te envío ahora unas fotos por WhatsApp... ¿me das tu opinión?

—¿Me vas a traer una botella de whisky escocés?

Valentina se rio ante el chantaje, que aceptó de buen grado. Colgó el teléfono y tomó varias fotos de toda la estancia, e incluso grabó un pequeño vídeo para que Clara viese de forma nítida el espacio desde el acceso de las escaleras hasta el antiguo archivo secreto. Tras enviarlo y pasados unos minutos, Clara devolvió la llamada al teléfono de Oliver, que cogió poniendo el manos libres.

—Que sepáis que por esto me vais a invitar a una mariscada por lo menos —les dijo sin siquiera volver a saludarlos—. Por cierto, ¿de las memorias de Byron no tenéis pistas, entonces?

—De momento, no... ¿Nos centramos?

—Sí, sí... Aunque no tengo mucho que decir, la verdad. Si ya han encontrado el bidón de gasolina cerca del cadáver y el tal Forbes tenía un móvil para su acción, por endeble que fuese, en fin... ¡Cosas más raras hemos visto! Lo único que me escama es el techo rosa.

—¿Eh? —Oliver y Valentina se miraron, extrañados—. ¿Qué techo rosa?

—Pues, a ver, ¡en la entrada! ¿No os habéis fijado?

—Pues, no sé... —dudó Oliver—. ¿Te refieres a la entrada de la habitación principal o a la del archivo secreto?

—La de la habitación principal.

—¡Ah, sí! —apreció Oliver, acercándose con Valentina—. Te refieres a justo encima de la puerta, ¿no? Donde está así, un poco rosado...

—¡Exacto! A veces ese tipo de tono se aprecia en la zona de máxima alteración de calor, que con frecuencia es la fuente, el origen y el foco del incendio. ¿No habrá sido un cortocircuito? Ay, no —se contradijo a sí misma—, que encontraron el bidón de gasolina... Pero de todos modos no han desescombrado por completo, así que aún podríais verificar la existencia de más focos... ¡La retirada de escombros es fundamental! ¿Ya han inspeccionado los exteriores?

Valentina frunció el ceño, extrañada.

—¿Qué exteriores?

—¡Los del castillo, naturalmente! Ay, perdona, un segundo —se excusó Clara al otro lado del teléfono, donde se escuchó cómo daba las gracias a alguien en francés, se reía y amenazaba a Lucas con algo ininteligible si se atrevía a terminar los entrantes mientras ella hablaba por teléfono. Su marido se rio y se acercó al aparato:

—Valentina, que nos vamos a las Highlands si nos necesitáis, ¿eh? ¡Oliver, ruta gastronómica a cambio de una forense! —Todos se rieron, y Valentina negó con el gesto risueño, armándose de paciencia.

—Cómo se nota que estáis de vacaciones, pero os recuerdo que aquí ha muerto un hombre quemando un castillo de los Gordon, que por ciert...

—¡Ay, querida! —la interrumpió Clara, riéndose y con lo que ya parecía el efecto de alguna copa de vino en la voz—. Mira que te pones intensita, ¡si tú también estás de vacaciones! Oliver, ¿cómo la aguantas?

—Con mucha paciencia —respondió él, dándole un beso silencioso a Valentina en el cuello y abrazándola por la espalda, mientras ella sostenía el teléfono frente a ambos.

—¿Habéis acabado? —preguntó de forma retórica, sin darles tiempo a responder—. Vale, a ver, Clarita, ¿qué quieres decir con eso de los exteriores?

—Ah, pues el medio kilómetro a la redonda de rigor. ¿Sabéis si la policía escocesa ha inspeccionado los alrededores del castillo? A veces los pirómanos dejan rastros cerca.

—Oh, pues no lo sé, nos fuimos al hotel durante la mañana...

Valentina miró a Oliver, como si él pudiese saber qué había hecho la policía escocesa durante la jornada, aunque él parecía más centrado en el interior del palacio que en el exterior:

—Pero, Clara, eso que decías del techo rosa —retomó Oliver—, ¿significa que comenzó ahí el fuego?

—No necesariamente, pero sí que pudo ser uno de los puntos de más calor... La puerta que sale en el vídeo que me habéis mandado, allí tirada, estaba destrozada, y me da la sensación de que en ella y en esa zona de la entrada es donde se echó una buena parte del acelerante, más que nada por las marcas en el suelo... Pero tendréis que esperar a los análisis que hagan los de criminalística escoceses, yo poco puedo aportar desde aquí y con cuatro fotos, que como comprenderéis no soy Nostradamus.

—Ya, ya... Has sido de gran ayuda, de todos modos —replicó Valentina, en tono de agradecimiento—, aunque ahora me quedo más intranquila todavía, porque no le veo el sentido a que Mel Forbes se cebase con la puerta de entrada a la sala principal si lo que quería quemar era el archivo secreto.

—Oh, bueno —observó Clara, ya en tono más serio—, tal vez impregnó todo de gasolina y antes de marcharse fue a echar un último vistazo al archivo, y allí se le fue la mano con el mechero... ¡A saber!

Oliver y Valentina se miraron, un tanto abrumados. Sí, sería difícil saber qué había sucedido realmente allí dentro. Antes de colgar, y tras algunas bromas más por parte de Clara y Lucas, la forense hizo un último apunte final, que a Valentina le pareció completamente serio.

—Lo lógico sería que el pirómano hubiese hecho un reguero de gasolina a modo de mecha, ¿entendéis? Si queréis saber lo que ha pasado en ese viejo palacio, queridos, tendréis que buscar el camino del fuego.

Regresaron al hotel sin lograr deshacerse de cierta sensación de desánimo. ¡El camino del fuego! ¿Qué se creía Clara, que estaban dentro de un cómic, viendo claramente el rastro de una mecha de pólvora? Tendrían que confiar en el trabajo de la policía escocesa, y aquello era todo. Incluso Arthur, cansado y deseoso de marcharse a descansar, había finalmente despachado a Donald y al joven arquitecto; se quedaría allí unos días reordenando el proyecto de reforma y resolviendo qué hacer con el material que sí había sido rescatado del archivo secreto. En fin, al menos tenía aquellos libros y el valioso atlas de *Theatrum Orbis Terrarum*. Tal vez si hubiera sido más prudente no habría sucedido nada de aquello, pero él era un Gordon y haría honor a su lema vital de lucha y resistencia: *Bydand*.

Por fortuna, llegaron a tiempo para despedirse de Sarah Roland y de Henry Blunt, que los esperaban junto a Andrew Oldbuck mientras se tomaban un té en la cafetería del Sandston. Cuando se acercaron a ellos, comprobaron que el anticuario les estaba explicando a la profesora y al editor cómo restaurar adecuadamente un libro antiguo.

—¡Lo primero y fundamental es descoser! Pero hay que hacerlo con un cuidado exquisito, por supuesto... Las encuadernaciones de antes eran extraordinarias, ¡extraordinarias! Es un trabajo laboriosísimo, imagínense, limpiar hoja por hoja como si tuviesen entre las manos la cabecita de un bebé; hace tiempo que esa tarea se la delego a mis ayudantes, yo prefiero localizar los objetos y asistir en las subastas.

—Parece un trabajo muy interesante —reconoció Sarah, ensimismada en lo que les contaba Oldbuck, que había cambiado su traje de cuadros por unos pantalones de loneta y una americana ligera, que imitaba en tonos marrones las cuadrículas del tartán.

—Lo es, lo es... Precisamente, hará un mes que nos llegó un soplo sobre Hemingway y su famosa maleta perdida...

—¡Dios mío! —exclamó Henry, inclinándose más hacia el anticuario, interesadísimo—. ¡No puede ser! ¿La maleta que perdió su mujer?

—Esa misma. Han encontrado un par de cuentos en un desván en Zúrich que... Oh —se interrumpió a sí mismo, viendo que Arthur, Oliver y Valentina estaban presentes—, ¡ya están aquí!

—En efecto, aquí estamos —suspiró Arthur, decaído. Su rostro y la misma expresión cansada de su cuerpo mostraban que los destrozos en el castillo de Huntly lo habían dejado completamente desprovisto de la alegría de la noche anterior. Pidió algo ligero para comer mientras Oliver explicaba a los tres literatos la devastación que habían encontrado en el palacio, al menos en cuanto a papeles y antigüedades literarias. El anticuario mostró un talante positivo e intentó animar a Arthur, pues ya solo el material que habían encontrado resultaba un maravilloso e importante milagro. Valentina guardaba silencio observando a los interlocutores. Tanta pasión por los libros y la historia, tanto interés por las memorias de Lord Byron. ¿No habrían sido ellos capaces de intentar acceder al palacio durante la noche, buscando el ansiado tesoro? Continuó escuchando su conversación: Oldbuck le explicaba a Oliver la pérdida de aquella maleta de Hemingway en el año 1922, cuando su mujer, en el tren París-Suiza, se había levantado un momento del asiento para ir a buscar agua y, a su regreso, la bolsa de viaje con cuentos y hasta novelas de su marido había volado a destino incierto. Un hurto literario que nunca había logrado ser esclarecido.

De pronto, sonó el teléfono móvil de Oliver, aunque él, tras mirar la pantalla, le pasó directamente el aparato a Valentina.

—Es de la Guardia Civil de Santander, para mí no creo que sea —le dijo, guiñándole un ojo.

Valentina cogió el teléfono y se alejó unos pasos.

—¡Ah, Sabadelle! ¿Qué tal? Dime...

—Tengo lo de Byron. ¡Lo hemos encontrado, teniente!

«¿Hemos?» Valentina suspiró. Sin duda, la pequeña tarea que había encomendado al subteniente habría sido *delegada* por Sabadelle a otros componentes del equipo a los que hubiese podido enredar.

—Cuéntame, ¿qué has encontrado?

—Pues la verdad es que bastante —comenzó, dando un chasquido con la lengua, que a Valentina le resultó molestamente familiar; Sabadelle debía de estar muy contento con los resultados de su investigación doméstica, porque ella reconocía ya hasta el tono de los extraños ruidos que el subteniente hacía con la boca—. Que conste —continuó él— que los poemas del tipo me han parecido una birria. ¡Qué rimas tan cursis, y qué rebuscado todo!

—Bueno, piensa que lo traducían del inglés, en castellano no sé yo si...

—Supongo, supongo —la interrumpió Sabadelle—, pero a lo que íbamos, ¿no? Que yo esto lo he hecho rapidito porque uno tiene experiencia y pim, pam, ¿no? Coge uno información de aquí y de allá y listo, pero la verdad es que tengo bastante tarea y no puedo perder un minuto, teniente.

—Vaya, no me digas... ¿Ha entrado algún caso importante? No creí que en pleno agosto fueseis a tener mucho movimiento.

—A ver, entrar, entrar... Aquí siempre hay jaleo, teniente. Y que digo yo que la llamada esta saldrá por un pastizal, ¿no?

Ella entornó los ojos y se armó de paciencia.

—Pues a ver, abrevia y dime.

Valentina escuchó un revuelo de papeles al otro lado, y también a la agente Torres dándole indicaciones a Sabadelle en susurros, por lo que le quedó claro quién había trabajado en realidad sobre el árbol genealógico de Byron. El subteniente comenzó por fin sus explicaciones.

—El fulano este era una fiera, ¿eh? Fiestas y amantes para aburrir, qué crac. Bueno, pues tuvo una hija ilegítima con Claire Clermont, que se murió con cinco años, la pobre criatura, y encima la habían llamado Allegra... Dicen que también tuvo una hija con su medio hermana Augusta, que se llamaba Elizabeth. Pero esta supuesta hija, a ver... Sí, la chavala solo tuvo dos criaturas, que serían nietos de Byron, claro, pero uno se metió a sacerdote y la otra a monja, con lo cual, fin de la estirpe.

—Vale, pero sí tuvo una hija legítima, ¿no?

—Ah, sí, sí... Aquí la verdad es que es el único punto donde hay información interesante; porque resulta que Byron se casó con una tal Anna Isabella, que duró la cosa un suspiro, y tuvieron una hija antes de que el hombre se marchase de Inglaterra a luchar por la independencia de los griegos, que ya hay que tener ganas de meterse en *saraos* ajenos, porque...

—¿No habíamos quedado en abreviar? —sugirió Valentina, evitando explicarle a Sabadelle los motivos reales de la marcha de Byron de su país; desde que había comenzado todo el asunto de las memorias, ya le había quedado claro que las razones eran más complejas y que tal vez obedecían más a las habladurías que su propia mujer había expandido en la alta sociedad inglesa que al ánimo político del escritor.

—Bien, bien, concretemos... ¿Dónde iba? Ah, sí, que al parecer Byron solo sabía hacer hijas, porque de la tal Annabella nació Ada Lovelace, la programadora de ordenadores.

—Sí, de eso ya tenía idea... ¿Y después?

—Pues de Lovelace nacieron tres retoños, Noel, Ralph y otra Anna Isabella. El primero la palmó antes de los treinta, y el segundo en 1906, pero no le hemos localizado descendencia; que no me extraña, ¿eh?, porque el tío se hizo explorador por Islandia, que digo yo que qué necesidad tendría... En fin, y la chica debió de heredar el gen chiflado del abuelo, porque aquí pone que fue la primera mujer en cruzar el desierto arábigo para criar caballos. ¡Caballos en el desierto, tócate las narices!

—¿De dónde has sacado la información?

—Oh, pues de aquí y de allá, me ha echado una manilla la agente Torres, que le encanta esto de los escritores.

—Sí, ya me imagino —replicó Valentina con marcada ironía—, ¿y qué más tienes? Porque mi idea era más bien centrarme en los descendientes que estuviesen vivos, y no en todo el árbol genealógico, no sé si me explico.

—Ah, pero es que eso lleva su tiempo, porque hay que ver lo que cambia esta gente de apellidos... La criadora de caballos, por ejemplo, pues tomó el apellido del marido, ¿no? Así que ni Byron ni leches, ya era Anne Isabella Blunt, y la hija, pues Judith Blunt-Lytton, que esa, por cierto, siguió siendo criadora de caballos y de perros, y tuvo más hijos, y todos son Blunt y Lytton —explicó, haciendo una breve pausa para tomar aire—; la última que hemos localizado se llama, para colmo, Isabelle. No sé qué coño tiene esta familia con ese nombre, la verdad.

—Blunt... —murmuró Valentina, concentrada.

—Sí, Blunt. A la nieta de Byron, la del desierto, la llamaban Lady Blunt Stradivarius porque tenía un violín original de los Stradivari; vamos, lo que viene siendo una señora pija y extravagante de toda la vida.

Valentina tomó aire y se alejó todavía más del grupo de la cafetería.

—Sabadelle, en el listado ese que tienes de tataranietos, ¿hay algún Henry Blunt?

—Eeeh... A ver, a ver —replicó, buscando ganar tiempo mientras leía con detalle el final de sus apuntes—. No estoy seguro, porque uno de los últimos de la lista genealógica tiene hasta cuatro hijos, pero no hemos localizado todavía los nombres. Son Blunt, en todo caso, eso sí.

—Vale, y... ¿sabes si viven en Edimburgo?

—Vaya, ¡sí! ¿Cómo lo sabe, teniente?

Valentina volvió a tomar aire, sin apenas dar crédito a lo que acababa de descubrir.

—Creo que tengo aquí mismo al tataranieto de Byron, Sabadelle. Muchas gracias, tengo que dejarte.

—¿Cómo? ¿Así, sin más? ¡No podemos quedarnos con la historia a medias justo cuand...!

Pero Valentina ya había colgado. Henry Blunt, el rubicundo editor y destacado admirador de Lord Byron: ¿por qué habría ocultado su lazo familiar con el escritor? Valentina, con paso firme, se dirigió hacia él sin saber muy bien de qué acusarlo, aunque sintiese que sobrevolaban mentiras invisibles y pesadas por toda la habitación. De pronto, cuando estaba a punto de llegar a la mesa donde todos charlaban amistosamente, sonó de nuevo el teléfono de Oliver, que ella todavía llevaba entre las manos. Era Emily Gordon. Valentina, algo desconcertada, descolgó y saludó a la anciana, indicándole que le pasaría a Oliver en un instante; sin embargo, Emily le dijo que no, que ya se lo podía contar directamente a ella, que le parecía importante. Valentina se mordió el labio inferior; ¡qué llamada tan inoportuna! Sin embargo, unos minutos más o menos no supondrían ningún cambio en sus vidas, y Henry Blunt seguiría siendo un descendiente de Byron, revelase o no públicamente su lazo de sangre. ¿Acaso eso lo convertía en un maleante o en un incendiario?

—Dime, Emily.

—Ay, querida niña, ¡creo que sé quién pudo ser el dueño de las memorias de Byron!

—¿En serio? —preguntó Valentina, sin ocultar su asombro.

—Sí... Verás, aún tengo que seguir leyendo estos periódicos, porque estoy en la biblioteca de Stirling, ¿sabes? Tienen un buscador fantástico, ¡es como estar en una nave espacial!

—Ya, ya me imagino —sonrió Valentina, casi enternecida por la ilusión que Emily le ponía a casi todo.

—Bien, pues hubo un chico francés, Jules Berlioz, que comenzó a dedicarse a buscar libros perdidos, antigüedades y así, ¿sabes? Venía de París y vivía en Aberdeen, en el centro. ¿Y sabes dónde trabajaba? En una librería que se llamaba Stoner y que aún existe, ¿te imaginas? ¡Aún existe! Me lo ha confirmado Peter.

—¿Peter? ¿Quién es?

—Ah, mi bibliotecario. Pues, como te decía, resulta que la librería sigue abierta desde que la inauguraron en 1840... Debe de ser como un museo.

—Me imagino. ¿Y cómo has averiguado que tenía las memorias de Byron?

—Es que no lo he averiguado. Es una posibilidad. Pero juraría por todos los *berserker* de Escocia que tiene algo que ver, porque Berlioz, antes de morir, viajó varias veces a Huntly y parece que tenía algo gordo entre manos. Me refiero a uno de esos libros perdidos que buscaba, claro.

—Pero ¿cómo que antes de morir...?

—¡Es que murió justo el día antes de que Hamilton escribiese la carta que encontró mi Arthur en el palacio!

—Vaya —se limitó a comentar Valentina, cada vez más interesada. Una casualidad muy oportuna—. ¿Y cómo has podido saberlo?, ¿viene su muerte en los periódicos? Debía de ser un hombre importante.

—Oh, no, no... Berlioz era un don nadie que se vio envuelto en este crimen horrendo junto con una señorita elegante y refinada de clase alta, Mary MacLeod; fue un caso sonadísimo en Aberdeen, ¿sabes? ¡Es increíble que yo no lo conociese!

—Pero, a ver, no entiendo... ¿Un crimen? ¿Qué hubo?, ¿una pelea? ¿Murió él junto a esa chica?

—Ay, no, querida. ¡Si eso es lo más extraordinario de todo! Hubo un juicio que siguió todo el país, y fue ella la acusada.

—¿Ella?

—Sí —le confirmó Emily, que también parecía sorprendida por el dato—, fue él quien murió... No lo creerás, pero, por lo que estoy leyendo, ¡era ella la asesina!

Mary MacLeod

La policía encontró más de ciento setenta cartas de Mary MacLeod en el dormitorio de Jules. Algunas iban fechadas, otras no. Una pareja clandestina, un amor secreto que, dadas las circunstancias, resultaba muy relevante. Jules había muerto con una cantidad de arsénico en su estómago tan potente como para matar a cincuenta personas. ¿Sería posible que lo hubiese envenenado aquella joven y distinguida dama? La sola suposición resultaba atroz. Si ella no fuese tan diminuta, tan mujer, tan poca cosa... ¿Cómo podría nadie concebir en ella algún ánimo criminal?

La policía de Aberdeen decidió desenmarañar aquel bloque heterogéneo de cartas; tras ordenarlas, los agentes percibieron un cambio radical en el tono de las misivas de la joven Mary. A comienzos de enero de aquel mismo año, una exigencia explícita de romper la relación y, después, tras más cartas rogando la devolución de la correspondencia que había mantenido con el francés durante al menos un año, el gran cambio. La amabilidad, el perdón, las promesas. El retorno a la relación clandestina:

Aberdeen, 18 de febrero de 1857

Mi querido y amado Jules:

Últimamente te noto pálido y enfermo, y me da miedo que sufras otro ataque de cólera, como te pasó hace meses. Deberías ir al médico, aunque no quieras. ¡Cada vez que pienso que hace solo unas semanas casi rompemos nuestro compromiso! Estaba enfadada por tus celos, pero mi amor por ti es profundo y para siempre, y nunca podría estar con otro hombre, ya lo sabes.

Mañana ven a la hora de siempre a mi ventana. Debes entrar, pues hace tanto frío que temo que te enfríes y enfermes seriamente. Haremos como estos días, y tomarás un chocolate bien caliente antes de marcharte, para que llegues a tu pensión con el calor en el cuerpo. Estoy muy emocionada con tus avances en esta nueva búsqueda que estás haciendo, y tengo la ilusión y la sospecha de que pudieras estar tras algo realmente importante. Dime, mi amor, ¿es posible? Si lo encontrases, podríamos por fin hablar con mis padres.

Y por Dios, deja de hacer caso a las habladurías y comentarios, pues no tengo compromiso alguno con el señor Grant. Es cierto que estos días viene mucho por casa, pero solo para ver a papá, por sus negocios.

Estoy deseando que me cuentes tus novedades tras tu viaje a Huntly. Un beso y un cálido abrazo de tu Mary, que te ama con todo su corazón.

Mary

Había varias cartas en aquel tono durante las últimas semanas, pero aquella última, fechada el día 18, había sido enviada a Jules Berlioz solo tres días antes de su muerte, el 21 de febrero. A los agentes, tras unos días de averiguaciones, no les resultó difícil comprobar algunas verdades.

Que Mary MacLeod llevaba algo más de un mes comprometida en matrimonio con Matthew Grant, con el que había oficializado su relación el 16 de enero, y cuyo compromiso estaba programado para ser anunciado en prensa solo unos días después del fallecimiento de Jules. El pobre Grant no tenía ni idea de que su prometida fuese, a la vez, amante de un simple empleado de librería.

Que todo apuntaba a que Mary, viendo que no le resultaba posible abandonar sin más a Jules, había realizado en las últimas semanas un acercamiento deliberado a este. Resultaba sospechosa y reveladora su insistencia en que el francés tomase avituallamiento en sus visitas clandestinas, pues en la correspondencia anterior al intento de ruptura no habían detectado tales sugerencias. De la prueba epistolar podía resolverse que Jules había tomado chocolate caliente en la habitación de Mary en al menos tres ocasiones entre los meses de enero y febrero de 1857.

De aquellas premisas se deducía que el asunto iba a requerir un estudio detallado, y que en la investigación para el juicio los testigos iban a resultar fundamentales.

Catherine, cómplice epistolar de Mary y Jules.

Tom Cook, el compañero de pensión del francés, que aseguraba que a su amigo lo tenía que haber envenenado la señorita.

Dos boticarios de Aberdeen, que podían acreditar cómo Mary había firmado en el *poison book* la adquisición de arsénico en las últimas semanas. Ella había asegurado que aquella era una práctica femenina común y aceptada, pues lo había adquirido para elaborar su propio maquillaje. ¡Su propio maquillaje! ¿Sería posible que aquella joven y frágil dama fuese, en realidad, inocente?

El juicio supuso un escándalo social y mediático considerable. En casa de Mary todo fueron dramas y pequeños incendios por todas partes. Grant, el acaudalado prometido, tardó solo unas horas en romper su compromiso. El ataque de nervios de Elizabeth MacLeod fue, por una vez, ajeno a cualquier dolencia imaginaria. Nada superó, sin embargo, el desgarro emocional y el enfado atónito y desesperado de Sean MacLeod. Su hija, ¿una asesina? O lo que era casi peor, ¿una desvergonzada que había perdido su honor y su virtud con un ridículo francés, un buscavidas errante? A pesar de que el señor MacLeod estuvo tentado de dejar a Mary a su suerte, terminó por ceder a las súplicas de su esposa y contrató a Edward Mansfield, el mejor abogado de Aberdeen; la reputación de su hija sería difícil de salvar, pero al menos que el apellido de la familia pudiese esquivar aquella vergüenza con algo de dignidad.

El primer día del juicio, Mary llegó a la corte de justicia vestida de gris oscuro, con la mirada baja y el gesto serio. La acompañaban dos policías y una asistente, que procuraron mantener entereza ante la enorme expectación que sentían a su alrededor según avanzaban, pues las vistas se realizaban con público. La acusada aparentaba calma, y su mirada templada parecía pertenecer a alguien de mayor edad, como si ya diese por perdida su fortuna, pues como resultado de aquel juicio sabía que podría ser condenada a muerte.

El fiscal, Cyril Maule, era un hombre pelirrojo y lleno de pecas, y su blanca peluca empolvada acentuaba el color rojizo de su semblante; su gesto era severo y sus diminutos ojos azules parecían estar permanentemente concentrados en analizar todo cuanto se les ponía por delante. Después de realizar una detalladísima acusación ante el jurado, compuesto de siete hombres y cinco mujeres, se procedió a enumerar el inventario documental y se tomó cuenta de la declaración de los testigos, comenzando por Tom Cook, el compañero de Jules en la pensión. El fiscal Maule interrogó al testigo mirándolo fijamente, como si estuviese estudiando qué escondían sus entrañas.

—Según su declaración, accedió al dormitorio del señor Berlioz la mañana del 19 de febrero. ¿Por qué lo hizo?

—Por nada en particular, señor. Llamé a la puerta para saber si estaba y confirmar si aquella tarde vendría o no conmigo a la taberna de Lerwick, y no contestó. Cuando ya iba a marcharme, escuché un quejido, como de moribundo, ¿sabe? Y entonces entré.

—¿Y qué vio, señor Cook?

—Vi a Jules tumbado sobre la cama, y al lado, en el suelo, un vómito como verdoso, ¿sabe? Y fui corriendo a su lado, para ver qué le sucedía, pero apenas tenía fuerzas para hablar.

—Y, sin embargo, le habló. ¿Qué le dijo?

—Oh, señor, más bien creo que hablé yo. Me puse algo nervioso, ¿comprende usted? Jules estaba pálido y congelado. Le dije que tendría que haber tocado la campana para avisar a la casera, y me dijo que apenas tenía fuerzas y que casi se había desmayado sobre la alfombra al llegar la noche anterior. Ahí ya me puse más nervioso, claro, porque sabía que había estado con... con la señorita —terminó por decir, con tono de rencor y mirando hacia donde Mary se encontraba sentada.

—¿Se refiere a Mary MacLeod?

—Sí, señor.

—¿Puede explicarse?

Tom Cook tomó aire, como si necesitase ganar tiempo para vestir sus palabras con orden.

—Pues verá... Es que las últimas semanas, siempre que Jules venía de estar con la señorita MacLeod, se encontraba mal. Me parecía muy raro. Y más con el problema que habían tenido.

—¿A qué problema se refiere?

—A su compromiso, a que él insistía en casarse, y a que ella ya no quería. Yo ya había avisado a Jules de que corrían rumores de que ella se había comprometido con el señor Grant, pero él no hacía caso, ¿sabe? Y le previne un par de semanas antes, además, de que pensaba que la señorita MacLeod solo quería deshacerse de él, y que era posible que lo estuviese envenenando.

Un rumor de comentarios se levantó por toda la gran sala, donde el público escuchaba con extraordinario interés cada una de las palabras del joven Tom. El juez mandó guardar silencio, y el fiscal Maule continuó con su interrogatorio.

—Y díganos, ¿qué opinaba el señor Berlioz de la posibilidad de estar siendo envenenado?

—Pues esto es lo que me pareció más extraordinario, señor. Me dijo que él también se había dado cuenta de que cuando pasaba unos días alejado de ella su estómago parecía mejorar, pero que aquello podía ser causa del aire limpio que respiraba en sus viajes.

—¿Viajaba mucho, el señor Berlioz?

—No, no mucho, pero las últimas semanas fue un par de veces a Huntly por negocios. Y a su regreso siempre tenía mejor color, ¿sabe? Pero cuando yo le dije que debía tener cuidado con *su Mary*, me contestó que no había nada que hacer. Que el lobo se había convertido en cordero, que se había enamorado, y que por ella al menos tenía algo digno por lo que morir.

Un nuevo revuelo de conjeturas y palabras se alzó en la sala, que centraba su mirada en Mary, aparentemente imperturbable. Cuando la joven escuchó aquella última declaración de Tom, cerró los ojos y tomó aire durante unos segundos, para volver a alzar la mirada de forma estoica. Entretanto, el fiscal Maule continuó con sus preguntas.

—Bien, señor Cook, ¿y qué hizo usted al ver a su amigo en un estado tan lamentable?

—Ah, pues llamé a la casera y fui como el viento a avisar al médico, señor. Al principio no pudo venir y me mandó darle veinticinco gotas de láudano y una píldora de mostaza para el estómago, pero no había manera de hacer que Jules se lo tragase, porque vomitaba todo el tiempo. Estaba congelado, señor. ¡Absolutamente congelado! Era imposible hacerlo entrar en calor, ¿sabe?

—Comprendo. ¿Y entonces?

—Pues, como yo debía ir a trabajar, dejé a la casera a su cuidado. El pobre Jules solo pedía ver a su madre —añadió Tom, negando con gestos de cabeza, apesadumbrado—. ¡Si su madre murió cuando era niño! En fin... Cuando regresé por la noche no había mejorado, así que por la mañana volví a buscar al médico, que esta vez sí que vino. Dijo que le extrañaba el olor tan amargo del vómito, ¿sabe? Y le obligó a tomar mostaza... Pero no sirvió de nada. Jules se llevaba las manos a la barriga, y al final ya ni se movía, estaba como agotado, con la mirada oscura.

—Y en todo este proceso, ¿quiénes estaban presentes?

—Ah, pues la señora Wilson, que es nuestra casera, el doctor y yo mismo.

—¿Nadie más se acercó al enfermo desde la mañana del 19 de febrero?

—No que a mí me conste, señor.

—¿Y estaba usted presente en el momento del deceso, el día 21?

—Sí... y no. Sí, supongo que sí, señor. Me quedé dormido en el sillón de su cuarto, y cuando me desperté por la mañana, al entrar la señora Wilson, nos dimos cuenta de que Jules había dejado de respirar.

Tom terminó su relato con emoción contenida, y con ello logró la tensión de todo aquel público y del propio jurado, que no podía creer que Mary MacLeod, aquella elegante y diminuta señorita de clase alta, pudiese haber ocasionado una muerte tan cruel y dolorosa a Jules Berlioz. ¿Sería cierto que la víctima podría tener constancia de que su amante lo estaba envenenando? Aquella idea resultaba inconcebible: ¿desde cuándo los lobos eran domeñados por corderos?

Jules había estrechado a Mary entre sus brazos, y había respirado el aroma de su piel y su cabello en un gesto deliberado. La pareja se encontraba en el cuarto de ella, amparada por las sombras. Era su última noche juntos y jamás volverían a verse, pero ¿cómo iban entonces a saberlo? Solo unas semanas atrás parecía haber terminado todo, pero ahora Jules atisbaba, por fin, un brillo de esperanza. Ella no lo sabía, pero ya había logrado encontrar las memorias de Byron. O, al menos, eso creía. Solo era cuestión de días confirmar que su hallazgo era de verdad el tesoro que imaginaba. Pero esta vez no le diría nada a Mary, no le aclararía el camino que habían seguido sus últimas investigaciones. Si algo fallaba, si aquel manuscrito resultaba ser una falsificación, no resistiría volver a ver la decepción en ella, el agravio de no haber sabido estar a la altura de las desesperadas expectativas que él mismo había forjado. ¿Lograría el viejo Hamilton darle una respuesta segura aquella misma semana? Sí, creía que sí. Confiaba en aquel hombre, honesto y de buena familia. Un caballero respetable que lo había mirado con el afecto con el que los mayores observan a los jóvenes que les recuerdan a ellos mismos muchos años atrás.

—¿En qué piensas, mi querido Jules?

—En el futuro, querida. En que pronto llamará la fortuna a mi puerta y podremos hablar con tus padres para casarnos.

Ella se limitó a asentir, sin indagar ni apremiarlo para que le contase los resultados ni el motivo de su último viaje a Huntly.

—De hecho, estoy pensando que podríamos casarnos en primavera —dijo él, solo por ver la reacción de Mary. Ella le sonrió con dulzura, pero a Jules no se le escapó cierto descreimiento en la mirada, una furtiva condescendencia. Se puso serio.

—No crees que pueda disponer de fortuna alguna para entonces, ¿verdad?

—No es que no lo crea, Jules... Es un bonito sueño. Pero no podemos abandonar nuestros destinos a las manos del azar.

—¿El azar? Estoy trabajando duro. Esta vez te prometo que mi empresa no será estéril, que lograré alcanzar nuestro objetivo. ¡Estoy a punto de poder confirmar un hallazgo increíble, Mary!

—¿Y después?

—¿Cómo?

—Sí, después, Jules. Aun suponiendo que logres rescatar alguna obra literaria que pueda interesar a alguien, ¿qué pasará después? El dinero que ganes volará rápido.

—¡*Mon Dieu*, Mary! Pero si ya lo hemos hablado... Después seguiré buscando libros perdidos, e invertiré lo que gane en montar nuestra propia librería. Además, con el hallazgo lograré algo de respeto en el sector, y los coleccionistas tratarán conmigo mucho más fácilmente. ¿No lo ves, Mary? —Él la estrechó de nuevo entre sus brazos, emocionado—. ¡Podremos ser tan felices!

Mary le devolvió el abrazo y le sonrió con cariño, aunque Jules la percibió distante. Como si le diese la razón solo por complacerlo, como si ya se hubiese hecho a la idea de que él siempre sería uno de esos hombres que nunca alcanzan el cielo, por mucho que insistan en mirar las estrellas.

—Anda, ven y toma el chocolate antes de que se enfríe —lo animó Mary—. No quiero que con el frío que hace fuera te pongas malo otra vez, como cuando te volvió la dolencia del cólera, ¿recuerdas?

Jules asintió y la acompañó entre sombras y sin hacer ruido hasta la pequeña mesita donde reposaba el chocolate caliente. El francés se sintió realmente esperanzado: una joven distinguida como Mary cuidándolo de aquella forma y esperando un golpe de fortuna para dejarlo todo por él. No le preocupaba abandonar aquella casa elegante, aquel modo de vida cómodo y holgado. Ah, ¡si ella supiese! No era más que un simple truhan callejero parisino que había buscado apuntar un poco más alto en su previsible y anodina vida. Pero no la estaba engañando, ¡en absoluto! Todavía no acertaba a descifrar cómo había sucedido, pero se sentía realmente enamorado de Mary. Antes de tomar la bebida caliente, Jules la miró con gesto divertido.

—¿Sabes que Tom dice que quieres envenenarme con tu chocolate?

Mary se puso muy colorada y lo miró con sobresalto.

—¿Qué? ¿Cómo... cómo se le ocurre semejante atrocidad?

Desencajada, comenzó a caminar despacio por el cuarto.

—Oh, Jules, deberías dejar de hablar con ese cocinero, ¡es un impertinente! Y espero que guarde con discreción su conocimiento sobre nuestra relación... ¡Por Dios bendito! ¿Cómo puedes tolerar tales ocurrencias?

Él se rio.

—Querida mía, Tom es otro trotamundos que ha visto mucho, como yo. Le extraña que me ponga malo siempre que vengo a verte, ¿qué te parece?

—Pues, pues... ¿qué me va a parecer? ¡Una absoluta majadería!

Jules se puso de pie, sin tocar la taza humeante que lo esperaba sobre la mesa, y se acercó a Mary.

—Ah... «¡Que nunca temas ser la desgracia de quien amas!» —exclamó casi en un susurro, citando una frase de *Jane Eyre*. Después, dejó pasar unos segundos, en los que se mostró reflexivo y concentrado—. Te prohibí estar con otro hombre que no fuese yo mismo, y te juré que jamás te casarías con otro que no fuera Jules Berlioz mientras yo mantuviese un aliento de vida. Dime, Mary, ¿soy para ti una condena o realmente has perdonado mis celos y me amas como yo te amo a ti?

—Yo, yo... —Ella, con respiración agitada, pareció perder por unos segundos la compostura, que recuperó con sorprendente firmeza—. Tus insinuaciones resultan insultantes. ¡No doy crédito a que puedas atender comentarios tan enojosos como los de ese cocinero! ¿Sabes qué, Jules? No tomes mi chocolate, ¡no lo tomes! —exclamó, interponiéndose entre él y la mesa donde reposaba la bebida caliente—. Vete y no vuelvas más, ya que no soy de tu confianza.

—Pero, Mary, solo bromeaba —se excusó él, con su marcado acento francés y tomándola de las manos.

—No, no creo que lo hicieses, Jules —negó ella, con gesto ofendido.

—Mary, mi linda Mary, no discutamos... ¿Cómo voy yo a pensar que una damita como tú pudiese querer hacer daño a nadie?

Se acercó, la tomó por el mentón y la besó con ternura. El beso se prolongó y comenzó a arder un fuego interno en Jules, que apretó su cuerpo contra el de Mary. Ella lo apartó suavemente, recordándole lo tarde que era y el peligro a ser descubiertos. El joven respiró profundamente, asintió y en esa ocasión dominó sus instintos con caballerosidad. Sí, lo cierto era que se había hecho extraordinariamente tarde. Se acercó a la mesa de nuevo y cogió la taza de chocolate entre las manos. Sonrió a Mary con una expresión extraña, en la que brillaba una melancolía cercana a la tristeza.

—¿Sabes qué le dije a Tom?

—No puedo imaginarlo.

—Que si fuese cierto, si tú terminases con mi vida, al menos habría tenido una muerte singular y dulce, alejada de los tristes destinos que siempre les esperan a los hombres como yo.

—Oh, Jules.

Y él, con tono declamatorio aunque completamente serio, añadió:

—«No era el espino humillándose ante las madreselvas, sino las madreselvas que abrazaban al espino».

Mary tardó unos segundos en entender sus últimas palabras. Era una cita literaria, pero ¿de quién, de qué texto? Le resultaba familiar el tono, pero no acertaba a identificarlo.

—*Cumbres borrascosas*, de la señorita Emily Brontë.

Jules se lo desveló con una sonrisa, a pesar de que el libro aludido estaba lleno de rencor, de violencia y de rabia, y de que relataba una historia de amor que no terminaba especialmente bien. El joven, sin dejar de mirar a Mary entre las penumbras de la noche, bebió lentamente el contenido de la taza de chocolate, mientras ella mandaba guardar silencio a los latidos acelerados y violentos de su propio corazón.

9

Así es, no volveremos a vagar
tan tarde en la noche, aunque el corazón siga amando
y la luna conserve el mismo brillo.

George Gordon Byron (1817),
poema publicado en 1830 por Thomas Moore
en *Cartas y diarios de Lord Byron*

A veces alcanzamos instantes de clarividencia nítida y absoluta, reveladora. Comprendemos que ya hemos traspasado el punto de inflexión vital que desde siempre habíamos esperado y que sabíamos que lo cambiaría todo. Valentina, tras la pérdida de su bebé, sabía que no podría volver a intentar ser madre y que, además, su cuerpo también se había visto dañado. Desde el «accidente» debía tomar un par de pastillas diarias para ayudar a su cuerpo a superar los daños internos, y todavía de vez en cuando sentía cierta punzada de culpa por permitir que Oliver hubiese escogido permanecer a su lado. Sin embargo, cuerpo y mente terminaban por adaptarse a casi todo. ¿No era sorprendente el ser humano? Tan torpe y, al tiempo, tan sumamente extraordinario.

Tras la batalla llegaba el reposo, la calma. Y, oh, maravilla, la vida seguía latiendo, sucedían cosas que nos obligaban a respirar, porque eran como electricidad para nuestro curioso corazón. Valentina, que acababa de colgar el teléfono a Emily Gordon en medio de la acogedora cafetería del Sandston, sintió en aquel instante que su tiempo estaba lleno de aleteos inesperados, que por fortuna agitaban con asombrosa vitalidad su mente y su interés por la vida. Sí, desde luego, la situación era extraordinaria: por un lado, Emily —que no era más que una dicharachera y encantadora anciana— acababa de averiguar información sobre el posible origen de las memorias de Byron que habían estado en posesión de Stuart Hamilton. ¿Tendrían algo que ver con su repentina muerte? Era increíble que ni siquiera hubieran tenido tiempo para investigarlo. Por otra parte, Henry Blunt: ¿por qué diablos habría ocultado su vínculo con Byron? Ya sabían que lo admiraba y que formaba parte de The Lord Byron Society, así que... ¿para qué mentir?

—¿Qué quería mi abuela, todo bien? —preguntó Oliver, que terminó por levantarse y acercarse a Valentina, viendo que ella dudaba sobre qué contestar a su pregunta. Al instante, la joven se dio cuenta de su preocupación y se apuró en asegurar a Oliver que Emily se encontraba perfectamente y que, de hecho, había realizado averiguaciones interesantes sobre las memorias de Lord Byron. Al nombrar al escritor, Valentina incidió en su nombre y miró fijamente a Henry Blunt, que pareció no darse por aludido. Se acercó a él y decidió ir directa al asunto.

—¿Por qué no nos dijo que era descendiente de Lord Byron?

Arthur y Oliver se quedaron estupefactos, y Sarah

Roland lanzó un grito al aire. Henry no mostró sorpresa ante aquella cuestión ni ninguna reacción contundente. Dejó su té sobre la mesa y concentró el gesto y su mirada, durante solo unos segundos, en el bucólico paisaje que se veía a través de una de las ventanas del Sandston. Después, abandonó aquel semblante meditabundo y observó muy serio a Valentina. Casi parecía que la estuviese viendo por primera vez.

—¿Cómo lo ha sabido?

—Tengo mis contactos.

—¡Henry! —exclamó Sarah—. ¿Qué? ¿Eso es cierto? ¡Pero cómo...!

La joven profesora se levantó, atónita, manejando en su rostro un gesto entre la sorpresa y el enfado.

—¿Cómo no me contaste que...? Dios, ¡no puedo creerlo!

Henry también se levantó y la tomó de las manos, intentando tranquilizarla. De pronto, pareció darse cuenta de que todos los observaban, y retiró las manos de las de Sarah con torpe celeridad. Valentina y Oliver se miraron. ¿Era aquel un comportamiento corriente para unos colegas literarios que se habían conocido el día anterior? Se tuteaban, se tocaban, se ofendían si no se contaban sus secretos. Durante la cena de la noche anterior se habían dirigido la palabra prácticamente solo para llevarse la contraria, de modo que ¿había algo entre ellos que no habían sabido ver? En todo caso, aquel asunto parecía bastante secundario al lado del hecho de que Henry pudiese ser algo parecido a un tataranieto de Lord Byron. Incluso Arthur, que hasta aquel instante en la cafetería se había mostrado bastante apático, se encontraba ahora esbozando un mohín de sincera incredulidad.

—Yo... En fin, no creí necesario contarlo.

—¿No lo creyó necesario? —preguntó Valentina, en tono escéptico—. No lo entiendo, ¿qué pretendía ocultando semejante información?

—No pretendía nada —dijo Henry, peinándose sin resultado su revuelto cabello pelirrojo y tomando asiento de nuevo, mientras los demás hacían lo propio a su alrededor. Sarah mantenía en el rostro un gesto a medio camino entre el estupor y el enfado, aunque se notaba que intentaba controlar sus emociones. Oldbuck, sin embargo, no había exteriorizado reacción alguna tras la pregunta inicial de Valentina, aunque sus astutos ojos no perdían ni uno solo de los movimientos ni comentarios que se producían en su presencia. Henry tomó aire y ofreció una explicación:

—Mi parentesco con Byron es lejano, y desde luego mi vínculo familiar con él es por completo secundario, porque les recuerdo que ni siquiera tuvo relación con su propia hija, de modo que mi interés en él se centra más en su trabajo literario que en mi lazo personal, que es ninguno.

—¿Su hija? —cuestionó Sarah.

—Sí, su hija —replicó él, circunspecto—, que nunca llegó a conocerlo, por lo que, como comprenderás —insistió, vehemente—, mi interés familiar en Byron es más bien pobre.

—¡No me digas! Pues su hija debió de entender bien que la falta de presencia y afecto de su padre fue obligada por las circunstancias, porque de lo contrario no habría exigido ser enterrada a su lado en Nottinghamshire.

—Precisamente —insistió Henry, ceñudo—, Byron fue hijo de sus circunstancias, y yo no dejo de admirar y reconocer su talento, pero ensalzar mi lejano lazo familiar no solo es innecesario sino impertinente. Me interesa como figura literaria inigualable, no como tatarabuelo, al igual que puede interesarme la pintura de Paul Gauguin, aunque sepa que abandonó a su familia.

—Y, sin embargo —intervino Oliver—, no dudó usted en hacerse miembro de The Lord Byron Society.

—Una cosa no quita la otra. Byron es uno de los mejores escritores de todos los tiempos, se mire como se mire, y admiro su carisma, su determinación y su libertad. Además, soy editor, ¿cómo no iba a interesarme Byron?

—Pero ocultó su relación con él.

—¿Qué relación? —preguntó Henry, casi en un grito—. ¡La sangre no es nada! Ya lo dije anoche en la cena, los clanes ni siquiera serían recordados con su halo legendario de no ser por Walter Scott y su maquillaje sobre nuestra historia. Ustedes mismos —añadió, mirando a Arthur— se autodenominaban «familiares lejanos» de Byron, al ser un Gordon. ¿Eso en qué nos convertiría a nosotros?, ¿en primos? ¡Ah, por favor!

—Pues yo creo —replicó Arthur— que a su editorial a lo mejor le podría haber venido muy bien el empujón de su parentesco con Byron, mucho más que su línea verde de autoayuda. Y creo, además, que a lo mejor no nos contó la verdad para tantear el asunto y saber qué posibilidades legales podría tener para recuperar las memorias si las hubiésemos encontrado.

—¡Cielo santo, no! —negó, convencido—. ¿En serio me creen capaz?

Arthur se mostró serio y tajante. Su rostro y su cabello cano le daban aquella tarde un aire vetusto que Oliver nunca antes había percibido.

—Sí, le creo muy capaz. Fue usted quien nos contó que las cartas de Byron a Francis Hodgson se habían subastado en Sotheby's por casi trescientas mil libras, y que el precio de las memorias sería, a su lado, hiperbólico.

—Lo sería, sin duda —se reafirmó Henry, con marcada viveza—, pero le aseguro que esas memorias nunca serían mías, sino de quien hubiese adquirido sus derechos, que ya sabe que las quemó. Y, antes de mí, podría ofrecerle una larga lista de tíos y abuelos de la rama Blunt-Lytton que tendrían derecho preferente sobre ese manuscrito... Yo, legalmente, nunca tendría por qué recibir ni un penique, ¿entiende?

Arthur frunció el ceño. Todavía dudaba.

—¿Y por qué no dijo la verdad desde el principio? No lo entiendo.

Henry suspiró profundamente y se mordió el labio inferior antes de volver a hablar.

—He comprobado en muchas ocasiones cómo cambiaba por completo el ambiente de una sala cuando lo decía. Perdone, señor Gordon, si siente que he defraudado su confianza, pero si llego a decirlo, ni mis colegas me habrían tratado con la misma camaradería —explicó, mirando primero a Oldbuck y después a Sarah—, ni ustedes con la misma confianza, ¿me equivoco?

Valentina, que había escuchado todo atentamente con los brazos cruzados y el gesto serio, sopesó la información. ¿Aquello cambiaba realmente las cosas? No, si creían lo que decía Henry. Y sí, en caso de que se desviasen hacia la teoría conspiratoria de Arthur. Tal vez Henry Blunt hubiese querido saber de primera mano qué pasaba con aquello que decían los periódicos de que había una pista sobre las memorias de Byron, y hubiese entonces aprovechado su experiencia como editor para colarse en la «fiesta» del hallazgo e informarse detalladamente de todo sin levantar sospechas ni suspicacias. No era un juego muy limpio, pero tampoco ilegal. Resultaba incluso comprensible. Y además, tampoco lo vinculaba en forma alguna al incendio del castillo de Huntly: ¿por qué iba él a querer que ardiese un lugar donde podrían estar ocultas aquellas dichosas memorias? Valentina tomó aire y, con el gesto, una decisión. Confiaría en aquel tataranieto de Byron.

—Señor Blunt, supongamos que aceptamos esta extraña relación amor-odio que mantiene usted con su antepasado...

—¡Yo no odio a Byron, lo admiro! ¡De veras! ¿En serio preferirían que me hubiese presentado ante ustedes pavoneándome, creyéndome alguien relevante por tener una mínima e irrelevante carga genética suya?

Valentina sonrió.

—No, supongo que no. Pero me gustaría hacerle una pregunta, tanto a usted como a la señorita Roland y al señor Oldbuck... ¿Tienen idea de quién era Jules Berlioz?

—¿Quién? —se extrañó Blunt, que sin duda había esperado que Valentina hubiese continuado el suspicaz interrogatorio en relación con su lejano parentesco con Byron—. ¿Qué tiene que ver eso con...?

—Oh, nada en absoluto, descuide —le tranquilizó Valentina, explicándoles a él y a todos lo que Emily había descubierto sobre el empleado de la antigua librería Stoner y Mary MacLeod. Los componentes del ecléctico grupo se miraron con extrañeza, buscando en las expresiones de los demás un atisbo de certeza, de conocimiento sobre aquel asunto. Solo Oldbuck se mostró realmente satisfecho con la revelación, por fin, del origen de las memorias que el señor Hamilton había llegado a tener en su poder. ¡Así que un sencillo y humilde empleado de librería había dado con ellas! ¿Sería posible que a mediados del siglo XIX un vulgar librero buscatesoros de Aberdeen hubiese encontrado aquel manuscrito de Byron? Tal vez entre todos, si ahondaban en aquella información, pudiesen descubrir si Hamilton había devuelto o no el manuscrito al tal Berlioz. ¿Habrían muerto ambos por culpa de las memorias? ¿Sería Mary MacLeod la asesina? Sarah investigó su nombre en un buscador de internet y en un primer vistazo no halló nada. Valentina siguió explicando que, según lo que le había contado Emily, Jules Berlioz había muerto envenenado; si Hamilton hubiese muerto también de aquella forma, estaría claro que la tal Mary podría estar implicada en ambas muertes y haberse llevado el valioso manuscrito; sin embargo, por lo que la anciana había leído, la causa del crimen aparentaba ser exclusivamente amorosa, ya que la joven MacLeod solo quería romper su compromiso matrimonial con Berlioz.

—Joder, pues sí que lo rompió en plan radical, la niña —observó Oliver, sorprendido.

—Deberíamos indagar en la hemeroteca de la biblioteca de Aberdeen —dijo Sarah concentrada, olvidándose ya incluso de la sorpresa de que Henry fuese familiar de su admirado Byron.

—¿Mi abuela no te ha contado en qué había terminado el asunto del juicio por la muerte de Berlioz? —preguntó Oliver a Valentina, extrañado.

—No, iba leyendo casi por capítulos... Parece que en 1857 los periódicos hicieron algo así como una crónica diaria del juicio, y ella me ha llamado cuando iba por el asunto a medias; además, me ha dicho que la biblioteca iba a cerrar, de modo que me ha asegurado que mañana por la mañana continuaría investigando y que nos avisaría si encontraba algo de interés. Piensa que el vínculo de Berlioz con Hamilton también está un poco cogido por los pelos: vale que había viajado antes de morir varias veces a Huntly y que parecía tener un manuscrito muy importante entre manos, pero no podemos relacionarlo de forma segura con *nuestras* memorias.

—Podemos también preguntar en Stoner, ya que todavía existe —razonó Oliver, que al tiempo miró la hora en su reloj de pulsera, haciendo una mueca de fastidio—. Mierda, habrá cerrado hace un rato —se lamentó, dándole rabia por una vez estar en Escocia y no en España, donde los horarios le parecían asombrosamente amplios. Con frecuencia se preguntaba cómo la población española era capaz de conciliar las interminables jornadas de sus trabajos con su vida personal.

—Sí —asintió Valentina—, podemos ir mañana temprano a Stoner y a la biblioteca de Aberdeen.

—Oh, yo estaré en la universidad —dijo Sarah—, que está en una zona bastante céntrica, próxima a Old Aberdeen; tengo clases desde primera hora, pero si después necesitan ayuda no duden en avisarme o en acercarse por mi facultad.

—Así lo haremos, gracias.

Y Valentina hizo un gesto afirmativo buscando la aquiescencia en la mirada de Oliver, que obtuvo al instante. Por fin empezaban a encauzar el asunto; al menos, el relativo a las memorias de Byron. En cuanto a la muerte de Mel Forbes y al incendio que al parecer él mismo había provocado... Era inútil continuar dando golpes contra aquella inamovible pared de piedra; por raro que le pareciese cómo se había desarrollado aquel camino del fuego del que Clara les había hablado, debía permitir que la policía escocesa hiciese tranquilamente su trabajo, tenía que confiar en su pericia y experiencia, y dejar de creer que solo ella podía resolver todos los misterios del mundo. El grupo comentó un poco más el asunto de Berlioz y Mary MacLeod, realizando toda clase de conjeturas, y terminaron por despedirse de Henry Blunt, que debía viajar a Edimburgo de regreso; también Sarah Roland tenía que volver a Aberdeen, mucho más cerca. Oldbuck, por su parte, cumpliría su palabra y se quedaría unos días más para echar una mano a Arthur y, de paso, lograr alguno de aquellos libros para su casa de subastas. Cuando Henry —seguido por la todavía tensa mirada de Sarah— ya estaba a punto de salir por la puerta, llegó a la cafetería del Sandston, con semblante apurado, la inspectora Elizabeth Reid, seguida del sargento McKenzie. Saludó de forma somera y rápida a los presentes. Miró primero a Henry y después su maleta, a sus pies. Luego hizo lo propio con Sarah, que tenía una gran mochila sobre el sofá.

—Ustedes también estuvieron anoche en la cena del señor Gordon, aquí en el Sandston, ¿no es cierto?

Henry y Sarah asintieron, aunque Andrew Oldbuck percibió que la cuestión también era para él, de modo que hizo un suave gesto afirmativo de cabeza. Valentina, Oliver y Arthur contemplaron la escena con expectación y extrañeza. ¿A qué venía aquello y qué hacía allí la inspectora?

—De momento, de aquí no se mueve nadie. Tomen todos de nuevo asiento, por favor —ordenó Reid, con gesto glacial. La expresión grave del sargento McKenzie, dos pasos por detrás de su superior, no contribuyó a tranquilizar a los presentes. Con el corazón palpitando inquieto por la incertidumbre y la sorpresa, todos guardaron un respetuoso silencio hasta que la inspectora, con tono afilado y fuerte, les desveló algo tan inquietante como sobrecogedor.

—Bien —comenzó Reid, en tono de discreta confidencia y dirigiéndose a los tres literatos—, según el testimonio de Arthur Gordon y Catherine Forbes, así como de su hijo y acompañante —añadió, mirando a Oliver y Valentina—, tanto ustedes como Adam y Linda Gordon estaban presentes en la cena que tuvo lugar anoche aquí, en el Sandston, ¿cierto?

Todos contestaron con afirmaciones más o menos tímidas, expectantes ante lo que la inspectora les tuviera que decir. Elizabeth Reid, con asentado gesto de autoridad, tal vez algo ensayado, continuó hablando:

—Como saben, anoche se incendió parte del castillo de Huntly y falleció Mel Forbes en el interior del inmueble. Curiosamente, para poder acceder al cuarto donde se inició el siniestro, alguien sustrajo del bolsillo de la chaqueta del señor Gordon un juego de llaves que se encontraron posteriormente en el lugar de los hechos; dado que estas llaves eran nuevas y no había copias, hemos deducido un probable hurto o robo por parte de alguien próximo al señor Gordon, y eso sitúa nuestro foco de atención en quienes asistieron a esa cena y a la reunión posterior en el bar, ¿me siguen?

—¿Qué insinúa? —se indignó Oldbuck, muy enfadado—. ¡Pero si fue el maldito Forbes quien prendió fuego al castillo! Arthur —dijo, dirigiéndose hacia el aludido—, ¿no nos dijiste que hasta encontraron un bidón de gasolina al lado del cadáver?

—Sí —confirmó Arthur, que de inmediato se dirigió hacia la inspectora—, no entiendo a cuento de qué viene el...

—Viene a cuento —le interrumpió Reid, alzando la mano y estrechando la mirada— porque el forense, que ya ha iniciado la autopsia de Mel Forbes, nos ha confirmado que, cuando comenzó el incendio, el pobre hombre ya estaba muerto.

Se sucedieron entonces numerosas exclamaciones de asombro y extrañeza, mientras los unos se miraban a los otros comenzando a dibujar sospechas y suspicacias en sus pensamientos. Fue Valentina la primera en volver a hablar.

—Inspectora, creo que es muy pronto para tener datos forenses contrastados, ¿no le parece?

—Me parece, en efecto. Y no los tenemos, pero sí hay evidencias que me acaban de comunicar y que he creído conveniente trasladarles. Imagino que usted estará familiarizada con términos forenses —añadió, bajando el tono y acercándose a Valentina y Oliver, aunque lo que decía era escuchado por todos—. Las lesiones que el señor Forbes sufría en la cabeza tenían signos hemorrágicos, por lo que no eran *post mortem*, sino que se las infligieron cuando aún estaba vivo. No cabe duda de esto, porque el cadáver presentaba equimosis periorbitales y la sangre salió de forma activa y no pasiva ni sin coagular.

—Bueno, yo no tengo conocimientos técnicos forenses muy exhaustivos —reconoció Valentina—, aunque tal vez ese golpe en la cabeza pueda ser la causa de que Forbes muriese allí dentro... Quiero decir que pudo caerle fortuitamente algo del tejado en la cabeza cuando ya había prendido la llama inicial pero aún no había comenzado el incendio y entonces...

—¿En serio? —la interrumpió Reid, jocosa y algo

condescendiente—, pero ¿no era usted la que desconfiaba tanto? Pues mire, aquí lo tiene, porque le doy la razón. Y un golpe fortuito en la cabeza después de haber estado todos ustedes revolviendo por allí, pues no me extrañaría mucho, pero dos golpes sí. Y además, en el aparato respiratorio de Forbes había aspiración de sangre por ese traumatismo craneoencefálico, pero no de humo, aunque eso tendrá que confirmarlo el laboratorio, naturalmente.

Henry Blunt intervino:

—Perdone, pero no entiendo... ¿Nos está acusando de algo?

—No, en absoluto —negó la inspectora, con una irritante sonrisa—, pero he creído necesario advertirles.

—¡Amenazarnos, querrá decir! —chilló Oldbuck—. ¡No sé ni cómo se atreve! ¿Así funciona nuestra policía? ¿Cuál es su lógica aplastante, me lo puede explicar? Espere, ya sé: como nosotros estábamos en la cena, robamos las llaves al señor Gordon en un descuido y, después, decidimos ir a quemar el castillo sin motivo alguno y arrastramos hasta allí al señor Forbes; tampoco se sabe para qué, porque podríamos haber prendido fuego y marcharnos sin más —añadió, negando con la cabeza ante lo que él, evidentemente, consideraba una majadería.

—Una teoría interesante —replicó Reid, en tono firme—, que en ningún momento nos habíamos planteado, francamente. Le ruego que se tranquilice y que no tome las actuaciones protocolarias de la policía como una amenaza; le puedo asegurar que si el HOLMES no me hubiese designado el caso, ahora mismo estaría en mi sesión de yoga semanal y sin ningún interés por ustedes —concluyó, aludiendo al sistema informático que utilizaba la policía británica para asignar e investigar, en especial, asesinatos, estafas y casos de personas desaparecidas.

—¿Entonces...? ¿Qué hace aquí?

—No vengo para cuestionarles, sino para informarles —se explicó la inspectora, que mantuvo la seriedad en la mirada, aunque esbozando cierto tono conciliador en su voz—. Es cierto que los asistentes a la cena tuvieron más oportunidades para sustraer las llaves al señor Gordon, pero la realidad es que pudo hacerlo cualquiera, incluso algún otro comensal del restaurante del Sandston; en su declaración inicial, el señor Gordon —añadió, mirando a Arthur— nos explicó que tras la cena vinieron todos ustedes a esta parte del hotel, y que aquí se quitó un rato la chaqueta, de modo que en un despiste cualquiera podría haber tenido acceso a esas llaves.

—Pero —objetó Valentina— solo iría a cogerlas quien supiese que estaban en la chaqueta, y ahí ya reduciríamos el círculo a los comensales, a Mel y a Catherine, ¿no, Arthur?

—Sí, supongo... Bueno, o a todos los que estuviesen en este bar anoche, porque dije en alto que tenía las llaves en el bolsillo.

Reid insistió:

—No hemos venido para acusarlos, en modo alguno, pues los resultados íntegros de la autopsia llevarán su tiempo, y el estudio por parte de nuestros expertos sobre el desarrollo del fuego en el castillo también requerirá muchas horas de trabajo antes de alcanzar conclusiones fidedignas.

Arthur miró a la inspectora con gesto cansado, porque todo aquello comenzaba ya a sobrepasarlo. Se dirigió hacia ella con evidente gesto de desconfianza.

—Sigo sin entender... porque, si Forbes murió asesinado, como insinúa, y todos nosotros somos los principales y potenciales sospechosos, ¿qué sentido tiene que usted venga a informarnos?

La inspectora resopló, tal vez por puro agotamiento: el día había sido muy largo. Fue el sargento McKenzie quien se atrevió a responder en su lugar.

—Señor Gordon, el sentido de nuestra visita es más preventivo que acusatorio. Si se demuestra que el señor Forbes falleció de forma violenta, es posible que todos ustedes también estén en peligro.

Se abrió un silencio puntiagudo y extraño, en el que cada cual hizo sus propias piruetas y deducciones mentales. No, por supuesto que no podían ser objeto de interés de ningún asesino; ¿por qué?, ¿para qué? Sin embargo, sí era posible que en aquellas últimas horas de sus vidas hubiesen estado conviviendo con uno. ¿Quién, de todos aquellos comensales, podía haber tenido interés en asesinar a alguien insignificante como Mel Forbes, un simple jardinero, para después prender fuego al castillo de los Gordon?

La inspectora y el sargento aprovecharon para hacer algunas preguntas en privado a Sarah, Henry y Andrew Oldbuck, ya que no los habían interrogado la noche del incendio. Después, se marcharon del Sandston tras hacer insistentes recomendaciones de prudencia, y no solo para salvaguardar las vidas de los presentes, sino para evitar que cualquiera de ellos estableciese contacto con la prensa. Los detalles forenses sobre Mel Forbes que les habían contado no eran definitivos ni de conocimiento público, y en consecuencia debían guardar estricto y discreto silencio al respecto. En todo caso, les recomendó estar disponibles y atentos a cualquier comunicación o requerimiento de colaboración que pudiesen recibir por su parte, y no salir del país sin informar a la policía previamente. Aunque se tratase de una indicación protocolaria y predecible, en el aire quedó en suspenso el aroma de una vaga inquietud.

La inspectora se había despedido dándole instrucciones a McKenzie para contactar con Adam y Linda Gordon: resultaba muy poco probable que un asesino se hubiese encaprichado con los asistentes a aquella cena, pues Mel Forbes ni siquiera había participado en la velada, pero cualquiera que hubiese estado cerca de Arthur Gordon y de sus llaves en las últimas horas debía ser prevenido y advertido, a partes iguales. En aquellos instantes, de hecho, unos compañeros informaban de las novedades a la desconsolada Catherine Forbes en la sede policial de Huntly, donde volvían a interrogarla. Quedaba claro que a Reid no le preocupaba en absoluto poner en preaviso a un posible asesino de que estaba tras sus pasos. Era metódica y firme como una apisonadora, y al parecer estaba convencida de que, si había alguna pista con la que trabajar, la encontraría. De hecho, su actuación era parte del método: poner nervioso al culpable para percibir un sutil o incluso notorio cambio en su línea habitual de comportamiento. Solo había que sentarse a esperar. Un procedimiento arriesgado, sin duda, y al que Valentina desde luego no estaba acostumbrada; sin embargo, había analizado cada palabra y gesto de la inspectora y había creído entender su estrategia. Tal vez aquella mujer no fuese muy simpática, pero desde luego hacía su trabajo.

Sin embargo, si Mel Forbes había sido asesinado, ¿qué hacía en el archivo secreto? ¿Lo habrían llevado hasta allí, una vez muerto, para inculparlo? Valentina sabía que un buen forense, estudiando las livideces cadavéricas, podría determinar sin gran dificultad si el cadáver había sido movido tras el deceso. Pero, mucho más allá de aquello, lo fundamental era que no solo tenían un asesino suelto, sino también un incendiario. Y era probable que se tratase de la misma persona, ¿o habría más de un culpable?; en todo caso, ¿quién podría querer que ardiese el castillo de Huntly? Valentina y Oliver lo discutieron largamente con Arthur aquella noche, cuando Sarah y Henry ya se habían marchado y cuando Oldbuck, agotado, también se había retirado a su habitación. ¿Quién habría prendido aquel horrible y devastador fuego? Tal vez Adam Gordon, por aquellos papeles que tanto le preocupaban y que ahora, calcinados, no eran más que una simple gota en el caudal del olvido. Quizás, incluso, alguno de aquellos tres literatos: ¿y si uno de ellos había ido a buscar las memorias por su cuenta y, por un motivo indeterminado o incluso accidental, hubiese prendido fuego? Oliver consideraba que en el caso de Andrew Oldbuck era poco probable: para el anticuario, cuantas más cosas encontrasen para llevar a su casa de subastas mejor, ¿no? Arthur, sorprendentemente y a pesar de sentirse también inundado por las suspicacias, lo había contravenido: ¿y si le interesase el material para un coleccionista privado? Al final, y tras mucho discutir, se habían dado cuenta de que ya estaban especulando sin sentido, y se habían retirado a sus respectivas habitaciones, razonando que solo un buen descanso podría aclararles las ideas.

Cuando llegaron a su cuarto, Oliver se tiró sobre la cama y se quedó boca arriba, pensativo.

—Y yo que pensaba utilizar estos días para que nos centrásemos en la preparación de nuestra boda escocesa.

Valentina sonrió y enarcó una ceja. Él observó su gesto y continuó hablando.

—Señorita, le recuerdo que entre crimen y crimen estamos prometidos. Y que habíamos hablado de una boda en Galicia, con esa cantidad indecente de marisco que me habías prometido, y otra en Stirling, con las gaitas, la ceremonia de las cintas...

Valentina se lanzó sobre la cama y, tras besar a Oliver, apoyó la cabeza sobre su pecho.

—¿Sabes qué? A lo mejor sí que acabo cambiándome el apellido.

—¿A Gordon? ¿En serio? —le preguntó él, riéndose—. ¿Ya no te parece una idea antigua, machista y contraria a los ideales del feminismo?

Ella negó con el gesto.

—Después de pasar este tiempo aquí y escuchar las historias de tu abuela creo que entiendo mejor vuestras tradiciones. En realidad, todo lo que hacemos, hasta nuestros nombres y apellidos..., todo es inventado. Siento que hasta me apetece ser una Gordon, ¿sabes? Como si hiciese un punto de inflexión... Una oportunidad para empezar de cero, y hacerlo contigo.

Oliver se incorporó en la cama y abrazó a Valentina, feliz. Después, la miró con sus traviesos ojos azules.

—No será porque también quieres ser prima de Lord Byron, ¿no?

Ella volvió a reír y fingió darle un puñetazo en el estómago, aunque él se defendió con agilidad. Se abrazaron, se besaron y, agotados tras la larga jornada, terminaron por quedarse de nuevo tumbados y pensativos. No era fácil desasirse del asunto de las memorias desaparecidas ni, especialmente, del incendio en el castillo de Huntly.

—¿Sabes?, creo que Henry y Sarah ya se conocían —reflexionó Oliver—. ¿No te ha parecido rarísimo el numerito que ha montado ella cuando has soltado que el otro era tataranieto de Byron?

—Sí, ha sido raro. Pero, aunque tuvieses razón, no los veo como pirómanos ni asesinos.

—La verdad es que no se me ocurre mucho hilo del que tirar... Tú eres la experta, ¿alguna idea?

Valentina negó con la cabeza, ahogando un bostezo.

—Si te soy sincera, viendo cómo trabaja Terminator Reid, por una vez creo que es mejor darle su espacio y que ella desarrolle la investigación como considere. De momento, y con nuestros medios, tampoco podemos hacer mucho más. No tenemos acceso ni al forense, ni al informe preliminar de los de criminalística ni a nada en general.

—Debe de ser raro para ti no poder dirigir el cotarro, ¿eh, doña perfecta?

Ella le pinchó con el dedo índice en el costado, sin fuerzas para ninguna otra venganza y reconociendo que sí, que le resultaba extraño no poder dar órdenes ni realizar averiguaciones al ritmo acostumbrado. Después, suspiró con media sonrisa.

—Al menos podemos investigar mañana qué sucedió con Jules Berlioz y Mary MacLeod, porque a lo mejor resulta que...

De pronto sonó el teléfono de Oliver. La pareja se miró, sorprendida. Era bastante tarde. ¿Pero quién...? El número era desconocido.

—¿Diga? Oh, Adam Gordon... Sí, buenas noches, pero ¿quién...? ¿Mi padre? Oh, sí, desde luego, ningún problema en que le diese mi teléfono... No, no, él lo desconecta por las noches, y más con tanta prensa llamándolo, por eso no le dará señal... Pero tranquilícese... Sí, también estuvo aquí con el sargento McKenzie. No, hombre, ella hace su trabajo, y no creo que insultándola... ¿Pero quiere tranquilizarse? ¡Nadie le acusa de nada!

Tras un rato de charla de contenido repetitivo y reiterado en que Adam Gordon se mostraba muy alterado por la llamada que había recibido de la inspectora Reid y por la posibilidad de que los Gordon fuesen puestos en entredicho, terminó por pasarle el teléfono a Linda, que quería comentarle *no sé qué*.

—Por Dios, Oliver, disculpe a mi padre —dijo ella nada más tomar el teléfono, bajando el tono y alejándose—. Se ha puesto muy nervioso cuando le ha llamado el sargento, y, como no dejaba de gritar, después se ha puesto la inspectora... En fin.

—Me hago cargo, descuide, Linda.

—Yo, yo... Ya no sé si son horas ni si es adecuado decirles esto en semejantes circunstancias, pero ya que permanecen ustedes en las Highlands y ya que vamos a ser vecinos de su padre en Huntly, se me había ocurrido animarlos para que viniesen a los Highland Games que se celebran en Aberdeen dentro de tres días... Tendremos allí una gran caseta de nuestra destilería, y sería un placer invitarlos a degustar nuestro whisky y a comer, si les apetece. Yo no quisiera que ustedes, en fin, se llevasen una impresión equivocada de nosotros. Mi padre no controla su genio, pero de verdad que no es tan fiero como se presenta. Invitaré también a sus amigos asistentes a la velada en el Sandston, y si su familia de Stirling quiere acudir, será por supuesto bienvenida. Podemos incluso facilitarles alojamiento en Glenbuchat, si lo desean.

Oliver suspiró. Pobre Linda, ¿haría siempre lo

mismo? ¿Intentaría arreglar las malas formas y desaguisados de su padre con sus remiendos llenos de cortesía y buena educación? Debía de resultar agotador.

—Bueno, no sé si podremos, ya ve que las circunstancias...

—Lo comprendo, por supuesto. Pero le enviaré mi teléfono personal a este número para que contacten conmigo en caso de que finalmente se animen. Me encantaría volver a verlos. De todos modos, yo... En fin, su prometida también es policía, ¿verdad?

—Sí, ¿por?

—Yo... Es que, en fin, no sé si será o no relevante, la inspectora Reid habló con mi padre y no conmigo, y él ya colgó antes de que yo pudiese siquiera... Ya sabe cómo es.

—No se preocupe, Linda, cuénteme lo que sea con plena confianza —la tranquilizó Oliver, poniendo el manos libres para que Valentina escuchase todo y explicándole a Linda que ahora ambos le prestaban atención.

—Son muy amables... Siento las horas, de verdad. Valentina, tal vez necesite su consejo; yo no sé si será una estupidez, pero la noche del incendio salí de mi cuarto al poco de retirarnos, porque en la habitación no había botellines de agua, y yo siempre necesito beber agua para tomar mis pastillas; sin ellas no puedo dormir, pero son solo relajantes, no ansiolíticos ni nada parecido...

—Tranquila, Linda —le dijo Valentina, en tono amable—, lo entiendo y me parece de lo más normal. Continúe.

—Bien, pues la cafetería acababa de cerrar, de modo que tomé un botellín de la zona de al lado, la de los desayunos, y subí de regreso a mi habitación. Justo cuando giré en la esquina del pasillo, donde están esos sillones enormes con plantas exóticas, vi a Henry Blunt entrar en el cuarto de la profesora.

—¿Sarah Roland?

—Sí, creo que se llama así, ¿no? La joven del vestido verde que cenó con nosotros. Por lo que me dijo Arthur, ella, Oldbuck y el señor Blunt se habían conocido ese mismo día, y en la cena ella y el editor estaban como el perro y el gato... Me pareció raro, pero no dije nada porque, en fin, ¿quién soy yo para meterme en asuntos que no me competen? ¿Me entiende? Pero ahora llama la inspectora diciendo que todos los que estábamos en la cena podemos ser sospechosos de asesinato, de quemar un castillo, de robar unas llaves al señor Gordon... Y yo ya no sé si esto es relevante o no. ¿Cree que debo llamar a la inspectora?

Valentina asintió.

—Creo que cualquier información es importante, y sí, debe llamarla mañana por la mañana, aunque estoy segura de que ella irá a Glenbuchat a interrogarlos.

—¿Qué? ¿Usted cree?

—Oh, sí. Por lo poco que conozco a la inspectora Reid, creo que no tardará en interrogar a todos los asistentes a la velada de anoche. Pero no se preocupe, es protocolario.

Linda resopló al otro lado del teléfono, y Valentina casi pudo visualizar su rostro asustado.

—No quiero ni pensar la que liará mi padre en cuanto esa inspectora pise Glenbuchat.

Valentina y Oliver intentaron calmar a Linda, y tras darle las gracias por la información se despidieron de ella sin dudar que, aquella noche, necesitaría más que nunca sus pastillas para poder dormir. Por su parte, Valentina estuvo de acuerdo con Oliver en que, a la mañana siguiente, y a pesar de haber prometido dedicarse solo al misterio decimonónico de las memorias, no dejarían de hacerle una amable visita de cortesía a la señorita Sarah Roland.

Mary MacLeod

Mary observaba la sala de vistas como si quien estuviese dentro de aquel mal sueño no fuese ella, sino otra persona que se había adueñado de su cuerpo. Debía guardar compostura, serenidad y calma. ¿Cómo había llegado hasta allí, qué oscura mano del destino había guiado sus pasos hacia aquel delirio? Recordaba aquellas noches en que no había podido dormir, aterrorizada por si Jules se atrevía a contárselo todo a sus padres, mostrándoles su nutrida correspondencia. Fue entonces cuando comprendió que ella era otra Jennifer Kenneth, que su intuición inicial había sido correcta, y que Jules solo había jugado una de las partidas más viejas del mundo, buscando la buena posición por la vía matrimonial.

Después, acarició la idea de que él hubiese terminado enamorándose. ¿Sería posible? Mary sopesó aquella probabilidad durante días. ¡Cuántos pensamientos contradictorios acudieron a su mente analítica y a su atribulado corazón! ¿Y ella?, ¿había llegado realmente a amar a aquel apuesto francés o, como una inocente niña, se había dejado hechizar tontamente por su palabrería?

Tal vez aquello hubiese sido en realidad un simple romance iniciático y ligero, pero ella sentía que había llegado a enamorarse de lo que creía que era y de lo que podía llegar a ser Jules Berlioz. Después, se había dado cuenta de una realidad más áspera, más austera y desprotegida, y había dado un paso atrás. Sus padres la habían animado seriamente a comprometerse con el señor Grant, y no había podido argumentar motivo alguno para rechazar la propuesta. Desde luego, no podía oponer ni revelar en ningún caso la existencia de Jules Berlioz, cuya simple amistad sería rechazada de forma tajante. En cambio, su pretendiente oficial era rico, joven y razonablemente atractivo. Su vida con él sería cómoda, contentaría a sus padres, le proporcionaría viajes y fiestas, vestidos y un acogedor y cálido hogar en los largos inviernos escoceses. ¿Y Jules? Oh, Jules. Sus sueños y sus investigaciones de fortunas literarias imaginarias también la habían encandilado a ella, pero solo al principio. Y no, él no la quería. Él solo la necesitaba, por mucho que hubiese pretendido mostrarle sentimientos desinteresados y románticos. ¿O acaso te hace sufrir deliberadamente quien te ama? Si él la amase, le habría devuelto sus cartas. Habría dejado que ella decidiese de forma libre y discreta, sin tomar posesión de su vida mediante el más vil chantaje. Ahora él estaba muerto, y al convertirse en víctima pareciera que sus pecados fueran menores, más leves y razonables, pero ¿y si estuviera vivo? ¿No sería más que cuestionable su imprudencia, su mala fe y su ánimo de persuasión y engaño sobre una joven como ella, ajena a los enredos de las clases inferiores? ¿No debiera él ser condenado por haberle hecho perder la virtud, por convertir su romance en un sórdido chantaje? Desde luego, su actitud habría sido tachada de impropia en cualquier caballero decente.

Y ahora, ella estaba congelada en aquella sala, sintiendo cómo la fría muerte y la condena se acercaban a paso lento. Después de que se leyese toda la correspondencia que se había considerado relevante y pertinente, y tras las manifestaciones de varios testigos, había llegado el momento de su declaración. Tomó aire despacio, reclamándole a su conciencia e intelecto que la ayudasen a mostrar el verdadero brillo de la verdad. Respondió a las preguntas con toda la serenidad de la que fue capaz.

Sí, tenía veinte años y vivía con sus padres y su hermana en Old Aberdeen. Sí, la última vez que había visto a Jules Berlioz había sido tres días antes de su muerte, la noche del 18 de febrero. Que reconocía la relación, y también su ánimo de terminarla en las últimas semanas, y que su acercamiento a Berlioz había sido solo un último intento de ganarse su confianza y lograr que le devolviese sus cartas, que ahora veía infantiles e impropias, pues la llenaban de vergüenza.

—¿Y el arsénico, señorita MacLeod? —le preguntó el fiscal Maule—. ¿Reconoce haberlo adquirido en al menos dos boticas desde comienzo del presente año?

—Sí, señor, nunca lo he negado. Lo usaba como cosmético diluyéndolo en agua y lo aplicaba en mi cara, cuello y brazos.

—¿Sabía usted de la peligrosidad del uso de este producto?

—Supongo que sí. Pero ya he dicho que lo diluía en agua, y había leído en varios periódicos que se recomendaba para el brillo de la piel y para eliminar marcas... Y también había leído en el *Aberdeen Journal* que los montañeros suizos llevaban arsénico para mejorar su respiración cuando subían montañas, especialmente si sufrían sobrepeso.

—Pero usted no sufre sobrepeso alguno.

—No, no... Pero pensé que si el arsénico podía ser consumido sin peligro, tampoco tendría por qué hacerme daño sobre la piel.

—¿Sabía su familia que utilizaba este producto?

—No, no quería preocuparlos —se excusó Mary, tomando aire. Respiró profundamente y continuó—. Una vez, cuando mi prima Madeleine utilizó ácido prúsico para lavarse las manos, mi madre se preocupó seriamente, de modo que no quise disgustarla por utilizar un remedio moderno.

—Ya veo... Uno de los boticarios ha declarado que usted le dijo que necesitaba el arsénico para... —y aquí el fiscal leyó una documentación que tenía sobre su mesa— «matar ratones y ratas de su jardín». ¿Esto es así?

—Sí, señor. No quería ni tenía por qué dar explicaciones de mis remedios de belleza, y ya he dicho que no deseaba preocupar innecesariamente a mis padres. Pero le aseguro que jamás le di arsénico a Jules Berlioz. La sola idea me resulta inconcebible.

—Sin embargo, en las últimas semanas, y según las cartas a las que hemos tenido acceso, usted insistía en darle chocolate caliente a la víctima, excusándose en el frío exterior y su delicada salud.

—Jules sufría recaídas del cólera, esto es algo sabido. Solo procuraba que no empeorase y que su salud no se viese afectada por sus paseos nocturnos.

—Comprendo. Según se desprende de las cartas que hemos podido recuperar, el señor Berlioz tomó chocolate caliente en su casa de Old Aberdeen en al menos tres ocasiones. Una, el 23 de enero, solo una semana después de su compromiso con el señor Grant; otra, el 9 de febrero y, la última, la noche del 18 del mismo mes, solo unos días antes de cuando estaba previsto publicar su compromiso en la prensa local. ¿Esto es así?

—Supongo que sí, señor. No recuerdo exactamente cuándo tomamos chocolate o no, pero sí creo que fue en al menos tres ocasiones.

—Ha dicho que no recuerda exactamente cuándo tomaron chocolate. ¿También lo bebía usted?

—Por supuesto.

—Pero usted no necesitaba entrar en calor para salir al frío de la noche.

—Lo acompañaba por cortesía.

—Sin embargo, cuando hemos preguntado a su criada, nos ha asegurado que siempre retiraba el servicio de una única taza de su cuarto.

Mary alzó el rostro y se percibió en ella el destello de un desafío.

—Comprenderá usted que no iba a expresarle a mi criada que tenía la visita secreta de un caballero en mi dormitorio.

El fiscal Maule miró fijamente a Mary durante unos segundos, evaluándola y mostrando con aquella pausa y silencio que no creía en absoluto nada de lo que le estaba diciendo.

—¿Y qué pensaba usted hacer cuando su compromiso con el señor Grant fuese publicado en el *Aberdeen Journal*?

—Para entonces, contaba con haber podido ya resolver mis diferencias con el señor Berlioz, para que este me devolviese mis cartas.

El fiscal frunció el ceño con descreimiento, hizo una pausa algo teatral y formuló una última pregunta.

—¿Asegura usted, entonces, que nunca le dio arsénico a Jules Berlioz?

—Lo juro, señor. Y declaro que esto es verdad.

Edward Mansfield era un abogado muy caro, pero también muy capaz. Su ligero sobrepeso, su aspecto blando y sus rasgos suaves parecían presentarlo como un hombre inofensivo, pero su oratoria e ingenio y su dominio del derecho penal escocés habían logrado que fuese muy respetado en todo el país. La defensa de Mary, sin embargo, no era fácil, pues todo apuntaba a ella como asesina de Jules. Tenía un móvil, una finalidad y un medio para el crimen. Solo le salvaba, de momento, su aspecto frágil y su aire femenino y desvalido. Cuando declaró Catherine, ni siquiera las hábiles preguntas de Mansfield como abogado defensor lograron desvestir a Mary del velo de la culpabilidad. En efecto, eran amigas desde niñas y Catherine jamás había visto en ella ánimo violento o delictivo alguno. Al contrario, solo interés por la lectura y la vida tranquila y decorosa de una dama de su clase.

—Según sus declaraciones previas, el motivo inicial de la correspondencia entre Jules Berlioz y Mary MacLeod era exclusivamente amistoso, ¿no es así?

—Sí, señor. Solo querían hablar de libros y de escritores, y por eso él enviaba sus cartas a mi domicilio, para evitar habladurías o comentarios indecorosos —explicó la joven, visiblemente nerviosa.

—Sin embargo, ambos terminaron por tener una relación, digamos, romántica. ¿Era usted consciente de ello?

—Yo... Sí, señor. Pero Mary al principio no quería,

ella desconfiaba... Pero el señor Berlioz, en fin, tenía el don de la palabra, supongo. Y era, era...

—¿Sí?

—Era muy apuesto —se atrevió a declarar, colorada y con la tela de su vestido retorciéndose entre las manos.

—Entonces, si ella inicialmente no deseaba establecer una relación con el señor Berlioz, ¿cree que fue él quien la engatusó, dada su juventud e inexperiencia, haciéndole perder la virtud y engañándola deliberadamente?

—¡Señoría! —protestó el fiscal—. ¡Esa pregunta es tendenciosa y se resuelve en una respuesta dada de antemano!

El juez se limitó a amonestar a Mansfield con un gesto, que resultó suficiente para que cambiase la dirección de su interrogatorio.

—Vayamos a los hechos indiscutibles, pues. Díganos, señorita, ¿le consta que Mary MacLeod intentara terminar la relación con Jules Berlioz a comienzos de este año?

—Sí... Desde el verano se habían visto muy poco, y ella le pidió que le devolviese sus cartas.

—¿Y sabe qué hizo él?

—Oh, se negó. Eso lo sé de primera mano, porque le entregué una nota de Mary en la librería, y él mismo me dijo que jamás permitiría que se casase con otro hombre, que no le devolvería las cartas, y que si eran ciertos los rumores sobre ella y Grant, iría a Old Aberdeen a contárselo todo a sus padres.

—¿Y qué le respondió usted?

—Bueno, yo... No eran asuntos de mi incumbencia, pero le aseguré que no había compromiso alguno de Mary con Matthew Grant y le dejé clara mi postura.

—¿Su postura?

—Su indecencia al no devolverle las cartas a Mary, por supuesto. Cualquier caballero decente lo habría hecho. Lo contrario parecía un... un chantaje.

El jurado y el público de la sala respiraron en un nuevo murmullo uniforme, donde volaron comentarios y sospechas. ¿La víctima era, entonces, un maleante? ¿Había llegado a embaucar de tal forma a aquella chiquilla para que esta, después, sometida a una presión incalculable, hubiese cometido una locura? Y en todo caso, si ella finalmente lo hubiese envenenado para evitar el dolor y la vergüenza de sus padres y su familia, ¿sería igualmente culpable, al haber sido sometida a extorsión? Las miradas se posaron sobre Mary, que permaneció con gesto serio y mirada baja sentada en su banco, sin que en ella pudiese imaginarse ningún acto de violencia. Sin embargo, el fiscal Maule la observaba con gesto duro y analítico, convencido de su culpabilidad. Se volvió hacia la testigo. Había llegado su turno con la joven Catherine.

—Según ha declarado uno de los boticarios, acompañó usted a Mary en una de sus adquisiciones de arsénico. ¿Lo confirma?

—Sí, señor. Pero yo no sabía qué íbamos a comprar, solo acepté hacer algunos recados con ella.

—Por supuesto, por supuesto. ¿Puede describirnos qué sucedió en la botica?

—Sí, supongo... Todo lo que yo recuerdo es que Mary le pidió arsénico al señor Smith, el boticario, y que él le preguntó que para qué lo quería. Y ella le dijo que para matar las ratas de su jardín, y él le dijo que para eso era mejor el fósforo, pero ella le respondió que ya lo había usado sin resultado, de modo que necesitaba el arsénico. Entonces el boticario le hizo firmar en el libro de venenos, y le hizo prometer que lo usaría con mucho cuidado.

—Bien, ¿y nada más?

—Bueno, yo... Recuerdo que a Mary le extrañó el color añil de los polvos, porque pensaba que eran blancos de otra vez que los había comprado, y el señor Smith dijo que debían teñirse siguiendo las órdenes del *Parliament Act of*. Después, Mary le pagó seis peniques y nos fuimos.

—¿Y no le preguntó usted nada por el uso del arsénico?

—Ella ya había dicho que era para las ratas.

—¿Y no le extrañó que fuese ella la encargada de adquirir el producto, en vez de un criado o del jardinero?

—En ese momento no lo pensé, señor.

Y aquello era absolutamente cierto, pues cuando Catherine había estado en la botica con Mary no se le había pasado por la mente ni la más remota posibilidad de que Mary quisiese envenenar a nadie, porque a cualquiera le resultaría inconcebible que su dulce amiga asesinase a sangre fría a Jules Berlioz.

Sin embargo, tal y como se ocupó de mostrar el fiscal Maule al terminar el juicio, el jardinero de los MacLeod también había negado sufrir problema alguno con las ratas, asegurando que si hubiera sido el caso habría utilizado pasta de fósforo. Esto resultaba casi indiferente, pues la propia Mary había reconocido que nunca había tenido interés alguno en aquellas ratas imaginarias, ya que solo las había utilizado como excusa; sin embargo, ¿por qué no iba a revelarle a su amiga íntima el motivo cosmético de aquella compra? ¿Desde cuándo las confidentes no se desvelaban sus mutuos secretos de belleza?

Cuando fueron interrogados más boticarios, ninguno confirmó que el arsénico pudiese ser utilizado ni comercializado como cosmético. Solo el señor Smith reconoció que había un preparado, el sulfuro amarillo de arsénico, que podía ser útil para depilarse el vello de la cara, pero que no era usual su utilización y que debía ser elaborado específicamente en la farmacia. Desde luego, si Mary era inocente, su comportamiento de las últimas semanas apuntaba sin embargo al camino de la culpa, a una premeditación fría, firme y estremecedora.

La declaración del médico que había atendido a Jules en sus últimas horas no hizo más que mostrar de nuevo el dolor y el sufrimiento que había padecido el joven antes de morir. Sin embargo, fue el interrogatorio del forense el que dejó al público inquieto y a los periodistas de la sala anotando datos de forma febril. De hecho, fue el propio juez, el viejo Frank Fielding, quien realizó la mayoría de las preguntas a Angus Miller, profesor de Química y médico forense presente en la autopsia de Jules, en la que había participado activamente.

—Lo que más me llamó la atención fue el estado de conservación del cuerpo, señoría. Habían pasado varios días desde el deceso y se conservaba muy bien, y este es un signo típico de quienes han sido envenenados con arsénico.

—Típico pero no determinante, entiendo —le cortó el juez Fielding, con su voz firme y ronca—. ¿Dispone de evidencias científicas que puedan acreditar que la víctima fue envenenada?

—Sí, sin ningún género de duda. El estómago del

individuo fue cortado en pequeñas piezas y hervido en agua con ácido clorhídrico; en el líquido que obtuvimos al filtrar la solución detectamos arsénico de forma inequívoca. De hecho, señoría, para terminar con una vida humana pueden ser suficientes entre dos y cuatro gramos, y en este caso había veintinueve. Después, también hallamos ácido arsénico en el intestino delgado, y en menor cantidad, en el grueso.

—De modo que Jules Berlioz no podría haber sobrevivido en forma alguna —dijo el juez, más como una reflexión que como una pregunta.

—No, señoría.

—Y entonces... —dudó el magistrado, pensativo—. ¿Está usted seguro de que el arsénico fue suministrado en vida? He visto casos en que la inflamación del intestino ha sido producida por la aplicación externa de arsénico.

—El veneno fue ingerido por la víctima tiempo antes de fallecer, de eso no cabe duda.

—Bien... ¿Y cuánto tiempo suele haber entre el envenenamiento y el deceso?

—Oh, pues ese aspecto depende del individuo, señoría. Según mi experiencia, entre ocho y diez horas, aunque en ocasiones ya pueden percibirse efectos al cabo de hora y media o dos horas desde la ingesta.

Hubo un nuevo revuelo en la sala, pues todos sabían que, tal y como había declarado el propio Tom Cook, cuando Jules había muerto llevaba ya tres días sin estar con Mary. La mirada severa del juez Fielding fue suficiente para que el murmullo de voces se apagase de forma casi inmediata.

—¿Sugiere que la víctima pudo ser envenenada estando ya en su lecho de muerte?

—De ningún modo. La víctima llevaba ya muchos días ingiriendo arsénico.

—Pero ¿entonces? Usted ha hablado hace un instante de unas ocho o diez horas...

—Exacto, pero en una dosis terminal suficiente. Si al individuo se le suministra una cantidad muy pequeña, la intoxicación no puede anularlo de golpe. En este caso, fue la acumulación la que terminó por acabar con la víctima, y no cabe duda respecto a esto, pues la inflamación previa del duodeno nos lleva a esta conclusión sin miedo a errar. De hecho, creo que debía de llevar varias semanas sufriendo la intoxicación, pues no solo sufría irritaciones en el duodeno, sino también en el interior de la boca y en el esófago.

—¿Y no cabe error? —dudó el juez, que parecía querer proteger a la joven Mary, que continuaba en su banco como inanimada, completamente desvalida.

—Señoría, los signos son inequívocos. Hemos llegado incluso a... en fin, hemos llegado a envenenar a varios perros —reconoció el médico, algo reticente— para después estudiar los efectos del veneno en la autopsia, y cuando la intoxicación es prolongada siempre se suceden este tipo de irritaciones internas.

—Comprendo... —El juez Fielding no parecía convencido y se frotaba el mentón con gesto concentrado—. Y, ¿cómo podría ser posible que la víctima no se percatase de estar siendo envenenada, en caso de que el veneno hubiese sido introducido en el chocolate caliente que le daba la señorita MacLeod? Por lo que sé, el arsénico tiene de un sabor ácido y corrosivo.

La pregunta pareció sorprender al médico, como si la respuesta fuese obvia.

—El polvo blanco de arsénico es insípido e inodoro, señoría. Hemos llegado a realizar pruebas con voluntarios y en ocasiones, aun manteniendo dos minutos el veneno en la boca, el individuo no ha sentido nada especialmente relevante, salvo cierto toque ácido en el agua diluida con el tóxico. En todo caso, la densidad, textura y sabor del chocolate habrían disimulado el posible sabor.

—Pero, al echar los polvos en la taza, ¿no se habrían ido irremediablemente hacia el fondo, cabiendo la posibilidad de que la víctima apenas lo ingiriese?

El médico miró nuevamente sorprendido al juez, que parecía ejercer de abogado defensor, buscando resquicios que pudieran exonerar a Mary de cualquier responsabilidad, en caso de que realmente hubiese llegado a cometer una locura. En realidad, cualquiera que la viese allí sentada podría compadecerse inmediatamente de ella, que no alzaba la mirada del suelo. Sin embargo, el médico continuó mostrándose neutro y razonado.

—En cierto modo tiene razón, señoría. Si se echa arsénico en una taza caliente de chocolate, gran parte irá a parar al fondo de la taza. Pero, si se hierve todo junto, la mezcla es mucho más homogénea y el intoxicado ingiere una cantidad notablemente superior.

—Ajá... —asintió el magistrado, frunciendo el ceño—. Y supongo que no resulta posible determinar el método utilizado.

—No con certeza, señoría. Cuando analizamos el estómago de Berlioz no quedaba en él resto de comida alguna. Esto se corresponde con el hecho de que haya vomitado en tantas ocasiones durante sus tres días de agonía.

El juez Fielding volvió a frotarse el mentón, dispuesto a examinar la última posibilidad que se le ocurría.

—¿Y el suicidio, no lo ve posible?

El médico dudó solo unos segundos.

—Lo descarto, porque en tal caso suelen utilizarse cantidades determinantes y más gruesas. No se va poco a poco, se ingiere el veneno en un arrebato inmediato y no premeditado. Pero no puedo aseverar que no estemos ante un suicidio, por supuesto. Desconozco el ánimo y las intenciones de la víctima —reconoció el forense, que tras unos segundos entendió que, si no había más preguntas, ya no tenía nada más que decir—. Todo esto es verdad en alma y conciencia —concluyó, certificando con aquel «*All this is true on soul and conscience*» del derecho escocés que había dicho la verdad.

A nadie le parecía que Jules Berlioz pudiera haberse suicidado. ¿Quién se mataría a sí mismo con tal frialdad y premeditación, a lo largo de semanas, y con qué finalidad? El fiscal también se esmeró en demostrar que el nombre de Jules Berlioz tampoco aparecía en ningún *poison book* de ninguna de las boticas de Aberdeen, pero ello no obstaba a que pudiese haber adquirido el veneno en cualquiera de sus variados viajes a otras ciudades.

El margen entre lo posible y lo imposible se difuminaba. Continuaron desfilando expertos y testigos, entre los que incluso se encontraba el señor Campbell, de Stoner, que parecía ser el más asombrado de todos ante la revelación de la relación clandestina entre Jules y Mary. La defensa se esmeró notablemente en su trabajo, llegando a llevar al juicio, desde París, a antiguos conocidos de Jules, con el objeto de que acreditasen su ánimo voluble y su posible tendencia al suicidio. Cualquier estrategia era válida en un caso tan relevante y mediático como aquel. Tras nueve largas e intensas jornadas, llegó el momento del alegato final del fiscal y de la defensa, y Mary supo que su suerte estaba echada.

10

Es la última rosa del verano
que solitaria queda floreciendo;
todas sus adorables compañeras
han marchitado y se han ido [...].
Ya que las adorables duermen,
ve tú a dormir con ellas.

THOMAS MOORE,
«La última rosa del verano» (1805)

Para un extranjero no debe de ser fácil caminar por Escocia sin dejarse llevar por la magnificencia de sus paisajes, por las leyendas de sus valles y el aire fantasmal y evocador de sus incontables castillos. Símbolos y pedazos de historia vestida de heroicidad, drama y coraje por todas partes. ¿Qué se puede esperar de un país cuyo símbolo nacional es el unicornio? Se cuenta que la primera vez que se incorporó el insólito animal a un escudo escocés, allá por el medievo, se creía realmente en su existencia. El unicornio era salvaje, pero también puro y noble, y esta condición lo había llevado a permanecer en el escudo oficial del Reino Unido: un unicornio por Escocia, un león por Inglaterra. Cuántos simbolismos e historias no contadas se guardaban en aquel país extraordinario, que como una colcha de *patchwork* se cosía y construía a sí mismo sumando casi ochocientas islas. Valentina, que estaba degustando un copioso desayuno escocés, no dejaba de observar y admirar todos los detalles patrios que se hallaban sobre su propia mesa. El mantel blanco con los discretos unicornios bordados en las esquinas, los pequeños cardos en floreros diminutos repartidos por todo el bufé, la alfombra de tartán. En el Sandston, desde luego, se cumplían todos los tópicos que cualquier buen turista podría desear. Y no solo eso, sino que al poco de comenzar su aventura por las Highlands ya se habían topado con el misterio decimonónico de las memorias de Lord Byron y con el crimen incendiario del castillo de Huntly. Para cumplir en aquel viaje con todos los clichés y estereotipos concebibles, Valentina —mientras comía unos huevos revueltos— pensó que solo les faltaría toparse con un buen fantasma.

Por su parte, Oliver estaba sentado justo frente a ella, terminando dos enormes platos de comida caliente que a Valentina, a aquellas horas, le parecieron desproporcionados para el tamaño medio de cualquier estómago razonable. De pronto, la joven dejó de comer: algo había llamado su atención al fondo de la sala, lejos de la zona del bufé y de camino hacia la recepción.

—Oliver, ¿ese no es tu padre?

Él giró medio cuerpo sin dejar de masticar, y después volvió a su posición original, mirando a Valentina con gesto de extrañeza.

—Sí... ¿Qué demonios hará ahí con Catherine Forbes? Me dijo que bajaría a desayunar más tarde, que estaba muy cansado y que luego él y Oldbuck iban a reunirse con los de Historic Environment Scotland, y creo que después tenía intención de quedar con Donald.

—Donald, es verdad, el constructor... Y el arquitecto, ¿cómo se llamaba?

—Hummm... No sé, creo que James. ¿Por?

Ella se encogió de hombros.

—No sé, porque no podemos olvidarlos como potenciales sospechosos.

—Oh, venga ya, *baby*... ¿No quedamos en que nosotros nos centraríamos en lo de las memorias y en el siglo XIX, en plan Sherlock Holmes, dejando el crimen de verdad a Terminator Reid? Además, Donald y James no estuvieron con mi padre después de que le dieran las llaves de la cerradura nueva, así que imposible.

—Ya lo sé, era broma. Escucha... A ver, mira con disimulo, pero yo juraría que tu padre está discutiendo con Catherine.

Oliver volvió a girarse de la forma más discreta de la que fue capaz, y sí, en efecto, Arthur y Catherine parecían discutir. Observaron como ambos, buscando discreción, salían del hotel y se iban al jardín lateral, que estaba lleno de setos estratégicamente situados, de coloridas hortensias, narcisos, azafranes y, cómo no, de cardos de un potente color malva.

—No entiendo nada —se limitó a decir Oliver, que dio por concluido su desayuno y se quedó pensativo durante unos segundos. Después, miró fijamente a Valentina—. ¿Has terminado?

Ella dio un último sorbo a su taza de café y contestó de manera afirmativa, al tiempo que él se mostraba resuelto:

—Bien... ¿Vamos?

Valentina asintió. No necesitó preguntar nada,

porque supo que se dirigían directamente al jardín. Oliver solía enfrentar los asuntos sin perder ni un minuto, sin permitir a su cerebro que jugase con él, enredándolo con teorías y suposiciones que seguramente no serían ciertas. Cuando llegaron al exterior, localizaron a Arthur y Catherine bajo un enorme magnolio, que se erguía en un parterre salpicado de incontables narcisos amarillos. Cuando Arthur los vio aproximarse, suspiró profundamente y bajó la mirada para reconducirla al instante hacia Catherine, que lloraba sin disimulo, aunque con gesto de contenida dignidad. ¿Sería posible que Arthur le estuviese dando el pésame? Y si era así, ¿por qué parecía que estaban discutiendo?

—Buenos días, Catherine —dijo Oliver, muy serio—. Papá... —añadió, a modo de saludo e inclinando la cabeza. Después, volvió a dirigirse a ella—: Señora Forbes, siento no haberle dado el pésame hasta ahora, no la vi ayer en todo el día.

—Gracias —acertó a decir la mujer, controlando su llanto—. He estado... He estado muy ocupada con lo de Mel. Ya sabrán que era inocente, que parece que tienen indicios de una agresión y de un... de un homicidio.

—Sí, lo sabemos, lo siento mucho. Todo apuntaba en otra dirección, pero me alegro de que su hermano no tuviese nada que ver, y lamento su pérd...

—¿La lamenta, Oliver? ¿De veras? Pues será el primero —objetó con tono de desaire, aunque sin perder la compostura—. Mi hermano era algo tosco a veces, orgulloso, pero no era un mal hombre. No sé qué haría en su castillo, pero les aseguro que no era un criminal.

Catherine se limpió las lágrimas con la palma de las manos y alzó el gesto. Ahora, que no iba maquillada y que tenía los ojos hinchados, apenas guardaba parecido con la mujer elegante y segura que Oliver y Valentina habían conocido hacía solo un par de días.

—Si me disculpan —se excusó, dirigiéndose directamente hacia el Sandston, sin mirar atrás y sin despedirse de Arthur, que se quedó con las manos en los bolsillos y cabizbajo, simulando que miraba los narcisos.

—Vale —comenzó Oliver, que cruzó los brazos con gesto serio—, ¿se puede saber qué pasa aquí?

—Nada, hijo, ¿qué va a pasar?

—Tú sabrás.

Arthur dudó, tomó aire y, con el ademán, se infundió de valor.

—No os lo conté porque lo que sucedió... bueno, pensé que no tendría nada que ver con este asunto, y de verdad que sigo pensándolo...

—¿Lo que sucedió?

Arthur hizo una pausa, dudó, negó después con el gesto y terminó por resoplar.

—No es fácil. Yo, a ver...

—Por Dios, papá, que me va a dar un puto infarto, ¿quieres soltarlo de una vez?

Valentina, sin decir nada, puso la mano sobre el hombro de Oliver para solicitarle un poco de calma y paciencia. Sin embargo, Arthur la miró con el semblante de quien sabe que ha llegado su momento de confesión.

—La noche del incendio, Catherine estuvo en mi habitación.

—¿Qué?

Oliver enarcó las cejas sorprendido.

—En tu habitación. ¿Después de la cena y de las copas en el bar?

—Sí.

—¿Y qué diabl...? ¿Quieres decir que...? ¡No! ¿Tú y ella? ¡Dios mío!

Oliver no daba crédito. Su padre, el viejo Arthur, el melancólico viudo que se había salvado de la tristeza obsesionándose con rescatar el patrimonio de los Gordon, ¿todavía estaba en el mercado sentimental? ¡Cielos, y en el sexual!

—Hijo, yo no quería que tú sintieses que... En fin, sigo adorando a tu madre, pero hace ya tres años que ella no está. Y... bueno, la vida sigue, ¿entiendes? Anoche un whisky llevó a otro, ya te imaginas. Llevo varios días charlando con Catherine... En fin, ¿qué quieres que te diga?

Oliver, ceñudo, puso ambas manos sobre las caderas, en jarras, y negó con movimientos de su cabeza. De pronto, se echó a reír.

—Joder, papá, estás hecho un casanova. Hay que ver. Pero... ¿De verdad tenía que ser con una Forbes?

Arthur abrió mucho los ojos, sorprendido. Miró a Oliver y después a Valentina, como si precisase que alguien confirmase lo que acababa de escuchar.

—Entonces, ¿no te importa? Pensé que...

—Que no, papá —negó Oliver, abrazándolo—. ¿Qué crees?, ¿que tengo cinco años? Me alegro por ti, no me gusta que estés solo. Pero ¿por qué discutíais? Mierda... ¿Fue ella la que te cogió las llaves? No me digas más —añadió, llevándose una mano a la cabeza—, se las dio a su hermano para que asaltase el castillo mientras ella te seducía en plan Mata Hari.

Valentina se echó a reír. Oliver lo había dicho completamente en serio, pero la forma de plantear su suposición le había resultado cómica e infantil.

—Mira que eres peliculero.

Sin embargo, la expresión de Arthur decía que sus

pensamientos habían llegado a discurrir por un camino parecido.

—De verdad que Catherine es encantadora y la considero incapaz de hacer nada así, pero ayer estuvo todo el día con la familia y en comisaría, no pude aclarar nada en privado y tampoco quise acusarla de forma tan... no sé, tan gratuita. Se ha ofendido solo con mi insinuación.

—Normal —observó Valentina, mirando a padre e hijo con gesto reprobatorio.

Arthur, algo avergonzado, continuó hablando:

—Lo cierto es que he repasado todo lo que hice la otra noche y creo que, después de la cena, mi chaqueta debió de quedarse sobre el sofá de la cafetería un buen rato. Mel estaba por allí, y pudo coger las llaves sin problema. Lo siento muchísimo... ¿Cómo iba a pensar que alguien iba a querer robármelas?

—Bueno, papá, nadie podía imaginar que iba a pasar todo esto —dijo Oliver, intentando tranquilizarlo—. Pero... —dudó, pensativo—, cuando te avisé por lo del incendio, ¿Catherine seguía contigo?

—Sí.

—Y cuando te di la noticia, ¿viste en ella algo raro, algo que te llamase la atención?

Ahora fue Arthur quien se rio.

—No te pega nada jugar a los detectives, hijo. ¿Qué iba a ver? Los dos salimos pitando.

Oliver asintió, y él y Valentina terminaron de tranquilizar a Arthur, que al confesar su pequeña aventura con Catherine parecía haberse quitado un gran peso de encima. Antes de despedirse de él, le recomendaron prudencia extrema: no sabían con qué finalidad, pero un asesino o asesina podía intentar hacer daño a cualquiera que estuviese vinculado al castillo de Huntly, a los Gordon, a los Forbes... ¿Cómo saber por dónde podría venir el próximo golpe?

Cuando salieron en coche camino de Aberdeen, Valentina expuso sus pensamientos en alto:

—Es increíble. Primero Henry y Sarah, que está claro que ocultan algo. Después, lo de tu padre... ¿Ves? Cualquiera puede sorprendernos, porque todos tenemos siempre algo que ocultar.

Oliver, mientras conducía, se limitó a asentir y a ordenar los sentimientos encontrados que se agolpaban en su corazón. Le confirmó a Valentina que estaba bien, pero en su mente se dibujaba el recuerdo de su madre, Lucía. A veces su rostro se desdibujaba en su memoria, como si se hundiese poco a poco en el agua de un lago oscuro. Que su padre pudiese seguir caminando sin ella era bueno, pero se le hacía extraño. A Oliver, desde luego, le resultaba difícil imaginarlo cogido de la mano de cualquier otra mujer. Pero todo era cuestión de tiempo y de costumbre. Resultaba casi enternecedor que Arthur hubiese tenido la delicadeza de ocultarle su interés por Catherine, solo por miedo a hacerle daño. ¿Tan débil y susceptible le parecería? Sin embargo, aquel remolino de nostalgia y de recuerdos de Oliver se hacía pequeño ante la creciente inquietud que comenzaba a apretarle en el pecho: alguien había atentado contra una propiedad de su familia, dejando además un muerto por el camino. Estaba claro que aquellas vacaciones podían calificarse, como mínimo, de emocionantes. Debía confiar en la policía escocesa, pero sin olvidar que un asesino estaba cerca. ¿Cómo mantener la templanza ante algo así? El joven tomó aire y murmuró el lema de los Gordon. «Resiste y lucha», *bydand*.

Les llevó algo más de una hora llegar desde Huntly hasta Aberdeen, la ciudad de granito. Valentina había comprobado, en un pequeño mapa turístico que le habían dado en la recepción del Sandston, que Stoner se encontraba muy cerca de la Biblioteca Central de la ciudad, de modo que decidieron aparcar por la zona para aprovechar el viaje y visitar la librería. Avanzaron curioseando los escaparates y el ambiente de Union Street, que a Valentina le recordó en gran medida a Galicia, su tierra natal, donde resultaba corriente levantar calles y edificios con firme y fría piedra gris. Llegaron por fin a un establecimiento que no les pareció muy grande, pero que desde luego guardaba en su apariencia el encanto de lo añejo. El marco del escaparate, de madera, estaba pintado en un fuerte color rojo, y en un gran dintel que cubría todo el espacio de la fachada, incluso sobre la puerta, rezaba con letras doradas y brillantes: STONER. LIBROS DESDE 1840.

Entraron en la librería, que todavía disponía de un antiguo mostrador, muy bien conservado. En una esquina del local también podían apreciarse unas estanterías de madera que parecían antiguas, pero el resto era completamente moderno y casi anacrónico para el ambiente que esperaban haber encontrado en el interior. Ante ellos había expositores giratorios con postales, libros de bolsillo, revistas y, sobre todo, souvenirs. En otra zona se ubicaban bestsellers en distintos idiomas, prensa y juguetes. Por todas partes había carteles, recuerdos y hasta camisetas a la venta con la expresión BON ACCORD. Una jovencísima dependienta se les acercó y les sonrió con amabilidad. Cuando Oliver le preguntó por Jules Berlioz, la muchacha se encogió de hombros. Aquel negocio había pertenecido a los Campbell, pero había sido traspasado en varias ocasiones y solo conservaba su nombre y algo de su apariencia comercial. ¿Cómo iba ella a conocer a un antiguo empleado del siglo XIX? Los turistas siempre hacían preguntas muy extrañas. Cuando salieron del establecimiento, Oliver y Valentina se sintieron decepcionados. Pero, en realidad, ¿qué habían esperado encontrar? ¿Tal vez a un amable anciano de ciento ochenta años que les hubiese contado quién era y cómo había muerto Jules Berlioz? El mundo giraba sin pedir permiso, y de Stoner apenas quedaba una carcasa de lo que había sido.

—Oye, ¿qué era eso de *bon accord*? —le preguntó Valentina a Oliver ya de camino a la biblioteca—. ¿No es francés?

—Ah, eso. Pues mira, me lo contó mi abuela muchas veces. Significa *buen acuerdo*, pero aquí se traduce como *buena amistad* o algo parecido, fue una contraseña que utilizaron los escoceses contra los ingleses en una invasión al castillo de Aberdeen allá por el siglo XIV o XV, no me hagas mucho caso... Después les quedó como una forma de saludarse, es como una seña de identidad.

—Caramba, tu abuela sabe de todo.

—Bueno, de Aberdeen algo más porque aquí estuvo encarcelado un Gordon.

—Hay que ver, estáis en todas las fiestas. De ese no eres primo, ¿no?

—Muy graciosa. Pues no te lo vas a creer, pero el tío se escapó de la cárcel emborrachando a los carceleros del Tolbooth, que por cierto tuvo fugas para dar y tomar. Si nos da tiempo podemos ir, que ahora es un museo.

Valentina se rio.

—Ya iremos a Alcatraz más tarde. Mira, creo que esa es la biblioteca.

La pareja detuvo sus pasos ante un edificio de piedra señorial de dos alturas, coronado por discretos chapiteles de pizarra. Una escalinata, ancha y de ascenso suave, ofrecía su acceso a la entrada principal. Dos pequeñas farolas azules, que parecían faros, se erguían dignas a cada lado de la escalera, recibiéndolos con un aire marinero muy propio de una ciudad costera como Aberdeen. Cuando entraron, supieron que su investigación llevaría un poco más de tiempo del esperado. Para poder acceder a los archivos, al menos uno de ellos debía hacerse socio, pero quien tramitaba los carnets no estaría hasta última hora de la mañana; estaban en pleno mes de agosto, ¿a quién podría urgirle hacerse socio de una biblioteca en plenas vacaciones estivales? En el rato que les llevó buscar dónde hacerse una foto tamaño carnet y fotocopias, llamaron a Emily. ¿Habría ido ya a la biblioteca de Stirling aquella mañana? Tal vez hubiese averiguado algo más. La anciana no les cogió el teléfono. Si había salido, era muy posible que hubiese dejado el móvil en casa. Como ella decía, ¿para qué cargar por ahí con aquel artefacto del diablo? Las buenas noticias siempre terminaban por llegar, y las malas volaban. ¿Para qué tener tanta prisa por saber y por hacer todo? El tiempo —decía— era un invento del Gobierno británico: desde que a finales del XIX había obligado a todos a vivir según el reloj artificial de Greenwich, había privado a los escoceses de manejar su tiempo sin la libertad de olvidarse de la medida exacta de cada uno de los minutos del mundo.

Cuando ya habían entregado la documentación que les habían solicitado en la biblioteca y dudaban sobre si asaltar o no a aquellas horas a Sarah Roland en la universidad, recibieron por fin la llamada de Emily. Sin embargo, no era ella la que estaba al otro lado de la línea, sino su hijo George, el hermano de Arthur. La anciana había sufrido una caída por la noche y no había avisado a nadie, de modo que por la mañana tenía el pie izquierdo bastante hinchado y se veía incapaz de caminar. Siguiendo su terca costumbre de «no molestar a nadie» solo había dado cuenta de su estado cuando Jenny, la joven asistenta, la había visto lesionada y había llamado de inmediato al tío George, que ahora se deshacía en explicaciones con Oliver:

—Solo te llamo porque se ha empeñado, que no encontraba el móvil y he tenido que llamarla para encontrarlo, tirado en el sofá y casi sin batería... En fin, que quiere decirte no sé qué de un tal Berlioz. Pero no te preocupes, que está todo controlado, ya la he llevado al médico y la tía y yo nos quedaremos aquí unos días.

—¿Seguro? ¿Lo sabe papá?

—Sí, acabo de llamarlo. Tranquilo, Oliver, de verdad. A ver, espera, que se quiere poner, me está volviendo loco... Te la paso.

Se escucharon unos ruiditos indescifrables al otro lado del teléfono y después a Emily de fondo:

—¿Cómo que tú y Meghan os venís? No, hijo, faltaría más, ¡si yo me apaño! Por Dios, si hubieseis vivido una guerra... ¡por todos los *berserkers*, que solo es un esguince!

Tras unos segundos, por fin, Emily se puso al teléfono.

—Abuela, ¿cómo estás?

—Ay, bien, pequeño *brownie*, no te preocupes. ¡Cuánto siento no haber podido seguir investigando para vosotros!

—No te preocupes, lo primero eres tú, y no un crimen de hace casi doscientos años. Tienes que dejar que el tío George te cuide.

—Oh, hijo, pero ¿no ves que yo ya soy la última rosa del verano, que tengo que apurar cada segundo?

—No digas eso —replicó Oliver. Sabía que era cierto, que a su abuela no podían quedarle muchos años de vida saludable, pero no le agradaba escuchar la previsión de aquel ineludible final. ¿Cómo era posible que ella hablase de la muerte con tanta naturalidad, sin asomo de victimismo en su voz?

—Escucha, que no quiero que pierdas el tiempo —insistió ella, concentrada—; no he hecho que George te llamase para decirte que me he torcido un tobillo, como te podrás imaginar, ¡estaría bueno! Tengo a alguien trabajando en lo vuestro.

—¿Cómo que en lo nuestro?

—Claro, hombre, en Berlioz y MacLeod, para ver cómo acabó todo y si podía echaros una mano con lo de las memorias. Que a lo mejor no tiene nada que ver, ¿eh?, pero a mí me parecen muchas casualidades juntas, ¿sabes? En fin, que tengo a Peter con ello y al final de la mañana va a venir con todo impreso a casa. Lo llamé antes desde el fijo, pero para hablar contigo, ¡pues no me sé tu número! Así que menos mal que George lo tiene, aunque ya me encontró mi aparatito móvil, ¿sabes? Pero a Peter no creas que no lo voy a compensar, ¿eh?, que tengo ahí una ginebra maravillosa que...

—A ver, abuela, espera —la interrumpió Oliver—, ¿quién demonios es Peter?

—Ah, mi bibliotecario.

—Tu bibliotecario —repitió Oliver, incrédulo. Cerró los ojos y sonrió. Se sintió muy afortunado por tener una abuela tan chalada. Le agradeció a Emily su ayuda, pues así podrían concentrarse en Hamilton y en lo que quiera que hubiese podido hacer con las memorias de Byron. La forma de morir del anticuario sería relevante: si Berlioz había fallecido envenenado y él también, aquella Mary MacLeod no se habría tomado las molestias porque sí... ¿O se habría limitado su crimen a un asunto amoroso vinculado exclusivamente a Jules Berlioz? Al final de aquella misma mañana tendrían ya algunas respuestas y comprenderían que el pasado, aunque ya no exista, nunca duerme.

Sarah Roland había recuperado su imagen intelectual, cumpliendo con el manido estereotipo que se supone que deben tener los estudiosos e investigadores literarios: el cabello recogido sin gran ceremonia, las grandes gafas de pasta, el atuendo cómodo y algo bohemio, el gesto concentrado. Se encontraba en la sala de profesores de su universidad, que había sido fundada a finales del siglo XV y que era una de las más antiguas de Escocia. Ahora ya no le impresionaba el edificio; sin embargo, sus pináculos, sus arcos de estilo tudor y su señorial torre con forma de corona lograban captar la mirada de todo el que los contemplaba por primera vez. De pronto, sonó el teléfono de Sarah. Era Oliver Gordon; cogió al instante y escuchó con atención. No, no hacía falta que se acercasen ellos hasta allí, iría ella hasta la Biblioteca Central. Por supuesto que no, no habría problema, ya había dado sus dos primeras horas de clase y en la siguiente podría sustituirla un compañero; el resto de la mañana había pensado utilizarlo para corregir exámenes y permanecer de guardia para las tutorías, pero... ¿cuántas veces en la vida iba a poder investigar algo tan emocionante como la búsqueda de un manuscrito original de Lord Byron? Si Oliver todavía no tenía acceso a la Biblioteca Central, ella sí, desde luego. En todo caso, aquella era una tarea que pensaba hacer sin falta, de modo que mejor antes que después. Salió del vetusto edificio con paso apurado y sin detenerse un segundo en nada que no fuesen sus propios pensamientos.

Cuando Sarah llegó a la Biblioteca Central, pudo ver a Oliver y Valentina a los pies de la gran escalera, esperándola. Le sugirieron tomar un café antes de entrar; no es que le pareciese mala idea, aunque no entendía cómo aquella pareja no podía estar ardiendo en deseos de adentrarse en la hemeroteca que estaba a solo unos metros de distancia. Pensó, cruel consigo misma, que tal vez se hubiese vuelto algo *nerd*, demasiado obsesiva con el mundo intelectual y literario. Sin embargo, pronto comprendió que el interés de Oliver y Valentina por tomar aquel café se vinculaba a todo lo que había sucedido en Huntly. Se sentaron en el interior de una especie de acogedora y típica taberna escocesa, y Oliver no perdió ni un minuto dando inútiles rodeos: le explicó que alguien había visto a Henry entrar en su habitación la noche del incendio; no querían importunarla en lo concerniente a su vida privada, pero tras ver su reacción cuando se había sabido que Henry era descendiente de Byron, necesitaban saber cuál era su vínculo real con el editor.

—E insisto en que nadie los acusa ni a usted ni a Henry de nada, pero comprenda que ha muerto una persona y que se supone que ustedes no se conocían...

—Me hago cargo, Oliver —asintió ella, algo sonrojada—. Anoche ya me llamó la inspectora para hacerme unas cuantas preguntas, y me dijo que posiblemente volverían a requerirme para declarar aquí, en Aberdeen... Pero lo mío con Henry no tiene nada que ver con todo esto, lo juro.

—La escuchamos —le dijo Valentina, con expresión amable.

—Tuteadme, por favor... —solicitó Sarah, tomando aire. Oliver y Valentina asintieron, comprendiendo que iban a escuchar la segunda confesión de aquella mañana —. Yo... Yo no conocía a Henry de nada hasta que llegué a Huntly hace un par de días. Dios, ¡qué vergüenza! No suelo hacer esta clase de cosas...

—Tranquila —la animó Oliver. Ella volvió a respirar profundamente antes de decidirse a hablar.

—Os juro que al principio hasta me cayó antipático, ¡era tan sabelotodo!, y hablaba todo el tiempo con citas altisonantes de autores que ya están muertos, y se ponía a recitar poemas sin venir a cuento, como si estuviese chalado... Pero, no sé, tras la cena y con el vino... ¡si es que yo no bebo nunca! Bueno, vaya, que... tras sus tonterías vi que sí sabía de literatura, que realmente era un hombre interesante, o eso me pareció, y, en fin...

—Dios —se limitó a decir Oliver, mirando primero a Valentina y después a Sarah—, ¿todo esto por un rollo de una noche?

—Dicho así... —Se sonrojó ella de nuevo—. De verdad que yo nunca hago estas cosas, y Henry y yo quedamos en volver a vernos, pero después me enteré de que había ocultado lo de Byron, y yo ya me imaginé que me podría haber mentido en cualquier cosa... ¡Me sentí muy estúpida!

Valentina sonrió.

—No sé qué condimentos tendría la cena del Sandston, porque resulta obvio que dio para más de un encuentro amoroso.

—Oh —se sorprendió Sarah, casi aliviada de no haber sido la única—. ¿Y quién...?

Oliver le hizo una mueca a Valentina y le restó importancia al asunto, negando con movimientos de la mano.

—Nada, nada, no tiene importancia. Lo realmente relevante de esa noche es que alguien mató a Mel Forbes y que después prendió fuego al castillo de mi padre. Pero Sarah..., una última pregunta: después de la cena, ¿Henry y tú estuvisteis todo el tiempo en tu habitación?

—Sí, hasta que escuchamos fuera el revuelo por lo del incendio.

—Y antes de eso no escuchasteis nada raro, ni él salió de tu cuarto, imagino... Perdona que sea tan incisivo, pero creo que es importante dejar todo bien claro.

—Lo comprendo —asintió Sarah—, y no, Henry no salió de mi habitación. Y la verdad es que no sé si fuera sucedió algo o no, estábamos..., en fin, a otras cosas.

Valentina puso su mano sobre el hombro de Sarah, porque observó como su rostro volvía a ponerse colorado y su mano intentaba recolocar todo el tiempo sus gafas, aunque no hiciese falta. No, estaba claro que no hacía falta ahondar más en aquel asunto. Decidieron ir ya a la biblioteca sin perder más tiempo. Por lo que parecía, aquel *affaire* de Henry y Sarah había sido completamente fortuito, sin guardar tras su apariencia complejas marañas de conspiración. Pista falsa.

Accedieron por fin al interior de la biblioteca, que Sarah conocía bien; gracias a ella, encontraron rápidamente el *Aberdeen Journal* del 22 de febrero de 1857, fecha en que Stuart Hamilton había escrito su carta a su amigo Adam Chambers. En la prensa no se decía nada de Hamilton, pero sí de Jules Berlioz.

No se trataba de una noticia muy destacada, aunque se buscaba deliberadamente el titular de la sospecha ante un posible crimen. Jules Berlioz, de veintisiete años y de nacionalidad francesa, había fallecido en su pensión «entre terribles dolores, escalofríos y vómitos». A pesar de que existía la teoría de que el joven hubiese podido sufrir algún ataque de cólera, el médico que lo había atendido en sus últimas horas insinuaba la posibilidad de un envenenamiento, algo de lo que se mostraba convencido, al parecer, un compañero de la pensión donde residía el difunto, que hasta entonces había trabajado en la muy respetable librería Stoner, en el centro.

Dos días más tarde, el 24 de febrero de 1857, el crimen de Jules Berlioz ya había pasado a la portada del *Aberdeen Journal*. La policía había encontrado más de ciento setenta cartas de Mary MacLeod en el dormitorio de Jules, y se confirmaba públicamente que la joven había comenzado a ser investigada. Solo una semana más tarde era formalmente detenida. Después, ingresaba en prisión a la espera de juicio, que tendría lugar varias semanas más tarde. Pero, regresando al 24 de febrero, en la sección de óbitos, sí se destacaba el lamentable fallecimiento de «Mr. Stuart Hamilton»; se detallaba que el deceso había tenido lugar dos días antes, el 22 de febrero, cuando el citado caballero estaba todavía instalándose en la antigua propiedad de los marqueses de Huntly, también conocido en la zona como el palacio de los Gordon. Al parecer, la defunción obedecía a causas naturales, dado que el señor Hamilton padecía del corazón. Aquella misma jornada había sido programada una sencilla misa en la capilla del castillo, a la que acudirían su esposa e hijos, así como la familia más cercana. Después, en solemne comitiva, estaba previsto que el cuerpo regresase a su

Edimburgo natal, donde recibiría sepultura en el cementerio de Geyfriar. Aquello era todo. Sin embargo, con el buscador digital encontraron en la prensa del día siguiente referencias al responso que Cassandra, la hija del difunto, le había dedicado en el transcurso de la misa:

> En la mañana de ayer tuvo lugar en Huntly la misa por el señor Hamilton, si bien, una vez se proceda al traslado de sus restos, el sepelio se realizará en Edimburgo. Debe destacarse la belleza de la homilía, en que su desconsolada familia agradeció las muestras de afecto de amigos y vecinos. La joven Cassandra Hamilton, visiblemente emocionada, acertó a decir unas palabras de responso por su honorable padre, respetado anticuario y coleccionista de diversas formas de arte. La afligida joven halló consuelo en que, al menos, su padre no hubiese fallecido en prolongada agonía, sino a causa de un ataque al corazón tan inesperado como fulminante. El suceso, por lo que ha podido saber este periódico, tuvo lugar mientras el señor Hamilton leía la prensa y degustaba un té a media mañana, sin que, según los criados, ningún hecho enturbiase su tranquilidad. La viuda del señor Hamilton ha manifestado su reiterado agradecimiento a todos los asistentes, declarando que su familia, muy posiblemente, ya no proceda a instalarse en las Highlands.

Y aquello era todo. No encontraron más referencias a Hamilton en periódicos posteriores. Sin embargo, el buscador digital, que Sarah utilizaba con mano práctica, los llevó a casi seis meses más tarde, cuando se confirmaba que la propiedad del difunto señor Hamilton pasaba a ser adquirida por un conde de las

Highlands para su residencia de verano. Después de aquella venta, Oliver y Valentina sabían que habían venido algunas más hasta llegar a los Forbes, para, finalmente y tras tantos años, regresar a manos de los Gordon.

—¿Os habéis fijado? —preguntó Sarah, volviendo al *Aberdeen Journal* del día 24 de febrero—. Aquí dice que estaba tomando el té. ¿Y si también hubiese muerto envenenado?

Valentina frunció el ceño.

—Me extrañaría que el médico de Hamilton no hubiese observado los posibles síntomas de envenenamiento. Hasta el doctor de Berlioz se dio cuenta con su paciente y lo puso de relieve, y eso que Berlioz era un don nadie. Imagínate con un caballero de renombre que se acababa de comprar un castillo... No, yo creo que debió de sufrir un fallo cardíaco. Aunque, claro, salvo que exhumásemos su cuerpo, no podríamos asegurarlo al cien por cien.

Oliver se mostró pensativo.

—¿Y si le dio el infarto por leer la noticia de la muerte de Berlioz? A mí me cuadraría. Poneos en situación: Hamilton prepara la carta para su amigo Chambers de Inverness, pero le toca su té de media mañana y su rato de leer la prensa; repasa las noticias y descubre que el actual propietario de las memorias de Byron ha muerto envenenado; delicado como estaba del corazón, no me parece descabellado que sufriese un ataque.

—Podría ser —asintió Sarah, inclinando la cabeza y releyendo la noticia en la pantalla—, pero, entonces, ¿dónde puso las memorias? Si las hubiese tenido con él al fallecer, alguien las habría visto.

Valentina toqueteó la mesa, concentrada.

—Si tuviese las memorias con él, algún criado podría haberlas cogido... Pero aquí ya entraríamos en especulaciones sin base alguna. Y si las hubiese dejado en el archivo secreto, tal vez estuviesen guardadas en el compartimento disimulado de la mesa, que después del incendio vi que tenía una especie de cajón oculto... Creo que era algo bastante habitual en esa clase de muebles, pero ahora ya solo podemos hacer conjeturas. Si investigamos el juicio de Mary MacLeod, tal vez podamos averiguar si ella viajó a Huntly cuando Hamilton murió.

Oliver y Sarah se mostraron de acuerdo con el planteamiento, y comenzaron a leer el desarrollo del juicio desde el inicio, tal y como había hecho la abuela Emily, aunque por fortuna el *Aberdeen Journal* le había dado muchísima más cobertura al caso que la modesta prensa local de Stirling. Descubrieron que Mary había sido vigilada por la policía desde el día del deceso de Berlioz, por lo que resultaba imposible que ella hubiese podido trasladarse a Huntly sin que aquello quedase reflejado en los reportajes diarios, detalladísimos, que se recogían en la prensa de la ciudad sobre el juicio a la joven, de alto nivel social. Cuando iban ya por la mitad del proceso judicial, sonó el teléfono móvil de Oliver, que este cogió muy rápido, habida cuenta de que estaban en una biblioteca. Era la abuela Emily, que ya había recibido la documentación de Peter, que estaba allí mismo, disponible para atenderlos. Oliver, tras saludar a Peter, procuró hablar en susurros.

—Le agradezco su interés, de verdad, aunque ahora mismo ya estamos con ello en la biblioteca de Aberdeen... ¿Qué? Sí, claro, sería genial saber ya cómo acabó el asunto; ¿qué fue de Mary? ¿La declararon culpable o inocente?

—Oh, ninguna de esas dos cosas, señor Gordon —negó Peter, tras toser en un suave carraspeo—. En este caso, la sentencia acogió la tercera opción.

—¿La tercera? No entiendo.

—¿Pero usted no es escocés?

—¿Y eso qué tiene que ver? —se molestó Oliver, extrañado—. Soy inglés —explicó a regañadientes— y vengo desde pequeño a Escocia, a visitar a la familia.

—Ah, comprendo —replicó Peter con un tono algo más distante, como si se sintiese decepcionado por el hecho de que Oliver no hubiese nacido en Escocia. Tras una brevísima pausa, continuó hablando—: En el derecho escocés se prevé una tercera opción, ni condenatoria ni absolutoria.

—¡Pero eso es imposible! —exclamó Oliver, logrando que un estudiante de una mesa cercana se quejase por el ruido, mientras Sarah y Valentina no perdían ni una palabra y él recuperaba la compostura—. O eres culpable o eres inocente, no hay otra.

Peter carraspeó de nuevo al otro lado del teléfono.

—Esto es Escocia, señor Gordon. Permítame que le explique qué es *el tercer veredicto*.

Mary MacLeod

Sobre Mary MacLeod pesaban tres cargos. Uno por cada taza de chocolate que Jules Berlioz había bebido en aquel acogedor cuarto femenino de la bonita casa georgiana de Old Aberdeen. El primer y el segundo cargo eran por asesinato en grado de tentativa. El tercero, por asesinato consumado. Fuera cual fuese el resultado del juicio, el estigma social sería inevitable. Mary quedaría marcada para siempre. Primero, por la falta de virtud, por aquella virginidad perdida en un arrebato impropio de su clase. Segundo, por la duda: aunque fuese declarada inocente, ¿quién podría tomar una simple taza de té de su mano sin sentir un inquietante escalofrío?

El fiscal Maule fue implacable. Para él, no cabía duda: Mary era culpable. Entendía la enorme presión a la que se habría visto sometida la muchacha, la vergüenza que había querido evitar a su familia por sus propios y lastimosos errores, pero nada excusaba el delito de sangre. Ni siquiera que Jules Berlioz fuese un cazador de fortunas, o que careciese del decoro y honor de un caballero, pues nunca lo había sido. Habría también que ahondar en la responsabilidad de los padres de la muchacha, que debieran haber estado más pendientes de los descalabros de su hija. Pero ni los progenitores de Mary ni el propio Jules podían cargar con la culpa del crimen que aquellas manos blancas y diminutas habían cometido.

—Y que no se esfuerce la defensa —había dicho el fiscal— en insistir en el posible deceso de la víctima por culpa de un ataque de cólera, pues las pruebas forenses son claras y definitivas, y fue envenenado con arsénico. Y no olviden —añadió— que, tal y como confirmó el señor Campbell, librero de Stoner, la señorita MacLeod era asidua lectora del *Blackwood's Magazine*, de donde es muy razonable concluir que haya leído sus artículos sobre el uso del arsénico, que se publicaron los últimos meses del pasado año, tal y como se demostró en sala aportando dichos ejemplares como prueba.

El fiscal Maule se detuvo un instante y revisó brevemente sus notas. Después, continuó resaltando las evidencias que entendía como probadas y repasó muchas de las pruebas testificales y, especialmente, el móvil del crimen. Tras casi dos horas, concluyó su alegato con una reflexión final:

—Comprendo el gran revuelo social que ha causado este asunto, y lo enormemente relevante que resulta la edad, el sexo y el nivel social de la acusada, pero el cargo fundamental contra la prisionera es el de asesinato; y este es el delito último e irrevocable, el más grave y atroz. No caigan en la simpleza, y no piensen en Jules Berlioz como en un sinvergüenza sin escrúpulos, capaz de engañar a una jovencita. Todas las personas se describen con matices, brillos y sombras, y desde luego el perfil de la víctima no se ajusta al de un malvado criminal —razonó Maule, en tono firme. Tras unos segundos, que pareció ofrecer al público para que sopesase sus razonamientos, continuó con su discurso—. ¿Pudo realmente Jules Berlioz albergar buenas intenciones con la señorita MacLeod? No lo sabemos, aunque su conducta fue desde luego deshonesta. En todo caso, insisto: ¿era un criminal? Por lo que hemos visto a lo largo del juicio, dedicaba su mayor parte del tiempo a leer y a buscar libros. Y también tenía en Francia una familia que lo apreciaba. Merecía una reprobación por su conducta, sin duda, pero no morir.

Maule tomó aire y miró con severidad a la acusada.

—En este caso, no solo tenemos un móvil claro y evidente, sino unos hechos muy reveladores. Un 16 de enero se confirma y arregla un compromiso matrimonial entre la acusada y el señor Grant. Solo una semana después, la señorita MacLeod ofrece una primera taza de chocolate al señor Berlioz, cuando a lo largo de un año de relación no consta que jamás le ofreciese refrigerio alguno, ni frío ni caliente. Y, tras un intento fallido con una segunda taza, la víctima fallece solo tres días después de haber ingerido una tercera. Resultan evidentes las tentativas de la acusada en los dos primeros cargos, y el asesinato consumado en el tercero.

El fiscal no necesitó ninguna pausa forzada para dar tensión y fuerza a lo último que tenía que decir:

—Siendo estos los hechos y las evidencias, y aun a mi pesar, viendo la situación personalísima de la acusada, no cabe más que recordar que la condena por asesinato en Escocia, señores, es la muerte.

El ambiente en la sala se volvió pesado y tenso. Tocaba el turno de la defensa, y resultaba evidente que Edward Mansfield había preparado aquel alegato final a conciencia. Su aspecto amable, con su toga y bajo su peluca blanca, se había vuelto intimidante. Su determinación al hablar, su mirada firme y convencida, mantuvo al jurado atento durante las más de tres horas que duró su discurso. Se centró especialmente en mostrar el carácter voluble de Jules Berlioz, en la posibilidad de que este se hubiese suicidado. No por ser un planteamiento descabellado era imposible. Además, y aun reconociendo que hubiese sido envenenado con arsénico, ¿qué asociaba de forma ineludible aquella intoxicación a Mary MacLeod? La víctima podía haber sido envenenada por cualquier otra persona, bien en la taberna a la que solía acudir a comprar comida o bien en uno de sus viajes. ¿Quién podía asegurar que no se hubiese adentrado en algún negocio turbio, ahora que estaba tan desesperado por lograr una fortuna rápida a toda costa?

Tras una larga disertación sobre este punto, que recuperaría en sus conclusiones finales, el abogado se adentró en la más que cuestionada utilización del arsénico como elemento estético.

—No debiéramos alarmarnos tanto por el uso del arsénico como solución de belleza, pues si fuera tan peligroso no se dispensaría en las boticas. Utilizado con prudencia y mesura, es cierto que ha sido empleado en ocasiones para eliminar pecas, granos y marcas de la piel. ¿Acaso hemos olvidado ya la cerusa veneciana, utilizada por la reina Isabel de Inglaterra para cubrir las cicatrices de su piel? En efecto, el exceso de plomo de la mezcla podía producir pérdida de cabello y podredumbre de los dientes, pero la medida del producto era la que lo identificaba como medicina o, en su caso, como ponzoña... En realidad, si lo meditan, todas las sustancias son tóxicas para el cuerpo humano, y no existe ninguna que en exceso no lo sea. Esta creencia no es genuina de este humilde letrado —argumentó, señalándose a sí mismo en un gesto de falsa modestia—, sino que ya fue un célebre médico, Paracelso, quien aseveró que solo la dosis hacía el veneno. Sí, señores, es la dosis la que diferencia el veneno del remedio... ¡Hasta las mujeres del viejo Imperio romano utilizaban maquillaje a base de plomo! —exclamó, gesticulando de forma exagerada—. Y debo añadir que el señor Smith, boticario que ha prestado testifical en el presente proceso, ha reconocido que el arsénico es empleado en un compuesto para la depilación de vello facial... ¿Cómo evitar que las jóvenes de nuestro tiempo busquen lograr una tez reluciente, una apariencia irresistible, empleando métodos más modernos?

El fiscal Maule escuchaba a la defensa con la barbilla apoyada en su mano izquierda, con gesto cansado y mirada escéptica, aunque sin dejar de apreciar todos los vericuetos inverosímiles por los que su colega se había adentrado para lograr un veredicto de inocencia.

Tras defender la utilización del arsénico hasta como maquillaje, Mansfield resaltó de nuevo la falta de escrúpulos y de caballerosidad de Berlioz, que no había que olvidar que le llevaba al menos siete años a Mary, y que era un hombre de pasado delictivo en París, tal y como habían acreditado los testigos. Un ladronzuelo de poca relevancia que había engañado y chantajeado a una inocente dama de alta sociedad, que sin duda había sucumbido a su hombría bajo embustes y hábiles argucias, conduciéndola a un estado de enajenación y sufrimiento indescriptibles. Prueba de ello era la correspondencia hallada, en la que había un explícito contenido sexual. ¿Cómo podía concebirse en una joven educada y distinguida como la señorita MacLeod una conducta tan escandalosa? Sin duda sus palabras habían sido dirigidas por la persuasión y el dominio viril de Berlioz, cuyas cartas habían sido destruidas por Mary. ¡Qué dirían sus misivas, qué extraordinarias barbaridades y desvergüenzas! Casi resultaba un alivio que Mary se hubiese deshecho de ellas, por decoro y sentido común, pues aquellos escritos sin duda solo albergarían lujuria y pecado.

—Y si hacemos caso al ilustre fiscal Maule —añadió el abogado, mirando con ironía a su colega—, es cierto que debemos analizar los brillos y sombras de las personas, pero en la víctima, discúlpenme, solo puede apreciarse oscuridad. ¡Hurtos, engaños y chantajes!... Sin embargo, y hasta la llegada de Berlioz, en mi representada solo se aprecia un historial amable y decente; una hija obediente y entregada, que a pesar de su vitalidad y juventud pasaba los días prácticamente recluida en su domicilio solo por hacer compañía a su madre, de delicada salud; una joven que nunca ha tenido más interés que el de atender a su familia, acudir a la iglesia y entretener las horas con la lectura. Quizás... sí, quizás esta falta de contacto con el mundo más banal, con el conocimiento de la existencia de maleantes, le hayan hecho caer en las garras de Berlioz, que a todas luces era un cazador de fortunas, pues los hechos así lo indican. Y en esta ingenuidad, esta joven —y señaló a Mary, que no se atrevía a levantar la mirada— sufrió lo indecible, padeciendo las amenazas y engaños de un hombre con el que ya había manifestado no querer tener relación alguna, deseándole sin embargo lo mejor para su vida y futuro, tal y como consta por escrito en su correspondencia.

Mansfield, al llegar a este punto y justo antes de terminar su largo alegato, tomó aire y mantuvo un breve y deliberado silencio. Barrió toda la sala con la mirada, y terminó centrando su atención visual en los miembros del jurado. Después asintió, como si estuviese muy convencido de algo que tenía en mente, y tras una nueva y breve pausa continuó hablando.

—Cuando sucede un asesinato, un buen investigador suele buscar el punto de inflexión. Sí, señorías... ¡el punto de inflexión! Se persigue el hecho concreto que, en las últimas semanas o meses de vida de la víctima, haya cambiado las cosas: rutinas, expectativas y aspiraciones. Y les diré qué sucede en el caso de Jules Berlioz... En las últimas semanas no era su relación con Mary MacLeod la que había cambiado su mundo, pues llevaban meses sin apenas verse de forma continuada, y de hecho el último acercamiento de la acusada había sido solo para intentar recuperar su correspondencia y salvar su honor. No, no... —negó, con enérgicos movimientos de cabeza—. Lo que había cambiado en la vida de la víctima era su nueva ocupación, complementaria a su trabajo en Stoner. De un modo un tanto ingenuo, Berlioz había decidido convertirse en investigador; en, digamos, detective de libros. ¡De libros, nada menos! Una ocupación no especialmente provechosa, que con toda probabilidad ocultaría cualquier otro negocio de estraperlo, donde tal vez habría que buscar la verdadera causa de su muerte, y no en esta pobre y desvalida muchacha que tendrá que sufrir de por vida cómo un error de confianza ha oscurecido su futuro.

El abogado defensor se detuvo solo unos segundos para tomar nuevamente aire, y el fiscal Maule alzó una ceja ante su último, reiterado e inconsistente argumento. Jules Berlioz, ¿asesinado por un malhechor con el que se hubiese visto involucrado en negocios turbios? Resultaba una idea bastante improbable. De hecho, si hubiese alguna prueba de que la víctima estuviese relacionada con empresas y negocios irregulares, Mansfield ya la habría traído el primer día del juicio. Sin embargo, la jugada era buena y el fiscal sonrió, apreciando el buen oficio de su colega, que terminó su alegato de la forma más dramática de la que fue capaz, como si estuviese conteniendo una profunda emoción.

—Y recuerden que, en Escocia, tierra de hombres justos, se condena sobre evidencias y no sobre inferencias ni sospechas, pues solo sobre la certeza puede dictaminarse una condena a muerte, que es el fin último de todas las cosas.

El jurado tardó solo una hora en acordar una decisión sobre aquel extraordinario caso. Mary esperaba el veredicto con la mirada fija en el estrado del juez Fielding, a pesar de que el jurado estaba a su derecha. No quería ver, no quería oír. ¿Así era como iba a terminar su vida? La muerte flotaba sobre ella como una pesada niebla de la que resultaba imposible despegarse. Oh, Jules. Qué lejano parecía ya en el tiempo. Como si su historia con él hubiese sido solo un sueño. Incluso su rostro comenzaba a desdibujarse en su memoria, como si su cabello rubio y sus penetrantes ojos grises no hubiesen existido nunca.

Ahora sonaba una música triste dentro de Mary; una melodía que salía de no sabía dónde, y en la que tocaba un nostálgico oboe, cargado de oscuridad. En aquel instante era ella la que, como el prisionero de Chillon de Byron, habitaba en una fosa. Qué tonta había sido y qué sola se sentía. Tal y como se decía en la novela *Jane Eyre*, los amigos olvidaban siempre a los desamparados por la fortuna: Catherine, su amiga desde la infancia, no solo no le dirigía la palabra, sino que le constaba que su abuela le había prohibido relacionarse con ella en forma alguna. Su solícito prometido, que tras el compromiso ante sus padres ya había intentado acariciar su cuerpo más de lo decorosamente permitido, la había despreciado públicamente. Era comprensible: sin duda deseaba, además de salvar su honor, evitar que pudiese pensarse en él como inductor del asesinato o como potencial homicida. Y su familia... Su madre era atendida por los médicos prácticamente a diario; su padre, avergonzado, la miraba solo lo imprescindible, como si se tratase de una desconocida. Hasta la joven y pequeña Jane, la última vez que la había visto, se había dirigido a ella con distancia e inquietud.

Y todo aquel sufrimiento, ¿para qué? Fuera cual fuese la resolución del jurado, ya nunca podría tener un buen casamiento ni un futuro. Su padre había sugerido incluso internarla en un convento. ¡Ella, Mary MacLeod, en un convento! No, se arrojaría antes por los acantilados de Stonehaven, para poder ver al menos algo hermoso antes de morir. Los peores augurios se cernían sobre ella, que de pronto recordó otros versos de Byron, que acertó a murmurar de forma prácticamente inaudible, como una profecía: «... los mejores días de la vida fueron nuestros, los peores no pueden sino ser solo míos». Pero atención, silencio. El jurado ya había comenzado a hablar.

—... Por mayoría, y sobre el primer cargo de tentativa de homicidio, *no culpable*. Sobre el segundo cargo de tentativa de homicidio, y por mayoría, este jurado encuentra, asimismo, un veredicto de *no culpable*.

No hubo revuelo en la sala, ni comentarios ni aspavientos, pues los asistentes contenían la respiración. El veredicto fundamental era el del tercer cargo, por asesinato. Si se llegaba a ejecutar a Mary, sería un caso realmente histórico y extraordinario en todo el país.

—Por unanimidad, y sobre el tercer cargo, el jurado encuentra un veredicto de *no probado*.

Mary, aun estoica y comedida, dejó que una lágrima se deslizase sobre su rostro. No ser declarada culpable, sin duda, era una buena noticia, pero aquel no era un veredicto de inocencia. El jurado la estaba considerando en realidad culpable, pero con el singular «no probado» del derecho escocés dejaba claro que las pruebas, sencillamente, habían resultado insuficientes para condenarla. Un *tercer veredicto* que la salvaba de la muerte, aunque socialmente estuviese condenada. Algunos llamaban a aquel tipo de sentencia, a aquella tercera opción única y propia del derecho escocés, el «veredicto bastardo». Su abogado la miró y sonrió con satisfacción. Estaba claro que no había podido convencer a nadie de su inocencia, pero sí había logrado que los indicios y testimonios no fuesen considerados determinantes. Había hecho un buen trabajo, y se había ganado cada libra que le había cobrado al señor MacLeod.

De pronto, y como si los presentes hubiesen estado sumidos hasta aquel instante en un trance, comenzaron los comentarios, las carreras de los periodistas hacia sus redacciones, las discusiones entre el público. Realmente, y aunque se hubiese librado de la horca, nadie había resuelto la gran duda: ¿era o no era Mary MacLeod inocente?

II

> El chico juglar se ha marchado a la guerra,
> lo encontraréis en las filas de la muerte.
> Se ha ceñido la espada de su padre
> y se ha colgado su harpa salvaje a la espalda [...].
> ¡Cayó el juglar! Pero las cadenas del enemigo
> no pudieron someter a esa alma orgullosa.
>
> THOMAS MOORE,
> «El chico juglar», *Melodías irlandesas* (1807)

Podemos tocar una bonita melodía y nunca, sin embargo, alcanzar las notas musicales perfectas. Podemos, también, adentrarnos en la noche sabiendo que alguna luz se esconde entre las sombras, sin que nuestra pericia consiga atrapar ese destello en la oscuridad. Valentina y Oliver sabían que habían estado cerca, que habían acariciado la verdad con las yemas de los dedos, pero no siempre resultaba posible avanzar hacia el campo de los ganadores. Había lazos, pistas y nexos, pero se habían desvanecido bajo la herrumbre del tiempo. El caso de Mary MacLeod era impactante, desde luego, pero el móvil del crimen parecía circunscribirse a su relación con Jules Berlioz, y no al hecho de que este hubiese encontrado las memorias de Lord Byron. En realidad, Oliver creía que, si Mary lo hubiese sabido, el joven francés habría conservado su vida. Sin embargo, era difícil aseverar una verdad sustentándola solo en suposiciones y conjeturas. Tras la explicación de Peter de qué era aquello del tercer veredicto, Oliver y Valentina habían tenido dos largos días para leer todo el proceso judicial que se había recogido en los periódicos y, aunque los hechos apuntaban a ello, nunca sabrían con completa seguridad si Mary MacLeod había sido o no la asesina.

Era fácil hacerse una idea, pero ¿cómo podían ser justos con Jules y con Mary si del siglo XIX al XXI había un abismo, si pertenecían a mundos tan distintos? ¿Cómo comprender la desesperada necesidad de Jules por salir de la miseria, ante su previsión segura de una vida llena de parches y flaquezas? Y Mary... No, nada justificaba que hubiese envenenado a su primer y fugaz amor. Aunque, ¿no era su crimen cargo y culpa, también, de la tremenda presión social y familiar a la que se había visto sometida?

Aquel homicidio del año 1857, en definitiva, solo había resuelto quién era la persona que probablemente le había entregado al señor Hamilton las memorias de Lord Byron. ¿Cómo las habría conseguido Jules Berlioz? ¿Habría sido él, en realidad, o un tercero desconocido? Sería otro misterio que quedaría sin resolver. Y, lo más relevante: ¿qué habría hecho Hamilton con el manuscrito? Según su carta a Chambers, lo tenía en su posesión el mismo día de su muerte. Tal vez tuviese razón Valentina y las memorias hubiesen quedado ocultas en la mesa del archivo secreto, por lo que ahora no serían más que cenizas. O tal vez no; tal vez Hamilton las guardó en otro lugar o en otro mueble, y un tercero las hubiese encontrado mucho después. Pero ¿y si no hubiesen tenido esa suerte y permaneciesen todavía en su tumba escondida y quieta, en espera de que alguien las devolviese a la vida?

Oliver y Valentina habían estado conversando sobre el asunto sentados en una enorme pradera que desembocaba en unos imponentes acantilados. Ahora, hechizados por el paisaje, disfrutaban de su mutua compañía en silencio. Enfrente, el mar del Norte anunciaba con su oscuro tinte azul que estaba tan frío como parecía, y las ruinas del castillo de Dunnottar se dibujaban en el paisaje, a lo lejos, como si perteneciesen a un cuento. El promontorio sobre el que se alzaban los restos del castillo parecía haber surgido con furia desde el fondo del mar, para después mostrar su cara más amable en la superficie de la península, cubierta por un denso manto de hierba verde.

—Debió de ser un puesto defensivo excelente —observó Valentina sin apartar la mirada de lo que quedaba de la fortaleza.

—No lo creerás, pero este castillo perteneció a una compañía minera de York.

—No me digas —se sorprendió ella, enarcando las cejas—. ¿Otra historia de tu abuela?

Oliver se rio.

—No, venía en el panfleto turístico que nos han dado en el hotel.

Valentina suspiró y se levantó, tendiéndole la mano a Oliver para que hiciese lo mismo.

—Creo que ha estado bien venir aquí a dar un paseo. Es raro, ¿no? Saber que Mary y Jules también caminaron por este mismo lugar y que vieron lo mismo que nosotros.

—Sí... Y no creo que haya cambiado mucho desde

su época hasta la nuestra, ya has visto cómo está todo —añadió Oliver, barriendo con su mirada el paisaje, en el que apenas se podía ver ninguna edificación, salvo algunas granjas y pequeñas construcciones.

A poca distancia, a menos de cinco minutos en coche, se encontraba Stonehaven. Habían decidido viajar hasta allí en un romántico gesto de despedida de las Tierras Altas, ya que aquella tarde acudirían —atendiendo de paso la invitación de Linda Gordon— a los Highland Games de Aberdeen, donde se reunirían con Arthur antes de marcharse hacia Stirling. Después, tendrían que tomar un vuelo a España. Las vacaciones, aunque les pesase, no podían ser eternas. Tras leer la historia de Jules y Mary, y aunque sabían que no encontrarían más pistas que seguir, habían querido pisar sus mismos escenarios. Ahora, Oliver y Valentina se limitaban a disfrutar aquel tiempo regalado sobre las praderas escocesas, que bajo el baile de la eterna brisa parecieran querer volar. Haciendo el mismo recorrido que se deducía de las cartas de Jules y Mary, habían probado suerte en la posada The Ship Inn, y para su sorpresa allí estaba, vigilando su pequeña bahía. Encalada y con los marcos negros en sus ventanas. ¿No era extraordinario que se mantuviese prácticamente como entonces? Habían cenado allí la noche anterior unos deliciosos mejillones en salsa, y tanto la decoración como el ambiente los habían trasladado de inmediato a una época más vieja y gastada. No les resultó difícil imaginar a Jules y a Tom Cook bebiendo cervezas y whisky de malta en aquella taberna, que en contraste con la antigua librería de Stoner sí guardaba su esencia y su viejo espíritu de acogida. Pero, aunque la noche en Stonehaven y el paseo por su costa hubiesen tenido un resultado agradable y evocador, lo cierto era que el asunto de Mel Forbes parecía haberse quedado enquistado, y ni siquiera la hábil inspectora Reid ni su sargento formado en el Scottish Crime Campus habían logrado avanzar con el caso.

Mientras caminaban hacia el coche y se despedían en silencio de aquella costa escocesa de ensueño, Oliver puso el brazo sobre los hombros de Valentina, que lo asió por la cintura mientras ambos acompasaban el paso.

—Creo que soy el peor investigador de la historia —dijo Oliver con gesto apesadumbrado.

—¿Qué? ¿Por qué?

—Tú siempre resuelves todo, y ahora que te ayudo yo, no somos capaces de encontrar ni un miserable manuscrito.

—¡Pero si me has ayudado un montón de veces en mis casos! Además, te recuerdo que tampoco yo, ni Terminator Reid ni su supercualificado sargento hemos podido dar con ninguna pista... Y nosotros tampoco teníamos medios ni acceso a los detalles forenses.

—Ah, eso sí es verdad... Pero lo peor es lo de Mel Forbes. Me siento algo intranquilo si mi padre se queda aquí solo, ¿entiendes? El caso está sin resolver.

—No creo que nadie quiera hacer daño a tu padre, Oliver. Pero te comprendo... De todos modos, a la policía hay que darle tiempo, todavía es pronto. Por cierto, Andrew Oldbuck se marcha también, ¿no?

—Sí, esta tarde.

Valentina sonrió, y en su semblante Oliver pudo adivinar un gesto pícaro.

—De todos modos —comenzó a decir ella—, me da que Arthur no va a estar completamente solo, no sé si me explico... En el Sandston alguien le hará compañía, digo yo.

Oliver entornó los ojos y detuvo sus pasos ante el coche, que abrió sin ceremonias. La pareja, entre bromas sobre Arthur y Catherine y lo buena madrastra que podría ser, se montó en el vehículo y se dirigió directamente hacia Aberdeen. ¿Cómo iban a imaginar que, en solo un par de horas, por fin, iban a desvelar el misterio más grave de todos?

Los Highland Games de Aberdeen se celebraban a las afueras y al oeste de la ciudad, en Hazlehead Park. En aquella explanada verde y enorme se reunían gaiteros, bailarines y deportistas que, con la excusa de mantener vivos algunos usos y tradiciones, facilitaban también la transacción de numerosas operaciones comerciales: artesanía, venta de productos caseros y hasta encuentros culinarios. Cuando Oliver y Valentina llegaron al parque, pudieron ver con claridad el puesto donde se situaba la destilería del jefe del clan de los Gordon. Un elegante cartel destacaba en un puesto amplio y distinguido, lleno de detalles, y rezaba: Destilería Glenbuchat Castle. Se aproximaron y observaron a Arthur charlando amigablemente con Adam; viéndolo así, a lo lejos, y contemplándolo tan risueño, no parecía que en aquel fornido escocés quedase nada del áspero carácter que había mostrado cuando lo habían conocido. Llamaba la atención, además, que fuese vestido con la indumentaria típica escocesa, y en su tartán no faltaban los colores verdes típicos de los Gordon. En contraste, Arthur, que vestía unos sencillos pantalones vaqueros y una camisa, parecía muy diminuto a su lado.

Dentro del puesto de la destilería, al fondo y en un plano muy discreto, podía verse a una atareada Linda hablando por teléfono: atendía a alguien al otro lado de la línea mientras a la vez daba instrucciones a uno de los chicos que, también vestidos de forma tradicional escocesa, atendían a los clientes. Según el tipo de whisky, las catas se acompañaban de salmón ahumado, queso, carne de ternera o incluso chocolate. La actitud de Linda mientras trabajaba era decidida y firme, y, desde luego, contrastaba con su timidez y apocamiento habitual. Valentina, al observarla, pensó en lo complicado que debía de resultarle vivir bajo la constante y pesada sombra de su padre. A fin de cuentas, él parecía ser la imagen de la familia, del clan, de la destilería y de la legendaria historia de los Gordon, pero en la práctica era ella la que hacía el trabajo de fondo, la que mantenía las expectativas de Glenbuchat a largo plazo.

—Ah, ¡ya estáis aquí! —los saludó Arthur, al verlos llegar.

Se sucedieron los saludos, y un encantador y sorprendente Adam Gordon les mostró a Oliver y Valentina el puesto de la destilería, animándolos a catar alguno de sus whiskies, a lo que no encontraron forma humana de negarse. Linda los miró con gesto comprensivo y les sonrió, encogiéndose de hombros: sí, estaba claro que ella sabía muy bien lo difícil que era decirle que no a su padre. Oliver cató un whisky fuerte acompañándolo de queso, y apretó el semblante como si hubiese mordido medio limón. Después se rio y tomó aire buscando cómo escapar, aunque no se libró de probar otro par de variedades, de las que Valentina sí pudo escabullirse. Sin desistir en su ánimo de lograr una escapatoria a aquella cata, Oliver buscó a su padre con la mirada.

—Oye, papá, ¿y Oldbuck? ¿Ya se ha ido?

—Ah, no, no... Se marchará en un rato para coger

el avión a York, ha dejado su maleta guardada en la caseta de la destilería. Hace nada estaba por aquí con Sarah y Henry —añadió, buscándolos a lo lejos con la mirada.

—Ah, ¿Sarah y Henry han venido?

—Sí... ¡Mira, allí están!

Arthur, al verlos, los llamó e hizo indicaciones para que se aproximasen, mientras Adam Gordon se alejaba unos metros para hablar con los propietarios de otras destilerías y Linda permanecía concentrada en la dirección del puesto, que estaba atestado de gente.

Oliver y Valentina cruzaron una sonrisa de complicidad cuando, al acercarse el pequeño grupo, pudieron ver como Sarah y Henry se cogían de la mano durante unos segundos; al parecer, aquella nueva y sorprendente pareja comenzaba, en solo un par de días, a coger la forma de una promesa. La joven profesora, además, había vuelto a quitarse las gafas y llevaba de nuevo el cabello suelto, como si se permitiese exhibir su belleza cuando no estaba ocupada en investigaciones literarias. Henry caminaba a su lado con naturalidad, sin desprenderse ni un segundo de su gesto risueño salpicado de pecas. Aquel editor descendiente de Byron parecía, desde luego, bastante feliz. Por otro lado, Andrew Oldbuck había recuperado uno de sus trajes de cuadros y paseaba su aire despistado mientras la brisa le despeinaba la extraña distribución capilar que tenía en su cabeza. Al llegar a donde los esperaban Arthur, Oliver y Valentina, fue Oldbuck el primero en hablar, obviando cualquier otro tipo de saludo.

—¿Saben que Sarah ha encontrado más información sobre nuestra joven asesina?

—¿Quién?, ¿Mary MacLeod?

—Oh, no hagáis caso, ¡apenas es nada! —protestó

Sarah—. Solo he averiguado que se fue de Escocia y que se cambió el nombre; todo apunta a que se marchó a vivir con una prima a Londres, pero todavía estoy en ello...

Oliver sonrió con cierto ánimo tendente a la hilaridad, consecuencia de haber bebido alcohol sin tener mucha costumbre. Intentó disimular el ligero embotamiento de sus sentidos rogándole a Sarah que los informase de cualquier novedad que averiguase, no fuera a ser que descubriese que Mary MacLeod en el siglo XIX, de pronto, se hubiese convertido en coleccionista de antigüedades literarias, por poco probable que pareciese. Todos se rieron, y Oldbuck terminó por despedirse con gesto afable para coger un taxi que lo acercase al aeropuerto, negándose en redondo a que Arthur lo llevase.

—Ya me has traído hasta aquí, viejo amigo —negó, guiñándole un ojo—, pero descuida que no te librarás de mí, ¡mañana te llamaré para concretar lo que hablamos! —prometió, en relación con las transacciones que había acordado con Arthur por algunos de los libros que habían aparecido en el archivo secreto.

Justo antes de marcharse, Oldbuck se giró y les hizo prometer a todos que lo llamarían cuando pasasen por York, pues estaban invitados a visitarlo en su *casita del centro*. Ante tal afirmación, Arthur alzó las cejas sin disimulo: el anticuario vivía en el centro de York, en una casa antigua y elegante de varias plantas, que debía de estar valorada en varios millones de libras. A Valentina le resultó imposible apartar la mirada del anticuario mientras desaparecía entre el bullicio de los gaiteros y su música, que a ratos lo envolvía todo. ¿Qué tendría aquel hombre, que siempre le daba la sensación de que sabía mucho más de lo que contaba? Tras su marcha, Sarah y Henry fueron a buscar unos sándwiches calientes para el grupo, y Arthur se quedó a solas con Oliver y Valentina.

—¿Qué os parecen esos dos? No son sospechosos, ¿verdad?

—¿Qué? ¡No, papá! Ya te dije que habían estado juntos la noche del incendio.

—Precisamente.

—¿No quedamos en que había que dejar a la inspectora hacer su trabajo?

—Bah. Esa solo ha hecho preguntas y más preguntas, y ha vuelto por el castillo.

—¿Sí? —se interesó Valentina—. ¿Cuándo?

—Esta mañana... Vino con un equipo para peinar toda la zona en medio kilómetro a la redonda, ¡medio kilómetro! No sé qué demonios pensaba encontrar, además de hierba.

—Ah, pues por lo que Clara dijo el otro día, creo que ese es el protocolo habitual.

—Pamplinas —negó Arthur con la mano—, a mí la sensación que me da la inspectora es que está dando palos de ciego.

—Para ser justos, no ha pasado ni una semana —objetó Valentina, tal y como había hecho antes con Oliver—, hay que darle tiempo.

—Ah, ¡tiempo! —se lamentó Arthur, resoplando—; cada vez que pienso lo que ha sucedido me entran ganas de olvidar todos mis planes con el castillo y los Gordon... ¡Y no sabéis la lata que me están dando los periodistas! Me han perseguido hasta el Sandston, ¿os lo podéis creer?

—Vamos, papá, no te nos vengas abajo ahora, que sabes que mañana salimos para Stirling... ¡No podemos dejarte así!

—Tranquilo, hijo —sonrió él con afecto y tomando a Oliver por el hombro—, que me puedo doblar pero no romper, como la abuela. ¿Sabéis qué pasa? —preguntó, dirigiéndose a la pareja—. Que es que veo lo que yo quiero que signifique nuestro apellido, el clan, y después miro a este —dijo, señalando con la mirada y de forma disimulada a Adam, que un par de docenas de metros más allá se reía a carcajadas con lo que uno de sus contertulios le había dicho— y me digo que no, que no vale la pena...

—Bueno —replicó Valentina—, tal vez sea aconsejable que haya distintas ramas y portavoces de los Gordon, para que se compensen y guarden el equilibrio.

—Puede ser —concedió Arthur con una sonrisa floja que parecía burlarse de sí mismo—, porque, si os digo la verdad, no es que Adam me parezca mal tipo, pero cuando me los crucé a él y a Linda la mañana del incendio, su única preocupación eran los puñeteros papeles del archivo, y no que se acabase de quemar mi propiedad... Y no preguntó ni una vez por Mel Forbes, ¿os lo podéis creer? Porque es cierto que no era muy simpático, pero, joder, ¡acababa de morir! Y no sé, aunque fuese por Catherine, que la había conocido la noche anterior...

—A mí me parece un gilipollas y lo tengo atragantado —confesó Oliver—; además, no soporto cómo trata a su hija.

—Linda ya no es una niña... —reflexionó Arthur—. Os confieso que me he acercado hasta Aberdeen más para traer a Oldbuck al aeropuerto que para asistir a los Highland Games y a la dichosa caseta de Glenbuchat... Hay detalles de las personas que no se olvidan, y si Adam fue bastante insensible la mañana del incendio, la verdad es que Linda se quedó allí callada sin decir nada... Y no sé qué es peor. Creo que hasta el olor a humo que traían se me va a marcar a fuego en la memoria.

Tras esta declaración se sucedieron unos segundos de silencio, y de pronto pareció que ninguno de los tres tenía nada que decir. Arthur, disgustado. Oliver, todavía desenmarañando sus sentidos y Valentina apretando la mirada y el pensamiento, obligando a la anguila de la memoria a concentrarse.

—Arthur... Ese olor a humo... ¿Lo tenían Adam y Linda?

—Por san Andrés, ¡vaya que si lo tenían!

Oliver reaccionó al instante.

—¿Estás seguro, papá? Se supone que Linda fue la única que no acudió al castillo la noche del incendio...

—¿Eh? ¡Claro que estoy seguro! Yo me fui del castillo, ¿os acordáis? Volví al hotel a darme una ducha con la intención de regresar y relevaros... Me encontré a Linda y Adam cuando iba hacia la cafetería, y luego ya me llamasteis diciendo que os volvíais y que no se podía ir porque estaban los de criminalística... Pero ¿cómo es que Linda no fue al palacio? ¡Creí que habían ido todos de madrugada!

—No, ella aseguró que no había ido —afirmó Valentina—, y además me acuerdo de que cuando llegamos Oliver y yo al Sandston y nos encontramos a Linda y a su padre, ella olía incluso a perfume, lo noté enseguida; imagino que se acababa de duchar... De hecho, ya se marchaban del hotel.

—Pero, si mintió sobre esa noche —reflexionó Oliver—, tuvo que ser por un buen motivo, y lo que está claro es que Linda Gordon no es tan mosquita muerta como parece.

—Las mosquitas muertas son las peores —afirmó Valentina, dirigiendo su mirada a lo lejos y concentrándola en Linda, que continuaba despachando gestiones desde su teléfono.

—¡Voy ahora mismo a hablar con ella! —exclamó Arthur, enfadado.

—No —lo frenó Valentina, muy seria—. ¿Qué le vas a decir? No tenemos pruebas, sino solo un recuerdo confuso tras captar el humo de un incendio y tras pasar media noche en vela.

—¡Mi recuerdo no es nada confuso!

—Lo sé, Arthur, tampoco el mío, pero me pongo en el lugar de su defensa... Y ella va a negarlo, no me cabe duda.

—Entonces —replicó Oliver, ceñudo—, ¿qué pretendes que hagamos, quedarnos de brazos cruzados?

Valentina no contestó, porque ya estaba marcando el número de teléfono de la forense Clara Múgica, que en aquellos momentos se encontraba con su marido contemplando el bucólico lago Mummel, en la Selva Negra de Alemania. Cuando la forense descolgó, no le sorprendió que Valentina volviese a requerir su colaboración, pero sí la cuestión que le planteaba: ¿había alguna forma fiable y científica para saber si alguien había estado en un incendio? O, lo que era más interesante: ¿podía averiguarse de forma fehaciente si alguien lo había provocado? Tras escuchar la respuesta de Clara, Valentina dudó. ¿Debía encargarse ella del asunto o derivarlo inmediatamente a la policía escocesa? Sería muy literario, sin duda, que ella misma desgranase hechos y conclusiones ante Linda Gordon para que confesase sus pecados, pero aquel asunto era muy serio y cualquier actuación impropia podría tener graves consecuencias. Tras debatirlo con Arthur y

Oliver durante un par de minutos, Valentina resolvió llamar sin perder un segundo a la inspectora Reid.

No fue fácil esperar más de una hora, fingiendo que no pasaba nada, a que llegasen la inspectora y el sargento desde Huntly. Al principio, Elizabeth Reid se había mostrado reticente. En definitiva, Valentina acusaba a Linda Gordon de haber mentido en cuanto a su asistencia al triste espectáculo del incendio nocturno del palacio de Huntly, y lo hacía en base a un supuesto olor a humo... ¿En serio? Además, aunque fuese cierto, ¿por qué motivo podrían encausar a Linda?, ¿por no haber querido verse envuelta en un turbio asunto de difícil explicación? Sin embargo, cuando Valentina le detalló a Reid su conversación con Clara Múgica, la atención de la inspectora sobre el tema se volvió mucho más seria. Se vio incluso obligada a confesar que desconocía los avances científicos a los que aludía Valentina, y necesitó contrastar la información con dos forenses de Aberdeen antes de tomar una decisión.

Cuando por fin apareció la diminuta inspectora en escena, seguida del sargento McKenzie y de un par de guardias, fueron muchas las miradas que se posaron en ellos. Sus uniformes azules los delataban al instante, porque además su actitud no era, precisamente, la de simples policías que estuviesen vigilando la tranquilidad de los Highland Games.

—¿Otra vez ustedes? —bramó Adam Gordon al verlos. Sin embargo, cuando cruzó la mirada con Reid rebajó inmediatamente su tono. Había una determinación y seriedad en la inspectora que resultaban inquietantes.

Reid se dirigió primero hacia Valentina, con la que habló en tono de confidencia, y después se aproximó a Adam para hacerle unas preguntas. Tras un par de cuestiones de rigor, procuró asegurarse de lo sustancial: «Así que fue solo hasta el palacio cuando supo que estaba en llamas... Ajá. ¿Y su hija? Las pastillas, por supuesto. ¿Pero fue a llamarla a su habitación? Sí, tiene usted razón, si estaba bajo los efectos de los tranquilizantes no tendría demasiado sentido haber ido a despertarla. ¿Cuándo dice que se la encontró por el pasillo? Seis o siete de la mañana... Comprendo, imposible precisar... Sí, le he preguntado por la ropa. ¿Un vestido azul? Gracias».

La inspectora había mirado en aquel punto a Valentina, que había hecho un gesto de asentimiento con la cabeza. Sí, aquel vestido azul era el que Linda llevaba durante la cena. ¡Ah, Linda! Ya había dejado de lado el teléfono, por fin, y contemplaba desde la gran caseta de Glenbuchat cómo conversaba su padre con la inspectora. Su expresión de sorpresa, de extrañeza, tal vez obedeciese más a la mansedumbre que había apreciado en su padre al hablar con Reid que a la propia presencia de la policía en aquella fiesta popular. Por fin, Reid y McKenzie, seguidos de Valentina y los guardias, se aproximaron a Linda y le solicitaron hablar en un lugar discreto. Ella se mostró solícita y apurada.

—No entiendo qué pueden necesitar de mí, ya les dije todo lo que sabía y ya ven que me encuentro ahora muy ocupada —se excusó, retorciéndose las manos.

—Alguien la vio dirigirse al castillo de Huntly la madrugada del incendio —le espetó Reid, con expresión fría. Valentina la miró de reojo, asombrada por su descaro ante aquel farol, que podría salirle regular. Para su sorpresa, Linda lo admitió de inmediato.

—Sí, bueno... Tal vez salí un rato para despejarme, pero no fui al castillo, sino a dar una vuelta.

—¿Y por qué declaró que no había salido de su habitación en toda la noche?

—Supongo que... No sé, supongo que no quería complicaciones.

—No colaborar con la autoridad ya supone una complicación, señora Gordon. Cuénteme todo lo que sucedió esa noche, por favor. La escucho.

Linda, atónita, se quedó mirando a la inspectora como si le hubiese hablado en un idioma desconocido. Por fin, alzó el gesto y reaccionó.

—No tengo nada que contar, lo lamento. Si me disculpa, tengo que...

—Linda, dígame —continuó Reid, como si no la hubiese escuchado—, ¿dónde tiene el vestido azul que llevó la noche del incendio?

—¿Qué...? Pues, no sé, en la tintorería.

—¿Sabe si ya lo habrán lavado?

—Supongo.

—Comprendo. En tal caso, deberemos hacerle a usted un reconocimiento forense... Y el vestido, si es posible, nos gustaría enviarlo a nuestro laboratorio. Si no está conforme puedo solicitar una orden para que...

—Perdone —la interrumpió Linda, cada vez más nerviosa y ahora muy muy colorada—, un reconocimiento forense, ¿a mí? ¡Y mi vestido! No entiendo para qué lo quieren.

—Lo comprenderá enseguida.

La inspectora miró a Valentina y, con el gesto, le indicó que procediese a ofrecerle explicaciones a Linda Gordon. Valentina se sorprendió ante aquella instrucción; ¿no debía ser Reid quien gestionase el asunto hasta el final? ¿Por qué pensaba la inspectora, si no, que la había llamado? Decidió atender su señal e intentó ser lo más precisa posible.

—Linda —comenzó a explicar—, no importa que haya lavado la ropa... Bajo el examen de un microscopio podrá analizarse si el tejido de su vestido ha sufrido algún tipo de torsión por el calor. Pero no solo su ropa es relevante, sino también usted misma, y creo que este estudio forense nos lo deberán practicar a todos los que estuvimos cerca de Arthur la noche del incendio.

—¿Qué? Pero ¿para qué? Y ¿por qué yo? ¿Por qué tiene que estudiarme a mí un médico? ¡Por Dios, esto es un absoluto disparate!

Valentina respiró profundamente antes de continuar, e intentó no olvidar nada de lo que le había dicho Clara por teléfono.

—En el incendio de Huntly se utilizó gasolina como acelerante... Y resulta que al acercarse la llama a la gasolina, lo que arde no es el líquido, sino los vapores que se desprenden de él a temperatura ambiente, y estos vapores forman una especie de nube de fuego que engloba la mano que sujeta el mechero, o la cerilla... Es decir, que aunque a simple vista resulte imperceptible, el incendiario se quema parte de la mano, de la muñeca y hasta del antebrazo, y la única forma de evitar esa quemadura es prender el fuego con una mecha larga, que en este caso no parece que fuese utilizada en el palacio.

—¡Yo no tengo quemaduras de ninguna clase! —exclamó Linda, alzando los brazos y mostrándoselos a Valentina y a la inspectora. Arthur y Oliver, a los que se habían unido Henry y Sarah, observaban la escena con sorpresa y estupor, al igual que Adam Gordon. Por fin, Valentina procedió a terminar su exposición, que no tenía más objetivo que obligar a reaccionar a Linda.

—No me refería a quemaduras visibles, sino a restos de ignición en manos y brazos, también en piernas... Una simple lupa, aunque hubiesen pasado varias semanas, podría mostrar si en las puntas del vello corporal existen deformidades ocasionadas por el calor.

—Resumiendo —intervino por fin Reid, firme e inexpresiva—, le ruego que acompañe a mis compañeros para una revisión por parte del médico forense de guardia de Aberdeen, aunque creo que antes debería contarnos la verdad. Se lo aconsejo, si quiere evitar un proceso largo y complicado.

—Linda —se atrevió a decir Adam, en un tono casi inaudible e impropio en él—, ¿tú no habrás...?

Y Linda agachó la cabeza, dando la sensación de que había algo muy interesante que observar en el suelo, del que no despegó la mirada durante un larguísimo minuto. Cuando la alzó, las lágrimas se deslizaban por su rostro, que parecía haberse liberado de su constante hatillo de nervios, como si por fin el alivio de una suave brisa hubiese calmado sus sentidos.

—Fue un accidente, se lo juro —manifestó, mirando a Reid—. Yo no quería matarlo, de verdad. ¡Lo juro!

La inspectora respiró despacio y Valentina creyó percibir en ella, muy bien disimulado, el dibujo de una sonrisa. La hija del jefe del clan Gordon ya había caído en sus manos. Linda se dirigió a su padre y lo miró de frente, como si hubiese dejado de tenerle miedo. Había perdido la partida y ya no tenía por qué esforzarse en ser nada ni nadie, sino la perdedora de costumbre. Después, volvió a dirigirse hacia la inspectora.

—Vi como Mel Forbes cogía las llaves de la chaqueta del señor Gordon en el bar —comenzó a explicar, señalando con un débil gesto de la mano hacia Arthur—; estuve a punto de decir algo, pero no pude... No sé qué me pasó por la cabeza. Cuando nos retiramos a nuestras habitaciones pude comprobar desde mi ventana como Forbes cogía su coche, y comprendí hacia dónde iba. Sabía que mi padre estaba preocupado por aquellos papeles que habían aparecido, y no tenía ni idea de qué podría hacer un Forbes con ellos, pero desde luego no se me ocurría nada bueno... Los Forbes nos odian desde siempre.

Linda guardó silencio unos segundos, dando la sensación de estar recolocando sus recuerdos, y la inspectora la animó a continuar con un simple movimiento de su áspera mirada de esparto.

—Fue como si no fuese yo, ¿entiende? Como si alguien hubiese tomado mi cuerpo para subir por aquellas escaleras de caracol. No sentí miedo, yo... ¡No sentí nada! Solo subí hasta donde escuché pasos y vi encendida una luz. La puerta tenía las llaves puestas y estaba abierta... Entré sin hacer ruido, y dentro de una salita diminuta vi al señor Forbes de espaldas, revisando los arcones y con un bidón de gasolina en el suelo, a su lado. No sé ni cómo cogí una especie de palanca que había allí mismo, en el suelo, al lado de la entrada... Supongo que me agarré a ella para defenderme.

—Pero nadie la atacó —objetó Reid, implacable.

—No... Pero él debió de sentirme, comenzó a girarse y yo lo golpeé. Les juro que fue un gesto instintivo de defensa, estaba segura de que me atacaría.

Valentina cruzó una mirada con Oliver. Lo de la palanca lo tenían claro: debía de ser, desde luego, una de las herramientas que Donald había subido para abrir la puerta oculta en el zócalo; sin embargo, aquel golpe mortal por un supuesto instinto defensivo... Linda solo detallaba un golpe por causa de su impulso, pero no sabía, quizás, que la autopsia recogía dos impactos en la cabeza de Mel Forbes. ¿Y si hubiese ido directamente a atacarlo? ¿Sería aquella frágil mujer, en realidad, una gran actriz? Tendrían que conformarse, de momento, con su versión. Linda continuó hablando.

—... Vi que no se movía e intenté encontrarle el pulso, hasta que comprendí que estaba muerto. ¡Juro que no fue intencionado, que solo quise defenderme! —insistió. Por un instante, pareció que Linda estuviese a punto de derrumbarse, pero se rehízo y continuó hablando—. Después, miré por encima los documentos, pero ya no era capaz de leer, ni de pensar ni de nada, y me di cuenta de que había toqueteado todo, la entrada, la mesa... Sabía que todos pensarían que lo había asesinado a mala fe, o que yo misma lo había planeado todo... Pero juro que sería incapaz.

—Por supuesto —replicó Reid con cierto tono irónico—, pero quiso eliminar con fuego las posibles pruebas de su presencia, ¿no es cierto?

—Yo... Él ya estaba muerto, y no podía dejar mis huellas por todas partes. Lo único que hice fue terminar lo que estaba claro que él mismo había ideado. Eché gran parte de la gasolina en la salita y cerré la puerta, no quería ver... No podía mirar a Forbes. Después hice un reguero hasta la puerta principal de la habitación, que empapé todo lo que pude para poder prender desde allí el fuego y salir rápidamente del edificio.

—Pero volvió a depositar el bidón al lado de la víctima.

—Claro... ¿Qué quería que hiciese? —preguntó

Linda, como si realmente no hubiese habido ninguna otra opción para salir indemne de aquella gravísima circunstancia—. No tendría sentido dejar el bidón en otra parte, y mucho menos llevármelo. Sabía que la policía buscaría pistas en todos los contenedores de basura de la zona, y tenía que regresar al hotel cuanto antes.

Reid suspiró, sopesando lo perjudicial que le resultaba a la policía que hubiese tantas películas dando información sobre las pautas que seguían en sus investigaciones.

—Para hacer todo sin querer, le sale bastante pulidito.

—¡Linda, no hables más! —gritó Adam, enérgico—. Llamaré a Bill —añadió, refiriéndose a su abogado y marcando ya un número en su teléfono móvil.

—Papá, no —negó Linda—, deja que lo cuente todo. Llevo días sin poder dormir, pero tú... Tú no te has dado ni cuenta. Dígame, inspectora —prosiguió, con aparente fortaleza—, ¿quiere saber algo más?

—Sí, ya que estamos... Todo esto que nos ha contado, ¿lo hizo sin colaboración de un tercero?

—¿Colaboración? No, yo... Todo sucedió tal y como se lo he contado.

—¿Nadie más sabe esta versión de los hechos?

Linda suspiró, como si de pronto la hubiese invadido un enorme cansancio.

—No. Si se refiere a mi padre, no está involucrado —afirmó, mirándolo. Reid hizo lo propio y, en efecto, al contemplar la expresión de asombro de Adam Gordon, resultó evidente que se estaba enterando en aquellos instantes de todo lo que había hecho su hija. La inspectora quiso hacer una última pregunta:

—Pero, Linda, dígame... Hay algo que todavía no

tengo claro; ¿qué había en esos papeles del archivo secreto que pudiera preocupar tanto a los Gordon?

—Oh, eso...

—Linda, por Dios —intervino Adam—. ¡No digas nada! Lo de Forbes fue un accidente... Ese desgraciado pensaba quemar el castillo y a ti su acción te pilló en medio, desorientada. Bill lo solucionará todo, y tú ahora no debes decir nada más.

Linda observó a su padre como si fuese la primera ocasión en que realmente podía verlo. Después se echó a reír, y aún tardó unos segundos en recuperar la compostura.

—Dichoso baúl lleno de papeles, ¿eh, papá? Ni lo miré... Solo pensé en ti, en que estuvieses tranquilo... ¿Por qué crees que fui hasta allí, maldito hijo de puta? Qué estúpida fui —reconoció, girándose después hacia Reid—. ¿Sabe qué, inspectora? Es posible que no seamos los legítimos herederos de Glenbuchat... Ya sabe, cosas de mayorazgos, discusiones familiares y demás. Parece ser que mi padre desciende de un Gordon que no era el primero en la sucesión, sino el segundo... El primero es un Gordon de aquí al lado, de Aboyne, ¿qué le parece? —explicó, ahogando una carcajada teatral—. Triquiñuelas legales, pero tan viejas y caducas que ya me dirá, ¿a quién podrían importar? Pues mire, mi padre no dormía con ello, pensando que nos lo iban a quitar todo. Y eso por no hablar de nuestros terrenos y de todos los litigios que tenemos abiertos con los propietarios colindantes...

Linda apenas se permitió tomar aire para volver a dirigirse a su padre:

—¿Ves? Ahora ya no hay amenazas fantasmas por ninguna parte y puedes seguir peleando tú solo con toda esta mierda —le dijo con un tono asombrosamente calmo y desviando el gesto hacia la caseta de la destilería; después, dio un paso hacia la inspectora—. Usted dirá. ¿Nos vamos?

Reid reaccionó, por fin, con algo de humanidad en su expresión e hizo una señal a los guardias para que acompañasen a Linda hasta el coche policial. Tal vez la inspectora llevase mejor presenciar la rabia que los lamentos.

Entretanto, los demás se limitaron a contemplar con asombro la escena, sin acabar de comprender del todo. Sin duda, podía resultar posible que los documentos del archivo secreto comprometiesen en algo a los Gordon, pero su antigüedad, si se correspondía con la estancia de los marqueses de Huntly en el edificio, no debería exceder el siglo XVII... ¿Todo aquello por unos papeles que, posiblemente, carecerían ya de valor legal? Fue Henry el que apuntó que, según la *law of entail* escocesa, si la línea de los Gordon de Adam estaba «a la cola», sin ser la primera en el derecho de sucesión, estaba claro que el asunto podría haber prescrito, pero también que cualquier documento revelador en aquel sentido podría suponer graves quebraderos de cabeza para Adam. De hecho, creía que en la actualidad existía incluso un servicio de herederos llamado Retours para verificar si realmente a un beneficiario le correspondía o no su herencia. Fuera como fuese, y si era cierto que Linda no había llegado siquiera a comprobar qué había en aquellos cajones de documentación, ahora ya resultaba indiferente su contenido. Ella había acudido al palacio, supuestamente, siguiendo la locura vengativa de Mel Forbes, que al final no había resultado ser tan inocente como creía su hermana. Pero, en realidad, Linda no había conducido en mitad de la noche persiguiendo una sombra oscura como la de Mel, sino huyendo de la de su padre. Aunque en su relato no hubiese cesado de autoexculparse, todos y cada uno de sus pasos aquella noche habían ido dirigidos hacia la aniquilación: la del potencial conflicto de Adam y Arthur la mañana siguiente, cuando su padre revisase los papeles y considerase que cualquier legajo le pudiese resultar perjudicial; la de la vergüenza cada vez que él se saliese de tono por aquel asunto; la de los gritos y malos modos, la de las quejas constantes, la de la inagotable insistencia por acabar con todo aquello que pudiese tumbar a los Gordon de Glenbuchat.

Con su acción, Linda tal vez no hubiese procurado deliberadamente un mal ajeno, sino que había querido evitar el propio que sufría a diario. ¡Ah, qué presión mantener a flote aquella odiosa destilería! Posiblemente fuese cierto que ella no había planeado matar a Mel Forbes, pero, en tal caso, ¿cómo habría pensado salir de aquel palacio en el que había entrado sin permiso, siguiendo a otro intruso? Resultaba difícil imaginar una solución que no implicase un conflicto. ¿Tal vez le había podido más la niña que llevaba en su interior, que deseaba con desesperada necesidad la complacencia de su padre? «Perfecto, pequeña, esta vez lo has hecho bien. Un problema menos.» Una palmadita en la espalda, un abrazo, quizás. ¿Qué esperaba? Cuando Linda había visto a su padre la mañana después del incendio, pletórico al saber que se había quemado aquel archivo, había sabido que el día sería bueno, que él la miraría de la forma despectiva habitual pero sin insultarla, que le permitiría vivir durante unos días sin hacerla sentir diminuta. Y con aquello, a pesar de haber matado a un hombre, había sentido que era suficiente. Porque nunca es un único grito el que nos tumba, y nunca es un único miedo el que nos deshoja por completo. Cuando la derrota silba en el aire con siniestra cadencia, sabemos que hemos sido vencidos. No es la hoguera la que arde, sino el tortuoso camino hacia el fuego el que lo arrasa todo. Porque los que se doblegan, los que caminan en permanente derrota, a veces reúnen dentro un valor desesperado y alzan el rostro, intentando cambiar el personaje de sainete en que se han convertido. ¿Cómo iba a saber Linda que el peso de todos los años de rabia, soledad y dolor iban a convertirla en un triste y desesperanzado monstruo?

Adam Gordon, sin embargo, no fue consciente de su responsabilidad en lo que había hecho su hija. Tal vez hubiese sido algo duro con Linda a lo largo de los años, pero es que *él era así*. Siempre había sido por su bien. ¿Acaso los alfeñiques de carácter terminaban por llevar a buen puerto las empresas? El mundo no estaba hecho para pusilánimes. Linda había hecho algo terrible, pero sus actos eran producto de su constante estado de nerviosismo, de su incapacidad para mantener el control. ¿Acaso él no había intentado corregirla y encauzarla desde niña? Aunque... tal vez sí, tal vez en alguna ocasión se hubiese excedido. ¡Por Dios bendito, Linda era a veces tan exasperante!

Incapaz de entender el absurdo incomprensible por el que su hija acababa de destrozarse la vida, Adam se sintió roto y cayó de rodillas, llevándose las manos al rostro. Arthur y Oliver se hicieron cargo de él, mientras Valentina hablaba unos últimos detalles con la inspectora y el sargento. Entretanto, y a lo lejos, las gaitas de los Highland Games volvían a sonar y envolvían el aire con las melodías escritas en los siglos viejos de Escocia.

Mary MacLeod

Cuando terminaban su jornada en el juzgado y se quitaban sus imponentes pelucas, los abogados y el propio juez seguían siendo miembros respetabilísimos de la sociedad, pero se adaptaban a otras escalas y roles, a unas normas de camaradería que no los diferenciaban demasiado del resto de los mortales. El viejo juez Fielding había invitado a Mansfield y al fiscal Maule a tomar un buen whisky en su salón. No era la primera vez que concertaban reuniones como aquella, y tampoco sería la última. Acostumbraban a hablar de política y de sus casos judiciales, de la evolución de las leyes, la moral y las costumbres. Para el caso de Mary MacLeod todos habían hecho un gran esfuerzo, cargado de tensión, y merecían un descanso de espíritu.

La casa del juez estaba precisamente muy cerca de la de los MacLeod, en Old Aberdeen, aunque su estilo era marcadamente victoriano, con torreones y tejadillos por todas partes. El suelo del salón estaba cubierto por una alfombra granate de tartán, sobre la que se dibujaban cuadros escoceses de color negro. Los hombres debatían sobre la posible inocencia de Mary, que hasta Mansfield descartaba, entre bromas y grandes risotadas.

—¡Dadnos whisky, Fielding, que no tragaremos ni una gota de chocolate caliente!

—O al menos servidnos vino —había replicado el fiscal, apoyando el codo en el marco de la chimenea—, para morir con algo de dignidad.

—Ni hablar —había contestado el juez, riendo—, en esta casa el único vino que existe, señores, es de malta y tiene doce años... ¡Un Glen Garioch, traído directamente de la destilería de Meldrum! Esperad —dijo, dirigiéndose hacia una campanilla que había en la repisa—, avisaré a la criada para que lo traiga, junto con un poco de buen queso.

Sin embargo, fue la propia criada la que llamó a la puerta antes de que el juez requiriese sus servicios. Un hombre quería ver urgentemente a su señoría. Se había presentado como el señor Campbell, de la librería Stoner. Extrañado, el magistrado miró a Mansfield y Maule, que por sus gestos y miradas dieron a entender que no tenían nada que ver con aquello y que también les sorprendía aquella urgente visita. Cuando el orondo señor Campbell entró en el salón, su palidez y nerviosismo resultaron evidentes.

—Disculpe, disculpe mi intromisión en su reunión —comenzó a decir, también sorprendido por la presencia del fiscal y el abogado—. Yo, yo... No sé si debería darle esto en privado.

—No se apure —le tranquilizó Fielding—, y hable con desahogo, pues los aquí presentes son de mi completa confianza. Dígame, ¿qué es lo que tiene que darme?

El señor Campbell sacó un sobre del bolsillo, que entregó al juez como si le quemase mantenerlo entre las manos. Al tiempo que el magistrado iba leyendo, él iba explicando el origen de aquella misiva.

—Le juro que acabo de tener conocimiento de su existencia, y que no sé si es o no de alguna relevancia para el caso de la señorita MacLeod... El caso es que el señor Hamilton envió esta carta desde Huntly a Jules, y fue recibida en Stoner justo antes de que tuviésemos constancia de su trágico fallecimiento. Otro de mis empleados la dejó bajo el mostrador, en el bloque de facturas pagadas, y ahí se mezcló con otros papeles... Lo cierto es que ha aparecido hoy mismo, cuadrando las cuentas del semestre.

El juez pareció hacer caso omiso a toda aquella información, pues terminó de leer la carta y le pidió a Campbell que le explicase el motivo de la demora en la entrega del documento, pues aunque acababa de celebrarse el juicio ya habían pasado varias semanas desde el fallecimiento de Jules. El magistrado escuchó atentamente al librero, esta vez prestándole atención, y le ofreció la carta a Maule y a Mansfield, para que le echasen un vistazo.

—No se preocupe —tranquilizó Fielding al librero—, no altere más su conciencia... Esto que me trae no habría supuesto ningún cambio esencial en el desarrollo del proceso, se lo aseguro, sino solo más carnaza para la prensa.

—Pero, pero... —Mansfield ya terminaba de leer la carta y no daba crédito—. ¡Aquí dice que Jules Berlioz iba a ser rico!

—Eso parece —asintió el juez.

Mansfield, atónito, leyó en alto un trozo de la carta que Stuart Hamilton había escrito a Jules:

En consecuencia, no solo el contenido es revelador, sino que, analizada detalladamente la caligrafía del manuscrito, resulta evidente que no estamos ante una copia sin más, sino ante el propio texto original del autor. Lo he comparado con legajos de los que dispongo de sus diarios de Londres, Rávena y Cefalonia, y no cabe duda: es su puño el que maneja la pluma.

Permítame que le felicite por su exhaustiva investigación, que regalará al mundo un poco más de talento de este carismático escritor. No resulta relevante que no se trabajen rimas ni otros artilugios literarios, pues estas memorias, más allá de la potencial polémica que albergan, son pura literatura. No he detectado en el manuscrito ningún contenido excesivo ni contrario a la moral, aunque sus episodios deberán ser repasados y analizados con la calma precisa por un abogado de mi confianza.

Le adelanto, estimado y joven Jules, que ya he tanteado el posible precio de mercado de las memorias, y su valor es incalculable. Si atiende al consejo de este viejo, yo le recomendaría cerrar una buena cantidad y pactar unas regalías según ventas, que preveo serán extraordinarias. Recuerdo ahora sus bromas sobre su prometida, que usted aseguraba que terminaría por matarlo como no lograse adquirir la buena posición que le había prometido. Le felicito, pues la joven dama ya no tendrá que esperarle con el garrote, sino con el afable abrazo de las esposas, ya que va usted a ser muy rico. Por favor, confírmeme cuándo podrá volver a Huntly, para concertar en su visita la reunión de al menos tres editores que me consta que, tan pronto les comunique su hallazgo, estarán interesadísimos en adquirirlo. Esta misma semana escribiré ya a un editor de mi mayor confianza, que podrá trazar provechosos consejos en este asunto.

Como ya le dije, no debe preocuparse por mis honorarios. Percibiré el porcentaje que habíamos pactado de los beneficios, no más. Y creo que, si me permite el atrevimiento, debiera adentrarse más en la búsqueda de algunos otros manuscritos perdidos, pues pienso que podría ayudarle en la tarea.

En espera de sus noticias, me dispongo a organizarlo todo a la mayor prontitud posible.

Atentamente,

Stuart Hamilton

El juez Fielding tenía razón: aquella carta no cambiaría gran cosa el proceso judicial, salvo por lo relativo a la creencia de Jules de que su prometida «terminaría por matarlo como no lograse adquirir la buena posición que le había prometido». En todo caso, el propio Hamilton veía aquello como una broma, por lo que no era difícil imaginar que el argumento sería rápidamente desmontado por Mansfield y su poderosa oratoria.

El fiscal Maule, tras asimilar lo que acababa de leer su colega, miró al señor Campbell con curiosidad.

—¿Y quién diablos es este Hamilton?

—Oh, pues, pues... Un anticuario y coleccionista muy conocido, señor...

El fiscal apenas lo dejó terminar, pues las preguntas se agolpaban en su mente.

—¿Y sabe a qué memorias se refiere?

—Creo que a las de Lord Byron, señor. Lo intuyo por la referencia a los diarios de Rávena y Cefalonia.

—¡Increíble, absolutamente increíble! —exclamó Mansfield, agitando la carta entre sus manos y ahogando una carcajada de pura incredulidad—. ¡Ese pobre diablo era rico y murió porque no lo sabía!

El juez, que en los últimos instantes se había mostrado pensativo, se dirigió a Campbell con gesto inquisitivo.

—¿Conoce usted al tal Hamilton? Resulta inconcebible que no se haya puesto en contacto con los tribunales, ¡todo el país sabe del crimen de Jules Berlioz!

El librero palideció, y en su rostro solo sus ojos mantuvieron ya un poco de brillo y de luz.

—Es que ahí está el problema, señoría... Comprendo que al no estar ustedes en el sector editorial desconozcan la triste noticia, pero el señor Hamilton falleció de un ataque al corazón justo al día siguiente de que muriese Berlioz, imagino que sin haber tenido conocimiento de su muerte. Lo sé porque su secretario pasó por Stoner hará un mes, ofreciendo algunos libros que Hamilton tenía en depósito.

—Oh, ¡pero qué fatalidad! ¿Y las memorias?

—Nada nos dijo de ellas, aunque tampoco habíamos recibido esta carta, que debió de ser escrita justo antes de morir. Desde luego, habían hecho inventario de todo lo hallado en el castillo de Huntly, y si hubiesen encontrado una joya literaria de tal envergadura imagino que ya estaría en el mercado. Hamilton era muy organizado... No me cabe duda de que un manuscrito de ese valor debía de tenerlo muy bien custodiado.

—Comprendo... Claro que es posible que haya sido sustraído por coleccionistas privados, ¿no cree?

Campbell negó, convencido.

—No, señor. Un trabajo así es para editar, para mostrar al mundo. No es un cuadro con el que deleitarse en soledad. Y el momento ideal de publicarlo sería ahora, cuando la byronmanía todavía pervive. Posiblemente, dentro de unos años nadie recuerde a Byron. En todo caso...

—¿Sí? —le animó el juez, viendo que Campbell dudaba.

—El secretario de Hamilton me comentó que había unos libros del anticuario que no lograba hallar, ni en su casa de Edimburgo ni en la de Huntly. Consideró la posibilidad de que algún baúl se hubiese extraviado durante el traslado, pero ahora que me ha sugerido la posible sustracción de las memorias por parte de coleccionistas privados... No sé qué pensar.

El juez Fielding se mostró reflexivo.

—¿Está usted seguro de que la muerte de Hamilton fue por causas naturales, no vinculadas a ninguna acción violenta?

—Oh, no, señor. Por lo que he podido saber, le dio el ataque al corazón mientras leía plácidamente la prensa... De hecho, su mudanza a Huntly obedecía a razones médicas, disponía de una salud delicada y le habían recomendado los beneficios del aire del campo y de la vida reposada.

El juez miró a Maule y a Mansfield, que no disimulaban su estupefacción. Le dio indicaciones a Campbell para que fuese discreto en relación con aquella misiva, que ya ningún interés judicial podía tener, y lo despidió con amabilidad. Después, se dirigió al abogado y al fiscal para recomendarles idéntica discreción y para solicitarles una gestión que debía ser reservada y prudente. Era imposible que aquellas valiosas memorias se hubiesen evaporado sin más.

Fue Mansfield quien, días más tarde y siguiendo las indicaciones del magistrado, se personó en Huntly e investigó la circunstancia del deceso de Hamilton y de la documentación que poseía antes de morir. No podía ser mucha, pues aún no había hecho completa mudanza al castillo. Lo que sí pudo averiguar fue que en la prensa que Hamilton había leído el día de su muerte ya aparecía el deceso de Berlioz, de modo que posiblemente sí supiese de su inesperado fallecimiento.

El abogado llegó a viajar a Edimburgo para entrevistarse con la viuda de Hamilton y con su secretario, pero ninguno tenía conocimiento de la posible vinculación del anticuario con Berlioz; tampoco parecían tener idea del paradero de aquel misterioso manuscrito desaparecido, y mucho menos del par de docenas de libros que se habían extraviado en Huntly. ¿Cómo iban a imaginar que se encontraban allí mismo, en aquel archivo secreto camuflado tras un enorme zócalo de madera? Hamilton no había tenido tiempo de revelarle la existencia de aquel habitáculo a su familia. La viuda, inconsolable, manifestó que el castillo estaba a la venta, y que su hija Cassandra era ahora quien se encargaba de todo, pues no había habido otro modo de gestionar las cosas tras la pérdida de su «querido Stuart».

Por su parte, Maule realizó indagaciones con coleccionistas, libreros y editores. No, nadie parecía saber nada de la existencia ni del paradero de aquellas enigmáticas memorias, y tampoco sobre los libros que Campbell les había dicho que habían desaparecido.

Durante años, el misterio vinculado a aquel manuscrito fue un tema recurrente en las conversaciones y reuniones del juez, Maule y Mansfield. Habían seguido investigando con algunos de los contactos literarios de Jules, sin poder hallar nada y sin poder confirmar que aquel texto desaparecido perteneciese o no a Lord Byron. No se les ocurrió en ningún momento contactar con los antiguos propietarios del castillo, los Brodie; se habían ido a América, y aquello era todo. Si los Brodie hubiesen siquiera sospechado que el señor Hamilton había muerto sin desvelar a nadie aquel escondite oculto... Pero solo supieron de su fallecimiento y de la posterior venta del castillo muchos meses más tarde, y los antiguos habitantes del palacio no perdieron un minuto de sus pensamientos en aquel viejo y pequeño espacio secreto, que dudosamente habría tenido tiempo de ser utilizado. Ah, ¡cuántas veces el viejo juez Fielding, Mansfield y Maule habían especulado con aquel asunto! ¿Cómo iban a imaginar aquellos respetables escoceses que parte del misterio iba a ser resuelto casi dos siglos más tarde, cuando el padre de Oliver Gordon descubriese el archivo secreto del palacio de Huntly?

Mary había decidido dar un largo paseo. Siempre le había venido bien caminar para pensar con calma. Llevaba ya varios meses viviendo en casa de una prima viuda de su madre, que había sido la única que la había aceptado bajo su techo. En realidad, la viuda había actuado más por necesidad que por gusto, pues sus rentas eran pequeñas y Mary había recibido una asignación anual por parte de su padre; apenas trescientas libras, pero suficiente para vivir con modestia y dignidad. Desde luego, para Mary habría resultado inviable quedarse en Escocia, pues su nombre y sus rasgos eran conocidos por todos, y su fama la precedía allá a donde fuese. A su paso todo eran chismes, habladurías, susurros y miradas suspicaces. Por ese motivo se había trasladado a Londres, donde utilizaba su segundo nombre, Elizabeth, que era el de su madre. También se había apropiado del apellido de soltera de la señora MacLeod, que era MacPherson.

Así pues, la nueva Elizabeth MacPherson caminaba con paso suave pero decidido sobre el puente de Westminster, aproximándose cada vez más a aquella impresionante Torre del Reloj, que decían que sería inaugurada al año siguiente. La joven dejaba atrás el barrio de South Bank, donde residía, para acercarse al de Mayfair. Ahora que había llegado el aire primaveral, le gustaba sentarse en una de las muchas tumbonas de Green Park, donde leía y contemplaba el amplísimo césped y los jóvenes robles y árboles plataneros.

Entre sus manos, Mary llevaba un libro y una carta. El libro era *David Copperfield*, de Dickens. Qué vida tan azarosa, compleja y emocionante la de aquella novela. Tal vez todas las vidas fuesen parecidas, y lo que las adornase de forma pertinente no fuese más que el propio recuerdo parcial del narrador. ¿Qué pensaría Jules de aquel libro? Nunca habían llegado a comentarlo. ¡Ah, Jules!... Se estremeció con solo recordarlo. A veces pasaban días, incluso semanas, en que su recuerdo apenas le parecía real. Pero había ocasiones en que solo un soplo de brisa le traía su esencia y su agridulce recuerdo. Y ahora, aquella carta. Su madre le había escrito para contarle algo realmente sorprendente: había acudido a Stoner para adquirir unas cuartillas y dar un largo paseo, pues cada vez precisaba más salir de su bonita casa de Old Aberdeen, como si le oprimiese y asfixiase el que hasta entonces había sido su hogar. Al parecer, la señora MacLeod había conversado largamente con el señor Campbell de los infortunios y desgracias de la vida, y este había terminado por confesarle la recepción de una carta en su librería. Una carta para Jules, que confirmaba que el joven había hallado un tesoro literario y que iba a ser extraordinariamente rico. Era una información que a aquellas alturas carecía ya de interés, aunque no dejaba de ser curiosamente trágica; por supuesto, el señor Campbell había puesto en conocimiento del juez Fielding la existencia de aquella correspondencia, sobre la que debían guardar máxima discreción. Elizabeth MacLeod, tal y como era lógico, declaraba creer la versión de inocencia de su hija, pero ¡qué giro del destino! ¿No habría sido increíble que Jules Berlioz hubiese sobrevivido y que la hubiese pedido en matrimonio?

Mary tomó asiento en una tumbona discreta de Green Park y, abandonando a David Copperfield sobre el césped, releyó la carta varias veces. Sabía que su madre le contaba aquello para torturarla, para devolverle algo del dolor que ella le había causado. Sus palabras eran amables, pero su contenido y su última finalidad buscaban castigarla. Al fin y al cabo, Elizabeth MacLeod era quien la había traído al mundo y la conocía bien. La señora MacLeod intuía, con sólida certeza, que había sido su pequeña Mary quien había echado arsénico hasta en tres ocasiones en el chocolate de Jules. El tercer intento ya había sido desesperado, y por eso la dosis había sido tan fuerte, pues solo quedaban unos días para anunciar el compromiso matrimonial con Grant en los periódicos. ¡Qué burla, qué ironía que Jules pudiese haber sido rico si ella no lo hubiese envenenado!

Mary había pensado muchas veces que tal vez hubiera sido más simple e inteligente irrumpir, sin más, en el cuarto de Jules mientras él estuviese trabajando. Persuadir a la casera tampoco debiera haber sido complicado. Allí habría encontrado las cartas y las habría destruido... Pero ¿quién haría callar en tal caso a Jules? Sin pruebas, quizás ni Grant ni el señor MacLeod lo creerían, pero la duda habría sido sembrada. La incerteza, el deshonor. Mary lamentaba no haber encontrado otra salida, pero cuando había sucedido todo había sentido que actuaba en defensa propia, como si el atacante no le hubiese dejado otra opción. ¿Por qué tenía que ser ella la víctima? Había intentado terminar la relación de forma digna y decente, discreta. Y había sido Jules el que se había empeñado en perseguirla de forma obsesiva, como si ella fuese un objeto de su propiedad. Quien no quiera quemarse, que no transite el camino del fuego.

Al final, aunque no como el fiscal hubiera querido, también la joven había salido perdiendo. Exiliada de Escocia, con un nombre nuevo y matando las horas en soledad, con la única y amable compañía de los libros.

Pasaron unos niños jugando a su lado y la muchacha sintió que, al igual que en *El vampiro* de Polidori, era ella la que contemplaba la alegría que la rodeaba como si no pudiese participar en ella. Mary suspiró e intentó apartar los pensamientos lúgubres de su mente. Debía avanzar, buscar su camino y hacer su propio viaje en corso, donde las normas no fuesen impuestas por nadie más que por sí misma.

—Disculpe, señorita —le dijo un caballero, inclinándose y haciendo ademán de quitarse su sombrero de copa—, creo que esto debe de ser suyo —añadió, señalando el libro de Dickens, que llevaba en la mano.

—Oh, ¡mi libro! Pero si lo había dejado aquí mismo... —replicó ella, buscando con la mirada el sitio donde lo había puesto, sobre la hierba, aunque aquel espacio estaba ahora vacío.

—Imagino que habrán sido esos críos —le explicó el hombre, devolviéndole el libro y señalando con la cabeza a un grupo de niños, pobremente vestidos, que enredaban con todo lo que encontraban en el parque—. Debe ser cuidadosa, por aquí a veces acechan rateros y maleantes. ¿No teme que le roben alguna pertenencia?

Mary sonrió con cierta condescendencia. Pensó en aquella frase del poema de *El Corsario*, que ya había leído tantas veces: «Cuando nada que amar queda en el mundo, nada hay tampoco que temer». Sin embargo, contestó algo muy distinto.

—Tiene usted razón. Seré más cuidadosa de ahora en adelante.

El caballero asintió con agrado, al comprobar el carácter dulce de su interlocutora. Después, continuó su conversación con ella, reconociendo que la había visto varias veces en el parque, siempre sola y siempre leyendo. Mary, correctísima, le explicó que había dejado su Escocia natal para cuidar a una prima de edad avanzada, y que todavía no conocía a nadie en la ciudad. A su interlocutor le pareció un gesto loable y generoso, por parte de Mary, el cuidar a su prima viuda, aunque le reprochó con amabilidad lo negativo que podía resultar para su ánimo el no relacionarse en sociedad.

—Mi nombre es John Taylor, para servirla. Si me permite, me gustaría invitarla a alguna de las charlas literarias que preparan mis hermanas, acompañadas de un buen té con pastas. Creo que disfrutaría enormemente, y le haría bien para conocer un poco Londres.

—Oh, bueno... Yo, no sé...

—Sin duda he sido demasiado atrevido, discúlpeme. Comprendo que carece de referencias. Mi familia abastece de telas y trajes a media ciudad... ¿Conoce Taylor's and Company?

Mary no disimuló su sorpresa.

—Pero... ¡Taylor's and Company! ¿No son ustedes los que confeccionan los uniformes de la guardia de la reina?

—Los mismos —sonrió el caballero, con gran satisfacción—. ¿Lo ve? Usted y yo ya somos conocidos, no corre ningún peligro en mi compañía ni en la de mis hermanas —concluyó, con semblante alegre. Después, miró hacia un camino del parque, por donde paseaban varias jóvenes—. Mire, ¡por allí viene

Adele, mi hermana pequeña! Permítame que se la presente.

Y Mary se puso en pie con una sonrisa, preguntándose qué haría John Taylor si supiese quién era ella. Sin pretenderlo, y sin ser casi consciente de hacerlo, Mary murmuró el *bon accord* de Aberdeen saludando a la recién llegada, a pesar de que aún estaban a varios metros de distancia.

—Disculpe, ¿ha dicho algo?

—Oh, que me encantará conocer a su hermana, desde luego.

Mary comprendió que debía ser cuidadosa. Si se manejaba con convencimiento y perseverancia, su memoria sería capaz de borrar cualquier recuerdo de su paso por Aberdeen. Su destino y su suerte dependían de su pericia. Hasta ese momento no se había molestado en exceso en construir una vida pasada; le había bastado con pasearse por Londres con su amable imagen de recta señorita que convivía con una viuda. De inmediato, decidió pulir y mejorar su versión sobre sí misma: contaría que era prácticamente huérfana, aunque con rentas anuales suficientes para vivir con algo de dignidad. Una escocesa originaria de Edimburgo llamada Elizabeth MacPherson, aquello debía ser todo. Nunca más quería volver a sentir miedo, y nunca más admitiría su propia debilidad. La vida era un juego de lobos y corderos, y ella no volvería a ser mansa ni se dejaría pastorear.

John Taylor la miró con una sonrisa a punto ya de presentarle a Adele, su «encantadora hermana», de la que, estaba seguro, se haría «amiga inseparable» una vez que pudiesen compartir su común interés por la lectura. Mary mantuvo el gesto discreto y la mirada dulce, convencida de que, si se manejaba con habilidad, todavía podía tener un futuro. Sonrió a su vez a John Taylor, que no le desagradaba.

¿Cómo podría haber imaginado aquel correcto caballero que la frágil dama que había ido a rescatar era ahora, en realidad, un cazador?

12

Soy un hijo de Marte que ha batallado en
[muchas guerras
y muestro mis marcas y cicatrices
[dondequiera que voy;
ésta fue por una joven, ésa en una trinchera,
dando la bienvenida a los franceses al son
[del tambor.

ROBERT BURNS,
Soldier's Joy (1785)

Stuart Hamilton

A Stuart le gustaba mirar el jardín desde la ventana de la antigua *withdrawing room* de la marquesa de Gordon de Huntly. Las hayas y los robles se alzaban majestuosos y los setos eran variados y abundantes, aunque al vergel todavía le faltaba algo de color. En pleno mes de febrero escocés no podía pretender grandes exhibiciones florales, pero le pediría a su mujer que ordenase la plantación de nuevas buganvillas, rosales y algunos narcisos. Stuart había comprado el castillo de Huntly especialmente para las estancias veraniegas, pero aquel año sería un descanso poder pasarlo en un entorno tan amable y tranquilo, alejado por fin del vaivén constante de Edimburgo. Su afección cardíaca había resultado ser lo bastante severa como para tomársela en serio, y la perspectiva de sus negocios era buena, de modo que ¿por qué no tomarse aquel descanso? Los años ya comenzaban a pesarle y hacía tiempo que sus reflejos eran más lentos; era como si parte de su cuerpo estuviese más a gusto adentrándose en un sueño dormido que en la febril actividad a la que hasta ese momento había estado acostumbrado.

Stuart abandonó por fin la posición ante la ventana cuando llegó la sirvienta para llevarle su té caliente de media mañana. Lo acompañaban la prensa y un bizcocho de aroma delicioso, que aún estaba caliente. Se sentó ante una mesita provisional, porque todavía tenía pendiente amueblar en condiciones aquel cuarto: había decidido que sería su despacho porque no era tan grande como para resultar frío y abrumador, ni tan pequeño como para carecer de sentido práctico. Allí habría espacio de sobra para sus libros y la mesa de trabajo, sin contar con el inestimable extra que supondría aquel diminuto cuarto secreto, que acababa de estrenar escribiendo una carta a su amigo Adam Chambers. Al menos allí dentro había encontrado un pequeño escritorio, y no una simple mesa para el té... Confiaba en que el señor Remington cumpliese su palabra y le enviase aquella misma semana los muebles nuevos desde Aberdeen, ¡cuánta falta le hacían! Y él, ah..., se notaba tan viejo y cansado aquella mañana. ¡Cómo ansiaba sentir por fin los beneficios del campo en su maltrecha salud!

Stuart se sentó en una butaca y, antes de degustar el té, decidió volver a revisar aquellos dos volúmenes que componían las memorias de Byron, que debían de sumar al menos unas ciento veinte mil palabras. Tomó uno de ellos y lo puso sobre el regazo; lo abrió y detuvo su atención sobre algunos de los párrafos que más lo habían sorprendido. ¿Qué tendría aquel hombre para escribir de una forma tan salvaje, tan poco de su gusto, pero tan irresistible? Las ideas de Byron parecían sólidas y firmes, aunque el propio escritor reconocía la mutabilidad y escasa constancia de sus empeños. Sí, sin duda debía de haber sido un tipo carismático y sorprendente; ¿qué pensar de un lord que, aun sabiendo que se ganaba detractores con sus declaraciones, calificaba a Rubens de pintor de brocha gorda? Aquellas memorias que ahora él tenía entre las manos eran realmente impagables, y no acertaba a explicarse cómo ni dónde las habría encontrado Jules Berlioz.

Y, mucho más allá del hallazgo, ¿quién habría salvado el original del manuscrito? Tenía que haber sido Thomas Moore, el albacea literario de Byron, que no había podido evitar que John Murray quemase en su oficina el manuscrito, creyendo que era el único. Además, había sido el propio Thomas Moore quien, en 1830, había publicado una especie de biografía sobre su amigo, muerto seis años atrás: *Letters and Journals of Lord Byron. With Notices of His Life*. Stuart lo había leído, pero aquello, sin restarle méritos al que era considerado el poeta irlandés por excelencia —al igual que Robert Burns era considerado el de Escocia—, no le había parecido más que una suma de hechos y datos anecdóticos. El manuscrito que tenía entre sus manos, en cambio, era pura vida y vehemencia. Cada palabra dibujaba a Byron: ardor, franqueza, humor, ironía y dramatismo. Posiblemente a Moore no le hubiese quedado más remedio que admitir aquella quema, ya que había vendido el manuscrito, pero ¿y John Hobhouse? ¿Acaso no era el mejor amigo de Byron? Si había estado presente en aquel destrozo, ¿cómo era posible que el hombre que había introducido a Byron en política, que había compartido con él su Grand Tour por España, Grecia y Turquía hubiese permitido que los recuerdos de su amigo se convirtiesen en cenizas?

A Stuart no le parecía que aquellas memorias fuesen tan terribles ni escandalosas como para haber recibido semejante castigo. ¿Habría sido la culpable la mujer de Byron? Le habían dicho que ella había presionado para que el material fuese destruido. Por supuesto, las memorias no la dejaban en un lugar terrible, pero sí desbarataban en gran medida el relato de su separación del escritor, que en su autobiografía minoraba y desmentía las versiones depravadas y escandalosas que hasta entonces habían recaído sobre su persona. Sí, desde luego resultaba conveniente escuchar siempre las dos voces disonantes de una misma historia. Tal vez Byron no fuese un caballero intachable, pero Stuart cerró el manuscrito con un suspiro de cierta envidia. Él nunca sería capaz de vivir la vida con aquella vehemencia desatada, con aquella irreverencia, pues con frecuencia resultaba consustancial al cargo de caballero el portar en los bolsillos muchas y pesadas piedras de variados cargos y responsabilidades.

El señor Hamilton se levantó y colocó los dos volúmenes con cuidado en una esquina alejada de la mesa para el té, pues le resultaría insoportable la idea de mancharlos siquiera con el aroma de la infusión. Después, regresó a su asiento y, tras degustar un trozo de bizcocho, comenzó a beber con suaves y breves sorbos el té, que ardía. Stuart respiró profundamente, casi saboreando que el aire le entrase en los pulmones. ¿Por qué se sentiría tan fatigado aquella mañana? Volvió a dejar la bebida caliente sobre la bandeja y abrió el periódico. Revisó primero, tal y como era su costumbre, las novedades relacionadas con el comercio y la economía del país; se detuvo en algunos artículos de su interés hasta que llegó al apartado de sucesos y detuvo la mirada, con horror, sobre la noticia de la muerte de Jules Berlioz. ¿Cómo era posible? ¡Un hombre tan joven! Releyó la noticia varias veces y sintió cómo las palpitaciones crecían y retumbaban en su interior. ¡En el *Aberdeen Journal* insinuaban la posibilidad de un envenenamiento! Por todos los cielos, ¿con quién había estado él tratando? Aquel francés, con tanta palabrería y buenas formas, ¿no lo habría engañado? No, no podía ser... Aquel manuscrito era auténtico, la caligrafía y el contenido resultaban pruebas demoledoras de aquella certeza. Stuart, nervioso, se levantó y tomó ambos volúmenes entre las manos. ¿En qué turbio asunto se había enredado? El señor Berlioz podría haber robado aquel material de a saber qué depósito o biblioteca privada... ¡Y ahora lo habían asesinado! A Stuart comenzó a faltarle el aire y se desabrochó como pudo el cuello de la camisa; volvió a sentarse e intentó recuperar la calma. Pero no, le resultaba imposible. Si habían asesinado a aquel muchacho, ¿qué podría evitar que ahora lo considerasen a él responsable de aquel hurto? Aquello tenía que tratarse de un terrible error, de una confusión. ¿Qué podía hacer? De pronto, las memorias le parecieron fuego en las manos y las dejó de nuevo sobre la mesa, sin preocuparse en esta ocasión por el hecho de que estuviese cerca una humeante taza de té. Su cerebro buscaba, en la desesperación, una fuente de calma y sentido común para frenar aquella agonía. ¿Por qué se había alterado tanto? ¡Apenas conocía a aquel muchacho! Que el Señor no lo permitiese, pero ¿habría contribuido él, sin saberlo, a algún tipo de turbio y oscuro negocio? La cuestión se evaporó en medio segundo, porque definitivamente la única prioridad comenzó a ser el continuar vivo.

Porque, ¿para qué preocuparse de nimiedades cuando apenas puedes respirar? A Stuart había comenzado a resbalarle un sudor frío desde la nuca hacia la espalda, donde ya notaba la opresión torácica que había comenzado en el pecho. De pronto, se sintió extraordinariamente extenuado, y un pinchazo en la boca del estómago pareció querer aclararle que era aquella noticia sobre Berlioz la que le había sentado mal. ¿Por qué lo ahogaba su débil corazón?, ¿cómo era posible que el defectuoso funcionamiento de algo tan pequeño pudiese tumbar a un hombre? Stuart intentó gritar, pedir ayuda, pero su boca ya solo boqueaba tal y como lo hacen los peces cuando los sacan del océano, buscando oxígeno. Sintió cómo resbalaban su cuerpo y su última dignidad desde la silla hasta el suelo, y comprendió que iba a morir. Antes de perder el conocimiento, su mirada tropezó con la pared del archivo secreto, para dirigirse en un último e involuntario gesto hacia la chimenea de la habitación, donde los relieves tallados del marqués y la marquesa de Huntly parecían observarlo con compasión quieta y pétrea, como si solo estuviesen esperando a que se deshiciese de su cuerpo para poder recibirlo.

Cassandra Hamilton tenía diecinueve años, la tez pálida y el cabello rubio, dibujado en ondas que parecieran brillar como dunas de un desierto. Caminó con gesto cansado y resignado por la habitación, y se sentó sobre la butaca donde muy probablemente —y según le habían contado— había vivido su padre sus últimos instantes. Se quedó mirando el fuego de la chimenea de los últimos marqueses de Huntly con serena tristeza, meditando sobre lo que iba a hacer. De su madre no podría esperar especial colaboración; era una mujer afectuosa, pero de pensamientos tan ligeros como el aroma de las flores. Una dama de mente sencilla pero encantadora, que siempre se preocupaba de que hubiese bordados alegres en los manteles y lecturas agradables para la hora del té. Pero aquello era todo, y solo contaba consigo misma para gestionar el negocio de su padre. ¿Qué iba a hacer sin él, sin sus sabios consejos? La había preparado bien, le había enseñado el valor del verdadero arte y la importancia de la materia transformada por el hombre. Le había mostrado cómo negociar y ella lo había acompañado a subastas, reuniones privadas y tasaciones. Sí, sabía algo del negocio, pero su querido padre se había ido demasiado pronto, dejándole en el pecho una sensación de hueco desamparo.

Por otra parte, estaba su hermano. El pequeño Peter solo tenía once años, y no parecía muy despierto. El médico de la familia, en Edimburgo, siempre responsabilizaba del estado de simpleza del muchacho a las enormes dificultades que había conllevado su alumbramiento, que casi lo había matado a él y a su madre. Pero, ah, ¡era un jovencito tan tierno y dulce! Sin embargo, no se trataba de un adorable perrito al que cuidar, sino de su hermano. Y Cassandra sabía qué se encontrarían en el testamento de Stuart Hamilton, que sería abierto en unos días: ella era la heredera universal. Por fortuna, el mayorazgo había caído a principios de siglo en favor de la libertad de testar, según los principios y limitaciones de «talento, privación de propiedad y cortesía». Por supuesto, su madre era usufructuaria de la gran casa de Edimburgo, aunque su padre, de haberlo deseado, podría haberla desheredado sin más. De todos modos, aquel «derecho a ser caprichoso» era algo que todavía se estaba asentando en jurisprudencia, caso a caso. Lo más complicado para ella no sería mantener el patrimonio familiar, que era mucho, sino el hacerlo siendo mujer. ¿La aceptarían en subastas, en negocios asentados vinculados al arte y a las antigüedades?

Cassandra suspiró y estiró las piernas, dejando que el calor de la chimenea las acariciase. ¿Merecería la pena el esfuerzo? Si gestionaba de forma adecuada las propiedades familiares, tanto ella como su madre y su hermano podrían vivir cómodamente de rentas el resto de sus días, pero ¿qué haría con el tedio, con el hartazgo de vivir sin hacer aquello que su padre había logrado que le apasionase? El mundo del arte, de las antigüedades, no era más que una incansable búsqueda de la perfección y la belleza.

—Señorita —la interrumpió una voz un tanto chillona a su derecha—, ¿le dejo aquí el té?

—Oh, sí, por favor.

La criada se acercó y puso delicadamente una bandeja con la bebida y unas galletas sobre la mesa del té.

—Disculpe, señorita, su madre sigue descansando, ¿cree que debemos despertarla para la cena?

—No, Leslie, déjela dormir, le hará bien.

—Demasiadas emociones, señorita.

—Sí. Demasiadas. Tampoco yo cenaré, pero preparadle algo caliente a mi hermano para antes de acostarlo.

—Descuide, señorita, así se hará. ¿Y el equipaje? Si salimos en dos días para Edimburgo, tal vez debiera ordenar a alguno de los muchachos que cargase los baúles... Ni siquiera fueron abiertos.

—Claro, Leslie. Hágalo, por favor. Por cierto... No encuentro un par de baúles pequeños con libros que mi padre había traído antes de que llegásemos nosotros. He mirado por todas partes.

—Ay, señorita, le juro que nadie ha tocado nada. Las mudanzas, ya sabe cómo son. Se extravían cofres y arcas que aparecen después. Sé que los muchachos subieron a esta sala algunas cajas, pero no sé dónde las pondría el señor.

—Ah, ¡mi padre no podía cargar peso, Leslie! ¿Cómo se le ocurre?

Y en efecto, a la joven criada no se le había ocurrido ninguna otra posibilidad, porque recordaba nítidamente cómo habían subido algunas cajas con libros a aquella misma habitación. ¿Cómo iban a suponer ella o la joven Cassandra que el señor Hamilton sí había hecho el esfuerzo de moverlas con el único fin de ocultarlas en el archivo secreto, a solo unos metros de distancia? Cassandra negó con el gesto. ¡Un caballero como el señor Hamilton cargando enseres! Qué majaderías se le ocurría al servicio. Detuvo su mirada en Leslie, morena y de mirada oscura, de piel tan pálida como la suya propia. La criada había bajado la cabeza, preocupada por haber dicho algo impropio.

—No se preocupe, Leslie. Vaya a descansar un poco, estos días han sido largos para todos.

—Gracias, señorita. Disculpe, pero... Ahora que me ha dicho lo de los libros, su padre estaba leyendo cuando... En fin, cuando elevó su alma al Altísimo.

—Sí, ya me han dicho que estaba leyendo la prensa —suspiró Cassandra, tomando la taza de té y dándole un primer sorbo.

—Había más libros, señorita. Lo recogí todo cuando vino el doctor, que llegó en un santiamén. Intentaron reanimar al señor Hamilton, Dios lo tenga en su gloria.

Cassandra frunció el ceño, intrigada.

—¿Qué libros? ¿Dónde están?

—Oh, solo eran dos, ¡y no estaban encuadernados ni nada, eran como notas cosidas! No valían gran cosa, no crea. Los dejé en este armario —añadió, apresurándose a acercarse a un pequeño mueble que había bajo la ventana y sacando de él los dos volúmenes manuscritos y el periódico que había estado leyendo el señor Hamilton—. Disculpe si no le dije nada antes, parecían papeles viejos y yo... Yo no sé leer. ¡Y ha habido tanto ajetreo estos días!

La criada le llevó el manuscrito y volvió a deshacerse en mil disculpas.

—¿Y esta llave? —preguntó Cassandra, extrañada y mirando un objeto diminuto que estaba sobre el periódico y que llevaba atado un pequeño cordón azul, sin duda para que no se perdiese.

—Ah, estaba también encima de esta misma mesa, señorita. No sé a dónde pertenece.

Cassandra echó un rápido vistazo por el cuarto, buscando un reloj, un armario o un cajón con cerradura donde pudiese encajar aquella llave que parecía de juguete. Tal vez perteneciese a algún mueble que se habían llevado los anteriores inquilinos del castillo; desde luego, la pequeña pieza parecía fácil de extraviar. No le dio más importancia, sin saber que aquel diminuto objeto abría el archivo secreto que tenía a solo unos pasos de distancia. Por fin, la criada la dejó sola y la joven, llena de curiosidad, prestó toda su atención a aquel montón de cuartillas manuscritas. Nada más abrir el primer volumen de las memorias, sintió como un calor eléctrico le ascendía desde el estómago. ¿Sería posible? ¡George Gordon Byron! ¡Pero aquella autobiografía de Lord Byron había sido quemada hacía más de treinta años! ¿Cómo era posible que la tuviera su padre? ¿Sería, acaso, una falsificación? No, no lo parecía. La nueva heredera de la familia Hamilton comenzó a leer y olvidó el té sobre la mesa, que se quedó frío sin que nadie volviese a tocarlo. Cuando, casi cuatro horas más tarde, concluyó su lectura, sintió volar su imaginación. ¿Por cuánto podría vender aquella maravilla en el mercado? El precio sería importante, desde luego. Pero ¿por qué su padre no lo había vendido ni le había dicho a ella que lo tenía? Tal vez acabase de encontrarlo. O quizás no, quizás fuese suyo desde hacía años, y lo guardase como un tesoro, ajeno a las miradas intrigantes y curiosas, que solo buscaban carnaza para habladurías. Cassandra sabía que su padre tenía un alto sentido del honor, de la dignidad. En más de una ocasión había comentado lo indecente y hasta obsceno que le parecía la publicación de cartas privadas de grandes literatos, pues eran pensamientos que nunca habían sido escritos para el público, sino para un único destinatario.

¿Qué debía hacer con aquel fantástico manuscrito? En alguna parte era sinuoso, sugería indecencias y era ciertamente irreverente, pero no era tan tremendo como para haber sido pasto de las llamas.

Al día siguiente, Cassandra mostraba en su rostro el cansancio de la lectura de la noche anterior, aunque todos a su alrededor atribuyeron sus ojeras y su gesto apesadumbrado a la recientísima pérdida de su padre, con el que era sabido que mantenía una unión estrecha y cercana. Pero la seriedad del gesto de la joven no solo obedecía al cansancio y al dolor, sino también a lo que todavía tendría que vivir, acompañando el féretro del señor Hamilton hasta Edimburgo y enfrentándose a las miradas y opiniones diversas que sucederían cuando se supiese que era ella la heredera universal de la gran fortuna familiar. Al menos, había tomado una decisión en relación con las memorias de Lord Byron. No sabía de dónde había sacado su padre aquel manuscrito único ni desde cuándo lo tenía, pero lo cierto era que lo guardaba en secreto. ¿Por qué no iba ella a continuar con aquel pacto entre caballeros? Tal vez, algún día, supiese algo más en relación con aquel hallazgo. De momento quedaría camuflado y a buen recaudo en su biblioteca privada. Sería el último recuerdo vivo de su padre, lo último que él había tocado, y con lo que tal vez se hubiese emocionado. Aquellos cientos de páginas eran para ella como un mensaje paterno, como un último e íntimo lazo de unión. Y en esta idea romántica se quedó el pensamiento de la joven Cassandra Hamilton, sin saber que aquellas memorias, en realidad, habían provocado en gran medida que a su padre se le terminase de romper el corazón.

Los dos volúmenes se conservaron en la familia sin que nadie supiese de su existencia hasta que la propia Cassandra, ya casada, decidió revelarle el secreto a su marido. Dado que la fortuna los acompañaba, y que la gestión de Cassandra de las rentas familiares y de los negocios de antigüedades era óptima, ni ella ni su esposo sopesaron siquiera la idea de vender las memorias, y mucho menos de publicarlas. Podría suponerles un grave problema legal con los nietos de Byron, hijos de Ada Lovelace, o incluso con la editorial de John Murray, que seguía operativa con su tercer descendiente. ¿Cómo iban a explicar que tenían algo que no era de su propiedad y que, supuestamente, había sido quemado?

Así fue como las memorias de Byron se diluyeron en el olvido colectivo, quedando solo a manos del privado. La familia de Cassandra se dedicó siempre al mismo negocio de antigüedades, estableciéndose como una institución de prestigio en la materia, primero en Escocia y después en York, en el norte de Inglaterra. El marido de la heredera de Hamilton se llamaba James Oldbuck, y tanto ella como su descendencia adoptaron su nuevo apellido.

Había sido sorprendente comprobar cómo el interés en las antigüedades se había mantenido generación tras generación. Siempre había algún hijo o hermano que se decantaba, naturalmente, hacia alguna otra ocupación, pero el negocio pautado por Cassandra Hamilton nunca había dejado de funcionar.

Andrew Oldbuck, tataranieto de Cassandra, meditaba ahora sobre el asunto de las memorias en su encantadora casa en el centro de York, en The Shambles. Era una de las zonas más antiguas de la ciudad, y allí tenía, ocupando toda la planta baja de un edificio de apariencia medieval, su extraordinaria tienda de antigüedades, que como no podía ser de otra forma se llamaba Oldbuck. En realidad, él disfrutaba de su gran casa con jardín en Harrogate, a unos treinta minutos de distancia en coche, donde vivían muchos de sus amigos y sus dos hermanas. Pero, durante la semana, le gustaba estar en el despacho de su antigua y valiosa casa de tres plantas de The Shambles y recibir material, filtrarlo y dirigir al personal de la tienda. No lo necesitaban en absoluto, pero a él le gustaba estar al mando y le encantaba escuchar la campanilla de la puerta. Con frecuencia eran solo curiosos y turistas, pero debía reconocer que, aunque lo tenía como pasatiempo vital, el negocio siempre daba beneficios.

Andrew sonrió con cierta malicia cuando abrió la puerta de seguridad de su biblioteca privada, en la tercera planta y a prueba de incendios. A pesar de que el exterior del edificio mostraba una estructura de madera algo combada, el interior había sido completamente rehabilitado por Oldbuck con todas las medidas de seguridad imaginables. De todos modos, tal vez debiera llevarse algunas cosas de valor a Harrogate. Debería meditarlo. Cogió un volumen encuadernado de *Historia de Escocia* que parecía muy antiguo, pero que por dentro estaba hueco. En su interior, se deleitó tocando y leyendo algunas de las páginas de las memorias de Byron. Ah, ¡qué delicia poseer aquel tesoro! Y qué emocionante había sido ver a jovenzuelos como Henry y Sarah, que todavía soñaban y admiraban la buena literatura, apreciando el valor de las cosas. Al fondo del falso libro de la historia de Escocia todavía se guardaba la pequeña llave con el lazo azul. Oldbuck no había podido comprobarlo, pero ya no le cabía ninguna duda de qué cerradura abría aquella llave. ¡Habían pasado casi dos siglos para poder averiguar a dónde pertenecía! ¿No era la vida como una broma infinita?

Andrew Oldbuck debía reconocer que se lo había pasado estupendamente durante aquellos días en las Highlands. Salvo por el detalle del crimen, naturalmente. Pero, ah, ¡se había sentido tan vivo! En algún instante había tenido la tentación de confesarle todo a su amigo Arthur, pero aquellos viejos recuerdos de Byron ya no debían pertenecer al mundo ni a nadie. Tampoco a él mismo, pues no eran suyos. Oldbuck se sentía ante aquellos viejos papeles como un guardián de la memoria, aterrado ante la sola idea de que la vida que derrochaba Byron en cada página fuese tergiversada, torcida y hundida. Lo había visto en muchas ocasiones, incluso en cartas que Byron había escrito a sus amigos y que habían sido publicadas; grandes críticos literarios, sin pudor, sugerían que tal o cual abreviatura correspondía a un amante o a una postura amatoria, casi siempre vergonzosa. O que tal frase o metáfora no obedecía a lo evidente, sino a otro significado oscuro, o a sodomía, o a graves acusaciones políticas. No, no sometería al legendario Byron a aquel escarnio y estudio público. Lo custodiaría, al igual que harían sus sobrinos cuando él no estuviese. Confiaba en que ninguno tuviese la tentación de querer conseguir dinero fácil a cambio del material, pero solo se lo entregaría a aquel en quien pudiese confiar sin atisbo de duda. De lo contrario, escondería el material en un lugar seguro. Él ya iba cumpliendo años y sus hermanas no parecían muy interesadas en antigüedades, y tampoco conocían de momento la existencia del manuscrito; siempre se pasaba el secreto de una única persona a otra. Él había sido el escogido por su padre, y ahora iba llegando el momento de que también él contase su secreto a alguien. Era arriesgado que solo se pasase el misterio de uno en uno, pero, como decía su abuelo, «si un secreto lo saben más de dos, deja de ser un secreto». O, ¿por qué no? Quizás le confiase su pequeño tesoro a aquel pelirrojo chalado de Henry, que al fin y al cabo era descendiente del grandísimo poeta. Oldbuck sonrió ante la idea, que no le desagradó en absoluto.

Qué emocionante había sido adentrarse en los últimos instantes de su antepasado, Stuart Hamilton, y qué sorprendente conocer la existencia de aquel archivo secreto. ¡Pensar que su tatarabuela había estado a solo unos metros, sin descubrirlo! Andrew Oldbuck, sin apenas darse cuenta y tal y como le había sucedido en otras ocasiones, comenzó a leer por una página al azar aquellas viejas memorias y se quedó ensimismado, atrapado por la fuerza de las palabras. Y no se sintió mal por haber ocultado en Huntly quién era ni por no haber revelado el verdadero destino de aquel manuscrito. ¿No había sido el propio Arthur Gordon quien lo había llamado? ¿Cómo negar que a veces suceden cosas que parecen marcadas por las estrellas, por los sueños y el destino? Oldbuck se rio, agitando con el gesto su extraño y alocado cabello, y sintió que sí, que tal vez las cosas debían esperar con paciencia su momento para completar el círculo mágico del destino y del tiempo, y que no era mal oficio el suyo. ¿Acaso podía haber algo mejor que convertirse en guardián de la memoria?

Mary MacLeod

Había sido agradable mudar su piel por la de Elizabeth MacPherson. Prácticamente, y de forma casi oficial, era una huérfana, de modales exquisitos y siempre con un buen y estudiado gesto para todos. Pero había sido mucho mejor convertirse en Elizabeth Taylor, señora de John Taylor. La boda había sido discreta y sencilla, y la familia de Mary se había mostrado conforme con la idea de ocultar su propia existencia. De no haberlo hecho, muy posiblemente el señor Taylor habría reconsiderado su compromiso con la joven. Desde luego, a una familia de sastres prestigiosos como la de Taylor's and Company no le habría venido especialmente bien vincularse a una asesina. El señor MacLeod sabía que le hacía un gran favor a su hija mayor si la dejaba volar lejos con aquella mentira, que no era más que una lápida sobre el pasado. Su pequeña Mary ya no existía, y tal vez la que él había creído que era no había existido nunca. Su primogénita, ¿una casquivana y, además, homicida? Qué ciego había estado, qué permisivo había sido. Si no hubiese aceptado aquel puesto en Aberdeen y se hubiesen quedado en Edimburgo… ¿Cómo saber si habría ocurrido o no algo semejante de todos modos? Los caminos del destino estaban forjados a fuerza de decisiones, pero también se cosían por puro azar, y no debía torturarse. Sencillamente, había hijos que se torcían, y eso era todo. Ahora solo debía centrarse en la pequeña Jane. Desde luego, con ella sería mucho más estricto en lo relacionado a su educación y a las formalidades debidas. Aunque tanto él como su esposa sabían que Mary, desde niña, siempre había sido diferente. No especialmente hermosa, pero con la mente brillante de muchos hombres. ¿Habría anidado siempre en ella el ánimo dormido de una asesina? Porque el señor MacLeod no dudaba ni por un segundo que su Mary había ejecutado a aquel desgraciado francés. Si hubiese sido en una guerra, hasta se habría sentido orgulloso. Pero con la virtud rota, ¿qué podría hacer su hija en el mundo? Aquel sastre londinense había resultado ser una bendición, un rayo de esperanza.

Ahora, la distancia era en sí una despedida, pues Mary no solo se había casado en Londres, sino que con su marido ya había iniciado una mudanza mucho más definitiva. Taylor's and Company planeaba su expansión: su prestigio —trabajando para la Corona de Inglaterra— era innegable, y la calidad de sus diseños, tejidos y trabajos ni siquiera era discutida por la competencia. Cuando Mary se asomó a la cubierta del enorme barco que los llevaba desde Europa hasta América y pudo ver por fin Nueva York, sintió cierta inquietud. Corría ya el año 1859, el cielo estaba despejado y la promesa de un nuevo mundo se abría ante sus ojos; ¿por qué se preocupaba?

Sin embargo, de vez en cuando acudía a Mary la melancolía. Lo que había sido y lo que no había podido ser, el miedo y la desesperación que asociaba para siempre al rostro del apuesto Jules Berlioz. Había días en que se convencía a sí misma de que no le había quedado más remedio que hacer lo que había hecho, que había sido su torpe y ahogada forma de intentar sobrevivir. Pero, en otras ocasiones, la atormentaba el arrepentimiento. Sopesaba otras opciones, que solo ahora podía ver con claridad. Lamentaba haberse enamorado. ¡Qué estupidez, el amor! Nadie le había dicho que durase tan poco tiempo, que fuese tan mudable como el capricho de un niño. Y no sabía si algún día llegaría a amar a su marido, que la colmaba de atenciones. Aunque, ahora que ya era conocedora de la crueldad de la vida, ¿a quién podía importarle el amor? Todo lo que tenía que hacer era sobrevivir.

—¿Todo bien, querida?

—Sí, John, descuida —le había tranquilizado ella, posando la mano sobre la de su marido, que se había acercado a la barandilla desde la que ella observaba el horizonte—. Supongo que me marea este barco, demasiados días de viaje.

John sonrió y puso la mano sobre el vientre de Mary.

—Será nuestro pequeño Taylor, que también se emociona al llegar a América.

Mary bajó la mirada hacia la barriga, que apenas mostraba todavía, en un discretísimo bulto, la vida que crecía en su vientre. ¿Sería ella una buena madre? ¿Podría ocultar para siempre quién era de verdad, lo que había hecho? Decían que cualquier sueño era posible en América. Y ella ahora era la elegante y acomodada señora Taylor, más lista y desde luego mucho menos inocente que la vieja Mary MacLeod. Si se hubiese quedado con Jules y fuese cierto que iba a hacerse rico y respetado, ahora tal vez estaría paseando por la costa dorada de Aberdeen tomada de su brazo. ¿Cuál sería el tesoro literario que Jules había encontrado? Ah,

¡si fuesen las memorias de Byron, qué fantasía deliciosa habría sido leerlas! Pero aquellos otros posibles caminos que podría haber llevado su vida no eran ahora más que ensoñaciones. Ahora Mary estaba allí, a bordo de un imponente trasatlántico que la llevaba a un mundo nuevo. Se había casado e iba a tener un hijo, acataba las normas y aceptaba, en apariencia y sin la más mínima oposición, consejos e instrucciones de su suegra, cuñadas y esposo. Sin embargo, y aun diciendo a todo que sí, con frecuencia desviaba sus actos del camino recto, haciendo a la postre lo que quería. Porque había aceptado las reglas del juego, pero sin olvidar que aquel era su viaje en corso y que podía romper las reglas si la necesidad lo imponía. Su criterio era el único al que atenerse y, tras haber saboreado cómo era vivir en una cárcel, ahora no pensaba desaprovechar ni un solo instante en libertad. Tomó aire, sonrió a su marido en un gesto ensayado y mantuvo después la mirada fija en el futuro y en la gran ciudad de Nueva York.

Oliver y Valentina

Por fin en casa. Habían sido, desde luego, unas vacaciones intensas. Solo les quedaban un par de días antes de retomar sus respectivas obligaciones, y había sido agradable aterrizar en el aeropuerto de Santander y comprobar que, a pesar del fresco del norte de España, incluso allí se respiraba todavía la calidez del verano, de la que ya se habían despedido en Escocia. Cuando llegaron a Villa Marina, en Suances, vieron algunos coches aparcados en la entrada, y dieron por hecho que se trataría de los vehículos de los huéspedes. Por las tardes no había servicio de recepción, de modo que no entraron en la gran casona principal para saludar a Matilda —la encargada que dirigía desayunos y limpieza—, porque sabían que no estaría. Sintieron un extraño vacío al llegar a la gran cabaña de Oliver y no encontrar en el porche ni a la enorme gata siberiana Agatha ni a la inquieta Duna, su perrita beagle. Estaban siendo cuidadas por la propia Matilda en su casa, de modo que después la llamarían para ir a buscarlas. Parecía mentira, pero aquellos dos animales completaban el carisma y el ambiente de aquel singular hogar, cuyo porche miraba hacia la tranquila playa de la Concha.

Habían pasado solo unos días desde la detención de

Linda Gordon, pero todo parecía haberse asentado un poco. Arthur había vuelto a Stirling, aunque en breve regresaría a Huntly para supervisar las obras de restauración, pues se había empeñado en su museo histórico de la familia Gordon y en rentabilizar la historia del archivo secreto, reproduciéndolo tal y como lo había encontrado originalmente; para la reconstrucción se ayudaría de la pericia de su amigo Donald y de las fotografías y vídeos que habían grabado en el par de días que aquel espacio oculto había sobrevivido a la interacción con la sociedad del siglo XXI. Además, Arthur contaría con la ayuda de Andrew Oldbuck, que ya se había ofrecido a asesorarle hasta con la decoración del museo, donde se expondrían la mayor parte de los hallazgos que se habían logrado salvar. Arthur no había dicho nada, pero Oliver sospechaba que el interés de su padre no se limitaba al castillo de Huntly, sino que se extendía justo hasta la propiedad de sus vecinos, que no era otra que la que ocupaba el hotel Sandston; allí, Catherine Forbes precisaría consuelo y tiempo para recomponerse tras lo que había sucedido con su hermano Mel. En cualquier caso, ya era hora de que los Gordon y los Forbes enterrasen su vieja y absurda hacha de guerra.

En relación con Linda, y tal y como Valentina había imaginado, sus abogados preparaban una estrategia fundamentada en la defensa propia, en la enajenación mental transitoria y otras argucias legales. Adam Gordon se lo había explicado a Arthur detalladamente y casi a gritos, sin concebir todavía cómo su anodina hija había podido conducirse de aquella forma. Aunque Valentina sabía que Linda había matado a una persona, sentía pena por ella. Haber vivido con alguien como Adam la había desgastado y oscurecido por dentro. Nunca ningún suceso tan grave como para cortar de forma tajante la relación filial, pero sí un goteo de desprecios tan reincidente como para erosionar la superficie de la roca hasta desdibujarla por completo.

Ahora, mientras Oliver y Valentina abrían las contraventanas de la planta inferior de la cabaña, sonó el teléfono. Valentina comprobó que era Sarah Roland y puso el manos libres. Tras saludarse, la pareja escuchó lo que la profesora, emocionada, les tenía que decir.

—¡No os lo vais a creer! Estoy en la biblioteca y he encontrado información interesantísima... ¡Vivió hasta los noventa y siete años!

—Quién, ¿Mary MacLeod?

—Claro, ¿quién va a ser? —preguntó Sarah riéndose—. Pero no se llamaba así, sino Elizabeth MacPherson, aunque después se cambió de nuevo el apellido por el de Taylor, porque se casó con un empresario del textil muy conocido en Londres en aquella época. Vamos, que se terminó llamando Elizabeth Taylor, ¡como la actriz! Y el caso es que...

—Espera, espera... —la interrumpió Valentina—. ¿Se casó con un empresario? Me resulta difícil de imaginar que con su currículum fuese aceptada por alguien relevante.

—Ya, pero ¿no ves que se cambió el nombre? Estoy segura de que ocultó su procedencia. No sé cómo lo hizo, porque me parece difícil, pero imagino que Mary tuvo la suerte de que por entonces no existiese internet... De su juicio solo se mostraron en prensa retratos hechos a mano, y ninguna fotografía. Sabréis que por entonces ya se usaban daguerrotipos, pero no eran tan usuales ni se difundían con la facilidad de hoy, lógicamente.

—¿Y sabes si tuvo alguna vinculación con el mundo literario? —preguntó Oliver, que todavía seguía a vueltas con el asunto de las memorias de Byron.

—No, nada de eso, aunque creo que sí acumuló a lo largo de su vida una gran biblioteca; el caso es que se dedicó al mundo de la moda, y fue toda una pionera en el asunto, dirigiendo ella misma desde los diseños hasta las negociaciones comerciales, ¡en aquella época! ¿Os imagináis?

Valentina suspiró.

—Me la imagino perfectamente. Una mente tan fría y decidida tuvo que ser un hacha en los negocios.

—Aún no sabemos seguro que fuese ella la asesina de Berlioz —objetó Sarah.

—Bueno... Como se suele decir —replicó Oliver, en tono de broma—, yo no tengo certezas al respecto, pero tampoco dudas.

—¿Y qué más? —preguntó Valentina.

—Ah, pues que tuvo tres hijos, y que terminó por retirarse en Boston... Por lo que he podido averiguar, daba unas fiestas tremendas.

—Del patíbulo a la vida loca —observó Oliver, riéndose.

—Algo así, me imagino.

—Es increíble —opinó Valentina, dejando que se desvaneciese en sus labios un suspiro— cuánto puede cambiar una vida por una simple decisión.

—O por un tercer veredicto —completó Oliver, pensativo—. Oye, Sarah... Y de Henry, ¿sabes algo?

—Sí... nos estamos viendo —reconoció, con un sonrojo que se transmitió incluso desde el otro lado de la línea del teléfono— y, de hecho, hoy mismo habríamos quedado si no llega a ser porque ha tenido que viajar a York para reunirse con el señor Oldbuck.

—Anda, ¿y eso?

—Nada, un tema de unos libros viejos que quería hablar con él, imagino que para ver si su editorial los actualizaba y publicaba. Ojalá salga algo provechoso de ahí.

—Sí, ojalá.

—Por cierto, os pasaré ahora por WhatsApp una foto de Mary del año 1905 que he encontrado; no es de muy buena calidad, pero se distinguen más o menos los rasgos. Ella es la señora mayor del centro de la imagen.

Sarah, Oliver y Valentina terminaron por despedirse y, en unos segundos, recibieron la imagen en blanco y negro. Parecía un día de verano frente a un lago, todos sonreían de forma despreocupada y alegre. Había siete personas en la fotografía, de las que dos eran muchachos y el resto —salvo Mary— elegantes jovencitas con faldas oscuras hasta los pies, blusas blancas con cuello alto victoriano y cabellos recogidos en moños altos y abombados. Parecían felices. ¿Quiénes serían? ¿Hijos e hijas, primos, amigos? Mary tendría por entonces unos sesenta y siete o sesenta y ocho años, y las arrugas dibujaban sus ojos al sonreír. Sin embargo, su mirada era dura y contundente, sin la pose estudiada del resto de sus acompañantes. Era como si hubiese decidido prestar un único segundo de su tiempo a aquella fotografía y estuviese a punto de desviar la atención hacia algo más interesante.

—Joder, con lo pequeñaja e inofensiva que parece, quién diría que era una asesina.

—Los asesinos no tienen un aspecto concreto, amor —objetó Valentina, sin apartar la mirada de la imagen—. Mira si no a Linda Gordon, que parecía incapaz de asustar ni a un gorrión... Fíjate, ¿qué pone ahí, en la barca del lago?

Oliver acercó el rostro al teléfono móvil, ampliando la imagen al máximo.

—Juraría que pone Don Juan. ¿Tú crees que...?

—¿Un homenaje a Byron? —dudó Valentina—.

Es posible... Imagino que Mary y Berlioz debieron de leerlo, y desde luego el francés lo conocía bien.

La pareja se quedó un rato pensativa con el significado de aquella imagen, hasta que Oliver decidió continuar abriendo ventanas y ventilando la cabaña, mientras Valentina comenzaba a vaciar bolsos y maletas. De la suya sacó un librito que había comprado en una librería de Stirling, y del que se había quedado prendada. ¡Ella, que no leía nunca! Se trataba de Lord Byron, por supuesto: el *Diario de Cefalonia*, que había comenzado en 1823 y cuya última entrada se marcaba el 22 de enero de 1824. Byron había muerto solo tres meses más tarde. Aquel era, en cierto modo, su último poema y su último trabajo literario. Valentina tomó el librito y lo abrió por la página que estaba marcada. Se dirigió al porche y se sentó para volver a leer:

Si reniegas de la Juventud, ¿para qué vives?
La tierra de la muerte honorable
está aquí; salta al campo de batalla
y rinde tu aliento.
Busca —a menudo menos buscada que hallada—
la tumba del soldado, la mejor para ti;
luego mira alrededor y elige el sitio,
y toma tu descanso.

Rendir el aliento y ser consciente de que el campo de batalla es siempre el que se encuentra bajo la suela de nuestros propios zapatos. Vivir cada día con afán, sin renegar de cada latido. Sí, desde luego Byron debía de haber sido un hombre interesante, que al menos había buscado un sentido a vivir.

—¿Qué haces aquí? Aaah, ¡ahora resulta que la señorita lee! —exclamó Oliver, aproximándose y riéndose, mientras Valentina le hacía una mueca y fingía sentirse ofendida.

—Pero, vamos a ver, ¿no querías que leyese? Pues ya está.

—Ya veo, ya. Que sepas que he llamado a Matilda y que no quiere que vayamos a buscar a Duna y a Agatha.

—Ah, ¡se ha encariñado con ellas! Cuándo las trae, ¿mañana?

—No, no... No me he explicado bien. Que dice que no quiere que vayamos, sino que nos las trae ahora, que con Duna bien, pero que Agatha se ha cargado unas cortinas de no sé qué y que no puede con ella. Ya sabes, tu gatita, siempre tan cariñosa.

Valentina se mordió el labio inferior, apurada por las molestias que hubiese podido ocasionar a la buena de Matilda. Dejó el libro sobre el banco del porche y continuó recogiendo, incapaz de soportar el desorden. Pasaron solo quince minutos hasta que llegó Matilda; era una mujer de mediana edad, de pocas palabras y con el cabello oscuro cortado de forma breve y masculina; de sus labios finos salió un «bienvenidos» y un «a esta gata la ha poseído el diablo», pero tras aquello todo fueron sonrisas y abrazos. Duna dio muchas vueltas por todas partes, muy excitada y subiendo y bajando de las piernas de Oliver y Valentina. Agatha, en cambio, se posicionó en el porche mirándolos de reojo, tiesa como una vela de cera, como si estuviese decidiendo si perdonarlos o no por haberla dejado al cuidado de aquella mujer que le había parecido tan poco simpática. Justo antes de irse, Matilda recordó algo.

—¿Han visto el paquete?

—¿Qué? No, ¿qué paquete?

—Ah, pues es bien grande, se lo dejé en la cocina,

para que no les estorbase al llegar. Lo trajo un mensajero hace un par de días... Desde Escocia, creo.

—¿Desde Escocia?

—Sí, dirigido a los dos.

—¿A los dos?

Oliver frunció el ceño, extrañado. Dio las gracias a Matilda, que se marchó cruzando su mirada con la de la gata, y se apresuró a entrar en la cocina. En efecto, allí estaba el paquete. Era alargado y estrecho, y no lo habían visto porque Matilda lo había dejado en el suelo, pegado a la pared en una zona en la que los muebles, salvo que entrasen en la cocina, tapaban su visión. Oliver y Valentina comprobaron, con asombro, que los dos eran los destinatarios, y que el remitente era... ¡Emily Gordon! ¡Pero si acababan de despedirse de ella y no les había dicho nada! Abrieron el misterioso paquete llenos de curiosidad y, para su sorpresa, se encontraron —además de una pequeña botella de ginebra— un precioso dintel para la puerta de su cabaña. Era blanco y con los bordes en tono verde oscuro, igual que las letras, elegantes y redondeadas.

20 - O. GORDON & V. REDONDO – 13
SONS OF MARS

Oliver Gordon y Valentina Redondo. Año 2013. Hijos de Marte. Valentina no daba crédito, y la emoción hacía que le costase entender realmente el sentido del mensaje impreso en el dintel. Oliver abrió una brevísima carta, con letra torcida, que acompañaba el regalo:

> Queridos míos, ¿conocéis este poema de Robert Burns? Siempre ha sido uno de mis favoritos: «Soy un hijo de Marte que ha batallado en muchas guerras, y

muestro mis marcas y cicatrices dondequiera que voy...». Marte, el dios de la guerra. ¿No somos todos hijos de mil combates y pérdidas? Querida niña, tus cicatrices solo te hacen merecedora de la batalla. Y tú, mi pequeño *brownie*, nunca decaigas. Vosotros dos, siempre juntos, no lo olvidéis. Ah, y os mando una botellita de ginebra. Buenísima, disfrutadla. Un abrazo de vuestra abuela,

Emily

Valentina y Oliver se miraron, emocionados. Ahora cobraban sentido aquellas palabras inconexas que Emily les había dicho aquella noche en Stirling, antes de irse a dormir. No había murmurado para sí misma algo sobre «marzo», sino sobre Marte, que fonéticamente en inglés se asemejaba a aquel dios de la guerra de la mitología romana. Y había apreciado en ellos la tristeza de la pérdida, pero también la actitud resistente de los soldados. Valentina recordó el aroma a lavanda de la casa de los Gordon en Stirling, y sintió que en aquella sencilla planta se guardaría desde entonces uno de sus más preciados recuerdos. ¡Cuántos contrastes extraños albergaba la vida! El mundo estaba lleno de gente malvada, y también de otros que actuaban con códigos mudables a su antojo: a veces bondadosos y, en el fondo, siempre miserables. No era fácil mantener el equilibrio, desencadenarse de la inercia. Después, estaban los seres llenos de luz, que sonreían y lo abarcaban todo. Que eran humanos y erraban, pero que compensaban la oscuridad. ¿Sería cursi catalogar a Emily en aquel grupo idealizado? Posiblemente. Pero al pensar en ella, aquella noche, Oliver y Valentina sintieron que en su camino y en sus cicatrices también había algo de belleza.

Curiosidades

La culpa de este libro la tiene, en gran medida, mi amigo Raphaël. Nos encontrábamos curioseando en la base de la torre del Wallace Monument, en Stirling, que yo ya conocía y que había declinado volver a visitar. Sin embargo, mi amigo encontró algo en la tienda de souvenirs: lo tomó entre sus manos, agitándolo, y vino hacia mí con la sonrisa y sorpresa de quien acaba de descubrir un tesoro. Era un libro: *Scottish Murders*.

—¡Este es tu libro! ¡Ideal para ti!

—Hummm. Asesinos escoceses. Sí, ya lo he visto antes. Pero no sé si...

—Que no, que no. ¡Es tu libro!

Ante tal determinación comprenderán ustedes que me tuviese que comprar el dichoso recopilatorio de hechos criminales, en cuyo subtítulo aparecían las expresiones «infames, espantosos y tenebrosos». Más allá de la cuestionable imagen que mis amigos parecen tener de mi persona, reconozco que leí aquella extravagancia con interés. En su interior encontré el crimen más sorprendente que hubiese podido imaginar, y terminé investigándolo y creando mi propia historia. Lo que se narra en este libro sobre Mary MacLeod y Jules Berlioz se inspira, en consecuencia, en hechos reales que sucedieron en Glasgow en 1857.

Tengo que decir que esta historia no solo la concebí gracias al impulso de mi buen amigo Raphaël: en la vida real está el germen de absolutamente todo, y la inspiración puede llegar de la forma más inesperada. En 2017 leí en prensa que había sido hallada una biblioteca en Bouillon, Bélgica: pertenecía a una vivienda privada y sus libros y ambiente permanecían prácticamente inalterados desde el siglo XVIII... Por otra parte, a comienzos de 2020, en el mismísimo palacio de Westminster se encontró un pasadizo del siglo XVII, que había sido cerrado a mediados del XIX y cuya entrada estaba disimulada con molduras de madera en la pared. Era un simple pasillo, pero ¿cuántos rastros del pasado tendremos todavía a nuestro alrededor, ocultos?

Todo lo que se cuenta en *El camino del fuego* es fruto de mi imaginación, si bien las localizaciones, los datos históricos y literarios son reales; por supuesto, me he tomado algunas licencias: el verdadero jefe del clan de los Gordon se asienta en Aboyne Castle, y no tiene nada que ver ni con esta novela ni con los Gordon que recreo en Glenbuchat, que es una vieja fortaleza del clan que en la actualidad se encuentra en ruinas. Lo que se relata en relación con el castillo de Huntly es cierto: su historia, descripción y hasta su famosa chimenea; sin embargo, y aunque es visitable, hoy en día se encuentra en estado semirruinoso. Los detalles históricos de los Gordon que se describen en el hotel regentado por Catherine Forbes son verídicos, si bien el verdadero nombre del establecimiento es Castle Hotel; lo bauticé Sandston en honor a la antigua forma en que era conocido, cuando pertenecía a los duques del clan.

La antigua posada The Ship Inn en Stonehaven

existe, y es una delicia pasear ante su pequeña bahía; desde allí, es breve el camino hasta el castillo de Dunnottar: sus praderas bailan bajo una brisa que parece manejar su propio concepto del tiempo.

Por otra parte, la historia nos cuenta que las memorias de Byron fueron quemadas, tal y como se recoge en esta novela. Sin embargo, no seamos ingenuos: ¿resulta factible creer que no existiese ninguna copia de una obra semejante? Es bonito soñar que en algún lugar, alguien, una vez, escondió un tesoro.

Agradecimientos

Gracias, en primer lugar, a todo el gran equipo de Ediciones Destino. Por confiar en mí, en mis posibilidades y mi trabajo.

Y gracias, por supuesto, a todos mis lectores. Es vuestra confianza la que me ha permitido dedicarme a escribir y a no dejar de soñar.

Dijo Andre Agassi en *Open* que «de la gente sabes todo lo que hay que saber cuando les ves las caras en tus momentos de máximo triunfo»; creo que es cierto, y yo he aprendido a observar. Gracias a todos a los que les ha sonreído el gesto ante cada nueva aventura literaria. Mi familia: padre, madre, hermanos... amigos y lectores.

Gracias en especial a Ladi, que arropa cada uno de mis pasos. Contigo todo es más real, emocionante y divertido. Y gracias, Alan, porque no hay ingenio ni sonrisa como los tuyos. Gracias a Verónica y Raphaël —y familia—, por apuntaros a todas las aventuras, sin condiciones. Vosotros también pertenecéis al camino que el fuego fue dibujando en nuestro último viaje a Escocia. A Ruth, Diego y toda mi familia canaria de corazón, por vuestro apoyo y alegría ante cada uno de mis pequeños logros. A Lourdes, Nacho y Silvia, por haber estado a las duras y a las maduras, tanto en lo personal como en lo literario. A Katherine K., por las risas y la complicidad, y a tantos compañeros escritores que también son fuente de inspiración. A Sara y Alicia, que tantas tardes de parque hemos compartido. Sois muchas las personas que componéis mi pequeño universo, y para todos vosotros cierro los ojos y me sumerjo en el fondo de un mar imaginario cuando invento mis historias. Gracias.

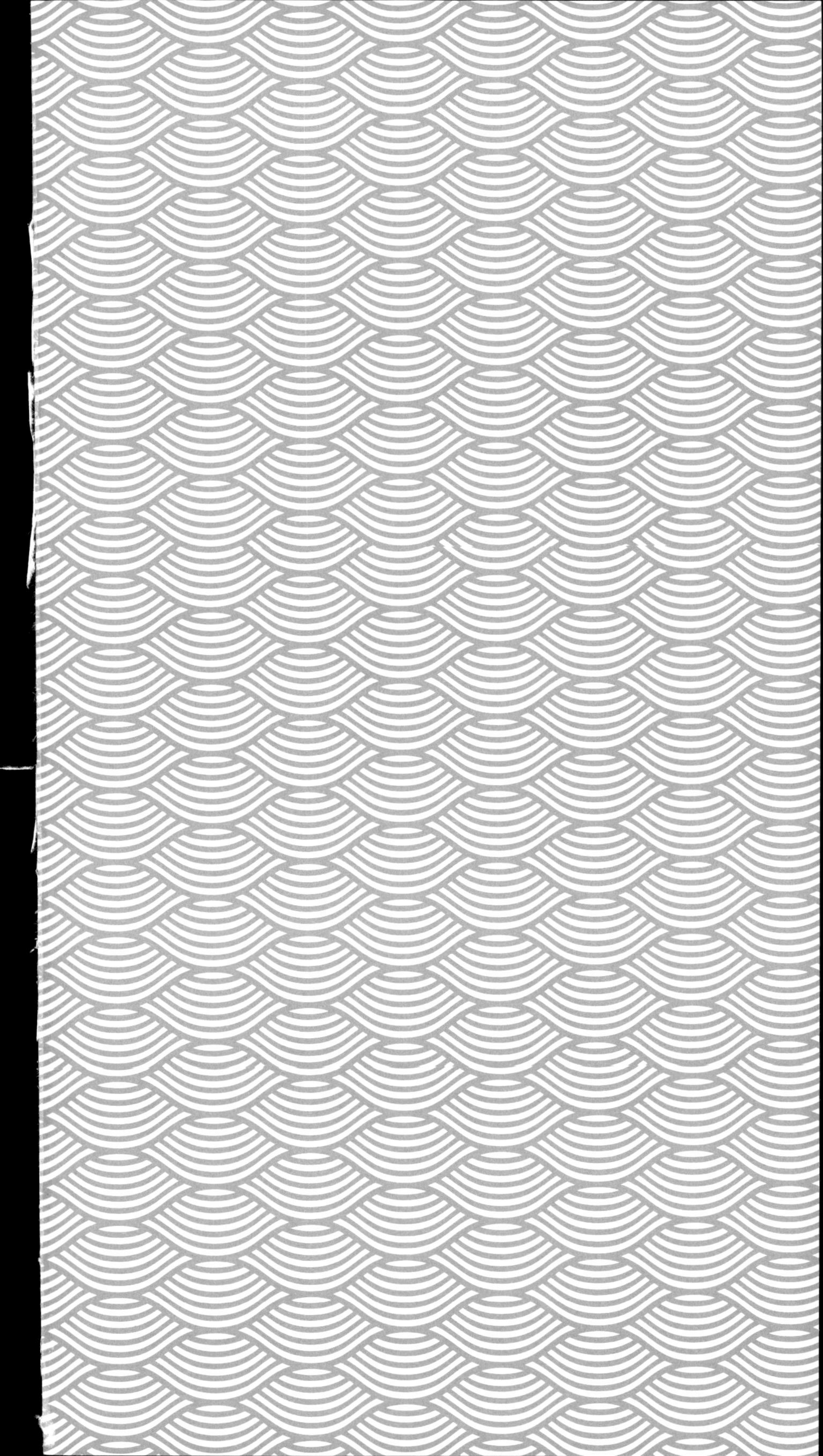

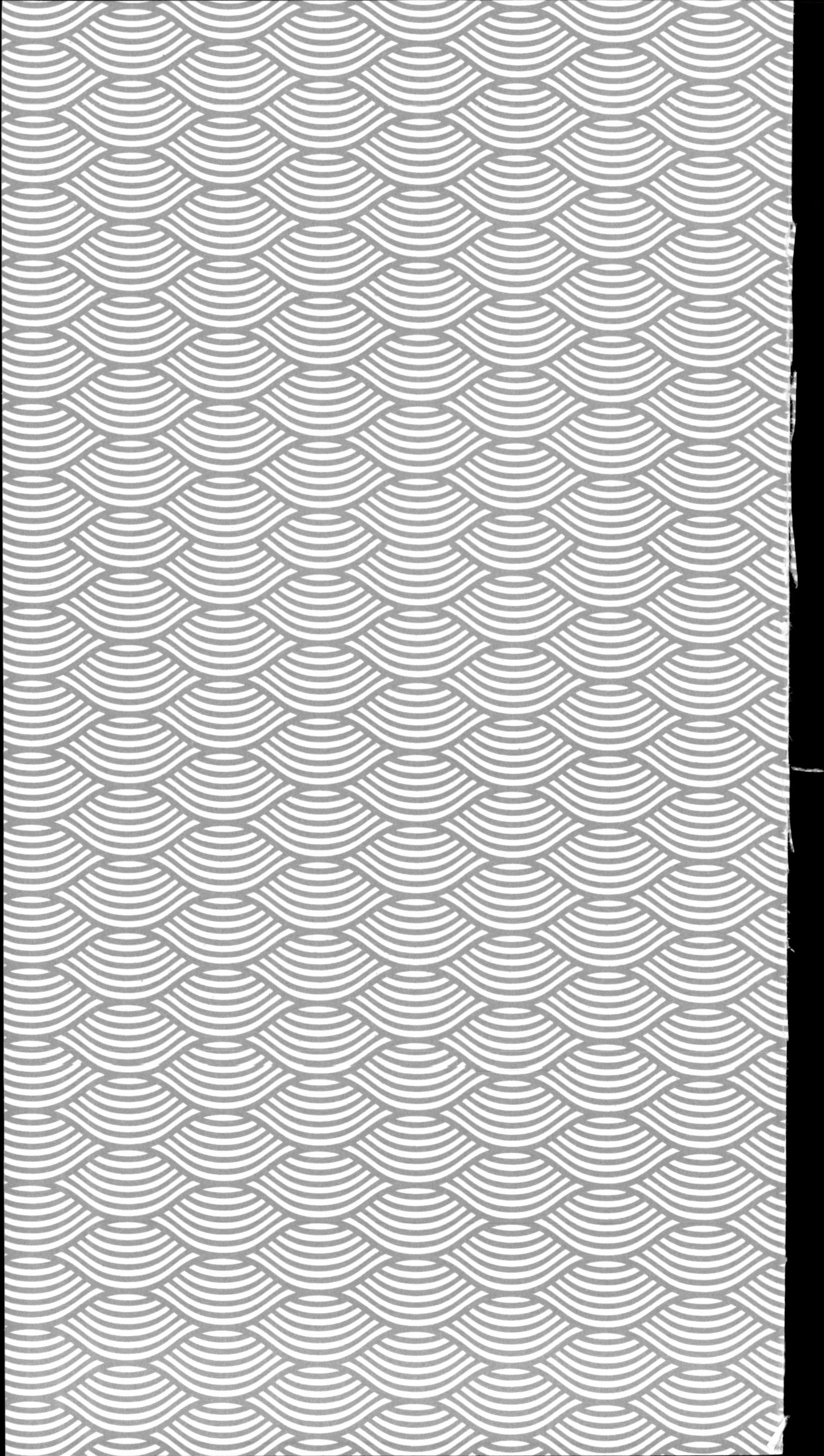